高校学生综合素质教育课程教材

大学生职业发展与就业指导

主　编　穆文龙　刘俊雎

科学出版社

北　京

内 容 简 介

本书是根据教育部《大学生职业发展与就业指导课程教学要求》的指示精神，针对当代大学生职业规划和实现就业的现实需求编写的一本大学生综合素质教育课程教材；这也是甘肃民族师范学院院长科研基金项目“高校学生素质拓展与民族学生行为疏导研究”（项目编号：10～16）的研究成果。本书共12章，内容涉及大学生职业发展和就业指导两个部分的诸多领域。本书体系完整，内容科学，既有对相关最新政策的解读，又包含国内外相关领域研究成果的综述，旨在帮助大学生正确、科学地规划职业生涯发展，并在激烈的就业竞争中顺利实现择业。

本书既可以作为在校大学生、研究生的职业生涯规划和就业指导教材，也可以作为就业指导人员的参考书和从业者职业规划的学习材料。

图书在版编目（CIP）数据

大学生职业发展与就业指导／穆文龙，刘俊睢主编．—北京：科学出版社，2011

高校学生综合素质教育课程教材

ISBN 978-7-03-032087-2

Ⅰ．①大… Ⅱ．①穆… ②刘… Ⅲ．①大学生－职业选择－高等学校－教材 Ⅳ．①G647.38

中国版本图书馆CIP数据核字（2011）第167120号

责任编辑：相 凌／责任校对：包志虹

责任印制：张克忠／封面设计：华路天然工作室

科学出版社 出版

北京东黄城根北街16号

邮政编码：100717

http://www.sciencep.com

保定市中画美凯印刷有限公司印刷

科学出版社发行 各地新华书店经销

*

2011年8月第 一 版 开本：720×1000 1/16

2011年8月第一次印刷 印张：19 1/4

印数：1—3 500 字数：390 000

定价：35.00元

（如有印装质量问题，我社负责调换）

前　言

大学生能否在学习期间确立正确的职业生涯规划和发展目标，对于其在校期间的学习、生活以及就业和今后的发展都有着深远的影响。在高校有针对性地开设大学生职业生涯规划与就业指导课程，开展各种形式的职业生涯规划与就业指导活动，对于大学生科学合理地安排大学期间的学习和生活，确定好职业生涯发展方向，有效提高综合职业素质，从而为应对未来职业挑战做好全面准备，具有非常重要的现实意义。

为了更好地推动大学生职业生涯规划，提升大学生就业能力，全面落实教育部办公厅下发的《大学生职业发展与就业指导课程教学要求》，我们编写了《大学生职业发展与就业指导》这本教材。本书旨在帮助大学生系统地掌握职业生涯规划理论，科学制定职业生涯规划乃至未来人生发展的蓝图，为完成学业后顺利就业在理论上、思想上和心理上做好充分的准备，从而为大学生规划学业、顺利择业、实现就业奠定坚实的基础。基于长期的大学教学与学生工作的经历和经验，以及大学生职业生涯规划教育与就业指导的现实需要，我们从 2007 年甘肃民族师范学院着手进行教育教学改革，逐步实现学校转型，重新审视教育教学理念之际，开始进行《大学生职业发展与就业指导》的编写工作，经过长期的努力工作，在 2011 年 6 月形成了目前的版本；这也是甘肃民族师范学院院长科研基金项目“高校学生素质拓展与民族学生行为疏导研究”（项目编号：10～16）的研究成果。全书共 12 章，内容涉及大学生职业发展和就业指导两个部分的诸多领域。本书体系完整，内容科学，既有对相关最新政策的解读，又有国内外相关领域研究成果的综述，旨在帮助大学生正确、科学地规划职业生涯发展，并在激烈的就业竞争中顺利实现择业。我们力争使本书兼具较高的理论水平和实用价值，能为从事大学生职业发展与就业指导工作的老师和大学生们提供一本既有理论意义，又有实用价值的教学用书和参考资料。

本书由穆文龙任第一主编，刘俊睢任第二主编。全书由穆文龙策划、设计和统稿，刘俊睢协助完成全书的校稿、统稿和编写组织工作，最后由穆文龙与刘俊睢共同定稿。

在本书编写过程中，得到了甘肃民族师范学院教务处处长李锦煜副教授、外语系主任乔令先教授、副主任杨华堂教授、政法与经济管理系主任王克文副教授、历史文化系孟虎军副教授和招生就业处处长罗信军的具体指导，没有他们的大力支持，本书是很难完成的。同时，还得到了本校和兄弟院校从事学生工作的老师们的关心和帮助，他们为我们提供了有价值的资料和成功案例，在此深表谢意。在本书的编写过程中，还参阅了国内外大量的文献资料，凡参阅的文献资料均陈列于书后，在此特向文献资料的作者表示衷心的感谢。

由于作者水平所限，难免有错误和不足，敬请专家和读者指正。

穆文龙

2011 年 6 月

目　录

第一章 大学生活

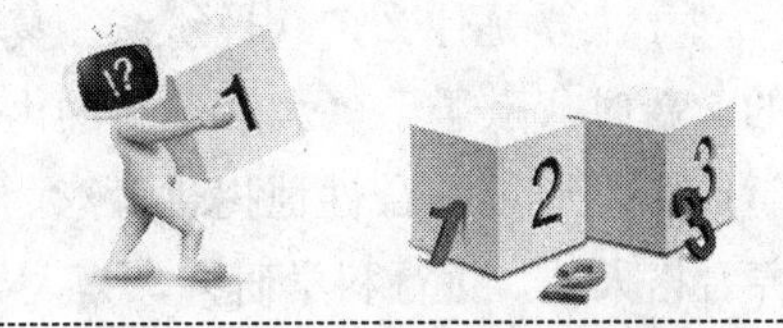

第一节 认识大学

一、大学是什么

生活在大学里，我们就应该对大学有所了解。那么大学是什么呢？“大学”二字最早出现在《礼记》里：“大学之道，在明明德。”《大学》和《中庸》是《礼记》中的两篇文章，到南宋儒学大师朱熹把这两篇抽出单列成书，与《论语》、《孟子》合为“四书”，并将《大学》列为四书之首，撰写了《四书章句集注》，此后元明清六百多年，“四书”成为科举考试的经典教科书。朱熹说：“民之俊秀，皆入大学。”何谓“大学”？他解释“大学”是相对于“小学”而言的，并且说大学不是讲“详训诂，明句读”的“小学”，而是讲治国安邦的“大学”。“大学”是“大人之学”。显然，这里的“大学”并非我们现代意义上的大学。不同时代，大学的表现形式、所传授内容都是不一样的。

大学的起源可以追溯到中国的先秦、西方的希腊与罗马，但是现代大学的直接源头则是欧洲中世纪的大学。大学在欧洲中世纪产生时，是一个具有行会性质的由学者组成的社团。20世纪，德国教育家雅斯贝尔斯认为大学是一个由学者和学生共同组成的追求真理的社团。雅斯贝尔斯指出：社会希望在它的疆界之内的某个地方开展纯粹的、独立的、没有偏见的科研，提供探索真理的服务，那么大学就是社会需要的这种机构，它把以探索、传播科学真理为职业的人联合在一起，共同追求真理。因此，他在《大学的理念》的前言中开宗明义地指出：“大学是一个由学者和学生共同组成的追求真理的社团。”此外，英国教育家纽曼曾说过：“大学乃是一切知识和科学、事实和原理、探索和发现、实验和思索的高级保护力量；它描绘出理智的疆域，并表明……在那里对任何一切既不侵犯也不屈服。”可以说，大学是中世纪给后人留下的最美的文化遗产。蔡元培在就任北京大学校长的演说中说：“大学者，研究高深学问者也。”清华大学老校长梅贻琦先生有句至理名言：“所谓大学者，非谓有大楼之谓也，有大师之谓也。”

对于大学是什么，众说纷纭，莫衷一是。纵观历史，大学的内涵是不断发展丰富的。新时代赋予了“大学”新的内涵。现代大学（university）是指国家的高等教育学府，是通过综合性地提供教学、科研条件和授权颁发学位，传承和创新文化，培养合格人才，进行科学研究，为人类社会全面发展服务的高等教育机构。

二、大学的责任

中国古代儒家经典著作《大学》开篇明义：“大学之道，在明明德，在亲民，在止于至善。”意思是说大学的宗旨在于弘扬光明正大的品德，在于使人弃旧图新，在于使人达到最完善的境界。这是古人眼中大学的责任，这个解释对于现代大学也是可行的。

现代大学从诞生之日起就承担着重要的社会职能。传播知识、弘扬文化、继承传统、创造文明一直是它的宗旨。人们普遍认为，自英国教育家纽曼“大学是传授普遍知识的场所”的断言与中世纪巴黎大学模式以来，经德国教育家洪堡“大学也是探索研究高深学问的机构”的创见与柏林大学模式，到美国教育家范海斯“大学还是提供社会服务的部门”的新识与威斯康星大学模式形成，大学在长期的历史发展演变过程中，在适应社会需求的过程中，逐渐由传统、单一的教学功能发展成人才培养、科学研究和社会服务三大职能。《中华人民共和国高等教育法》第一章第四条：“高等教育必须贯彻国家的教育方针，为社会主义现代化建设服务，与生产劳动相结合，使受教育者成为德、智、体等方面全面发展的社会主义事业的建设者和接班人。”第五条：“高等教育的任务是培养具有创新精神和实践能力的高级专门人才，发展科学技术文化，促进社会主义现代化建设。”由此可以看出，“育人”既是我国教育的传统，又是大学的首要核心责任；再者是“科学研究”；最终为“社会服务”。这与大学作为高等教育机构的性质和职能是统一的。大学的本质和根本任务是把学生培养成能够承担社会责任的合格的公民，为国家知识创新和发展建设源源不断地输送人才。简单地说，大学的责任就是培养满足社会需要的高素质人才。

首先，大学既是创新拔尖人才的摇篮，也是高素质劳动者和建设者的培养基地。人才培养应该是“先成人后成才”。在知识经济时代，人才资源已成为国家和地区经济社会发展最重要的要素和最现实的生产力。

其次，从现代大学的概念可以看出，现代大学本身就源自对学术尤其是科学的不懈追求。

最后，纵观国内外高等教育的发展，大学既是教育中心，又是科学研究中心，拥有高层次人才培养和科学技术研究两大优势。高等学校走出象牙塔，服务社会成为当今中外高等教育发展的必然趋势，引领社会的发展和促进社会进步成为当今大学的责任。因此，服务社会（“适应”社会需要、“满足”社会需求和“导引”社会进步的统一）也是现代大学社会责任的应有之义。

总之，高水平大学首先应是一所负责任的大学。大学在我国教育体系中占据“龙头”的地位，对整个教育体系具有引领和支持的作用，在构建和谐社会的进程中肩负着光荣而又艰巨的历史责任。只有那些勇于承担历史责任，对国家、社会、人民负责的大学，才能完成这一历史使命。此外，大学的责任意识是由大学精神所决定的。

三、大学的精神

大学，集大成思想会聚之地。它不仅仅是一个有着“大学”称谓的建筑群落，更是一种制度文明的产物。它抽象的特性和内涵较之作为实体的存在物，更具生命力，更是其魅力之源泉。在新旧文化激烈冲突的年代，没有北大追求科学与民主的精神，就不可能有北大在国人乃至世人心目中的极高地位；在抗日战争硝烟弥漫的岁月，没有西南联大的合作精神、民主精神、自由精神，就不可能有西南联大的存在，更不会有出自西南联大的一批杰出的科学家。

如今，“爱国奉献”、“自强不息，厚德载物”等优良传统和“行胜于言”的实干作风已成为一代又一代清华人的崇高追求。“现代科学社会已经无可置疑地证实：经济体制和社会体制并不是一切，它们的运作必须有另一种健全的文化精神与之配合，这种精神主要来自大学的高等教育。在现代社会中，大学是精神堡垒，有发挥提高人的境界、丰富人的思想的重大功能”（《岭南文化时报》1995年3月28日）。大学是精神堡垒，而精神既是大学的灵魂，又是大学成其为“大学”的要义。大学精神是大学的灵魂，是大学区别于其他社会机构所特有的相对稳定的健康的群体心理定势和精神状态；是大学在长期发展中积淀的最富大学特质和时代特色的精神特征；是大学群体的面貌、水平、特色及凝聚力、感召力和生命力的体现；是大学优良文化传统的结晶；是大学历久常新的动力和源泉。它体现了社会对大学的价值和生存意义的关怀，同时又以价值观念和行为规范的形式约束着大学的行为，显示着大学不同于其他机构的气质特征。大学精神有着极其丰富的内涵，因此我们只能从普遍的意义上探讨大学精神。大学精神主要表现在自觉的学术精神、永恒的道德精神和敏锐的时代精神。

（一）敏锐的时代精神

弗莱克斯纳（Abraham Flexner）在《大学：美国、英国、法国》一书中曾说：“大学不是某个时代一般社会组织之外的东西，而是在社会组织之外的东西。……它不是与世隔绝的东西、历史的东西、尽可能不屈服于某种新的压力的东西。恰恰相反，它是……时代的表现，并对当时和将来都产生影响。”大学是社会发展的产物，随着时代的发展而发展，并始终影响着时代。从办学理念到机构设置，从学科体系到管理制度，大学的一切活动都与当时的社会需求，现行的政治、经济、文化制度同声相应。大学精神给予大学的是从学理和思想上关注、思考、讨论、批判社会现实问题的权利和能力。

从中世纪大学的兴起到现代大学的发展这一历史轨迹可以看出，大学无疑是时代的产物，而真正伟大的大学责无旁贷地引领时代先锋，代表着最先进的时代精神，驱动着社会向前发展。而作为大学智者的大师们，应该能够预见并感应时代潮流的前奏，成为推动社会潮流的先觉者、先行者，使时代新声最终成为时代的最强音。只有具备敏锐的时代精神，大学才能够吹响时代的号角，也才能赢得自身的持续发展以及地位的进一步提高。正如中国科技大学前校长朱清时院士所言：“大学精神就是大学里的人所崇尚、尊重和追求的信念。”它承载着大学人的共同追求和理想信念，蕴涵着大学发展和执著追求的精神动力，体现着大学人稳定的气质和相对独立的价值观，是指引大学人超现实境界追求的精神家园。

（二）永恒的道德精神

真正合格的大学精神凝聚着社会道德与理性，具有高雅的文化品位。大学不仅以自身纯洁的道德品性潜移默化地影响着社会，更以积极的姿态投入到改造社会、重塑德性的潮流中，成为社会德性与良知的捍卫者、提升者。尤其在时代变迁、社会动荡时期，大学精神的道德力量就更为彰显。浙江大学前校长竺可桢曾在战时西迁途中对学生说：“乱世道德堕落，历史上均是，但大学犹如海上灯塔，吾人不能于此时降落道德标准。”意思是在暗夜的海上，灯塔是漂流者的希望。大学，在社会世风日下时，便犹如灯塔，以自身高洁的道德精神执著地燃着理性与道德的灯盏，慢慢照亮人性的暗夜，启蒙这一代灵魂的觉醒。大学的道德精神源于大学人的总体觉悟，源于他们整体的道德水准和思想深度，是形成一所大学健康向上校风的关键因素，是大学塑造、传播社会文明的资本。

（三）自觉的学术精神

大学素有“学府”之称。所谓“学府”，即“学问之府”。19世纪，德国的威廉•冯•洪堡（Wilhelm Von Humboldt）创建柏林大学时就提倡“由科学而达致修养”的大学理念。洪堡认为，“教授不是因为学生而在这里，学生也非为了教授而在这里，两者都是为了学术而在大学”。学术使得大学有了相应的品味，成为接近真理的“天梯”。曾任清华大学校长的梅贻琦先生曾谓“大学者，非有大楼之谓也，有大师之谓也”。大师，实指大学精神的化身。孜孜以求地探索学问从而达至修养，正是所谓“博学而笃志，切问而近思，任在其中矣”（《论语•子张》）。“吾生也有涯，而知也无涯”，正是凭着以“有涯”追“无涯”的自信和坚韧，才有大师们严谨的治学态度，才有一批批杰出才俊脱颖而出，才有一项项颇具分量的科研成果刷新史册，也才有一所大学之所以蜚声世界的学术声誉。而学术声誉无疑是大学价值的一种直接体现。因此，自觉的学术精神是大学成为人类“智慧花朵”的首要因素，是人类文明进步的积极的永久推动力。

四、大学的任务

1996年，联合国教育、科学及文化组织国际21世纪教育委员会在其发布的报告《学习：内在的财富》中指出，面对未来社会的发展，新世纪的教育要围绕培养学生学会认知（learning to know）、学会做事（learning to do）、学会共处（learning to live together）、学会生存（learning to be），也译为学会做人来重新设计、重新组织。这四种基本的学习能力也被称为21世纪教育的四大支柱，也被认为是21世纪人才的人生支柱。四个支柱是具有重要战略意义的教育思想，它对现代人的素质做了一个明确的界定，得到世界各国的普遍认同。我国学者周南照先生就21世纪教育的四大支柱专门做了详细论述。一个学生，无论在迈进大学校门的时候有多么幼稚，多么无知，只要在这四件事上有所进步和收益，那么，大学生涯就可以说是成功的。

（一）学会做人

学会做人也就是学会生存、学会全面发展。它是建立在前三种学习基础之上的一种基本进程，是21世纪教育“四大支柱”的关键和核心，是教育和学习的根本目标。具体来说，学会做人就是人的完整实现（the complete fulfilment of man），是人作为个体、家庭成员、社区成员、国家公民、生产者、发明者、创造性的梦想者等具有丰富内涵的个性的完整实现。学会做人在这里超越了单纯的道德、伦理意义上的“做人”，而包括了适合个人和社会需要的情感、精神、交际、亲和、合作、审美、体能、想象、创造、独立判断、批评精神等方面相对全面而充分的发展。从这个意义上说，学会做人与我国教育方针强调的“在德、智、体诸方面得到全面发展”相吻合，正是我们追求的教育目标和终身学习的最终目标。

（二）学会做事

学会认知与学会做事不可分割地联系在一起。两者可以说是“知”、“行”的关系。如果说前者的目的在于认识世界（包括人自身的主观世界和社会的、自然的客观世界），那么，后者则旨在改造世界。

现在意义上的“学会做事”要着眼于 21 世纪知识经济对劳动力的要求和终身

学习社会对公民的要求，从更深的层次上去把握。对于将要成为未来社会的主人的今日学子来说，“学会做事”至少具有三种新的含义。第一，注重培养适应劳动世界变化的综合能力（个人素质），其中包括劳动技能以外的合作精神、创新精神、风险精神、交流精神等。第二，“学会做事”主要不是指获取智力技能，而是指培养社会技能（包括处理人际关系、解决人际矛盾、管理团队等能力）。这些技能主要不是从课堂上和书本中去学习，而更多地要从工作实践和人际交往中去培养。第三，在“求知”过程中养成科学素质的基础上，培养适应未来职业（工作）变动的应变能力、在工作中的革新能力，以及在具体的市场环境中创造新就业机会（自主创业）的能力。从广义上说，学会做事就是要学会以首创精神，能动地参与广泛而生动的发展过程。“学会做事”就是培养做事的能力。这种能力比学历更重要，崇尚能力已成为当今世界各国人民的共识，这种能力的提高主要来自实践。

实践是把认知内化为素质的重要环节。陆游在告诫儿子的诗中说：“纸上得来终觉浅，绝知此事要躬行。”多少古贤先哲讲为人、为学之道，都强之周“笃行”，即实践的重要性，不无道理。每一个大学生都要把培养自己的“做事”能力作为一项重要任务，多实践，多探索，一步一个脚印，在做事过程中积累能力，增长才干，以出色的做事水平与实践能力在关键时刻证明自己的实力，为未来事业的发展打下良好基础。

（三）学会认知

“学会认知”在这里是指广义的“认知”，实质上就是“学会学习”，就是学会认识世界的思想方法和求知手段，学会最迅速、最有效地获取信息、处理信息和运用信息的能力，学会选择、管理和应用知识于有意义的实践的本领，要学会广博与专精相结合，由博返约的学习方法。这是终身教育的根本。国际21世纪教育委员会指出，把着眼点从教育转向学习，从外部的“教”转向内部的“学”，强调了教育的使命就是使人学会学习、充分发掘每个人的所有潜力和才能，因为学习就是人类的内在财富。教是为了学，教的核心价值是“教会学习”。“授人以鱼，不如授人以渔”恰恰阐明教育的意义并不在于教学生多少知识，而在于教学生学会认知。学会认知，关键是要学会认知的方法，使人终身具有不断学习、获得知识的能力。

随着学生知识面的拓宽、深度的增加，其对自我教育能力的要求就越高，而自我教育能力越高，获取知识的本领就越大。没有很好的学习能力，是很难适应科学技术的发展趋势的。学会认知，就要运用学习手段，持续不断地认识自然、认识社会和认识自我。学习者有学习的要求，并且能够积极主动地使新学习的材料获得实际的意义，是实现自主认知，持续不断地认识自然、认识社会和发展自我的重要条件。书本上的知识是“死”的，如果一个人不能灵活运用知识，不能有效地把知识转化为能力，不能运用并解决实际问题，那么他最多只是一个“书橱”而已，并不表明他是一个真正有才能、有能力的人。倘若学生获得的大多是些没有生命力的、不是根植于个体经验的知识，那么知识不仅不能转化为智慧，相反，只能是一堆没有价值的信息。不会学习的人将成为未来社会的“新文盲”，由此可见学会认知的重要性。因此，对于每一个大学生来说，必须认真学习和掌握认知技能，发展自己的专业能力、交往能力，学会了解周围世界，适应环境，从而能够全面发展。

（四）学会共处

学会共处就是学会共同生活，学会与他人一起参与。这是21世纪经济全球化背景下，在人与人之间、民族与民族之间、国家与国家之间互相依存程度越来越高的情况下提出的一个十分重要的教育命题。

学会共处，首先要了解自身，发现他人，尊重他人。教育的任务之一就是要使学生了解人类本身的多样性、共同性及相互之间的依赖性。了解自己是认识他人的起点和基础。所谓“设身处地”，也就是“由己及人”，“己所不欲，勿施于人”。同时，教育作为个体社会化的过程，也注重从了解他人、他国、他民族的过程中更深切地认识自己、本国、本民族。这种了解和认识始自家庭，及于学校，延至社会，推而广之于国际社会和各国人民及其历史、社会、经济、政治、文化、价值观念、风俗习惯、生活方式等。通过这种深入的了解，培养人类的尊严感、责任心、同情心和对于祖国、同胞和人类的爱心。

其次，要学会关心（learn to care），学会分享（learn to share），学会合作（learn to cooperate with others）。“四海之内皆兄弟”是中国千年相传的社会理念，“互相关心，互相爱护，互相帮助”是我国多民族大家庭的时代风尚。在市场经济条件下的激烈竞争中，我们一方面要倡导在法律规范内公平竞争，利用其有利于发挥个人首创精神和提高经济效益效率的积极作用；另一方面更要发扬和倡导先人后己、毫不利己、互相合作的集体主义精神。

再次，要学会平等对话，互相交流。平等对话是互相尊重的体现，相互交流是彼此了解的前提，这正是人际、国际和谐共处的基础。因此，学会表达、交流的技能，确立平等对话的价值观念和态度是学会共处的重要学习内容。

最后，要学会用和平的、对话的、协商的、非暴力的方法处理矛盾，解决冲突，这对于人与人之间、群体之间、民族之间、国家之间的矛盾都同样适用。矛盾是一种普遍存在的社会现象，暴力冲突乃至战争也是不依人的善良愿望而改变的现实。只有当未来一代普遍地学会了以和平方式解决矛盾和冲突的方法，才能有积极意义上的和平共处、社会和谐，最终实现“世界大同”的人类理想。

学会共处，不只是学习一种社会关系，也意味着人和自然的和谐共处。从我国古代“天人合一”的思想传统到当代世界倡导的“环境保护”、“可持续发展”，无不指明了学会与自然“共处”的重要性。这种学习像其他学习一样，也包括了知识、技能和态度、价值观念的习得和养成。学会共处，主要不是从书本中学习。它的最有效途径之一就是参与目标一致的社会活动，学会在各种“磨合”之中找到新的认同，确立新的共识，并从中获得实际的体验。

总之，学会与人交往，学会与社会共处、与自然共处，并不是社交的技巧，而是人之所以成为人的根本，是现代人的标志。现代社会既充满竞争，也离不开合作。要学会在合作中竞争，在竞争中合作。既要尊重多样化的现实，又要尊重价值观的平等，增进相互了解、理解和谅解，加强对相互依存关系的认识。

学会做人、学会求知、学会共处、学会做事是互相联系、互相渗透、不可分割的一个整体。如果说前两者更多的是在传统的教育中充实了新的内容，那么，后两者则是着眼于21世纪以人为中心的可持续发展而提出的全新教育目标。未来的经济是知识经济，它是建立在获取知识、应用知识、更新知识的基础之上；未来的社会是学习社会，在一定意义上，每个人都是终身学习者，而这种学习不再只是达成某种功利目的、获取经济回报的手段，它同时将成为人自身发展和社会发展的目标，成为高质量生活的有机部分。因此，它们正是实现我国跨世纪教育振兴计划目标的基石，是建立未来终身学习社会的四大支柱。当代大学的发展目标应该与教育的终极目标是一致的，21世纪教育的“四大支柱”就是大学学习的根本任务。概括地说，大学学习就是学业的高质量完成和学生综合素质的拓展提升。大学时代是学习知识、理解社会、探索人生的重要时期。每位大学生不仅要学好本专业知识，更重要的是培养自己的能力，全面拓展自身的综合素质，为能够更好地步入社会、适应社会和服务社会做好充分的准备。

第二节　大学生学业规划

一、大学里怎样学习

大学学习方法是大学生在学习中为获取知识技能而采取的手段和途径。大学学习与从事其他活动一样，要想真正学到知识和本领，取得成功，除了勤奋刻苦的学习精神和坚强的毅力外，关键是要熟悉并适应大学教学活动的内在规律，掌握大学的学习特点，选择适合自己的科学学习方法，培养良好的学习习惯和学习能力。

（一）大学里学习方法的重要性

法国哲学家笛卡尔曾说过：“最有价值的知识，是关于方法的知识。没有正确的方法，即使有眼睛的博学者也会像瞎子一样盲目探索。”掌握一套良好的学习方法对大学生活来说非常重要，前人的学习方法值得借鉴，但学习方法之多，可谓不胜枚举。大学生在学习中应把兴趣学习和目的学习结合起来，找到一套适宜于自己的学习方法，开辟出一条适合自己的较好的学习途径。

究竟哪种学习方法是适合自己的最佳方法，首先要看它是否有利于提高学习效率；其次要因人而异。有的方法适合于别人，并非适合自己。不同年级、不同专业、不同学生之间的学习方法都可能不一样。因此，每一个同学要以提高学习效率为标准，结合自己的实际情况（如学习目标、任务、兴趣、爱好等）来选择适合自己的方法。学习方法是提高学习效率、达到学习目的的手段。钱伟长曾对大学生说过："一个青年人不但要用功学习，而且要有好的科学的学习方法。要勤于思考，多想问题，不要靠死记硬背。学习方法正确往往能收到事半功倍的成效。"好的学习方法不仅有助于提高获取知识的能力和效率，而且可以培养人的学习兴趣。现代人崇尚的科学精神就是基于对事物本质和机制探求的好奇心。在探索知识的过程中，有效的方法无疑会大大增加探索的有效性，从而增强学习的欲望和信心，使学习不再仅仅是一项复杂的、高难度的智力劳动，同时它变成了一种乐趣。好的学习方法还可以使人养成思考的习惯，学会运用各种不同的思维方式，提高思维的能力。在一定意义上讲，思维方式的掌握和思维能力的提高比获取知识本身具有更重要的价值。因此，掌握学习方法在某种程度上会改变一个人的思维方式和生活方式，对综合素质的改善产生影响，使他得到许多意想不到的收获。

（二）大学学习的特点

中学学习中，学生受教师主导，因而依从性和依赖性较强。而大学学习则更多地强调独立自主地获取知识的能力。与中学阶段相比，大学的学习有更高的要求，具有明显的全面性、专业性与综合性、探索性与创造性、多样性与自主性等特点。

1. 学习目标的全面性

德、智、体全面发展是我国教育方针对学生提出的基本要求。全面发展的要求是以马克思对未来社会关于人才全面发展的学说为依据，结合我国社会主义建设对人才的需要所提出的。大学生的学习目标应与现代教育的最终目标一致，现代教育强调学生在德、识、才、学、体五个方面的全面发展，或简称为德才兼备。人才的五要素是一个统一的有机体，五个方面对人才的成长互相促进、相互制约，缺一不可。人才的根本标志不在于积累了多少知识，而是看其是否具有利用知识进行创造的能力。创造能力体现了识、才、学等智能结构中诸要素的综合运用。大学生要想学有所成，要想将来在工作中有所发明、有所创造，要想对人类社会的进步有所贡献，就必须以自身全面发展为学习目标，并且要注重综合能力的培养。

2. 学习内容的专业性和综合性

大学学习的内容都是围绕着专业来安排的，因此大学教育具有明显的专业性特点。一方面，专业知识通常是指专业课程知识，包括专业知识背景及专业领域最新的前沿知识和技术发展状况，是大学生知识结构的主题和特色，是学生走上工作岗位的一技之长和赖以生存的资本；另一方面，社会对专业的要求是变化和发展的。为适应当前社会发展既高度分化又高度综合的特点，大学生上学期间除了要学好本专业知识外，还应根据自己的能力、兴趣、爱好、职业目标，选修或自学其他课程，辅修其他专业，扩大自己的知识面，为今后实现个人的全面发展奠定良好的基础，这是大学学习内容的综合性特点。可以看出，大学学习内容更加强调精深和广博。在广博的基础上求专长；在专业学习的基础上求拓展和创新。

3. 学习目的的探索性和创造性

探索性是指大学生在学习过程中对书本结论之外新观点的寻求和钻研。大学教育的根本任务之一就是要培养学生具备思考、探索问题的本领。这就要求大学生不但要掌握所学的知识，而且要掌握知识的形成过程，了解学科发展状况、存在的问题以及解决这些问题的可能性，掌握科学的研究方法和培养独立思考、探索创新的精神，在高年级阶段还要从事一定的科学研究工作。死记硬背、墨守成规，缺乏灵活性、创造性的大学生并不符合现代大学的学习要求。他们在学习中将会较多地感到压抑和不适应。当前，应该大力倡导大学生以主动探索的方式进行学习。理论和实践表明，一个人处于主动探索状态、处于发现问题和解决问题状态时，他的学习会更积极、更得法、更高效，最能实现知识的重组、突破和创新，也最有利于一个人的个性发展和人格的提升。

4. 学习途径的多样性

大学生的学习途径除了上课这一主要途径外，还有自学、学术交流、多媒体教学、选择参加培训班和社会实践等途径。当然，这些学习途径在中小学时在一定程度上也存在，但在大学里，这些途径更能被大学生采用。有的同学能充分利用各种途径学习，而有的同学只会听教师讲课。大学生中不乏少数这样的人，读了几年大学，却不知道如何从图书馆里查阅自己所需的资料。因此，通过多样化的学习途径获取所需知识的能力是大学生必须掌握的一项基本功。

5. 学习过程的自主性

大学生学习活动的自主性主要表现在自觉性和能动性两个方面。自主性学习实际就是无认知监控的学习，是学习者能够根据自己的学习能力、学习任务的要求，积极主动地调整自己的学习策略和努力程度的过程。自主性学习要求个体对为什么学习、学习什么、如何学习等问题有自觉的意识和反应。自主性学习贯穿于大学学习的全过程，在学习活动前自己能够确定学习目标、制订学习计划、做好具体的学习准备；在学习活动中能够对学习进展和学习方法做出自我监控、自我反馈和自我调节；在学习活动后能够对学习结果进行自我检查、自我总结、自我评价和自我补救。

因此，培养和提高自学能力是大学生必须具备的本领，也是进行终身学习的基本条件。

大学生学习的以上特点决定了大学生学习必须完成以下三个转变，即由教师指导下的学习向自主学习的转变；由接受型学习为主向接受型、创造型相结合的学习的转变；由运用模仿性思维为主向运用创造性思维为主的学习的转变。只有在大学期间尽快实现这三个转变，才算真正掌握大学学习的特点和规律，才能为顺利完成学业和以后的事业发展奠定较好的基础。

（三）大学学习的一般方法

1. 制定科学的学业规划

大学学习单凭勤奋和刻苦精神是远远不够的。只有掌握了学习规律，相应的制定出学习的规划和计划，才能有计划地逐步完成预定的学习目标。没有规划的学习是非常不科学的，严密的学习规划是完成学习任务的保证。大学生首先要根据学校的教学大纲，从个人的实际出发，根据总目标的要求，从战略角度制定出基本规划。例如：设想在大学里自己要达到什么样的学习成果，达到什么样的知识结构，学完哪些科目，培养哪几种能力等。大学新生制定整体计划是困难的，最好请教本专业的老师和求教高年级同学。先制定好一年级的整体计划，经过一年的实践，待熟悉了大学的特点之后，再完善四年的整体规划。其次，要制定阶段性具体计划，如一个学期、一个月或一周的安排。这种计划主要是根据入学后自己学习情况、适应程度，就学习的重点、学习时间的分配、学习方法如何调整、选择和使用什么教科书和参考书等作出安排。制定这种计划时要遵照符合实际、切实可行、不断总结、适当调整的原则。

2. 讲究读书的方法和艺术

大学学习不只是完成课堂教学的任务，更重要的是如何发挥自学的能力，在有限的时间里去充实自己。选择与学业及自己的兴趣有关的书籍来读是最好的办法。莎士比亚说，书籍是全世界的营养品。培根也说，书籍是在时代的波涛中航行的思想之船，它小心翼翼地把珍贵的货物送给一代又一代。学会在浩如烟海的书籍中选取自己必读之书，就需要有读书的艺术。首先是确定读什么书；其次对确定要读的书进行分类。一般来讲可分为三类：第一类是浏览；第二类是通读；第三类是精读。正如培根所说，有些书可供一赏，有些书可以吞下，不多的几部书应当咀嚼消化。浏览可粗，通读要快，精读要精。这样就能在较短的时间里读很多书，既广泛地了解最新科学文化信息，又能深入研究重要理论知识。这是一种较好的读书方法。读书时还要做到以下两点：一是读思结合，读书要深入思考，不能浮光掠影，不求甚解；二是读书不唯书，不死读书，这样才能学到真知。

3. 做时间的主人

大学期间，除了上课、睡觉和集体活动之外，其余的时间机动性很大。科学地安排好时间对成就学业是很重要的。吴晗在《学习集》中说，掌握所有空闲的时间加以妥善利用，一天即使学习一小时，一年就积累 365 小时，积零为整，时间就被征服了。想成就事业，必须珍惜时间。首先，要安排好每日的作息时间表，明确哪段时间做什么，安排时要根据自己的身体和用脑习惯，在脑子最好用时干什么，脑子疲惫时安排干什么，做到既调整脑子休息，又能搞一些其他的诸如文体活动等。一旦安排好时间表，就要严格执行，切忌拖拉和随意改变，养成今日事今日做的习惯，千万不要拖到明日。其次，要珍惜零星时间，大学生活越丰富多彩，时间切割得就越细，零星时间就越多。华罗庚曾说，时间是由分秒积成的，善于利用零星时间的人，才会做出更大的成绩来。 英国数学家科尔在 1903 年因攻克一道两百年来无人攻破的数学难题而轰动世界，而他是用了近三年的星期天来完成这个成果的。

4. 完善知识结构

所谓合理的知识结构，就是既有精深的专门知识，又有广博的知识面，具有事业发展实际需要的最合理、最优化的知识体系。 李政道博士说：“我是学物理的，不过我不专看物理书，还喜欢看杂七杂八的书。我认为，在年轻的时候，杂七杂八的书多看一些，头脑就能比较灵活。”大学生建立知识结构，一定要防止知识面过窄的“单打一”偏向。当然，建立合理的知识结构是一个复杂长期的过程，必须注意如下原则。

（1）整体性原则，即专博相济，一专多通，广采百家为我所用。

（2）层次性原则，即合理知识结构的建立，必须从低到高，在纵向联系中，划分基础层次、中间层次和最高层次。没有基础层次，较高层次就会成为空中楼阁；没有高层次，则显示不出水平。因此，任何层次都不能忽视。

（3）比例性原则，即各种知识在顾全大局时，数量和质量之间合理配比。比例的原则应根据培养目标来定。成才方向不同，知识结构的组成就不一样。

（4）动态性原则，即所追求的知识结构绝不应当处于僵化状态，而必须是能够不断进行自我调节的动态结构。这是为适应科技发展、知识更新、研究探索新的课题和领域、职业和工作变动等因素的需要，不然就跟不上飞速发展的时代步伐。大学生要培养的能力范围很广，主要包括自学能力、操作能力、研究能力、表达能力、组织能力、社交能力、查阅资料与选择参考书的能力、创造能力等。

总之，这些能力都是为将来事业的发展做准备。正如爱因斯坦所说，高等教育必须重视培养学生具备会思考、会探索问题的本领。人们解决世上的所有问题是用大脑的思维能力和智慧，而不是照搬书本。总之，凡是将来从事的工作所需要的能力和素质，大学生都必须高度重视，并在学习的过程中自觉认真地去培养。

5. 劳逸结合

古人云：文武之道，一张一弛。只有会休息的人才会工作。我们发现有些大学生，他们有良好的学习愿望和刻苦的学习精神，从早到晚不停地看书做作业，但学习效果并不理想，长期这样甚至可能积劳成疾。这就是不注意劳逸结合的结果。要想始终保持良好的学习状态，一是要有充足的睡眠时间，二是要注意锻炼，每天要安排一个小时的文体活动。无数事实证明，虽然体育锻炼占用了人们一定的时间，但它却帮助人们赢得了更多的精力、活力和生命时间，从而使人们情绪饱满、精神愉快地工作和学习。三是有良好的生活习惯，如不抽烟、不酗酒、按时作息等。另外，乐观而开朗的性格、适当注意饮食营养也都是保证身体健康的重要条件。

二、大学生学业规划

2008 年 1 月 3 日，社会科学院发布的 2008 年《社会蓝皮书》显示：2007 年，全国近 500 万高校毕业生中，至今仍有 100 万毕业生没有找到工作。除了就业供需矛盾外，还有一个重要的原因是相当一部分大学生没有依据职业世界的要求做好学业规划，致使自己大学毕业后与社会的需求“货不对板”。严峻的就业形势使就业竞争压力增大，要想在激烈的竞争中脱颖而出并立于不败之地，必须设计好自己的学业规划。

美国哈佛大学曾在 30 年前对当时在校的学生做过一份调查，发现没有做学业规划的人占 27%，学业规划模糊的人占 60%，有短期学业规划的人占 10%，长期学业规划清晰的人仅占 3%。30 年后，经过追踪调查发现：第一类人一般生活在社会最底层，长期在失败的阴影里挣扎；第二类人生活达到温饱；第三类人则进入了白领阶层；只有第四类人为了实现既定目标，几十年如一日，奋力拼搏，最终成为百万富翁或是行业领袖。由此看来，尽早地引导大学生进行科学的学业规划设计已经十分必要。大学生活应该从学业规划开始。大学生学业规划就是大学生通过解决学什么、怎么学、什么时候学等问题，以确保自身顺利完成学业，为成功实现就业或开辟事业打好基础。对于在校的大学生来说，只有及早设计自己的学业规划，明确自己的学业目标，提高综合素质，才有可能在将来激烈的竞争中把握住机会，获得成功。

（一）大学生学业规划的内涵

大学生的学业是指在高等教育阶段进行以学习为主的一切活动。它不仅包括科学文化基础知识和专业知识的学习，还包括思想道德、组织管理能力、学习能力、思维能力、实践及创新能力等的学习和提高。大学学业有着广泛的含义。学业规划实际上是提升综合素质的规划。大学生学业规划（也称为大学生涯规划）是一个近年来才提出的全新理念，源于职业生涯规划，是职业生涯规划在大学阶段学业方面的体现，主要是指基于未来的职业理想和人生目标。对大学期间的学习、生活的规划和设计，要求每个大学生正视和剖析自身，了解自身的特征和兴趣，明确自己的发展目标，为自己实现大学期间及毕业后的目标而确立的行动方向、行动时间和行动方案。

学业规划是做好职业生涯规划的前提和基础，同时也是它的组成部分。科学合理的学业规划一方面有助于大学生自我定位，能有效指导大学生进行学习；能帮助大学生增强自我约束力和自我管理能力；增强大学生的学习积极性和主动性；引导大学生积极向上和自我完善，圆满完成大学学业，为职业目标的实现和成功就业打下坚实的基础。另一方面，学业规划能够促进高等院校完善管理制度、提高管理水平，真正培养出适应新时代社会需要的新型大学生。学业规划的根本目的是使学生少走或者不走学业上的弯路，为职业生涯发展奠定基础。因此，大学生要站在人生观、价值观的高度，从学业完成、自身素质提高、职业目标的实现、促进高等教育发展和社会进步等方面，充分认识学业规划的意义和作用，本着对人生和社会负责的态度，认真进行学业规划。

（二）大学生学业规划的原则

学业规划对于大学生来讲是一项至关重要的工作。如何进行个人大学期间的学业规划，没有一个固定的行为标准。一般而言，学业规划要择己所爱，择己所长，择己所利，择己所需。在实际操作过程中，下列原则可供参考。

1. 可行性原则

学业规划是否从实际出发，是否考虑了个人、组织和社会环境的特点与需要。各个阶段的任务与措施应力求科学合理、清晰明确，并且是经过努力可以实现的。在规划自己的学业生涯时，要分析自己所学的专业，了解本专业的发展状况，清楚它对个人的素质和能力的培养要求，要根据专业的要求和特点来规划学业生涯。

2. 独特性原则

每一个人的性格、兴趣、爱好和志向都是不一样的，生活习惯和学习习惯也是不同的，所处的社会环境和家庭环境也有很大的区别，实施自己的计划的方法、能力和意志力也会有不同程度的差异，这些都是个体的差异。大学生在规划自己的学业生涯时，一定要对自己有比较全面的认识，结合自身的情况或特点来做学业规划。

3. 可调控性原则

学业生涯规划具有发展性的特点。它不是孤立的、静止的，而是应该能够根据社会需求的发展变化与学生个体主观条件的变化随时修正，要求学业规划的设计具有一定的弹性，便于自己及时反省和修正学业目标，变更实施措施与计划。

4. 持续性原则

学业规划要从长远考虑，着眼于未来。各个阶段应该从整体的角度考虑，持续连贯，与职业规划保持一致。

（三）大学生学业规划的步骤

明确了学习目标，了解了学习方法，我们就可以按照学业规划的原则来做自己的大学四年学业规划。大学学业规划一般分为自我定位、目标定位、实施措施、评估反馈四个基本步骤。

1. 自我定位

圣人老子说过："知人者智，自知者明。"强调的就是给自己一个明确的定位，真真正正地全面认识自己。唯有全面认清自我、了解自我的人，才能找准自己的发展目标。认识自我就是结合环境了解自己的兴趣、特长、性格、学识、技能、智商、情商、价值观、思维方式及管理协调能力等。评估环境包括了解市场需求、行业动态、就业前景、周围人们对自己的评价及现有的和潜在的有利、不利的条件等，这是做好学业规划的基础和资源。

首先，分析自己的兴趣爱好，认定自己想干什么。古今中外，因兴趣之花而点燃成功之火的事例不胜枚举。兴趣是理想产生的基础，兴趣与成功概率有着明显的正相关性。兴趣可以造就伟人，也可以使人为自己所钟爱的事业奋斗终生。但目前有很多大学生对自己的兴趣模糊，甚至没有。所以一定要明确自己的兴趣爱好是什么，择己所爱，选择自己喜欢的专业方向和研究领域进行奋斗和学习。

其次，分析自己的能力、特长，确定自己能干什么。能力是人的综合素质在现实行动中的表现，是正确驾驭某种活动的实际本领、能量和熟练水平。能力是实现人的价值的一种有效方式，也是左右与支配人生命运的一种主导性的积极力量。因为任何职业都要求从业者掌握一定的技能，具备一定的条件，所以必须结合自己的兴趣爱好，在认定自己想干什么的基础上确定已经具备的能力和应该培养的能力。

再次，分析未来，确定社会要求干什么。着眼将来、预测趋势，立足于社会不断发展变化的需求。避免盲目跟风，因为最热门的并非是最好的。选择社会需要又最适合发挥自身优势的专业方向和研究领域才是最好的。把自己的兴趣爱好、能力特长、社会需要结合起来；把想干什么、能干什么、社会要求干什么有机地结合起来。这几方面的结合点和连接处正是大学生学业规划的关键所在。

2. 目标定位

目标定位准确是制定学业规划的关键。目标确立要以自己的最佳才能、最优性格、最大兴趣、最有利的环境等信息为依据。同时，目标要确立在美好的憧憬之上，否则确立的目标不会远大。

大学的学制一般为 3~5 年。在每一学年中，大学生的学习重点与心理特征都有所不同。根据这一自然的年限划分，大学生可以按学年为设置阶段目标，进行自己的大学生涯规划，并按照每个阶段的不同目标和自身成长特点，制定一些有针对性的实施方案。具体可以按照以下的思路进行：大学学业总目标—学年学习目标—学期学习目标—月学习目标—周学习目标—日学习目标。让学业规划落实到学习生活的每一天，确保学业规划的严格执行。这里的目标只是人为的划分，实际有些方面是贯穿整个大学生涯的。

3. 实施措施

学业总目标制定出以后，要能自上而下的分解，具体说就是制定学业策略，即实现学业规划的行动方案。实施策略如同阶梯，要求明确、具体可行。它包括如何提高学习效率，计划学习哪些知识、掌握哪些技能，如何开发自己的潜能，参加社会实践的计划，怎样克服实现学业规划道路上的各种艰难险阻，时间的分配等方面的措施。

第一阶段主要是指进入大学的第一学期。这一阶段的重点是适应，主要措施有：首先顺利完成从中学生到大学生的角色转变，了解大学，审视自我，迅速适应大学。要利用学生手册，了解相关规定，为可能的转系、获得双学位、考研、择业、留学计划等做好资料收集和课程准备。其次，在学习方面，了解大学学习特点，重新确定自己的学习目标和要求；培养良好的学习习惯、掌握适合自己的学习方法、增强学习兴趣，在牢固学习基础上下工夫。再次，了解本专业的培养计划和就业方向，开始接触职业和职业生涯的概念，特别要重点了解自己未来所期望从事的职业或与自己所学专业对口的职业，构建适合自己的职业目标，进行初步的职业生涯设计；在职业探知方面要多和师兄师姐们进行交流，尤其是向大四的毕业生咨询就业和考研情况。此外，熟悉大学环境，有选择性地积极参加一些学校社团活动，锻炼和增强实践能力和交际沟通能力，建立新的人际关系。

第二阶段主要是指大一的下半学期和大二的两个学期。主要任务是认识自己的需要和兴趣，确定自己的价值观、动机和抱负，考虑清楚大学毕业后是继续深造（考研）还是就业或创业，并以提高自身的基本素质为主。实施措施是通过参加学生会或社团等组织培养和锻炼自己的领导能力、组织协调能力、团队协作精神，同时检验自己的知识技能；可以开始尝试兼职，参加社会实践活动，并要具有持久性，最好能在课余时间长时间从事与自己未来职业或本专业有关的工作，提高自己的责任感、主动性和受挫能力，并从不断的总结分析中获取职业的经验；在学习方面，要有扎实的专业基础知识，增强英语口语能力和计算机应用能力，考取英语、计算机的等级证书，并开始有选择地辅修其他专业的知识以充实自己。

第三阶段主要包括大二的第二学期和大三的两个学期。这一阶段的主要任务是加强专业知识的系统性学习，拓宽知识广度和深度的同时，增强自身综合素质拓展。具体措施是树立职业意识，培养目标职业所需要的各种能力，掌握现代职业者所应具备的最基本技能，考取与目标职业有关的职业资格证书及驾驶证等，为将来的就业选择打下良好的基础。

因为临近毕业，所以目标应锁定在提高求职技能、搜集用人单位信息或确定报考专业上。参加和专业有关的暑期社会实践工作，和同学交流求职工作心得体会，学习写简历、求职信，了解搜集工作信息的渠道，并积极尝试加入校友网络，向已经毕业的校友了解往年的求职情况和他们单位今年的需求情况。如果决定考研，也要选定报考学校及专业，做好复习准备;希望出国留学的学生，可参与留学系列活动，并准备通过 TOEFL、GRE 考试，要注意留学考试资讯，向相关教育部门索取简章和参考资料。

第四阶段主要是指大三的第二学期和大四的两个学期。这个阶段，大学生的毕业方向已经确定，找工作的找工作、考研的考研、出国的出国，大部分学生的目标应该锁定在工作申请及成功就业上。这时，主要的措施是可先对前三年的准备做一个总结：首先检验自己已确立的职业目标是否明确，前三年的准备是否充分；然后开始申请工作，积极参加招聘活动，在实践中校验自己的积累和准备；最后，预习或模拟面试。积极利用学校提供的条件，了解就业指导中心提供的用人单位资料信息，强化求职技巧，进行模拟面试等训练，尽可能地在准备较充分的情况下进行演练。在撰写毕业论文时，可大胆提出自己的见解，锻炼自己的独立解决问题的能力和创造性。另外，要重视专业实习机会。通过实习从宏观上了解单位的工作方式、运转模式、工作流程，从微观上明确个人在岗位上的职责要求及规范，为正式走上工作岗位奠定良好基础。

4. 评估反馈

俗话说，计划赶不上变化。无论是社会、组织环境，还是我们自己，都会经常发生这样那样的变化，其中很多变化是我们事先难以预测的。这些不确定因素的存在可能会使实际结果偏离原来的规划目标。这就要求我们时时注意内外环境的变化，不断地审视自我，不断地调整自我，不断地修正策略和目标，这个过程就是评估反馈。学业规划在实施的过程中，由于现实生活中种种不确定因素的存在，要求学业规划的设计具有一定的弹性，以便于自己及时反省和修正学业目标以及变更实施措施与计划。做到对学业规划进行定期评估，每年、每学期、每月、每日进行检查评估，进而分析原因与障碍，找出改进的方法与措施。因此，学业规划的实施实际上是一个反复地、螺旋上升的过程。

三、大学生学业规划管理

（一）制定可行的学业规划

大学生在规划学业时，要把自己想干什么、能干什么、社会要求干什么三者有机结合起来，分析所在的环境，包括社会职业发展的趋势、社会为自己提供就业机会的可能性、学校提供的学习资源的具体实际、家庭环境为自己提供的条件等客观实际，根据自己的价值观、个性、兴趣、能力特长等特点制定学业目标、行动方案和学业策略，以更利于发挥自己的潜能和优势，实现个人素质的最优发展。

不少大学生想学真本事最后却沦为空想，一个重要的原因是对自己的学业目标很模糊。例如，有人说要在大学里全面提高自己。那么怎么才算提高了自己？是考了很高的分数，还是看了几本书，或是学会了跳交谊舞？有人说目标就是毕业后找到好工作。什么是好工作？靠什么去获得？这些目标太过单向或者太过空泛，可操作性不强。学业总目标制定出来以后，要进行分解。如按时间段可分学业目标、学年的学习目标、学期的学习目标、月的学习目标、周的学习目标、日的学习目标；可按职业需要的素质制定层级目标，如师范生口头表达能力目标，可制定某某时间达到敢在小组说话，某某时间能在班会上较流畅表达，某某时间能在较大范围的正式场合较自如地表达等。清晰的目标可保证学业规划落实到学习生活的每一天，确保学业规划的严格执行。

（二）提高执行力

不少大学生制定了学业规划，却束之高阁或者虎头蛇尾，学业规划不能实施或实施后不能持久，最终无法实现既定的学业目标。学业规划只是蓝图，要实现宏伟蓝图必须培养积极的心态，增强动力和执行力。

(1) 主动学习提高。丢弃被动学习的观念，积极主动地争取各种提升就业力的锻炼机会，增强主动学习、主动实践、争创一流的意识。

(2) 及时进行学业规划评估与反馈。在学业规划的实施中要及时对执行情况做出评估。切记，成功者无数次修改方法却始终不改变目标，不成功者无数次修改目标却不改变方法。

(3) 运用激励与惩罚措施。制定出完成阶段目标后对自己的奖励和惩罚措施：完成后怎样奖励自己，完不成怎样惩罚自己。激励措施能将人的潜能和积极性激发出来，惩罚可以防止惰性的产生。养成写日记的习惯，在日记里反思学业规划执行中存在的问题，不断激励自己，避免出现因没完成学业规划目标而反复找借口、不断原谅自己的现象。

第三节　大学生职业素质拓展

一、职业人与职业素质

（一）职业人

所谓职业人，就是参与社会分工，自身具备一定的专业知识和技能，并能够通过为社会创造物质财富和精神财富，而获得其合理报酬，在满足自我精神需求和物质需求的同时，实现自我价值最大化的这样的一类群体。社会职业是动态的、发展的，有死有生，“职业去来兮，而人却留着”。职业人必须与发展着的职业相匹配并开创新的职业。因此，从动态意义看，就有了传统职业（传统职业人）和现代职业（现代职业人）。多数大学生自然是要成为现代职业人的。现代职业素质是职业人自我完善的基本目标。

（二）职业素质

1. 职业素质的定义

职业素质（Professional Quality）是指从业人员在一定的生理、心理条件基础上，通过后天的社会教育、劳动实践和自我修养等途径而形成和发展起来的，在职业活动中起决定性作用的、内在的、相对稳定的基本品质。职业素质主要是通过后天学习实践培训得来的，是决定职场成败的重要因素，是劳动者对社会职业了解与适应能力的一种综合体现，其主要表现在职业兴趣、职业能力、职业个性及职业情况等方面。

2. 职业素质理论——冰山模型（Iceberg model）

美国学者莱尔·M. 斯潘塞（Lyle M. Spencer, Jr）和塞尼·M. 斯潘塞博士（Signe M. Spencer）于1993年从特征的角度提出了著名的素质冰山模型，如图1-1所示。所谓“冰山模型”，就是将人员个体素质的不同表现形式划分为表面的“冰山以上部分”和深藏的“冰山以下部分”。其中，“冰山以上部分”包括基本知识、基本技能，是外在表现，是对任职者基础素质的要求，是容易了解与测量的部分，相对而言也比较容易通过培训来改变和发展，但它不能把表现优异者与表现平平者区别开来。这一部分也称为基准性素质（Threshold Competence）。而“冰山以下部分”包括社会角色、自我形象、特质和动机等，是人内在的、不容易被观察、难以测量的部分。它们不太容易通过外界的影响而得到改变，

图1-1　素质体系的冰山模型

但却对人员的行为与表现起着关键性的作用。这部分称为鉴别性素质(Differentiating Competence)。它是区分绩效优异者与平平者的关键因素。职位越高，鉴别性素质的作用比例就越大。招聘人才时，不能仅局限于对技能和知识的考察，而应从应聘者的求职动机、个人品质、价值观、自我认知和角色定位等方面进行综合考虑。如果没有良好的求职动机、品质、价值观等相关素质的支撑，能力越强、知识越全面，对企业的负面影响会越大。

(三)现代职业人应具备的基本素质

1. 过硬的思想政治素质

思想政治素质是指人们在政治上的信念以及世界观、人生观、价值观等方面的品质。思想政治素质是职业素质的灵魂，对其他素质起统帅作用，决定着其他素质的性质和方向。大学生应当努力加强自身的思想政治素质修养，以便把自己塑造成为一个德才兼备的社会主义劳动者。

2. 高尚的职业道德

职业道德是指从事一定职业劳动的人在特定的工作和劳动中以其内心信念和特殊社会手段来维系的、以善恶进行评价的心理意识、行为原则和行为规范的总和。它是人们在从事职业的过程中形成的一种内在的、非强制性的约束机制，包括勤奋工作、业务熟练，忠于职守、爱岗敬业，诚实守信、公平公正、顾全大局、勇于让步、自觉控制成本，注重企业效益，做事认真专注，懂得责任比职责更重要，有职业信誉。

3. 健康的现代职业意识和职业观念(职业价值观)

价值观是一种内心尺度。它凌驾于整个人性当中，支配着人的行为、态度、观察、信念、理解等，支配着人认识世界、明白事物对自己的意义和自我了解、自我定向、自我设计等，也为人自认为正当的行为提供充足的理由。这里考察的职业价值观是探讨人们在职业选择和职业生活中，在众多的价值取向里，优先考虑哪种价值。价值观是一种职业心态，即用何种心态去处理工作中遇到的困难。情绪总会影响我们的行为。生活中，消极的情绪会不自觉地影响着人们工作的效率。职业的心态让我们能够把生活和工作区分开来，并能热情地参与到自己的工作中。

价值观是一种职业标准，即人们选择的职业锚(又称职业定位)。它是指当一个人面临职业选择的时候，无论如何都不会放弃的职业中至关重要的东西或价值观。研究表明，职业锚是自己内心深处对自己的看法。它是自己的才干、价值观、动机经过自省后形成的。职业锚可以指导、约束或稳定个人的职业生涯。凡事知道应该往哪个方向走，思路清晰。不怨天尤人，不会迷失方向，不走冤枉路，从观念上彻底解决职业生涯的方向问题。

与岗位相适应的现代职业能力，主要表现在善于与他人沟通，能知晓并控制自己的情绪，能够自律，善于推销自我和人际交往，懂得换位思维和赞扬他人，善于收集信息，并进行科学有效的管理，不断提升自己。一个人的价值观在很大程度上决定了一个人的人格层次，而人格层次的高低还决定了一个人的各方面的素质。一个人只有给自己更高的定位之后，他才会有更高远的目标，并用这种远大的战略眼光来全方位地观察与引导生活和工作。其实，人与人之间的素质差距往往体现在能否摆脱眼前的利益，而获取隐藏在背后的更大的价值，从而达到生命的更高境界。职业人只有给自己更高的价值观定位之后，才能从行动上不满足于现状，不断地学习，从而更好地开拓和解放自己。一个真正的职业人，在信奉忠诚、诚信、公正、正直的道德原则的前提下，对于责任的理解会更加富有深广的含义。每个人既要承担社会责任、家庭责任，更要明确所肩负的工作责任。工作责任是职业人最重要的责任。

4. 健康的身心素质

人的生理和心理是相互影响、相互促进、协调发展的。开朗的性格、开阔的胸襟、乐观向上的情绪源于健康的身体。要想取得事业的成功，必须具备良好的身心素质。俗话说："身体是革命的本钱。"无论做什么职业，多么富有，拥有健康的身体才是最基本的，也是最重要的。而心理素质的好坏体现在心理状态的正常与否、个体心理品质的优劣、心理能力的强弱三个方面，体现在个体的行为习惯和社会适应状态之中。现代社会生活节奏逐步加快，人们普遍感到来自家庭、工作等诸多方面的压力越来越大。现代社会对职业人心理素质最基本的要求是具备良好的心理状态、健康的心理品质、较强的心理能力。

5. 科学文化素质

科学文化素质主要是指职业劳动者所应当具备的广博的知识积累、合理的知识结构和科学的学习方法。科学文化素质是职业素质的核心。对现代职业人来讲，掌握丰富的科学文化知识是成才的基础，建立合理的知识结构是培养职业素质的关键，科学的学习方法是求知和建立合理知识结构的重要保证。从事职业活动必须有一定的技术技能，而培养各种技术技能必须以一定的科学文化素质为基础。具有一定的科学文化素质是求职立业的必要准备，是从事职业活动的需要，是掌握专业技能的基础。科学文化知识越丰富，对技术技能形成的指导性就越强，就能在实践中少走弯路，减少摸索的时间，提高工作效率。社会发展日新月异，信息时代瞬息万变。为了适应不断变化的新形势对现代职业人素质和能力的要求，每一个人只有学习和掌握一定的科学文化知识，为求职立业做好必要的知识准备，才能适应职业的要求。

6. 精湛的职业技能

摩托罗拉北亚中心高校关系经理毛萍说，大学生就业难，缺乏的是非常实际的职业技能。职业技能的定义是"能将所学知识应用于实践，解决现实问题；并在面对新的问题时，能主动学习新的知识并用于实践"。为此，大学生要培养自己的三大能力。首先是适应能力。它包括对工作环境的适应、对人际关系的适应以及对工作本身的适应。从角色学习论的角度出发，大学生要适应由学生向职业人的转型。其次要培养自己终身学习的习惯。只有通过不断的学习，才能永葆自己在职业技能上的优势，大部分的成功人士每天都会有自己固定的阅读时间。最后，大学生要发展不断的创新精神。这是对已有知识的灵活运用，是对新途径的自我探索。

7. 完备的现代职业礼仪

能充分尊重他人，仪表优雅、大方，行为举止规范，谈吐健康得体，能清晰地展现职业身份。

8. 崇高的现代职业精神

我国古代著名的思想家荀子在《劝学篇》说:“锲而舍之，朽木不折，锲而不舍，金石可镂。”对待工作与事业，没有专注的态度，不能矢志不渝、持之以恒，就谈不上敬业。乐观、向上、自信，追求卓越;勇于开拓、创新，突破自我;胜不骄、败不馁，能从失败中汲取教训，有职业责任感。

二、社会对大学毕业生的素质要求

时代呼唤训练有素的职业人。大学生要迎接时代的挑战、接受社会的挑选，就必须符合时代发展所提出的素质要求。随着市场经济不断完善和发展，就业市场竞争日趋激烈，社会对大学毕业生的素质和能力要求也越来越高。当今社会对大学生素质与能力的要求主要包括过硬的思想政治素质、高尚的道德情操、健康的身心素质、良好的认知能力（终身学习能力）、和谐的人际交往能力、善于通力合作的能力（团队精神）、创新能力等。这些素质和能力不仅对于个人发展有重要作用，而且对促进整个社会的进步有重要的意义。其中，良好的心理素质（关键是情商）和人际交往能力是现代社会对大学生最基本的职业素质要求。这两个基本素质的欠缺会影响其他素质的培养和提升，最终影响一个人的一生发展。资料表明，我国一些优秀的企业老总对“大学毕业生最缺乏什么”的问题回答是惊人的一致：缺乏情商和最起码的人际交往能力。

（一）情商培育与修炼

情商又称为情绪智力。它是近年来心理学家们提出的与智力和智商相对应的一个心理学概念，主要是指人在情绪、情感、意志、耐受挫折等方面的品质。它是评价人的情绪智力发展水平高低的一项指标，是与个人成才和事业成功有关的一个全新的概念。以往认为，一个人能否在一生中取得成就，智力水平是第一重要的，即智商越高，取得成就的可能性就越大。但现在心理学家们普遍认为，情商水平的高低对一个人能否取得成功也有着重大的影响，有时其作用甚至要超过智力水平。

1990 年，美国耶鲁大学的心理学家彼得·萨勒维（Peter Salovey）和新罕布什大学的心理学家约翰·梅尔（John Mayer）首先提出了用“情绪智力”来描述对情绪的认知、评估、表达、分析和调节能力。1995 年，美国哈佛大学的心理系教授、纽约时报专栏作家丹尼尔·戈尔曼（Daniel Goleman）在总结了大量有关理论和实验结果的基础上，写作出版了《情绪智商》一书，正式提出了与“智商”相对应的概念“情商”。它描述了一种了解自身感受、控制冲动和恼怒、理智行事、面对各种考验时保持平静和乐观心态的能力。它是通过综合评价人的乐观程度、理解力、控制力、适应能力等因素来测定人的智慧水平的新标准。他说：“情绪潜能可以说是一种中介能力，决定了我们怎样才能充分而又完美地发挥我们所拥有的各种能力，包括我们的天赋智力。”在戈尔曼看来，人类有两个大脑，一个是理智的大脑，一个是情感的大脑。人生的成功是情商与智商并驾齐驱的结果。他将情商界定为以下五个主要方面的能力。

1. 认识自身情绪

这是情商核心理论的基础，就是对自己的情感、情绪的自我反省、自我认识的能力。认知情绪的本质是情感智商的基石。当人们出现了某种情绪时，应该承认并认识这些情绪而不是躲避或推脱。只有觉察到自己的情绪才能成为生活的主宰，面对生活和工作中的问题能知道如何选择；反之，不了解自己内心真实感受的人必将沦为情绪的奴隶。

2. 妥善管理自己的情绪

它指能够自我安慰，能够调控自我的情绪，使之适时、适地、适度。这种能力具体表现在通过自我安慰和运动放松等途径，有效地摆脱焦虑、沮丧、激怒、烦恼等因失败而产生的消极情绪的侵袭，不使自己陷于情绪低潮中。自我情绪管理不等于压抑正常情绪的表现、发泄，而是要求根据外部环境尺度与自己的内部尺度的统一，适当控制或合理发泄情绪。这方面能力较匮乏的人常需与低落的情绪交战；而这方面能力高的人可以从人生挫折和失败中迅速跳出，重整旗鼓，迎头赶上。

3. 自我激励

它指能将情绪专注于某项目标上，为了达到目标而调动、指挥情绪的能力。任何方面的成功都必须有情绪的自我控制——延迟满足、控制冲动、统揽全局。拥有这种能力的人能够集中注意力、自我把握、发挥创造力、积极热情地投入工作，并能取得杰出的成就。缺乏这种能力的人则易半途而废。充分认识自我、激发自我潜力是成功的内在动力。

4. 认知他人的情绪

它指能通过别人细微的信息（姿态、语气、表情、动作等）觉察他人的情绪的能力。这是在自我认知的基础上发展起来的最基本的人际技巧。具有这种能力的人能通过细微的社会信号敏锐感受到他人的需要与欲望，能分享他人的情感，对他人处境感同身受，又能客观理解、分析他人情感。

5. 人际关系的管理

它指管理他人情绪的艺术。大体而言，人际关系的管理就是调控与他人的情绪反应的技巧。这种能力包括展示情感、富于表现力与情绪感染力，以及社交能力（组织能力、谈判能力、冲突能力等）。人际关系管理可以强化一个人的受欢迎程度、领导权威、人机互动的效能等。能充分掌握这项能力的人常是社交上的佼佼者；反之，则攻击别人、不易与人协调合作。因此，一个人的人缘、领导能力及人际和谐程度都与这项能力有关。

简单地说，大学生情商培育就是培养大学生以上五种能力。戈尔曼认为，情绪商数是另一种智力，是个体与心理素质相关的人格因素和社会因素的各项指标中的情绪方面的素质。高情商者表现为有良好的情绪自控能力、丰富而稳定的情感、稳定持久的注意力、坚强的意志品质、完整和谐的人格特性、良好的社会交往能力和适应能力，以及面对挫折与失败的良好的耐受力等。相反，低情商者表现为情绪自制力差、情感贫乏、注意力涣散、意志品质差、人格障碍、缺乏交际能力、难以适应社会等。因此，有人认为，与生活息息相关的情商是决定一个人是否成功的关键。

（二）沟通与人际交往

人是社会的人，人的生存和发展离不开社会。每个人都生活在社会大家庭的人际关系网中，每个人的成长和发展都依存于人际交往。人际交往也称人际沟通，指个体通过一定的语言、文字或肢体动作、表情等表达手段将某种信息传递给其他个体的过程。人际交往是社会发展的必然产物，也是社会发展的基本前提。人际交往是现代人重要的素质能力，也是影响一个人能否适应社会、步入职场的重要条件。大学生处在即将迎接社会挑战的重要成长时期。增进自身身心健康、培养和谐的人际关系是步入社会的需要，更是职业发展的深层次需求。大学生在人际交往过程中应遵循一些基本的原则和掌握一些基本的技巧。

1. 人际交往的原则

（1）平等原则。人际交往，首先要坚持平等的原则。无论是公务还是私交，都没有高低贵贱之分，应做到一视同仁，不要爱富嫌贫，不能因为家庭背景、地位职权等方面原因而对人另眼相看。平等待人就不能盛气凌人，不能太嚣张。平等待人就是要学会将心比心，学会换位思考。只有平等待人，才能得到别人的平等对待。切忌因工作时间短、经验不足、经济条件差而自卑，也不要因为自己是大学毕业生、年轻、美貌而趾高气扬。这些心态都会影响人际关系的顺利发展。

（2）尊重原则。尊重包括自尊和尊重他人两个方面。自尊就是在各种场合都要尊重自己，维护自己的尊严，不要自暴自弃。尊重他人就是要尊重别人的生活习惯、兴趣爱好、人格和价值观等。只有尊重别人，才能得到别人的尊重。

（3）诚信原则。真诚是人与人之间沟通的桥梁。只有以诚相待，才能使交往双方建立信任感，并结成深厚的友谊。坚持真诚的原则，必须做到热情关心、真心帮助他人而不求回报，对朋友的不足和缺陷能诚恳批评。对人、对事实事求是，对不同的观点能直陈己见而不是口是心非，既不当面奉承人，也不在背后诽谤人，做到肝胆相照、赤诚待人、襟怀坦白。交往离不开信用。信用指一个人诚实、不欺、信守诺言。古人有“一言既出、驷马难追”的格言。现代社会有“诚信为本”的原则，不要轻易许诺，一旦许诺就要设法实现，以免失信于人。朋友之间，言必信、行必果；不卑不亢、端庄而不过于矜持，谦虚而不矫饰诈伪。只有以诚待人、胸无城府，才能产生感情的共鸣，才能收获真正的友谊。没有人会喜欢虚情假意、夸夸其谈。

（4）宽容原则。大学生个性较强，人际交往中接触又密切，不可避免地会产生误解和矛盾。这就要求大学生在交往中不要斤斤计较，而要谦让大度、克制忍让，不计较对方的态度、不计较对方的言辞，并勇于承担自己的行为责任。正所谓“忍一时风平浪静，退一步海阔天空”。不要因为一些小事而陷入人际纠纷，不但会浪费很多时间，影响心情，而且使得自己变得很自私自利，变得很渺小。宽容克制并不是软弱、怯懦的表现。相反，它是有度量的表现，是建立良好人际关系的润滑剂，能“化干戈为玉帛”，赢得更多的朋友。

（5）互利合作原则。即交往双方的互惠互利，指双方在满足对方需要的同时，又能得到对方的报答。人际交往是一种双向行为，双向选择，双向互动，故有“来而不往，非理也”之说。只有单方获得好处的人际交往是不能长久的。所以在交往的过程中，双方应互相关心、互相爱护，要双方都受益，不仅是物质的，还有精神的，所以交往双方都要讲付出和奉献。

（6）理解原则。理解是成功的人际交往的必要前提。理解就是我们能真正地了解对方的处境、心情、好恶、需要等，并能设身处地的关心对方。有道是“千金易得，知己难求，人海茫茫，知音可贵”，善解人意的人永远受欢迎。

2.人际交往的技巧

（1）记住别人的姓或名，主动与人打招呼，称呼要得当，让别人觉得礼貌相待、备受重视，给人以平易近人的印象。

（2）举止大方、坦然自若，使别人感到轻松、自在，激发交往动机。

（3）培养开朗、活泼的个性，让对方觉得和你在一起是愉快的。

（4）培养幽默风趣的言行，幽默而不失分寸，风趣而不显轻浮，给人以美的享受。与人交往要谦虚，待人要和气，尊重他人，否则事与愿违。

（5）做到心平气和、不乱发牢骚，这样不仅自己快乐、涵养性高，别人也会心情愉悦。

（6）要注意语言的魅力，安慰受创伤的人，鼓励失败的人，恭维真正取得成就的人，帮助有困难的人。

（7）处事果断、富有主见、精神饱满、充满自信的人容易激发别人的交往动机、博得别人的信任、产生使人乐意交往的魅力。

三、大学生素质拓展

（一）大学生素质拓展计划

“大学生素质拓展计划”由共青团中央、教育部、全国学生联合会联合实施，旨在全面贯彻党的教育方针，按照江泽民同志“四个统一”的要求，坚持面向现代化、面向世界、面向未来，以培养大学生的思想政治素质为核心，以培养创新精神和实践能力为重点，普遍提高大学生的人文素质和科学素质，造就“有理想、有道德、有文化、有纪律”德智体美等全面发展的社会主义事业建设者和接班人。

“大学生素质拓展计划”的基本内容是以开发大学生人力资源为着眼点，进一步整合深化教学主渠道外有助于学生提高综合素质的各种活动和工作项目，在思想政治与道德修养、社会实践与志愿服务、科技学术与创新创业、文体艺术与身心发展、社团活动与社会工作、技能培训等六个方面引导和帮助广大学生完善智能结构，全面成长成才。“大学生素质拓展计划”的实施主要围绕职业设计指导、素质拓展训练、建立评价体系、强化社会认同四个环节进行。注重三个结合，即课内外相结合、第一课堂与第二课堂相结合、学习与实践相结合。通过教学讲授、课堂讨论、专题讲座、主题活动、体验实践等丰富多彩的方式展开，尤其要突出一些具有特色的传统工作项目，如“科技、文化、艺术节”、“社会实践”、“最佳团日活动”、“青年志愿者”、“大学生三下乡”等，全面带动和促进大学生素质拓展计划的实施。

“大学生素质拓展计划”是积极适应社会发展要求、顺应学生成才需求、进行大学生综合素质拓展的有效举措，是深入推进大学生素质教育的重要依托。实施大学生素质拓展计划有利于围绕创新人才培养目标，形成素质教育的整体合力；有利于大学生参与素质教育由相对被动向积极主动转变；有利于增强大学生自主创业就业的意识和能力；也有利于增强大学生适应社会的能力和在社会中的综合竞争力。总之，“大学生素质拓展计划”是贯彻实施素质教育、服务经济社会发展、满足青年学子自我实现的重大举措。它着眼于大学生的全面发展，把素质教育贯穿于课内课外、校内校外，贯穿于大学生成长的整个过程。它有利于全面提升大学生综合素质，有利于培养和造就大批社会主义建设者和接班人。

（二）大学生素质拓展的途径

大学是一个广阔的舞台。它在教会学生科学文化知识的同时为他们搭建了众多锻炼能力、提升素质的平台。大体可以归属为校园文化活动和社会实践活动两大类。郑春晔等曾对此与大学生素质拓展做过详细阐述。

1. 参加校园文化活动

大学校园文化活动是大学阶段学习生活的重要组成部分，是丰富校园生活、促进校风形成的良好阵地，是大学生锻炼能力、提高素质的重要途径。丰富多彩的校园文化活动是大学生素质拓展的广阔平台，有利于促进大学生素质拓展和全面发展。校园文化活动主要包括一些学生社团活动、科技创新活动、文体活动等。

（1）学生社团活动。学生社团是大学生思想政治教育、素质拓展和校园文化建设的重要载体，是高校第二课堂不可缺少的组成部分。学生社团是指学生为了实现会员的共同意愿和满足个人兴趣爱好的需求而自愿组成的、按照其章程开展活动的群众性学生组织。

学生社团的活动以保证完成学生的学习任务和不影响学校的正常教学秩序为前提；以有益于学生的健康成长和有利于学校各项工作的进行为原则。学生社团组织和活动的目的是活跃学校的学习氛围，提高学生自己管理自己的能力，丰富学生的课余生活。学生社团可以根据学校的不同情况利用学生的课余时间开展各种形式的活动，以交流思想、切磋技艺、互相启迪、增进友谊。

根据不同的标准，高校学生社团可以划分成不同类型。根据我国高校社团活动的现状，一般可将高校大学生社团划分为以下四种类型。

信仰型社团。信仰型社团是以成员的理想、信念、志向相同为基础而建立起来的社团，如马克思主义研究会、邓小平理论研究会、党章学习小组、大学生实践科学发展观研究会等。参加此类社团活动有助于大学生思想政治素质的提升。

学术型社团。学术型社团是以满足成员对知识的需求为基础，以提高学术水平和实践能力为共同目的而建立起来的，与专业学习、学术研究结合较紧的带有专业实践性质和多学科交流的社团，如生命学社、青年法学会、数学建模协会等。此类社团有助于提升学生的科学文化素质。

文娱型社团。文娱型社团是以成员的兴趣、爱好相同为基础，为满足其成员的精神生活需要而建立的非专业化的文化、艺术、体育等方面的学生社团。文娱型社团是高校学生社团的主体，数量大、类型多，如篮球协会、足球协会、舞蹈协会、大学生艺术团等。

实践型社团。实践型社团是以社会实践活动为主，包括勤工助学或提供社会服务为主要内容而结成的社团，如“邦坚梅朵”实践队、英语沙龙协会、“一角钱基金助学”协会、“梦苑”文学社、演讲与口才协会等等。

学生社团活动有利于通过学生的自主能动性创造优美的校园环境，营造良好的文化氛围，培养他们积极健康向上的精神风貌。大学生在参与各类社团活动中，改变了传统教学中被动接受的形式，有利于学生主体性和创造精神的发挥。同时，在社团管理中，学生自己管理自己，自己维持社团的内部团结，自己决定社团的发展方向，自己组织开展活动，自己筹集活动资金……这一系列过程对学生的组织管理能力、人际交往能力、语言表达能力等方面都是一个很好的锻炼，最终实现大学生的自我教育、自我管理、自我服务。

（2）科技创新活动。大学生科技创新活动指的是在团组织的领导和学生科协的指导下，基于共同的兴趣爱好，为了提高自身的学术科技水平，增强自身能力，大学生课外所从事和参加的各类学术科技创新活动的总称。大学生科技活动形式多种多样，既可以是学术报告会、人文讲座、科技作品展，也可以是科技学术竞赛、课题攻关小组、科技开发实体、科技服务活动。大学生科技活动内容丰富多彩，有围绕学术科技而进行的撰写科研论文、调查报告、从事科技发明、进行科技开发、开展新技术服务等。大学生科技活动是卓有成效的，一些有价值的科研论文，有独创性的调查报告、新颖而实用的科技发明，甚至一些科技项目的研究等都出自大学生之手，是大学生学术科技活动结出的成果。这表明大学生参加学术科技活动不仅可以锻炼自己，而且大有作为。各个高校都应结合本校的专业实际，组织开展丰富多彩的课外科技创新活动，为大学生创造检验自我动手能力和实践能力的条件。这些措施可极大调动大学生潜在的创造热情。

目前，在我国大学生中有着广泛影响，并能吸引大学生积极参与的科技创新实践活动主要有"'挑战杯'全国大学生课外学术科技作品竞赛"、"'挑战杯'中国大学生创业计划竞赛"、"中国大学生应用科技发明大奖赛"、"全国大学生数学建模竞赛"以及"全国大学生电子设计竞赛"等。这里对其中影响力最广、吸引力最大的"挑战杯"全国大学生课外学术科技作品竞赛予以简单介绍。"挑战杯"全国大学生课外学术科技作品竞赛始于1989年，是由共青团中央、中国科学技术学会、教育部、全国学生联合会主办的大学生课外学术科技活动中一项具有导向性、示范性和群众性的竞赛活动，每两年举办一届，被誉为中国大学生学术科技"奥林匹克"。此项活动旨在引导和激励高校学生崇尚科学、追求真知、勤奋学习、锐意创新、迎接挑战，培养学生的创新精神和实践能力，并在此基础上促进高校学生课外学术科技活动的蓬勃开展，发现和培养一批在学术科技上有作为、有潜力的优秀人才。"挑战杯"大学生课余学术科技作品竞赛的成功不仅在于它为大学生搭起了参与课外学术科技活动的舞台，更在于它有效地激发起大学生的创新意识和创造精神。当前，不断发展、不断深入、不断更新的大学生科技创新实践活动使人们看到其所包含的巨大作用和深远意义。对大学生而言，科技创新活动有利于强化思维，提高创新能力；有利于素质培养，提升综合能力；有利于发展个性，提高组织能力；有利于动脑动手，提高实践能力。

此外，还有许多校内组织的专业教育、专业实践相结合的竞赛活动，如财务会计业务竞赛、市场调查分析竞赛、化学实验竞赛、多媒体设计竞赛、大学生原创DV大赛等。这类专业技能竞赛活动既是对大学生专业知识学习的检验，又是对大学生实际动手能力以及团队合作精神的培养，对大学生素质拓展和能力的提高有非常重要的作用。

（3）文体活动。大学生的文体活动，顾名思义，是指文艺活动和体育活动，是大学校园文化活动中最常见也最易为学生接受、涉及人数多、辐射面广的活动。它的范围极其广泛，形式也极其多样，且参与性强。文体活动以调剂生活、愉快身心、增进健康、培养情趣和发展各种能力为目的，特别符合年轻人的生理、心理特点，因此深受广大大学生欢迎。大学里的文体活动主要有以下几类。

人文艺术类学术讲座。通过各种形式举办人文艺术类学术讲座，开设专题性学术论坛，丰富校园文化，营造人文教育氛围，加强学生人文艺术素养的培养，拓宽大学生的视野，提升其文化素质。

人文艺术类比赛。比如经典诗歌朗诵比赛、辩论赛、书画赛、宿舍手抄报比赛等。此类活动有助于陶冶大学生的情操，增强自信心。

体育类娱乐、竞赛或比赛。如田径运动会、各类体育趣味比赛、各类球类比赛、健美操比赛、广播体操比赛、爬山比赛等。组织开展体育类比赛活动可以树立大学生的集体荣誉感，提高大学生的体育竞技水平，增强身体素质，可以培养学生坚强的意志、拼搏精神和团队合作精神。

校园文化艺术节。它是具有综合性的大型校园盛会，紧扣时代的主题，寓教于乐，融思想性与艺术性于一体。它覆盖面广，参与性强，包括一系列的比赛、评比、展览，如校园歌手大赛、交谊舞大赛、青春舞比赛、大学生才艺展示、影评比赛等，为学生锻炼自我提供了综合性平台。举办校园文化艺术节可以挖掘校园艺术人才、才艺之星，可以提升学生的文化艺术修养和艺术欣赏水平，更重要的是营造文明高雅的校园文化氛围。

群众性校园文化活动。此类活动形式不限，对时间、空间上的要求不高，专业性低，参与性强。例如，利用“五一”假期和“五四”青年节搞些系列趣味群众性文体比赛；在重大节日、纪念日开展各种有意义的纪念和庆祝活动等。开展群众性校园文化活动可以丰富师生的课余文化生活，增进师生之间、学生之间的情感交流，增强学生的归属感，有助于提高学生的道德文化修养。

从古至今，许多伟人和名家的经验和论述已经证明艺术不仅是为了精神娱乐、文化修养，它还能对训练大脑、展开时空想象、发展身心产生奇妙的作用。而体育类项目更能在提高身体素质的同时，激发大学生学习、生活的热情，增强团队意识。

总之，丰富多彩的校园文化活动可以培养大学生高尚的精神追求、高雅的审美情趣、独特的艺术品位，是校园文化活动与提高大学生的人文素养、艺术修养、心理素质和身体素质等的有机结合，达到寓教于乐、寓教于文、寓教于艺的目的，使大学生在高品位、高质量、高格调的校园文化活动中实现身心素质的自由、全面、健康发展。这里的“身心”包括身体、心理和智力三个方面。体育锻炼能增强体质，培养身体的灵活性和协调性；竞争性活动有助于培养良好的心理素质，经受挫折考验；集体项目的活动能培养人的合作精神和宽容意识；作为一种审美活动，文体还能够提高人的审美情趣和内在修养。

另外，健康有益的文体活动能满足大学生的社会交往需要，使他们获得自我实现的机会，得到他人的赞同，从而形成稳定的心理状态，保持良好的心理态势。校内各种“工作”，主要指担任各级各类组织的学生干部工作，包括班团干部、学生会干部、学生社团负责人等；其次担任各类活动的主持人、校园广播站的主播、导播等。“校内工作”可以协助学校和老师做好有关学生的管理和教育工作，是大学生自我教育、自我管理、自我服务的具体体现，是最常见的自我锻炼平台。在实际工作过程中，学生可以锻炼领导管理能力、组织协调能力、人际沟通能力和统筹规划能力等综合能力，有助于增强学生的自信心，形成某方面的职业能力或专长等综合素质的提升。

综上所述，校园文化活动形式多样、丰富多彩。大学生要合理安排自己的校园文化生活。首先，应该根据自身的兴趣、爱好、特长以及职业目标等有选择性的参加，在“精”不在“多”，做到适可而止。 其次，一定要处理好学习与参与活动的关系。大学生的主要任务是学习。学业是第一位的。不能因为参与活动而影响学业的顺利完成。再次，参与活动不能怀揣功利心，要以提升个人素质为目标。学生干部应本着“全心全意为学生服务”的工作宗旨，树立“服务同学，提升自我”的正确心态，坚决杜绝“官本位”思想。最后，参与校园活动应联系到自己的职业规划。理性选择活动内容与形式，有针对性地拓展相应的职业素质，这样可以更好地达到“学以致用”的目的。

2. 参加社会实践活动

所谓大学生社会实践活动，就是指在校大学生在课堂教学之外，以社会化为目的，塑造个性素质的全部活动。从广义上讲，大学生社会实践活动就是通过社会调查、社会服务、勤工助学、科研实践、军训、某些教学实践活动等多种形式与社会相互联系、相互作用，使大学生了解社会发展、感知社会生活、发展个性特长、增长业务技能、完善品格素养的认知过程和教育过程，是我国高等教育的重要组成部分。狭义上是指大学生利用假期走出校园、接触社会、认识社会、扩展知识、增强能力的各种活动。社会实践是大学生认识社会、认同社会的基础，是大学生走向社会的关键环节，是在校大学生承担责任、锻炼才能的有效途径。正所谓“艰辛知人生，实践长才干”。

大学生应该敢于实践、乐于实践、勤于实践。下面简要介绍几种大学生社会实践的主要形式。

（1）社会调查。社会调查是大学生社会实践活动的主要内容和形式。社会调查即对某一生活领域、某一地区的社会现象、社会问题、社会事件，用实际调查的手段，取得第一手资料并进行分析，用以说明或解释所要了解的各种事实、发生原因及其相互关系，进而提出提高社会效益、改革社会的最优方案和实施步骤的社会活动。学生带着实际问题或依据社会需要、个人志趣，有目标地针对某一社会课题进行较为科学、周密、系统的调查研究和论证，为地方制定方针、政策提供决策的依据，或为地方的经济发展提供可行的方案与建议。社会调查是大学生社会实践教育的第一课，如同一把打开社会之门的钥匙。

（2）社会服务。大学生社会服务活动作为大学生社会实践活动的重要形式之一，是近年来大学生创造的一种理论联系实际、利用业余时间进行、旨在为社会服务的一种社会实践活动。社会服务活动的范围很广，涉及校内外的众多领域，其基本形式大致可分为劳务型、经营型和智力型三种。其中，智力型的社会服务活动可以充分发挥大学生知识优势，增长实际工作的才干。它和大学生专业联系紧密，因而成为大学生社会服务活动的主要形式。例如，以开展社区援助、支教扶贫、环保宣传教育、信息科技咨询服务等为主要内容的大学生科技文化卫生“三下乡”活动、大学生青年志愿者活动等，不仅可以锻炼大学生的团队协作能力和乐于奉献的精神，而且丰富了青年志愿者的人生经验，一定意义上体现了他们的人生价值。

（3）教学实践活动。教学实践一般以课时和学分的形式写入教学计划，要求学生必须参加，是专业学习必不可少的环节，也是课堂理论教学和课外实践不可替代的，应当作为巩固和提高自己专业素养的重要环节来对待。教学实践具体可以分为认识实践、专业实践以及学术实践等。

①认识实践。实践的重点应该从认识入手，以了解社会、认识专业、锻炼品格和服务社会作为主要内容。认识实践是走出校门，走向社会，以接触和认识社会了解所学专业在社会上的实际应用，增强个人社会服务意识等为主要目标，开展下工厂、进企业专业考察等为主要内容的实践活动。通过认识实践，学生可以发现社会、行业对自己的基本要求，能够感觉到自身的不足与差距，确定努力的方向。在与社会的接触中，学生能够感受到社会不同群体之间的差异，提升自己的服务意识，增强社会责任感；在以团队形式开展的实践活动中，初步锻炼合作意识和团队精神。这些都是大学生应该具备的基本素质，也是将来走向社会、走上工作岗位必需的基本职业要求。

②专业实践。专业实践以专业知识的应用为主要内容，开展社会调查、专业实习或与专业相关的科技实践活动。主要目的是了解与本专业相关的行业要求，检验

自己所学知识的应用能力，了解自己的专业知识结构是否合理，以便将来在课堂上更有针对性地完善自己的知识结构和知识体系，如师范生的教育实习、市场营销专业的市场调查分析实习、生态学专业的野外考察实习等。

③学术实践。学术实践要结合当前社会的热点问题，运用自己的专业知识，发挥个人特长，开展学术调查和研究活动。这类实践活动的内容和目标还可以结合自己将来的毕业论文或毕业设计统筹规划，为论文或毕业设计提供思路和素材。

（4）勤工助学。勤工助学活动是指大学生利用课余时间参加各种兼职锻炼，通过自己的劳动取得合法报酬，用于改善学习和生活条件并积累社会工作经验的社会实践活动。勤工助学对大学生来说是一举多得的经历。首先，勤工助学是学校学生资助工作的重要组成部分，是资助家庭经济困难学生的有效途径，是对他们安心完成在校学业的有力支持。其次，校内勤工助学活动可以帮助大学生了解学校的基本状况，熟悉学校相关部门的工作；校外勤工助学活动可以开阔大学生的眼界，扩大大学生的人际交往，增加社会阅历。另外，也是最重要的，勤工助学活动有利于大学生德、智、体、美、劳全面发展。大学生通过勤工助学能够形成良好的工作态度和职业意识，培养自立自强的精神，增强社会实践能力，提高自身的综合素质。

（5）企业实训。企业实训是专业学习与社会实践的紧密结合，是大学生提前进入就业状态的一种尝试，也是大学生步入职场的第一步。企业实训的时间段大都在高年级，是大学生结合就业、创业开展以岗前实习为主要内容的实践活动。这类与就业相关的实践要结合自己的职业规划设计实践内容，以将来与单位签约为目标到具体的工作单位进行岗前实习。随着时代的发展，人力资源的竞争是许多企业开展竞争的重点，因此有的企业在选择在校实习生的过程中都引入了正规的职业岗位招聘模式。通过科学合理的层层选拔，筛选出符合本企业要求的实习生，并且专门设立实习生的岗位。而实习生们过五关斩六将，经过重重考验，也将成为企业重点培养和发展的对象，其中的一部分实习生就可能成为企业今后正式招聘的员工。因此，现在许多企业还将这一类实习生定为储备干部或者后备人才。由此可以看出，企业内的实训无论是在选拔过程还是具体工作中，对大学生来说都是一次宝贵的经历，都将对其将来的职业发展产生深远的影响。

大学生要树立正确对待社会实践的态度，以积极向上的心态参与其中，做到合理、有效地参加社会实践。首先，努力争取合适的实践机会。虽然社会实践形式多样，分布于校园内外，但是相对于众多的大学生，实践机会有限，需要努力争取，积极把握各种参与实践的机会。大学生可以通过多种途径广泛收集各类社会实践信息，从中选择适合自己、能锻炼自己的实践项目参加。同时，在争取实践机会中，要始终保持清醒的头脑，不要急于求成而致使自身利益受到损害，要注意安全，维护自我利益。其次，合理规划、充分准备。社会实践活动的规划要结合自身特点，结合自己所学专业、结合自己职业生涯规划进行设计和安排。对于一般的教学实践活动，学校会进行统一的设计和安排，根据年级、专业的不同安排不同时间、不同内容的实践内容。而其他形式的社会实践活动则是大学生自主选择安排的，这就给大学生很大的选择空间。针对具体的一次社会实践活动，也需要科学、合理规划，对实践内容的安排、实践地点的选择、实践时间的安排和实践方案的撰写等做好事先计划，收集相关资料，开展前期的准备，为后期实践的开展和成果的总结打下良好的基础。再次，要勤于实践。大学期间，实践应该是经常性的，是随着知识的学习、能力的提高不断进行的，不能满足于学校要求的实践任务的完成，也不能沉浸于一两次成功实践的喜悦之中。要为自己争取更多的实践机会，要积极寻找实践的项目，要主动创造实践的机会，让自己在形式多样的各种社会实践活动中不断地成长进步。总之，社会实践是大学生认识社会、走向社会的重要环节；社会实践可以使大学生深入地了解社会，并在社会实践中增长知识、增强能力、提升素质，为将来踏入社会、走上工作岗位做好准备。

知识、能力和素质被称为大学生社会化的三大要素，大学生职业准备的实质也是这三个方面的综合提升。知识是素质形成和提高的基础；能力是素质的一种外在表现。没有相应的知识武装和能力展现，不可能内化和升华为更高的心理品格。但是知识和能力往往只解决如何做事，而提高素质可以解决如何做人。高素质的人才应该将做事与做人有机地结合，既把养成健全的人格放在第一位，又注重专门知识、技能和能力的培养，使自身得到全面、和谐的发展。因此，一名优秀的大学生应把构建合理的知识结构、培养科学的思维方式、锻炼较强的时间能力和提高全面的综合素质统一起来，这样才能在择业、就业、从业过程中立于不败之地。大学生职业综合素质的培养不仅关系到能否成功就业，而且也关系到国家的稳定和构建社会主义和谐社会。它需要国家、社会、高校以及大学生本人共同努力，形成合力，共同促进大学生的全面发展。

第二章　大学生职业生涯规划概述

第一节　职业与职业生涯规划

一、职业与职业生涯规划的含义

“职业”是现代社会中人们经常运用的一个词语。作为现代社会的成员，无论其性别、教育程度、家庭背景等如何，都会遇到职业的问题。职业是随着人类社会的发展，出现了劳动的分工而随之产生的。职业也伴随着社会和经济的发展而不断变化和发展。决定和影响职业的因素很多，社会生产力的发展引起的社会分工的变化决定和制约着职业的发展和变化；社会经济因素直接地影响和制约职业变化；社会政治制度、宗教、文化等诸多因素也都会影响某些职业的兴衰。总之，职业的产生和发展变化根源于生产力水平和社会分工的发展，而社会因素对职业的发展也起着不可忽视的作用。

那么什么是职业呢？从词义学的角度分析，“职业”一词由“职”、“业”两个字组合而成。“职”字包含着责任、工作中所承担的任务等意思；“业”字含有产业、行业、业务和事业等意思。《现代汉语词典》中将“职业”解释为个人在社会中所从事的作为主要生活来源的工作。关于职业的学术定义，不同学派的专家和学者从不同角度、不同侧面对职业的内涵做出了不同的界定。例如，我国的学者对职业有如下的定义。郭建锋等人认为，职业一般是指在社会生活中所从事的以获取物质报酬作为自己主要生活来源，并能满足自己精神需求，在社会分工中具有专门技能的工作。王革等人认为，职业就是人们参与社会分工，利用专门的知识和技能，创造物质财富、精神财富，获得合理报酬，满足物质生活和精神生活的工作。卢福财等人认为，职业是指从业人员为获取主要生活来源而从事的社会工作类别。陈婴婴将职业界定为：“个人进入社会的物质生产或非物质生产过程后获得的一种社会地位。个人通过社会位置加入社会资源生产和分配体系，并建立相应的社会关系。”国外学者对职业的含义也有他们的见解。美国社会学家泰勒在其《职业社会大学生职业生涯规划学》一书中指出：“职业的社会学概念，可以解释为一套成为模式的与特殊工作经验有关的人群关系。这套成为模式的工作关系的结合，促进了职业结构的发展和职业意识形态的显现。”美国社会学家塞尔兹认为，职业是一个人为了不断取得个人收入而从事的具有市场价值的特殊活动，这种活动决定着从业者的社会地位。日本社会学家尾高帮雄认为，职业是某种社会分工或社会角色的实现，因此，职业包括工作的场所和地位。他指出：“职业是社会与个人或整体与个人的结合点。通过这一点的动态相关，形成了人类社会共同生活的基本结构，整体靠个体通过职业活动来实现，个体则通过职业活动对整体的存在和发展做出贡献。”

综上所述，职业是人们在社会生活中通过脑力或体力劳动所从事的以获得一定的物质报酬作为自己主要生活来源并能满足自己精神需求的、在社会分工中具有专门技能的工作。

职业生涯规划是指根据个人情况及所处的环境，确立职业目标，选择职业通道，并采取行动和措施，实现职业生涯目标的过程。职业生涯规划简称生涯规划，又叫职业生涯设计，是指个人与环境的结合，是在对个人的职业生涯的主客观条件进行测定、分析、总结的基础上，对自己的兴趣、爱好、能力、特点进行综合分析与权衡，结合时代的特点，根据自己的职业倾向，确定其最佳的职业奋斗目标，并为实现这一目标做出行之有效的安排。

二、职业生涯规划的原则

职业生涯规划是一个人一生的行动指南，对个人的发展至关重要。正确的职业生涯规划能使一个人走向成功，而错误的职业生涯规划有可能使人误入歧途。因此，在制定职业生涯规划时应遵循协调性原则、可操作性原则、实事求是原则、动态性原则和完整性原则五项原则。

（一）动态性原则

职业生涯是一个不断发展和动态的过程，环境是变动的，组织是变动的，组织的职位是动态的，因此个体的职业生涯规划也是动态的。按照萨帕的发展性理论，人的生涯发展可分为成长、探索、建立、维持和衰退五个阶段，而它们又是一个连续的整体。因此，个体在制定职业生涯规划时，应结合每一个阶段的特征，充分考虑自身的发展，科学地预测经济社会发展的趋势，不断地调整自己的职业生涯规划，从而实现自己的职业目标。

（二）可操作性原则

职业生涯规划重在操作，为确保可操作性，个人在做规划时必须要从个人的实际出发，充分考虑社会环境、组织环境以及其他相关的因素，制订实施方案必须要科学、具体、清晰，具有可操作性。职业目标应具有弹性，当遇到环境变化时，可以适时调整。同时，通过职业目标的分解，将职业目标分解为有时间规定的长、中、短期目标，将目标分解为确定日期可以采取的具体步骤，最终将目标量化成可操作的实施方案，从而选择切实可行的途径。

（三）完整性原则

职业生涯规划的内容丰富且涉及因素较多，主要包括题目；自我测评与评估；外部环境分析；职业定位与总体目标；目标展开与要求；实施路线与丰富。所谓完整性原则，指要求职业生涯规划的内容要完整和完善，具体体现在内容上完备、形式上完美、方法上完善，还有完整、严密、清晰的结构，具体、明确的概念，准确的判断，符合逻辑的推理，以及语体美等。这都能使职业生涯规划更加完整、完美。

（四）协调性原则

人是在特定组织与社会环境中生活的，个人的发展离不开家庭、组织和社会的支持，同时又要满足家庭、组织和社会发展的需求。职业生涯规划是人生规划的主体部分，没有家庭、组织和社会的支持，就不会有个人职业生涯的成功。人们都希望“家庭和事业双丰收”，然而在现实生活中，不仅家庭和工作是难以分割的，而且家庭、组织和社会的发展往往存在一定的矛盾。因此，个人在制定职业生涯规划的过程中，必须正确面对现实，充分协调个人的发展与家庭、组织和社会三者之间的关系，在三者之间寻找最佳的结合点，从而做出自己的职业生涯规划。

（五）实事求是原则

制定职业生涯规划时坚持实事求是的原则就是要求个人首先从实际出发，坚持实事求是，着眼于自身的实际情况，客观认识自身的能力，正视社会的现实。所定目标、所选路线以及所采取的措施等都要符合主客观条件，综合权衡自身的情况和社会现实的需要。因此，要制定出科学、合理的职业生涯规划必须坚持一切从实际出发，坚持实事求是的原则。要科学预测社会发展就要求规划主体了解过去，分析现状，掌握社会发展的规律，较准确地推断未来，把握时代脉搏，使规划不仅适应现在，而且还要满足未来社会发展的需要。

三、职业生涯规划的依据

从职业生涯发展的规律看，影响职业生涯规划的因素很多。不同的人在制定职业生涯规划时，所考虑的因素也有所不同。一般而言，制定职业生涯规划的主要依据有以下几个方面。

（一）个人的能力是职业生涯规划的基本依据

一个人所具有的能力包括知识、技能和态度三个方面。按照自己的能力进行职业生涯规划是大学生应特别注意的问题，因为不同职业有不同的能力要求，而且任何一种职业都需要个体掌握一定的基本能力、专业能力和特殊能力。个人应通过科学的方法和手段，对自己的能力进行全面认识，清楚自己的优势与劣势。在对自己的能力有一个正确的认识和评价的基础上，再根据自己的能力制定职业生涯规划。

（二）社会需求是职业生涯规划的客观依据

选择职业作为一种社会活动必定受到一定的社会制约，任何人的职业规划必然会受到社会环境、社会现实的制约。如果个体在制定职业生涯规划时脱离社会需求，将很难被社会接纳。因此，大学生在制定职业生涯规划时，应把社会需求作为客观的依据，积极把握社会需求的动向。根据社会需求来规划自己的职业生涯，既要考虑个人的因素，又要满足社会需求，进而做到社会需求与个人职业生涯有机结合。

（三）职业生涯相关理论是职业生涯规划的理论依据

西方学者对职业生涯规划的研究涉及的范围较广，在理论和实践当中都取得了一定的成就。20 世纪 90 年代，职业生涯规划理论从欧美传入我国，并引起企业界的广泛关注，许多专家学者相继出版了相关方面的研究专著及论文。由于职业生涯相关理论大都是在国外形成的，虽然在国外的理论和实践过程中应用得较好，但从目前职业生涯规划在中国的应用来看，还处于探索、引入阶段。职业生涯规划理论在国内外的实践向人们昭示，生涯是可选择、可规划的，尤其是职业生涯相关理论为大学生职业规划提供了理论依据。

第二节　职业生涯规划的步骤和方法

职业生涯规划是一个周而复始的连续的过程。一份完整的职业生涯规划主要包括以下四个步骤：自我评估与机会评估、职业目标的选择、职业生涯路径的选择以及评价与修正。

一、机会评估与自我评估

任何人的职业生涯都必须依附于一定的组织环境条件和资源，都必然受到一定的社会、经济、政治、文化和科技环境的影响。环境提供或决定了每个人职业生涯的发展空间、发展条件、成功机遇和威胁。因此，在具体编制个人职业生涯规划之前必须认真进行环境分析和职业机会的评估，通过对发展战略、人力资源需求、晋升机会等组织环境状况，以及社会、经济、科技等组织外部环境的分析和认识，弄清环境特点、趋势及其与个人关系，分辨有利因素与不利因素，明确把握住职业生涯发展机会。通过自我评估、生涯机会的评估，认识自己、分析环境，在此基础上对自己的职业做出选择，也就是在职业选择时，要充分考虑到自身的特点，即自己的性格、兴趣和特长。要充分考虑到环境因素对自己的影响。对这些因素的分析是职业选择的前提条件。分析自我、了解自己、分析环境、了解职业世界，使自己的性格、兴趣、特长与职业相吻合。这一点对刚步入社会、初选职业的年轻人非常重要，对于在职人员调整自己的职业也很重要。

（一）机会评估

机会评估是在个人评估和环境分析的基础上，将两者综合起来考虑，进一步缩小选择职业目标的范围，以求最佳路径和效果。机会评估主要是评估各种环境因素对自己职业生涯发展产生哪些影响，主要包括对社会环境、政治环境、经济环境、行业环境、组织环境和职业环境的评估。职业机会评估的核心是职业分析。职业分析主要是对职业的前景、职业的能力要求、职业的含金量的分析，是大学生职业目标定位的前提。个人在自我评估的基础上进行环境分析和职业机会评估的目的是进一步“知己知彼”，为个人职业生涯规划奠定一种实事求是的基础。

（二）自我评估

自我评估就是要通过科学认知的方法和手段，对自己的职业兴趣、气质、性格、能力等进行全面的评价。自我评估是职业生涯规划的基础，也是获得可行的规划方案的前提，其目的是认识和了解自己。要做好职业生涯规划，必须全面地认识自己。自我评估要客观、冷静，不能以偏概全，既要看到自己的优点，又要面对自己的缺点。俗话说“知己知彼，百战不殆”，只有了解自己，清楚自己的优势与特长、劣势与不足，才能选定适合自己发展的职业生涯目标和职业生涯路线，才能避免设计中的盲目性，达到设计适宜的高度。自我评估的方法很多，可以通过自评法、他评法和职业测评软件等评估。自评法是学生通过自我反省、自我分析，主要通过回答由心理学家和专业人士精心提出的有关问题来认识自己，了解自己。他评法是指家长、同学、朋友对自己的分析评价，全面了解自我。职业测评软件测评法是一种了解自己、认识自己的有效的现代化测试手段和方法，指利用职业测评软件对自己进行自我评估。人们在自我评估时往往将几种方法共同使用。将测试结果详实地记录，通过对结果的综合，实现自我剖析，了解自己的优势与劣势，实现学习生活的最佳定位。

二、职业目标的选择

了解和认识自己是职业生涯规划的前提和基础，在自我评估和生涯机会评估的基础上，选择职业目标、明确自己的职业定位是个人职业生涯规划的一项核心工作。职业生涯目标的选择正确与否，直接关系到人生事业的成功与失败。美国杜邦公司的副总裁卡尔夫曾经说过，“在我看来，世界上最大的悲剧莫过于有太多的年轻人从来没有发现自己真正想做什么”。网易 CEO 丁磊也曾经说过，“当一个人连自己的目标都不知道时，任何方向对他来说都是不顺的”。目标是行动的导航器和指南针，是我们职业生涯途中的灯塔。一个人的人生能否取得成功，很大程度上取决于有无一个正确而适当的人生目标。没有人生目标，或者人生目标没选对，是很难成就一番事业的。因此，有效的职业生涯规划需要切实可行的目标，以便在人生发展过程中排除不必要的干扰。目标的选择是职业发展的关键，职业发展必须有明确的方向与目标。因此，职业目标的确立在职业生涯规划中具有很重要的地位。职业生涯规划的第一步是确立自己的职业目标。

（一）职业目标选择的原则

大学生在进行职业目标选择时，应从当前经济社会发展的现状和自身的实际情况出发，应该符合 SMART 原则，即具体的（Specific）是指人的精力是有限的，在有限的生命里人们在制定职业目标时不能太多、太宽泛和空洞，职业目标必须是明确、具体、清晰的，这样才好操作；可衡量的（Measurable）是指目标的实现程度是可以量化的，无论从短期目标还是中长期目标，作为规划主体在确定职业目标时必须结合自身的情况选择可以量化的职业目标；可达到的（Attainable）是指在确定目标时目标不要太高，也不要太低，要坚持脚踏实地，高低适度，在有一定难度的情况下，目标在能力范围内是可以实现的；相关的（Relevant）是指在人生发展过程中会有多种多样的目标，无论短期目标、中期目标还是长期目标，职业生涯目标要与现实生活结合考虑，兼顾平衡；基于时间的（Time based）是指目标必须在规定的时间内完成。

（二）职业目标的选择方法

按照职业目标选择的原则，可采用目标分解法来进行职业目标的选择。目标分解是将目标清晰化、具体化的过程，是将目标量化成可操作的实施方案的有效手段。目标分解的过程就是职业生涯不断清晰化、具体化的过程。另外，还要注意和处理不同目标之间因果关系和互补关系，对不同目标进行有效组合，这样才能帮助我们在现实环境和美好愿望之间建立起桥梁。目标分解的目的是让我们清楚第一步做什么，知道为实现五年、十年以后的目标今年干什么、明年干什么。因此，目标分解是实现职业生涯目标非常重要的方法。职业目标分解是根据观念、知识、能力差距将职业生涯中的远大目标分解为有时间规定的长、中、短期目标，直至将目标分解为某确定日期可以采取的具体步骤。

1. 短期职业目标

短期职业目标通常指规划期限在一到两年左右，具体的、操作层面的、指向中期职业目标的阶段性目标。短期职业目标要切合实际，有具体的完成时间，通常以获得相关证书、通过有关考试等为标志。为实现中期职业目标而制定的各个短期职业目标，可按时间先后分阶段列出。同一阶段的短期职业目标不应制定得过多，选择一两个主要的较为适宜。职业生涯规划从短期目标到中期目标再到长期目标，如同台阶一样步步拾级而上。值得注意的是，在实际操作中，时间跨度太长的规划由于环境和个人自身的变化往往难以把握，而时间跨度太短的规划意义又不大，所以人们一般把个人职业规划的重点放在五年左右的中期职业规划上。这样既便于根据实际情况设定可行目标，又便于随时根据现实的反馈进行修正或调整。对于大学生来讲，在进行职业生涯规划时可以制定出长期职业目标，但不建议对长期职业目标进行详细的分解。重点应放在五年左右的中期职业目标上，并将其细分为各阶段的短期职业目标。

2. 中期职业目标

中期职业目标通常指规划期限在五年左右，由各个短期职业目标组成，又为实现长期职业目标打下基础的阶段性目标。中期职业目标要指向长期职业目标，并有比较具体的完成时间，也可以根据实际情况作适当的调整。

3. 长期职业目标

长期职业目标通常指职业生涯的顶点。它要求我们按照职业定位，放眼未来，挖掘自己内心深深渴望并愿意奋力追求的东西，预测自己在职业生涯中取得的最高成就。

（三）职业目标选择应注意的问题

1. 最终目标与阶段性目标

最终目标取决于一个人的价值观念、知识能力水平，是对环境、自身条件、家庭条件做大量分析之后得到的结果。有的人在 30 岁已能预见自己的最终职业目标；但也有些人到退休时仍未能认清自己的最终职业目标所在。每个人能够预见自己的最终目标的能力是不一样的，个体能力差别比较大。但对阶段性目标的制定能力，个体差别则相对较小。最终目标可以几十年为期限，长期目标可以十几年为期限，中期目标以几年为期限，短期目标则为一两年，而近期目标则短至几个月或几天、几十天。对于短期和近期的目标，应详细规定实现的时间和明确的方法。大学生处于职业生涯的准备期，心智上的不成熟导致选择存在盲目性和不稳定性，同时大学生又具有很强的可塑性，所以在目标设定时要把关注点放在内在职业生涯目标上，在大学期间和职业生涯发展初期重点发展自己的内在职业生涯，以期带动外在职业生涯的发展。

2. 职业目标的明确性

职业目标要明确。一个没有写明目的地的飞行计划，飞机是永远无法起飞的。职业目标是特定的，是在现有职业、行业或企业基础上的目标，并且是一个具体的职业。例如，总经理不是一个职业目标，保洁公司总经理则是一个职业目标。

3. 职业目标的时间性

要尽早确定职业目标。大学一年级就应该分析、明确自己的职业目标，以便有的放矢地做好充分准备。实现职业目标要科学合理安排，不能急。它可能需要几年、十几年甚至是一生的追求。

4. 职业目标的可实现性

可实现就是必须“要经过一定努力”才可以实现，要加把力才能达到。人们常说的“跳起来摘桃子”即指此。因此，目标选择应脚踏实地，既不能眼光太低，也不宜好高骛远。你所确定的职业目标一定是现在有人在做或做过的工作角色，不能超越时代和现实；确定的职业目标一定是这个时代和社会已有的职业，要在了解职业需求的基础上做出选择，不能凭空造出一个职业目标来。

三、职业生涯路径的选择

职业目标确定之后，就要选择和设计合理的职业生涯路径。职业生涯路径的选择是指个人在选定职业目标后，决定从什么方向、沿着什么道路前行去发展自己的职业生涯，实现职业目标。个人选择职业生涯路径时，在自我评估和机会评估与职业目标选择的基础上，应依次考虑“个人期望的路径”、“个人适合的路径”、“个人能够选择的路径”等问题，最后综合选定自己要走的职业生涯路径。一个人的发展路线不同，对人的各方面条件的要求也不同。因为即使同一职业也有不同的岗位。有的人适合从事研究工作，成为一名专家学者；有的人适合搞管理，成为一名卓越的管理人才；有的人则适合从事经营活动，成为一名经营人才。如果一个人不具有管理才能，却选择了行政管理路线，这个人就很难成就事业。选择生涯路径就是要解决个人职业发展的“桥”和“船”问题。这是职业生涯规划的关键一步。

（一）职业生涯路径

每个人的基本能力不同，适合的职业生涯发展路径也不一样。有的人适合搞研究，能够在专攻领域求得突破；有的人适合做管理，可以成为一名优秀的管理人员。基本上，有三种职业生涯发展路径可供我们选择，即专业技术型路线、行政管理型路线和综合型路线。

1. 专业技术型

专业技术型发展道路是指工程、财会、销售、生产、法律等职能性专业方向。共同特点是：要求有一定的专门技术性知识与能力，并需要有较好的分析能力。这些技能必须经过长期的培训与锻炼才能具备。如果你对专业技术内容及其活动本身感兴趣，并追求这方面的提高和成就，喜欢独立思考，而不喜欢从事管理活动，专业技术型发展道路是你最好的选择。相应的发展阶梯是技术职称的晋升及技术性成就的认可、奖励等级的提高及物质待遇的改善。

2. 行政管理型

如果你很喜欢与人打交道，处理起人际关系问题总是感到得心应手，并且由衷地热爱管理，考虑问题比较理智，善于从宏观角度考虑问题，并善于影响、控制他人，追求权力，行政管理型发展道路就是你最恰当的选择。把管理这个职业本身视为自己的目标，相应的发展阶梯一般是从职能部门开始，然后向中级部门、高级部门逐步提升。行政管理型发展路线对个人素质、人际关系技巧的要求很高。

3. 综合型

综合型职业生涯路径主要是用来解决某一领域中具有专业技能，既不期望在自己的业务领域内长期从事专业工作，又不希望随着职业的发展而离开自己的专业领域。像有的人在开始时选择了专业技术方向，但仍对管理有兴趣，并且希望在管理领域做出一番事业，也完全可以跨越发展，即一开始从事某种技术性专业，不断积累、充实自己的专业知识，打下坚实的技术基础，然后，在适当的时候，转向专业技术部门的管理职位。职业生涯路径是对前后相继的工作经验的客观描述，而不是对个人职业生涯发展的主观感觉。它实际上包括一个个职业阶梯，个人由下到上拾阶而上。例如，大学教师的职业生涯发展路线通常是助教—讲师—副教授—教授；而在企业中，管理人员的职业生涯发展路线可以是职员—部门主管—部门经理—公司经理。这一过程描述了在一种职业中个人发展的一般路线或理想路线，但它仅是一种流动方式，而不是纵向、横向流动或稳定的硬性规定。

（二）职业生涯路径选择方法

职业生涯路径选择是人生发展的重要环节之一。因此，在职业生涯规划中，须做出抉择，以便使自己的学习、工作以及各种行动措施沿着职业生涯路线或预定的方向前进。职业生涯路径的选择通常可以针对下面三个问题询问自己。

（1）个人想向哪一路径发展？主要通过对自己的兴趣、理想、成就动机等因素的分析，确定自己的目标取向，即自己兴趣是在哪方面，最希望走哪一路径。

（2）个人适合向哪一路径发展？主要通过对自己的性格、特长、能力、经历、学历等因素的分析，确定自己的能力取向，即自己适合向哪一路线发展，或者说，自己走这一条路线，是否具有这方面的特长和优势。

（3）个人可以向哪一路径发展？主要通过对自己所处的社会环境、政治与经济环境、文化环境、组织环境等分析，确定自己的机会取向，即内外环境是否允许自己走这一路线，是否有发展的机会。

职业生涯路径选择的重点是对生涯选择要素进行系统分析。在对上述三方面的要素综合分析的基础上判断哪条路径可以取得发展，确定自己的职业生涯路径。总之，选择自己的职业生涯路径，一定要结合实际，综合考虑自己的个性、价值观、兴趣、能力和社会与组织环境条件，权衡确定。

四、评价与修正

世界上没有一件事情是一成不变的。事物总在不断地发展变化，我们的想法也在不断改变，这就要求我们对目标进行定时评价。评价以前制定的目标是否还合理、可行，是否还符合自己的要求，自觉地总结经验，修正对自我的认知和最终的职业目标。

（一）评价与修正的目的

在制定职业生涯规划时，由于对自身及外界环境不十分了解，最初确定的职业生涯目标往往都是比较模糊或抽象的，有时甚至是不符合自己的。人只有在工作实践中，才能更清楚、更透彻地自我认知和定位，才能清楚自己到底喜爱并适合于从事什么职业。审视内外环境的变化，找出差距，评价自己已经走过的职业生涯旅程，可以检验自己的职业定位与职业方向是否合适。职业规划要在实践中去检验，而且规划本身也并不是一成不变的，它随着环境的变迁在发生变化。不断对职业规划进行科学的评估和调整，是实现个人职业生涯管理的重要保障。在实施职业生涯规划的过程中，自觉地总结经验和教训，评估职业生涯规划，人们可以修正对自我的认知，完善个人早期职业生涯规划，纠正最终职业目标与分阶段职业目标的偏差。

（二）评价与修正的内容

评估可以参照各类短期、中期预定目标和实际结果进行。一般来说，任何形式的评估都可以归结为自我素质和现实环境的适应性判断，分析自己的现状，特别是针对变化的环境，找出偏差所在，并做出修正。职业发展过程中，社会环境给职业生涯带来了更多的机遇和挑战。为此，有必要对自己的职业生涯规划进行重新评估。从个人的角度看，可以通过回答与价值观及兴趣的一致性、与组织需求的一致性、与职业需求的一致性、与环境需求的一致性等问题进行评价。在实施职业生涯规划的过程中，一定要对阶段性的成果及时评估，并且反馈到对职业生涯规划的修改和完善。在这个过程中，大学生要注意：一是总体目标不能随意更改，否则就失去了职业生涯规划的意义；二是正确评估规划实施过程中的困难，要想办法克服困难，不能一遇挫折就回头；三是如果困难是自身难以克服的，就需要对阶段性的目标进行部分修改，但一定要从现实出发，所做的改动要是通过努力可以做到的；四是要注意渐进性，即不追求很快做到尽善尽美，注重过程中的逐步改进，通过积累量变最终实现质的飞跃，跨入新的发展阶段。修正的内容包括职业目标的重新选择、生涯路径的调整、人生目标的修正、实施措施与计划的变更等。重点是阶段目标和实施措施与计划的修正。

总之，职业生涯规划是一个持续动态的过程。有效的职业生涯规划需要在职业实践中不断检验自我评价是否正确、职业目标和路径设计是否可行，并不断观察、分析问题，虚心接受他人的职业生涯管理建议和辅导，发现职业规划中各个环节出现的问题，找出相应对策，及时调整偏离轨道的目标。 通过评估与修正，对职业规划进行调整与完善，以确保职业目标的实现。同时，可以作为下一轮规划的参考依据。

第三节　大学生职业生涯规划

一、大学生职业生涯规划的作用

职业生涯规划是指根据个人情况及所处的环境，确立职业目标，选择职业通道，并采取行动和措施，实现职业生涯目标的过程。对大学生而言，职业生涯规划就是在充分了解自己的兴趣、爱好的前提下，在认真分析当前环境形势的基础上，结合自己的专业特长和知识结构，对将来从事的工作所做的方向性的计划安排。大学生的职业生涯规划是从高考结束后选择专业开始的，选择某一专业是学生进行职业生涯规划的开端。专业的选择对于大学生职业生涯规划的开展具有重要意义。大学生职业生涯规划是指大学生在校期间，在全面认识自我，认真分析当前环境形势的基础上，结合自己的专业特长和知识结构，对未来从事的职业所做的方向性的计划安排及行动措施，以期实现良好的人职匹配，从而为一生的职业生涯发展奠定一定的基础。因此，大学生的职业生涯规划不仅是大学学习的规划，更是大学毕业后长期从事某种职业并取得成功的规划。尽早开展科学的个人职业生涯规划具有非常重要的作用。

（一）有利于大学生对自我和社会的认识

大学生在做职业生涯规划时必须深入地了解自己的兴趣、气质特征、职业价值观、能力、优势、劣势等，从而有利于发现和挖掘自己的潜能，避免在职业选择时出现高不成低不就、眼高手低以至长时间不能找到与自己匹配的职业。大学生们常常缺乏对社会和对外部职业资讯的了解。大学阶段是学生从学校人向社会人的过渡阶段，相当高比例的大学生在毕业后进入社会工作，开始自己的职业生涯。因此，大学期间做好职业生涯规划，为进入社会、开展职业做好方方面面的准备，才能更好地了解社会，在步入社会时少走一些弯路。

（二）有利于大学生的职业发展

学生选择专业具有普遍的盲目性，而专业选择对大学生职业生涯规划具有很强的约束性。大学专业的选择对未来职业的选择有重要影响。但是，在我国目前的应试教育体制下，处于中学阶段的学生的唯一目标就是考上大学，中学生所有的关注焦点和知识储备几乎都是围绕高考而展开的。因此，在进入大学之前，学生很少有机会了解自己的兴趣与特长，很少思考大学里的专业设置和就业去向。许多学生在高考时的专业选择与个人素质存在较大偏差，而经过一段时间的大学生活后，通过对专业、学科的逐步了解，以及对个人能力的进一步认知，此时所做出的职业生涯规划就比较符合实际。明确的职业生涯目标不仅能使人们清楚知道自己应该做什么、怎么做、付出多大的努力才能实现目标，而且能够减少行为的盲目性，提高自我控制水平。

（三）有利于大学生建立科学的择业观

我们提倡的科学择业是指求职者依照自己的职业期望和兴趣，凭借自身能力挑选职业，使自身能力与职业需求特征相符合。择业受求职者自身条件和职业要求的限制，一方面，求职者不可能具有从事一切职业的能力与兴趣；另一方面，各种职业由于有各自不同特征，对求职者的能力也有相应的要求。大学生职业生涯规划能及早地帮助大学生树立职业奋斗目标，在选择职业时目的性强，避免到处投放简历、盲目地撞“运气”和走弯路，帮助大学生迈好成功的第一步。

（四）有利于职业适应与职业发展

面对人生的大舞台，每个人都渴望实现自我价值，当代大学生更是如此。通过职业生涯规划，大学生在就业后对组织、职业的认可度较高，能较强地适应所选择的职业环境。这必将使大学生在较长时间内有稳定的职业，组织也愿意培养大学毕业生，这样使大学生与组织之间建立相对长期合作的关系，互为依存，从而有利于大学生的职业发展，避免因职业流动太快而错过发展机会，浪费人生宝贵的时间和精力。

二、大学生职业生涯规划教育

大学生职业生涯规划教育以培养学生适应社会需求的、可持续发展的终身就业能力为最终目的。高校职业生涯规划教育应实行全程职业生涯规划教育。全程指职业生涯教育的对象由应届毕业生转向所有年级和所有学生。在时间跨度上，由毕业前夕转向整个大学期间，就是高校从大学一年级起就为大学生提供专业化的生涯教育和就业辅导。通过授课、培训、团体辅导、个体咨询和组织社会实践，激发学生的成功动机，唤醒学生职业生涯规划意识，确定职业目标，进行有针对性的职业准备，应该从以下几方面入手。

（一）树立先进的职业生涯规划教育理念

大学生职业生涯规划教育是以引导学生获得全面发展、取得职业生涯及人生的成功为目标的科学的教育活动，其教育的开展必须以科学的、先进的理念为指导。开展职业生涯规划教育的目的是促进学生的全面发展，引导职业生涯走向成功。要树立一种注重学生全面发展、开发学生潜能、以学生的可持续发展为第一要务的教育理念。职业生涯教育应立足于学生自我、职业机会与职业世界的全面分析，帮助学生认识自我的潜力，并开发自我的潜力。职业生涯教育必须以学生终身发展为着眼点，设计教育方案、开展教育活动，引导学生明确职业生涯发展目标，学会把握职业机会，不能只关心就业问题，更要关心如何才能更好就业，以实现其职业生涯的持续发展。职业生涯规划教育是一项个性化、系统化、长期化的教育活动，贯穿于学生学习、生活的全过程。特别要求学生充分发挥自我的主体作用，以调动学生的积极性、主动性，促使学生发自内心接受，自觉、自愿、自主参与。职业生涯规划教育仅仅依靠学校教育，或是家庭教育、社会力量都难以达到预期的效果。在其实施过程中，应树立系统观，以学校为核心，整合学校、家庭与社会的力量，才能保证职业生涯规划教育有效地开展。

（二）建立健全大学生职业规划课程体系

高校要根据学科特点设置本校的职业生涯规划课程，形成一个完整的、具有前瞻性、实践性的职业生涯规划教育课程体系。应从大一开始积极地对学生进行引导，促使其站在新的高度去思考自己的人生、事业；进一步考虑怎样通过大学期间的学习，增加知识储备。加强团队协作能力和人际沟通能力，怎样通过实践活动总结工作经验，提高自己的综合实力。这样，会对学生以后的就业和事业有很大的帮助。因此，大学生的职业生涯规划应该从大一做起，分年级从不同侧重点实施。教育大学生树立和增强职业生涯规划意识，要让他们从步入大学的第一天起就做好准备，了解自我。高校应该实行更加灵活的选课制度，使学生能方便自主地选择不同层次和专业的课程，且对于有兴趣和能力学习其他专业课程的学生，学校应支持他们多选课。在大二开始锁定专业目标，在大三有目的地提升职业修养，在大四初步完成从学生到职业者的角色转换，开设大学生职业生涯辅导课，增强大学生的职业生涯发展意识。为适应社会对复合型人才的需求，为学生就业提供更多的选择机会，有条件的学校可以在全校范围内设置双学位、双专业及辅修专业，增加学生的社会适应性，增强学生的就业竞争力。

（三）培养创业意识与创业精神

创业教育以提高学生自我就业能力为目的，尤其注重培养学生“白手起家”创办小企业的精神和能力，务求使更多的谋职者变成职业岗位的创造者。与传统的就业教育相比，它不是直接帮助学生去寻找工作岗位，而是重在教给学生寻找或创造工作岗位的方法。帮助大学生理清就业与择业之间的关系，克服专业驱动的就业观，培养创业意识。学校开展创业教育的内容应包括创业意识的培养及创业心理障碍的排除等，使学生抛弃依赖思想，立志走上社会艰苦创业，成为一名创业型的劳动者。正确引导大学生树立自主择业、独立择业的意识，特别是要改变学生对农村、对贫穷地区的偏见，培养他们增强为社会服务的意识。创业是人们的一种新境界，创业能够提升人生意义，提高生活质量。尤其在就业压力不断增大的今天，个体更需要创业意识与创业精神。培养创业意识与创业精神，就是培养他们强烈的开拓创新意识、顽强的创新意志、敢为天下先的勇气和不怕挫折、勇往直前的斗志以及吃苦耐劳的精神。有了这种创业意识与精神，就为个体日后开创事业新天地，做一名成功的创业者奠定了基础。总之，大学生职业生涯规划教育是一项系统的教育工程，涉及学生的做人做事、专业知识、综合素质、心理健康、技能技巧等各个方面。通过开展职业生涯规划教育，大学生在全面剖析自我、认知自我、认知社会、认知职业之后，就会制定与自己相适应的职业生涯目标，从而使学生自觉地进行自我设计、自我规划、自我教育、自我管理等。

三、大学生职业生涯规划需要注意的问题

（一）大学生在进行职业生涯规划时应注意的问题

1. 根据个人的兴趣与能力特长来进行职业生涯规划与设计。

职业生涯规划与设计要与自己的个人性格、气质、兴趣、能力特长等方面相结合，充分发挥自己的优势，扬长避短，体现人尽其才、才尽其用的要求。大学生在进行职业生涯规划时，应适当考虑自己的兴趣与爱好。兴趣是个体积极探究事物的认识倾向，常有稳定、主动、持久等特征，大学生在进行职业生涯规划时，对自己的兴趣有一个客观的分析。如果与所学专业不一致时，就要对自己的兴趣爱好进行重新

培养和调整，按照自己的能力特长进行职业生涯规划是大学生应该特别注意的问题。因为任何一种职业都需要一定的能力，不同职业有不同的能力要求。能力特长对职业的选择起着筛选的作用，是求职择业以及事业成功的重要保证。从大一开始，就应该思考所学专业需要掌握哪些知识和能力，所选专业与自己的兴趣、爱好及能力是否吻合，所选专业未来的发展前景和就业形势如何，获得理想职业以及职业成功的要求是什么。通过深刻的自我剖析了解自己，到了大二、大三，就要开始着手进行职业生涯规划，确定未来的职业发展目标，从而制定自己的学习计划。

2. 根据自己所学专业来进行职业生涯规划

大学生都经过一定的专业训练，具有某一专业的知识和技能，这是每个人的优势所在。用人单位对毕业生的需求，一般首先选择的是大学生某专业方面的特长。大学生迈入社会后的贡献主要靠运用所学的专业知识来实现。在校大学生缺乏职业生涯规划意识的现象比较普遍。曾经有记者对北京人文经济类综合性重点大学的205名大学生进行抽样调查，结果发现，大部分同学没有职业生涯规划，对自己将来如何一步步走向就业和晋升发展没有设计的占62.2%，有设计的占37.8%，而其中有明确设计的仅占4.8%。此外，真正了解职业生涯规划的大学生更是为数不多。大学生对大学期间自己发展规划不明确，不能运用职业发展规划理论、规划未来的工作和人生发展方向，严重影响了大学生的职前准备和就业定位，甚至影响其参加工作后的适应和发展。

3. 根据社会需求来进行职业生涯规划

选择职业作为一种社会活动必定受到一定的社会制约，任何人选择职业的自由都是相对的。大学生在进行职业生涯规划与设计时，应积极把握社会人才需求的动向和标准，把社会需要作为规划和设计的出发点和落脚点，既看眼前利益又考虑长远发展，既考虑个人的因素又要自觉服从社会需要。大学生要根据社会需要锻炼自己的能力、培养自己的综合素质、完善自己的人格，做到社会需求与个人能力的统一、社会需要与个人愿望的有机结合。

（二）学校在引导大学生进行职业生涯规划时应注意的问题

1. 普及职业生涯教育，帮助大学生树立正确的职业生涯规划观念

职业生涯规划教育能够帮助广大学生较为深刻地剖析自我，参照社会对人才素质的要求，不断修正自己的职业发展计划。因此，职业教育就应该自始至终地贯穿于大学生的学习过程中，职业生涯规划应作为就业指导教育的重要内容之一列入教育计划之中。目前，许多高等学校已经开设了就业指导课，而职业生涯规划应作为就业指导课的核心内容，将科学的理念灌输给学生，同时教给学生科学的职业规划方法。这对于学生步入社会和职业生涯发展具有重要意义。

2. 引进职业测评体系，帮助大学生客观了解自我

职业测评具有预测、诊断、探测和评估等功能，不仅可以帮助学生了解其职业兴趣、职业能力、职业倾向性，还可以评定其个性特征和动机需求水平，并提供其潜力不足及发展建议的指导。应该说，职业测评对帮助大学生客观认识自我、合理调整择业观有较大的现实意义。目前，我国有些专业测评研发机构开发出来的测评产品信度、效度都比较高，也积累了足够多的常模，从使用反馈情况看还是相当不错的，并受到广大学生和就业指导老师的认可。学校应充分认识到职业测评在大学生就业选择和职业发展中的作用，挑选和引进合适的测评工具，尽快让所有学生而不仅仅是毕业班学生接受职业测评服务。

3. 建立和完善测评体系，进行科学专业的职业测评

自我认知是一个复杂的过程，大学生对自我认识需要较长时间的不断的认识。大学生在成长过程中，虽然对自己有一定的感性认识和经验上的判断，但往往缺乏科学的依据。高校必须引入科学、专业、符合我国大学生时代特点的职业测评工具，建立和完善大学生职业生涯规划的职业测评系统，让每个学生在大学四年不断地进行职业测评，认识自我，逐渐形成对自我的全面认识，进而可增加职业测评的信度和效度，使大学生真正认识自我、了解自我。

4. 开展职业咨询辅导，协助大学生进行职业发展定位

职业测评可以提供相对客观的评定和发展建议，对一般大学生来说可以起到参考作用，并不能完全反映每一个学生的真实情况，这就需要开展职业咨询辅导。在职业咨询辅导过程中，职业测评是基本依据，但不是唯一依据，还需要凭借咨询教师丰富的理论基础和实践经验两者相结合才能取得较好的评估效果。从目前我国高校的实际情况来看，大部分高校还不具备开展职业咨询的条件。因此，学校当务之急就是加快对就业指导人员的职业测评和职业咨询实操培训，以满足学生日益增长的职业规划咨询需要。

5. 加强大学生跟踪调查

大学生职业生涯规划是一个循序渐进、不断完善的过程。作为学校，一要加强对大学生职业生涯规划的跟踪调查，比较它们的修正规律，积累案例；二要加强对毕业生的后续跟踪调查，一方面可以加强毕业生就业信息的收集，另一方面也可以为就业工作提供资料；三要邀请不同年龄特征的毕业生返校与在校大学生座谈，通过现身说法，修正调整个体成长与社会发展及原先设定的职业生涯规划的变化。在服务过程中，要侧重对毕业班学生进行生涯规划指导、比较与研究，从而探寻在校期间及毕业之后的大学生所制定的职业生涯规划的规律性与差异性以及变化性和执行性，完善大学生的职业生涯规划管理体系。

第四节　大学生职业生涯规划书的编制

职业生涯规划是对个人未来职业生涯发展道路的设计过程，规划的内容和结果不应只停留在脑海里，而应该在规划过程中和规划后形成文字性的方案。职业生涯规划书是对职业生涯设计的书面化呈现，不仅能呈现大学生的宏观职业生涯规划，而且能对具体的学习和工作起到指导和鞭策作用。

一、大学生职业生涯规划书的主要内容

大学生在编制职业生涯规划书时，应从七个主要方面着手。

（一）题目

题目包括姓名及基本情况介绍、年限、年龄跨度、起止日期、总体目标、现实状况等。规划年限不分长短，可以是半年、三年、五年，甚至是二十年，视个人的具体情况而定。

（二）确定职业发展目标

要分析和制定职业发展目标，包括职业目标定位、目标的阶段分解与组合及发展策略、发展路径等。要充分考虑实现目标的主要影响因素，并制定分步实现目标的分解目标。通过目标分解和目标组合的方法做出果断明确的目标选择。目标分解是根据观念、知识、能力、心理素质等方面的差距，将职业生涯中的远大目标分解为有一定时间规定的阶段性分目标；目标组合是将若干阶段性目标按照内在的相互关系组合起来，达成更为有利的可操作目标。

（三）自我认知

正确认识自己的兴趣、性格、能力、价值观以及社会中的自我等，包括自我评价、他人的评价，自己的优势、不足，怎样正确地对待自己的优势和劣势，针对不足要做哪些改进等等。

（四）环境评估

环境评估指对政治、经济、文化、法律和职业环境等社会外部环境的分析，包括社会环境、教育环境、家庭环境、职业环境等方面的分析评估；主要是对职业、行业与用人单位的分析，包括对用人单位制度、背景、文化、产品或服务、发展领域等的分析。

（五）规划实施表

这是规划书的主题部分，包括规划名称时间跨度、总目标、分目标和规划内容等。制定具体规划实施表是落实目标的具体措施，主要包括学习、见习、实习、社会实践、培训等方面的措施。例如，为达到目标，在社会工作方面，计划采取什么措施，以提高工作效率；在专业学习方面，计划学习哪些知识，掌握哪些技能，以提高专业能力；在潜能开发方面，采取什么措施开发潜能等。这些都要有具体的计划与明确的措施。这些计划要特别具体，切实可行，以便于定时对照检查。

（六）反馈评估与调整

在实施规划的过程中，主客观条件均会发生变化。如何对原有规划进行评估与修订，如何对照职业目标检验自身现实状况与要实现的目标的差距，并制定缩小差距的方法和实施方案。反馈评估与调整包括评估的内容、评估的时间、规划调整的原则等。

（七）结束语

内容包括对自我生涯规划的评价、表明人生态度等，也可以对自我规划进行小结，或使用励志类的格言警句表明决心等等。

二、大学生职业生涯规划书的基本要求

（一）资料翔实，步骤齐全

可以通过访谈、摘抄等多种方式获取资料并注明出处，运用图表数据来说明问题，以增强资料来源的可信度和说服力。主要分为四步：第一，分析需求、条件及目标设定；第二，分析障碍和可行性研究；第三，设计方案和提交（改变）计划；第四，制定详细的实施计划和措施。

（二）论证有据，分析到位

要了解有关的测评理论及知识，认真审视并思考自己的测评报告，对照自我认识与测评结果的异同，分析与测评结果形成差距的原因，从而确定自我评估结果；要理清自己所处的环境，明确自己最大的兴趣、最喜欢共事的人的类型、最重视的价值与目标、最喜欢的工作条件，再通过目前环境评估来确定自己的职业方向，做到有理有据、层层深入。

（三）重点突出，逻辑严密

语言朴实简洁，用词精练准确，行文流畅，条理清楚，这是最基本的写作要求。

撰写时，还要密切注意整篇文章的结构与重心所在。职业生涯规划书一般包含对职业规划的认识、对自我的剖析、对所学专业的认识、对职业方向的探索及确定目标并制定计划这五个方面的内容。在对这些内容进行分析阐述时，必须紧紧围绕职业目标这条主线来展开，从而体现文章论述的逻辑性和连贯性。要将重点放在自我评估、环境评估、目标实施上。职业生涯设计是自己将来的规划，这个规划只有建立在对自我和职业的充分认识的基础上，才能体现出科学性和可行性。

（四）目标明确，合理适中

撰写规划书时要围绕论述的中心来展开。职业生涯目标不能过于理想化，应体现出“择己所爱”、“择己所长”、“择己所利”、“择世所需”。规划书撰写能否成功，在很大程度上取决于有无正确适当、切实可行的目标。

（五）组合科学，措施具体

目标分解、实现路径选择要有理论依据，而且备用路径之间要有内在联系性。目标组合时要注意时间上的并进、连续及功能上的因果、互补作用，全方位的组合要涵盖职业生涯、家庭生活、个人事务等方面。

三、大学生职业生涯规划书的常见格式

（1）表格式，这是一种不完整的职业生涯规划书，常常仅写有最简单的目标、分段实现时间、职业机会评估和发展策略等几个项目。有的只相当于一份完整的职业生涯规划书的计划实施方案表，适合于日常警示使用。

（2）条列式，这种格式的规划书具有职业生涯设计的主要内容，但多是简单的表达，没有详细的材料分析和评估。文章虽精练，但逻辑性和说理性不强。

（3）复合式，这种格式的规划书将表格式和条列式进行综合。只相当于一份完整的职业生涯规划书的计划实施方案表，多是简单的表达，没有详细的材料分析和评估。写有最简单的目标、分段实现时间、职业机会评估和发展策略等几个项目。

（4）论文式，这种格式的规划书对一个人职业生涯规划做了全面、详细的分析和阐述，是最完整的职业生涯规划书。

第五节　国内外职业生涯规划教育发展历程与趋势

联合国教育、科学及文化组织（United Nations Educational, Scientific and Cultural Organization, UNESCO）第十八届大会通过的《关于职业技术教育的建议》中明确指出：“学习和职业方向指导，应看成是一个连续过程和教育的一个重要组成部分，其

目的是帮助每一个人在教育上和职业上做出正确的选择。”职业生涯规划教育和就业指导工作是高校教育工作的重要组成部分，其目的就是帮助学生获得一种就业能力，一种面向社会的生存能力；是在为毕业生实现就业提供必要帮助的同时，培养大学生可持续发展的终身就业能力，并使他们有能力调控好自己的职业生涯，以实现自己的人生价值和社会价值。同时，职业生涯规划教育和就业指导工作还可以帮助高校了解和掌握社会需要人才的层次和数量，从而不断改革教学内容，提高教育质量。随着我国高等教育改革进程的加快，高校职业生涯规划教育和就业指导工作相比较而言明显滞后。因此，学习和借鉴国外高校职业生涯规划教育的成功经验，探索适合我国国情的高校就业指导模式，显得十分必要。

一、国外职业生涯规划教育发展历程与趋势

（一）职业生涯规划教育的发展历程

就业指导作为一种专门的社会服务工作和研究课题最早起源于美国，早在1984年，就业指导的创始人、美国波士顿大学教授帕森斯首先使用了就业指导的概念，并于1909年出版了《选择职业》一书。该书阐述了人与职业相匹配的理论，构建了帮助了解自己、了解职业，并使人的特点（特性）与职业要素（因素）相匹配的职业指导模式。但这种职业指导模式过分重视职业信息的作用，以求职者了解职业信息资料为主导，忽视了对求职者内在心理分析的研究。于是，罗杰斯提出了以当事人为中心的职业指导方法。舒伯又把职业选择纳入到生涯发展之中，赋予职业指导新的含义，使职业指导转向职业生涯辅导。职业生涯辅导的基本理论包含两个方面：其一，职业发展是长期的、连续的发展过程，职业选择不是在面临择业时才有的单一事件，而是一个发展过程，与此对应，职业生涯辅导应贯穿人的一生；其二，职业发展如同人的身体和心理发展一样，可以分为连续的若干阶段，且每个阶段都有一定的特征和职业发展任务，如果前一阶段的职业发展任务不能很好地完成，就会影响后一阶段的职业发展任务，导致最后的职业选择发生障碍，与此对应，学校的职业生涯辅导应贯穿教育教学始终。

随着职业生涯辅导理论的不断发展，20世纪70年代在美国又兴起了职业生涯规划教育，并已成为大学生在校期间接受教育的一部分。许多高校在职业咨询、就业服务等方面建立了一套完整的理论体系。这一理论体系的核心就是指导大学生进行自我评价，确定择业目标。如今，职业生涯规划教育已成为美国、英国、加拿大等国学校教育和就业指导的重要组成部分。

（二）国外职业生涯规划教育特点

职业生涯规划教育在通俗意义上就是帮助学生回答“我是谁”、“我想做什么”、

"我能做什么"。西方国家从高中阶段就进行了职业启蒙教育。在大学阶段，学校均设立了职业生涯规划咨询和辅导机构，并在各层次的教育管理中把学生的学业、校园生活与职业生涯发展相结合，提供必要的条件，帮助学生为实现个人的职业生涯规划做好全面的准备。例如，美国高校极为重视学生就业指导工作，就业指导在大学里处于中心地位。学校均设立专门的就业指导中心，由分管学生事务的副校长直接领导。就业指导中心的重要地位使得美国高校对该机构的经费投入较多，设施、设备先进，资料、信息丰富，便于为学生和用人单位提供全面、完善的服务。美国高校职业生涯规划教育内容全面、形式多样以及方法先进。内容主要涉及职业的性质、发展前途、经济收入、就业的难易程度、学生职业兴趣的测定与调查、择业准则和技巧等。形式主要有讲座、报告、咨询服务、模拟实验及心理测试等，并且利用计算机来收集、处理、提供信息。美国高校的就业指导贯彻整个大学生涯，其就业指导的对象不仅包括全部在校学生，还包括已经毕业的校友。此外，还有数量足、素质高的就业指导人员队伍，确保每一个学生都能得到一对一的就业指导服务。

（三）国外职业生涯规划教育发展趋势

当前，西方的职业生涯规划教育背景发生了一些变化。如何认识这一背景变化？如何评价背景变化对传统职业生涯规划与管理的影响？如何在新背景下优化调整职业生涯规划及其管理？无边界职业生涯虽然是从企业的角度分析职业环境的变化，但它对我国大学生未来的职业生涯规划具有一定的指导意义。

1. 无边界职业生涯时代的来临

（1）无边界职业生涯的含义。这一概念由 Arthur 等人在 20 世纪 90 年代初提出，系指"超越单个就业环境边界的一系列的就业机会"。与传统的职业生涯不同，无边界职业生涯强调以就业能力（Employ Ability）的提升替代长期雇佣保证，使员工能够跨越不同组织从而实现持续就业。

（2）无边界职业生涯产生的背景。无边界职业生涯时代的来临具有深刻的背景。自 20 世纪中后期以来，企业所面临的竞争环境变化剧烈，尤其是 20 世纪 90 年代以来信息技术和知识经济的迅猛发展，组织结构正在发生着根本性的变化，即从传统刚性多层体制向更具柔性、更扁平的组织形式发展，出现了信息化、分散化、虚拟化、小型化等多元发展趋势。在这一背景下，企业势必要改变传统的长期雇佣而代之以更具弹性的雇佣形式，如雇佣短期化、员工派遣、裁员等。即使日本企业长期坚持的终生雇佣模式，也产生了动摇甚至崩溃。实质上，企业将外界环境剧烈变动的风险通过组织结构与雇佣形式的调整传递给了员工。首先，由于企业战略在外部环境剧烈变化下不断调整，只有通过弹性雇佣形式才能保证企业组织结构的弹性，从而保证企业组织能够随战略调整而调整。例如，联想在 2004 年 3 月"战略性裁员 5%"，在国内引发热议。由联想内部员工写的《公司不是家》一文更是引发了关于企业与员工关系的讨论。其次，企业战略调整对员工能力不断提出新的要求，如果原有员工不能满足需求，就必须不断雇佣新人，尤其是日新月异的技术变革造成企业内部员工技术老化加速，要求企业必须不断雇佣掌握新技术的员工。最后，20世纪90年代以来，大规模的并购潮流动摇了长期雇佣的基础，伴随企业并购的往往是大规模的裁员行动，而被并购企业的员工雇佣状况也成为并购成功与否的重要影响因素。

2. 无边界职业生涯的影响

（1）雇佣关系的变化。组织结构变革导致了雇佣关系的变化。雇佣保障是传统职业生涯管理方式赖以生存的先决条件，而组织内存在的专业的职能部门和多个层级则是传统职业生涯管理模式运行的组织基础。组织结构变革使传统的职业生涯规划丧失了基础，员工不得不在多个企业间寻求受雇机会。首先，从制度层面上看，雇佣短期化和员工派遣构成了雇佣关系调整的最直接表现。这两种雇佣形式不仅增强了企业组织柔性，还促使雇员不断更新技能以保持就业能力。因为无论雇佣短期化和员工派遣，员工就业能力无疑是实现雇佣、促成派遣的最核心要素。“能力恐慌”无疑是促使员工比任何时候都更重视企业提供的培训、参与有挑战性工作的动因。其次，隐藏在雇佣制度层面之下的是不同雇佣条件下的心理契约的变化。一般观点认为，无边界职业生涯中，员工与组织之间的心理契约由关系型转变为交易型。传统关系型心理契约的核心在于员工从未来和稳定角度出发，以忠诚换取长期雇佣保障；而交易型心理契约的核心则转变为员工更关注现实条件下组织为员工提供的经济利益和自身就业能力的提升。相比制度层面的雇佣关系调整，心理契约变化的影响更加深刻。

（2）职业生涯成功标准的变化。与无边界职业生涯转变相一致的是员工对个人职业生涯成功标准认识的变化。传统职业生涯成功的标准主要是作为职业生涯结果的薪酬增长、职位晋升，以及外在的社会评价因素，如职业声望、社会称许等。无边界职业生涯的成功标准则发生了方向性变化：从看重结果转变为看重过程，如职业生涯经历、职业社会网络等；从看重外在评价标准转变为个人内在感受标准，如工作是否与兴趣一致、工作与家庭的平衡等。职业生涯成功标准的转化既是无边界职业生涯导致的结果，同时也是无边界职业生涯产生的原因。无边界职业生涯成功标准中体现了社会价值观多元化趋向，重视过程和自我是当前社会价值观的重要取向。从这个意义上说，职业生涯成功标准既是结果，又是原因。

（3）人力资源中介模式的勃兴。人力资源中介业务的迅速发展是雇佣关系变化的直接结果，集中表现为20世纪末员工派遣业务和网络招聘的崛起。尤其是网络招聘这种成本更低、更快捷的招聘方式降低了企业的招聘成本，扩大了招募范围，提高了空缺岗位的填补速度；相对应的，也为员工寻找新岗位提供了更多的便利。更具冲击力的是猎头服务，这种以职业社会网络关系为基础的定向招募服务在满足企业高端人才需求的同时，也为高端人才突破组织边界获得职业发展提供了便捷途径。目前，类似的猎头服务逐渐突破高端人才的范围，向中低端岗位扩展，出现了推荐人招聘网站，即利用同一职业人员的社会网络寻找合适的候选人，如美国的 Jouster 公司、我国中人网推出的中人网猎以及新兴的所谓的“职客”网站。

3. 职业生涯管理的调整

以下主要从企业角度提出无边界条件下职业生涯管理的应对建议。

（1）更新理念。一是顺应潮流。企业必须放弃以雇佣保障换取员工忠诚的雇佣哲学，即使企业单方面坚持也是没有意义的，因为对于大多数企业而言，外界环境的整体改变不可能允许个体企业的抵抗行为获得成功。二是企业必须重新定义忠诚的含义，忠诚不再代表员工长期服务于一家企业，而变成员工在合同期内遵守职业操守，达到既定的绩效标准。三是无边界条件下以薪酬、事业、文化和感情为手段的留人策略遭遇挑战，持续提升就业能力将成为吸引和保留员工的重要手段，这不能简单地等同于职位晋升和提供培训机会。比如，即使没有职位和培训，但员工很可能由于有机会参加某一关键性项目从而获得就业能力的提升。这部分地解释了相当多的年轻求职者会选择职位和薪酬都稍低的大型外资企业作为初期职业生涯的开始的现象。四是传统职业生涯规划是以企业为主导的，而员工是在企业指导下参与职业生涯管理。在无边界条件下，这一主导权转移到员工手中，表现为员工有充分的动机对个人就业能力提升负责，员工必须在职业生涯管理中具有主导权。

（2）透明操作。员工具有主导权的职业生涯管理的关键是透明操作。在企业主导下，传统职业生涯管理一般是半透明的。员工一般只能从整体上了解企业人力资源规划；只能在人事决策后被告知结果，而无法了解和参与决策过程。

无边界条件下，员工应当成为职业生涯管理的主体，而不仅仅是参与者，因此，必须使职业生涯操作透明化。一是企业人力资源规划对员工开放。企业人力资源规划是根据企业战略对人力资源进行整体协调和指导，包括企业人力资源发展方向和对关键岗位的接替计划。开放的人力资源规划使员工按照企业需求主动提升就业能力。二是企业内部发展机会的公开竞争。无边界职业生涯即相对于组织边界而言，对员工封锁内部发展机会则是在组织内部制造壁垒，从而更加促使员工寻求组织外部机会。很多大型企业采取内部招聘策略，在企业内公布岗位空缺信息、接受报名，内部人员优先录取。这是职业生涯实施的最有效保证。三是人事决策程序的公开透明。企业内的人事决策应该是透明的，人事决策的暗箱操作只会降低员工对职业生涯管理的信任程度，很多企业职业生涯管理体系都是被暗箱操作架空的。

（3）集中资源。一是职业生涯资源的相对稀缺性。相对于企业所有员工而言，职业生涯通道上的高端岗位永远是稀缺的。无论企业如何强调设计多维度的职业生涯通道，其最主要的成果是解决员工争夺有限行政岗位的问题，即所谓的千军万马争过独木桥，但无论如何也不可能依靠职业生涯通道设计解决所有员工向高端岗位发展的问题。二是集中资源的必要性。有限的资源必须使用在最具价值的人力资源的激励上，即为企业创造80%价值的20%的关键员工。客观上讲，传统职业生涯管理的目标也必须集中于保留少数关键人员，因为只有稀缺资源才需要规划，而对于以低成本即可获得充分满足的人力资源进行规划的意义不大。以职业生涯规划减少其他大多数一般员工的流动既是不明智的，也是不现实的。合理流动有利于增强该部分员工提升自身就业能力的动力，所有企业也都将因此而获益。三是在具体操作上，企业可在如下方面努力：从传统角度看，企业应提供更具竞争性的薪酬和弹性福利、与绩效和能力挂钩的更可预期的晋升通道、企业品牌价值下的职业声望等；从无边界职业生涯的角度看，则需进一步向员工提供更具挑战性和多样化的工作，更自由和宽松的工作氛围，提供如员工心理援助项目（Employee Assistance Program, EAP）计划等以帮助员工平衡工作与家庭等。

（4）加强企业知识管理。职业生涯管理过程的一个重要内容是企业帮助员工提升自身能力，从而实现职业发展。在无边界职业生涯管理中，由于员工潜在流动性的增强，必须加强企业知识管理。一是防止员工对企业知识产权、商业秘密的侵害，这已成为某些人员流动率较高行业的一个焦点问题，如IT行业，例如思科起诉华为雇佣的前思科员工盗用了其源代码。二是员工个体能力提升过程并非仅是单向的，这一过程往往还伴随着“干中学、学中干”式的创新过程。这就需要企业不断将这一过程中产生的零散的、隐性的、存在于员工身体之内的经验上升为系统的、显性的、独立于员工个体的组织知识，从而避免关键员工的离职构成对组织能力的巨大破坏。无边界职业生涯发展趋势对于每个未来的求职者都意味着挑战与机遇并存，在新的条件下如何进行职业生涯规划与管理是值得人们思索的问题。

二、国内职业生涯规划教育发展历程与趋势

（一）历史回顾

任何一种教育思想或教育内容的提出和实现都是与社会发展、社会需要有密切关系的，职业生涯教育也不例外。在我国，对大学生进行职业生涯规划教育从萌芽到发展经历了以下几个阶段。

1. 最早萌芽阶段（20世纪初至20年代）

20世纪初，我国的职业指导受到美国等西方国家的影响并开始萌芽。1916年，清华大学校长周寄梅先生首次将心理测试的手段应用在学生选择职业中，并实施“生涯规划”相关的课程辅导。这是中国职业生涯教育的开山之作。1917年，老一辈革命家、教育家黄炎培联合蔡元培、梁启超等人在上海创立了“中华职业教育社”，大

力提倡职业教育，提出了“职业教育应贯彻教育全程和全部职业生涯，达到以‘无业者有业，有业者乐业’为终极目标的职业教育思想体系”。他还投入相当多的精力于职业指导和职业心理实验两项工作，并于1919年成立职业指导部，且在《教育与职业》杂志上刊发职业指导刊号、职业心理专号。1927年，中华职业教育社在上海创办了我国第一个“职业指导所”。此后，各地又建立了一批职业指导所，为发展我国职业指导事业奠定了基础。这一时期的代表人物还有邹韬奋先生。他在此项工作中倾注了大量的心血。1922～1926年，他研究和编译了《职业教育研究》、《职业智能测验法》、《职业指导》、《职业指导实验》（第二辑）、《职业心理学》等著作，发表了《中国职业指导现况》等文章。他认为职业指导绝不只是引导如何获得职业，而是涉及教育哲学、心理学、统计学、社会学等众多学科的工作，因而要以种种方法帮助人选择职业、预备职业、加入职业，并能在职业上求进步。

2. 停滞空白阶段（20世纪30年代至70年代末）

1929年，当时的南京政府全国教育会议通过了《设立职业指导所及厉行职业指导方案》，规定了一些实施职业指导的办法。1931年，南京国民政府成立了全国职业指导机构联合会。但旧中国经济凋敝、社会动荡，职业指导基本处于停滞状态。

新中国成立后，总体来讲，大学生职业生涯规划教育是与大学生制度的变革紧密联系在一起的。由于实行计划经济和就业的统包统配等多种原因，在相当长的一段时间里，职业生涯规划教育问题一直是高等学校教育的空白。因为社会不存在需求，在教育体系中也就谈不上设置与职业生涯教育相关的内容。职业生涯规划教育基本上被那个时代特有的政治教育所取代，“我是革命一块砖，哪里需要哪里搬”是计划经济时代最典型的口号。在绝大多数青年学生的头脑中都没有自己自由选择职业的概念，更没有对职业发展的设想。人们的职业理想被空洞的政治口号所取代，职业追求往往被禁锢在不能或很难实现的理想中。人们不需要思考自身的体质、能力、爱好、兴趣等，需要做的只能是被动地接受国家计划的安排。

3. 酝酿探索阶段（20世纪80年代至90年代初）

我国从1977年恢复高考到1990年期间，大学毕业生实行的是“统招统分”的计划分配制度，主要是由政府解决大学生的就业问题，大学生的择业和创业问题尚未浮出水面。但是，随着经济社会的发展和就业形势的变化，党和政府从国情出发，开始就业指导的酝酿工作。1986年，劳动人事部编写了就业训练教材《就业指导》供各地对求职人员开展职业培训时使用，并通过职业介绍机构开展了初步的职业指导工作。1989年，国家教育委员会印发了《高等学校毕业生分配制度改革方案》。至此，高校毕业生由国家统包统配的就业制度终于被改革的利剑击破。1992年，党的“十四大”提出建立社会主义市场经济体制。1993年，中共中央、国务院颁布了《中国教育改革和发展纲要》，明确提出了大学生“自主择业”要求，就业指导问题随之开始引起注意。1994 年，劳动部颁发了《职业指导办法》，明确规定职业介绍机构应开展职业指导工作；国家教育委员会文件指出学校职业生涯辅导的任务是“帮助学生了解社会、了解职业和专业，了解自己的生理、心理、兴趣、才能和体质等特点，教育学生正确处理国家、社会需要与个人志愿的关系，增强职业意识和对未来职业适应能力，使学生能正确选择符合社会需要及其身心特点的职业或专业”。这些探索为职业生涯规划教育奠定了初步基础。

4. 起步实施阶段（20 世纪 90 年代中期至今）

随着毕业生就业制度改革的不断深入，以就业指导为重点的职业指导提上重要日程。1995 年，国家教育委员会下发通知，要求各普通高校正式开设就业指导课，同时加强教材编写工作。1997 年，国家教育委员会颁发了《普通高等学校毕业生就业工作暂行规定》，对高校就业指导工作出了明确规定，各高校纷纷建立了相应的机构。1999 年，劳动保障部制定颁布了《职业指导人员国家职业标准（试行）》，编辑出版了相应的培训教材。

2000 年 6 月，职业指导人员职业资格鉴定工作在全国范围内展开，标志着我国职业指导和职业介绍队伍建设进一步走向规范化，是对职业指导工作的一次有力推进。

现代意义上的大学生职业生涯规划教育的提出和受到关注应该是从 21 世纪开始的。2000 年 10 月，由北京市学联等单位发起在中国人民大学、北京大学、清华大学等八所首都高校组织开展“2000 年大学生生涯规划”活动，受到首都大学生的普遍欢迎。到 2001 年，国内许多高校普遍开始增设就业指导课程或讲座，就业指导教材也相继出版，就业指导服务水平有了不同程度的提高。纵观我国大学生职业生涯规划和就业指导曲折的发展历程，其突出特点是初期起步早，中断时间长，目前呈现出快速发展的势头。

（二）现状透视

近年来，各高校逐步开始重视大学生职业生涯规划教育，因地制宜地采取一些措施，成立专门机构，建立就业信息网站，开设生涯规划辅导课程，进行职业测评，成立学生社团，通过校园文化活动的方式，如成立相关的学生社团，开展大学生职业生涯设计比赛，邀请职业规划专家、人力资源管理专家作专题讲座等，开展职业生涯规划主题教育活动，呈现出良好的发展态势，体现在以下几个方面。

1. 大多数高校纷纷开设职业生涯规划课程

越来越多的高校认识到仅仅对大学毕业生进行就业指导是不够的，职业生涯规划教育需要走进课堂，通过开设课程的方式与途径开展教育与辅导。课程的开设可谓“百花齐放”，具体做法大致有三种类型。

(1) 清华大学模式。主张开发课程模块，模块中包括若干门短、平、快的课程，缺什么补什么。按照职业生涯发展过程中可能出现的问题设立课程，属于问题式教学，如沟通训练、自我探索和留学指南等。

(2) 复旦大学模式。开设一门课程，各年级学生均可以选修，课程名称为“生涯规划与就业指导”，课程主要内容包括生涯规划的基本理论、自我探索、职业社会认知、生涯决策、大学生涯发展规划的制定与实施、职业素养与职业发展、素质拓展训练、就业形势与政策、就业中的心态管理等。

(3)武汉理工大学模式。开设两门课，分别称为“大学生涯规划与职业发展”、“大学生求职技巧”，前者针对大一学生，后者针对大三下、大四上的学生，条件成熟时再针对研究生开设“职业生涯管理与开发”。

2. 经验总结和理论研究方面取得较大进展

大学生职业生涯规划教育作为职业指导教育的延伸和发展，经过探索进入快速发展的新阶段。这一领域受到前所未有的重视，一些学者逐渐认识到大学生职业生涯规划指导的重要意义，开始将国外优秀的职业生涯规划理论引入我国大学生职业生涯规划的研究中并加以发展，形成了我国大学生职业生涯指导的理论雏形。学术论文对此话题的关注也逐渐增多，相关研究也不断涌现，公开发表的论文达到几百篇。在这一领域中，较有影响力的代表人物是人事部人事科学研究所副研究员罗双平，他对职业生涯这一课题进行了比较系统的研究，如《职业生涯规划的含义及其形态》、《职业生涯规划理论》、《职业生涯阶段划分》等。

3. 职业生涯规划培训交流范围不断扩大

实施职业生涯规划教育关键在师资。各地举办了各种培训班培训师资，开展了多种研讨和交流活动，交流范围日益扩大。2007 年 11 月，首届“中国职业生涯规划国际论坛暨 GCDF（Global Career Development Facilitator，全球职业规划师）全球峰会”在北京隆重召开。参加这次论坛的共有来自中国、美国、德国、韩国、日本、新西兰等 16 个国家的专业人士以及数十位国内外最具影响力的职业规划专家。这是我国在职业生涯规划领域举办的第一次全球性大会，论坛以“职业生涯规划的国际前沿技术与实践”为主题，围绕职业生涯规划的全球化发展，其他国家职业规划发展体系的现状、职业生涯规划的创新前沿技术、基于组织的生涯发展应用、高校职业规划服务体系的建立、职业测评在生涯发展中的创新等内容开展讨论，致力于通过与世界各地的职业规划领域研究成果的分享，将中国的职业生涯规划教育以及职业咨询服务行业推向更高的实践与应用层面。

目前，尽管许多高校已开展了职业生涯规划教育工作，为学生择业、就业提供了较多的帮助，但是从总体上来看仍是“摸着石头过河”，还处于起步阶段，在教育理念、方式、途径等方面均明显滞后。不仅不能满足学生和社会的需求，有些方面还落后于就业形势的发展，很大程度上制约了大学生职业生涯规划教育功能的充分发挥，影响了学生的全面发展。在实践中，职业生涯规划教育存在的问题不容忽视，突出表现在以下几个方面。

(1)职业生涯规划教育基础不牢。从社会大环境看,职业生涯规划服务购买率低。据调查，社会上 86% 的人对职业规划有过了解，但仅有 8% 的人接受过职业规划服务，购买率仅为 9.79%。从家庭小环境看，我国的家庭教育以灌输为主，以“严”著称。孩子从小就不知道自己喜欢什么、不喜欢什么，所有的兴趣和价值观都是父母和社会强加的，在孩子最初成长的家庭环境里缺乏进行职业生涯规划的启蒙环境，而在高校同样也缺乏进行职业生涯规划教育的氛围。在高等教育的“跨越式”发展背景下，许多高校关注更多的是“进口”，而对“出口”的关注不够，投入也少。领导不重视，影响了职业生涯规划机构及其工作开展的环境。

（2）职业生涯规划教育思路不清。许多高校还没有把职业生涯规划这项工作放到应有的位置，对重要性和必要性认识不到位，没有认识到职业生涯规划教育和辅导对大学生一生的职业发展所具有的重要意义，认为职业生涯规划教育是学生工作部门的事情，是就业部门的事情，是政工干部的事情，是辅导员的事情。在机构设置、经费投入、人员队伍建设以及硬件设施等方面不能满足需要。其实，职业生涯规划和职业发展教育是学校整个教育体系的一部分，是各个部门和全体老师的事情，是贯穿在教育教学各个环节之中的，光靠一个就业部门不可能实现职业规划与发展教育的目标与内容。学校教务部门、招生部门、学生工作部门以及院系的领导、专业老师都有责任和义务对学生进行职业生涯规划教育，因为这关系到学校的发展，关系到学生的未来。说到底，学生有出路，老师才有活路。

（3）职业生涯规划教育功能窄化。职业生涯规划教育本来应该贯穿学校教育的全过程。而在现实中，职业生涯规划教育却窄化为就业指导，往往以毕业生的思想政治教育代替职业生涯规划教育；或者局限于就业指导，主要面向毕业生进行突击式教育，限于使学生了解就业政策、准备就业材料、提高择业技巧等方面；职业指导部门的工作重心放在收集、存储、提供、发布职业信息，组织招聘活动，协办人才交流会，负责毕业生的分配派遣相关事宜以及办理相关手续等方面，而较少能以职业生涯规划教育的理念与思路引导学生、帮助学生，不能着眼于学生终身发展、全面发展、充分发展、和谐发展以及学生潜能的挖掘。这种季节快餐、短期促销的教育方式并非完全意义上的职业生涯规划教育，目前大多还局限于毕业生这个群体、停留在针对就业这一个环节和具体问题指导的层面上，对就业之外的环节包括学业、职业和事业的协调发展问题，则缺乏指导与帮助，距离真正意义上的职业生涯规划教育还有相当一段距离。

（4）职业生涯规划教育人员的素质不高。职业生涯规划教育不是一个学科，更不是一个专业。部分高校还没有成立专门机构，也没有专职人员，大多是由学生工作部门人员、兼职人员或辅导员担任此项工作。他们普遍缺少系统的专业训练，在摸索中前进，在干中学，学中干；或者凭借过去做毕业生分配工作、学生思想政治工作、就业信息收集与发布工作甚至行政工作的经验开展职业指导。职业生涯教育人员的专业化程度较低，职业规划指导师资力量相对薄弱，难以适应职业指导的要求，更不用说满足职业生涯规划教育的需要了。他们没有经过正规的渠道培养、培训，没有正式的编制，普遍缺乏相关理论知识和专业训练，缺乏足够的指导经验，从而导致高校职业规划指导工作难以系统、科学、高效地开展。

（三）发展趋势

从职业生涯规划教育的发展历程和现状分析入手，从工作实践和理论研究两个层面综合思考大学生职业生涯规划教育的发展路向，可以得到一些重要的启示。大学生职业生涯规划教育未来的发展趋势是努力实现“三化”。

1. 全程化

职业价值观的形成需要一个长期的过程，不是一蹴而就的。学生认识自我、认识社会也需要一个循序渐进的过程，职业能力的发展也不是一朝一夕的事情。因此，应该调整策略、转移重心，将职业生涯规划教育贯穿学生教育的全过程，而不是学生临近毕业或择业时才开展临时性的工作。树立职业生涯规划教育的全程观，就是要构建一个完善的职业生涯规划教育与辅导体系，与学生的职业发展愿望相结合，与学校的培养目标相结合，与市场的需求相结合，确定大学生职业生涯规划辅导的重点是明确今后的职业目标和发展方向。因此，根据各年级学生的不同特点，从大一到大四适应、探索、定向、冲刺不同阶段的特点和任务，推行四年职业规划项目，对不同年级的大学生实行不同主题的职业指导教育，开展大学全程职业生涯规划指导。第一学年就开始对学生进行大学适应和职业教育，帮助学生接触和了解就业状况；第二学年要帮助学生发现和了解自己的性格、兴趣和专长，进而帮助学生选择专业；第三学年帮助学生了解用人单位资料和市场需求情况，指导学生参加社会实践和一些招聘会，让学生直接感受就业市场；第四学年指导学生写个人简历和求职信，传授求职和面试技巧等就业技能。

2. 专业化

实现职业生涯规划教育的专业化是未来高等教育圆满完成这项工作的一个重要环节。只有实现专业化，才能科学、规范地发展，以适应经济建设和社会发展的需要。职业生涯规划教育的专业化包括四个方面。

（1）教育机构的专业化。应成立专门的职业生涯规划教育与就业指导服务机构，认真落实教育部文件精神，充分认识就业工作的重要性，把职业规划作为就业工作的基础和重要组成部分。

（2）教育与指导队伍的专业化。从长远来看，社会对职业生涯教育的要求越来越高，从事教育的人员不断专业化、专家化是必然趋势。目前，国内缺少职业指导专门人才，既没有相关的本科专业也没有相关的研究生专业，职业规划与发展教育师资与职业指导工作人员的素质亟待提高。因此，要建立一支具有较高水平的既要专业化又要专家化的职业生涯规划队伍，在结构上能体现出跨专业、跨部门、专兼结合的特色。

（3）职业测评的专业化。专业化的职业测评可以帮助大学生更加科学、客观地认识自我的兴趣、个性和潜能。不但应该有科学的、完善的测评工具和手段，而且要建立一支专家型的测评队伍，给予测评对象科学、客观、公正的测评和解释，服务于学生的需要。

（4）指导课程的专业化。课程建设是大学生职业生涯规划的基础，就业指导课是实施全程化就业指导的一个重要载体。要对大学生进行有效的职业生涯规划与就业指导与训练，必须要有系统的、高水平的指导教材作保证。只有加强职业生涯规划理论方面的课程建设，才能做好其他的相关工作，这是普及职业生涯规划知识和理论的必由之路。高校要将大学生职业生涯规划与就业指导课纳入学校正常的教学计划，确定必要的学分，根据不同年级就业指导内容和高校的具体情况，编写出高质量的、与时俱进的大学生职业生涯规划教材，建立起一个目标明确的、逐步提升的、针对性较强而又完整的职业生涯规划与就业指导的专业化课程体系。

3. 个性化

大学生职业生涯规划必须以个性化为原则。目前，举办职业生涯规划讲座是高校开展职业生涯规划教育最重要和常见的方式。这种一对多的方式效率较高，但却无法依据个体情况进行个性化的指导。职业生涯规划教育是系统工程，并主要取决于两个方面：一是社会发展的客观需要；二是当事人自身的实际情况。其中起主要作用的是当事人自己，职业生涯目标、规划应因人而异。高校要运用各种手段开展大学生的职业能力、职业素质测试和心理测试；提供个别咨询，给出职业发展意见与建议；为参与个别咨询的学生建立档案，搞好跟踪服务。在进行职业生涯规划的指导中要注意充分发挥大学生个性特长，按照“择己所爱、择己所长、择世所需、择己所利”的四项基本原则，进行正确的职业定位。这是职业生涯规划教育的前提和基础。未来大学生职业生涯规划教育要遵循个性突现原则，通过多种渠道提供个性化服务。因为每个人都有与众不同的个性特征，职业生涯规划要与学生的个人兴趣、性格、气质、能力以及职业价值观等方面相结合，充分发挥学生自己的优势，扬长避短，体现人尽其才、才尽其用的要求。学校在帮助和指导大学生进行职业生涯规划时根据每个人的不同特点提供对应的服务，这样才能做到有的放矢。

第三章　职业生涯规划理论

第一节　职业生涯规划理论的产生和发展

一、职业生涯规划理论的产生

最早倡导并指导职业生涯规划的是美国人弗兰克·帕森斯（Frank Parsons）。早在1908年，帕森斯就在波士顿创办职业指导局。帕森斯主张在公立学校开设职业课程，配置专门的职业咨询工作者。1909年，他出版《选择职业》一书，书中提出了职业规划这个概念，教导人们不仅仅是找一个能够赚钱养家糊口的工作，更重要的是选择一种职业，规划好自己的人生发展。书中第一次系统阐述了科学的职业指导理论，即特性因素理论（特性就是人的生理、心理特质或总称为人格特质，因素是指客观工作标准对人的要求）。帕森斯认为，在选择职业的过程中，涉及三个主要因素：对工作性质和环境的了解、对自我爱好和能力的认识，以及它们之间的协调和匹配，这就是"职业指导的三大原则"。1905年，比奈（Benet）和西蒙（Simon）出版了《智力测试》；1927年，斯庄（Strong）出版了《兴趣量表》等；1928 年纳尔（Null）出版了《性向测试》。所有这些崭新的测量工具都为职业生涯辅导提供了全新的辅导手段，使人们能够更有效地认识自己，运用这些工具了解自己的优势或劣势，并据此做出更合理的职业生涯规划。

1900~1930年，30年的发展，是职业规划理论的萌芽期，也被称为前职业生涯理论。这一阶段，职业生涯规划所强调的是提供职业资讯、进行职业辅导或者进行毕业就业指导等，针对个人发展方面的着眼点并不多。这一时期将参加工作前的准备作为重点，假设就职前的个体特征基本决定其适应什么样的职业。在此思想支配下，职业生涯理论热衷于预测什么样的职业更适合个体，而不是个体如何适应职业。这方面的代表性理论有：美国的埃德加·H. 施恩（Edgar H. Schein）教授提出的人职匹配理论和约翰·L. 霍兰德（John L. Holland）的个性与环境类型相匹配理论等。

二、职业生涯规划理论的发展

（一）职业生涯规划理论发展初期

随着心理测评技术和工具的发展，对人的品格与个体差异的认知逐渐加深，人们开始用发展的观点看待个人，心理治疗策略的诞生取代了单纯的咨询，这些因素使得职业生涯规划的内涵和形式发生了重大的变革。

从 1930 年开始，职业生涯规划开始更多地关注个人发展，被称为后职业生涯理论，尤其是开始聚焦到参加工作后更为丰富的职业发展与变化中，其主要分支有职业发展阶段理论、职业转变理论以及社会化与角色理论。职业发展阶段理论的代表人物有金斯伯格、休普、萨帕、格林豪斯等，他们分别对职业生涯发展阶段进行了理论探讨，对个体的职业生涯发展阶段进行了不同的划分。例如，休普的四分法，他将个人职业生涯发展分为探索期、建立期、维持期和衰退期；而金斯伯格则将个人职业生涯发展阶段分为前期职业生涯规划、中期职业生涯规划和后期职业生涯规划；格林豪斯的划分更为仔细，他将个人职业生涯发展阶段分为五部分，即职业准备阶段、进入组织阶段、职业生涯初期、职业生涯中期和职业生涯后期；还有萨帕的九分法等。

职业转变理论则以 Rothstein 和 Nicholson 的职业转变过程研究和 Sheen 的职业发展模式研究为代表；社会化与角色理论的代表人物有美国著名的管理学家 Katz 和 Khan 等。明尼苏达大学的威廉姆逊在帕森斯研究的基础上进一步发展了特性因素理论。他按照理性的方法将职业指导分为分析、整理、诊断、预测、咨询（处理）、追踪六个步骤，形成了一套独特的指导方法，被称为“明尼苏达辅导学派”。由于这套方法指导的意味很重，所以他的观点及其采用的方法又被称为“指导学派”。这种强调直接建议的、以咨询者为中心的方法，在 1930~1940 年占据了职业指导的主导地位。

（二）职业生涯规划理论革新期

1950 年以后，传统的生涯规划理念受到了罗伯特（Robert Hoppock）和唐纳德（Donald Super）新观点的挑战。新发展的观点认为，“职业生涯辅导”的目标在于系统地教育学生或个人，根据各种未来生涯选择时所需要的知识、态度和技巧，来规划其所需要接受的教育方案，为未来的工作做好准备，并协助其规划未来的发展道路等。需要职业生涯规划的对象也不仅限于需解决特定职业生涯难题的个人，更是每一位需为未来职业生涯发展做好准备的人。同时，这一阶段也是职业生涯规划理论进入美国各高校，被广大学生所接受、运用的阶段，各高校为学生提供了多种有助于学生进行职业生涯规划的咨询。

通过这一系列的改革，职业生涯规划有了全新的面貌，并且在学生和成人中有了更大的普及性和重视程度。新概念的提出使得人们能够更好地设计自己的人生规划，在一个人的生涯中起到了导向性作用，人们也越来越意识到它的重要性。

（三）职业生涯规划理论推广期

1960~1980年，美国职业生涯规划已经被普遍接受并且得到了前所未有的发展。许多大学开设了“职业生涯规划与就业指导”课程，课程设置的目的在于将学校中所学到的知识和探索自我及未来工作相结合，帮助学生了解教育的内容和机会。与此同时，美国的职业生涯教育也被世界许多国家广泛采用。由此可见，在这一时期，职业生涯规划不仅在学校里得到普及，而且各企业事业单位也意识到了它的重要性，并开始对员工做职业生涯规划，这更使人们感受到职业生涯规划的重要性和迫切性。

1976~1979年，萨伯在英国进行了为期四年的跨文化研究之后，提出了一个更为广阔的新观念——生活广度、生活空间的职业生涯发展观。这个职业生涯发展观，除了原有的发展阶段理论之外，较为特殊的是加入角色理论，并根据职业生涯发展阶段与角色彼此之间交互影响的状况，描绘出一个多重角色职业生涯发展的综合图形。萨伯将这个生活广度、生活空间的生涯发展图命名为“一生职业生涯的彩虹图”。萨伯的职业生涯发展理论综合了差异心理学、发展心理学、自我心理学以及有关职业行为发展方向的长期研究成果，汲取了这四大学术领域中有关职业生涯发展的精华，构成了一套完整的职业生涯发展理论。

（四）职业生涯规划理论飞速发展期

1980年以后，职业生涯规划理论更是处于加速发展的状态，具体表现在：在理论方面更加专业化、全面化；在应用方面更加普及化、具体化；在政策方面更加规范化、正规化。对此，赫克拉姆（Herr Cramer）归纳出了当代职业生涯规划领域所关注的六项主题。

1. 致力于发展职业生涯决定

协助学生和成人发展决定技巧，获取及应用适当的资讯于不同的职业生涯选择行动中。

2. 关注自我概念

无论是职业生涯决定或是职业生涯规划均是个人自我概念的表达。因此，职业生涯规划指导有必要协助学生和成人在进行生涯决定之前获得充分的自我了解。有关职业的咨询应与个人的生涯抱负、生涯价值或潜能等有所联系，以提供个人心理满足的需求。

3. 关注生活风格、价值和休闲

教育、休闲、职业或生涯彼此之间的交互作用会建立或影响个人的生活风格，且与个人的价值观息息相关。

4. 自由选择

职业生涯规划指导并不引导学生做出特定的职业选择，而是引导学生探索较大范围的可能选择、与这些选择相关的个人特质以及这些选择将产生的可能结果等，使大学生能做出自己的选择。

5. 个别差异

生涯规划指导应认识到在现代多元社会中，无论是个人天赋还是环境机会均有莫大的差异，因此要协助每一个学生能以独特的方式来表现和发展其特有的天赋潜能。

6. 适应变化的弹性和能力

生涯规划指导必须协助个人考虑持续性的生涯规划、达到目标的多种途径和目标的弹性，并研究出能适应社会及职业条件的快速变迁的职业规划方法。

职业生涯理论从萌芽期到成熟期出现了各种各样的理论，从其功能和指导阶段的不同可将其概括归纳为三大类，即职业选择理论、职业发展理论和综合性职业生涯规划理论。职业选择理论的研究重点是如何选择适合自己的职业；职业发展理论研究的重点是人的一生所要经历的职业发展阶段；而综合性职业生涯理论是运用社会学或其他学科的知识综合研究职业生涯规划的理论。

第二节　职业选择理论

一、人职匹配理论

人职匹配的理论，即人与职业匹配理论。人职匹配理论认为人的个性结构存在差异，人们要根据自己的个性特点找到自己合适的职业，以达到人职匹配的目的。人职匹配原理大致可分为“人格特性与职业因素匹配”和“人格类型与职业类型匹配”两种。人格特征与职业因素匹配理论，指的是依据人格特性及能力特点等条件，寻找具有与之对应因素的种类的职业选择的理论，也称“特性与因素匹配理论”。该理论是由职业指导的创始人、美国波士顿大学教授帕森斯创立的。这一理论认为，每个人都有自己独特的人格特性与能力模式，这种特性和模式与社会某种职业的实际工作内容及其对人的要求之间有较大的相关度。个人进行职业选择时，应尽量做到人格特性与职业因素的接近和吻合。人格特性职业因素匹配理论的基础，是人格特性理论。人格特性理论认为，人格可以划分为若干种特性，每一种特性都是人所共有的，但不同的人在同一特性方面的强度或水平是不同的。不同的人有不同的人格特性结构，因而就有人格的差异。

关于人格特性的划分有着不同的理论，如帕森斯的特质因素理论。人格类型与职业因素匹配理论的基础，是人格类型理论。人格在一定意义上是人与环境、社会互动的反映，如荣格提出的“内向、外向”类型。人格类型的划分及其理论比人格特性论简明方便，是人们进行职业定向时所常用的。人格类型与职业类型匹配理论，是将人格与职业均划分为不同的大的类型。当属于某一类型的人选择了相应类型的职业时，即达到了匹配，如霍兰德的人格类型理论。人格与职业类型的匹配可以从多方面进行。这一思路还可以扩大到向性与职业匹配、兴趣与职业匹配、价值观与职业匹配等方面。

（一）帕森斯的特质因素理论

最早的人职匹配理论是被誉为“职业辅导之父”的帕森斯提出的特质因素论。他认为，人们可以通过心理测验认识到自己的个性，并通过观察、问卷、个案分析等工作分析方法了解各职业对人们能力的要求，最终帮助人们找到最适合自己的职业。他强调在职业选择的过程中，涉及三个主要因素：对工作性质和环境的了解，对自我爱好和能力的认识以及两者之间的协调和匹配。其中，了解自己包括了解个人的智力、能力倾向、兴趣、资源、限制及其他特质，了解各种职业成功必备的条件、优缺点、酬劳、机会及发展前途。

1909 年，帕森斯在其所著的《职业选择》一书中，明确提出了职业选择的三大步骤。第一步是评价求职者的生理和心理特点。通过心理测试及其他测评手段，获得有关求职者的身体状况、能力倾向、兴趣爱好、气质与性格等方面的个人资料，并通过会谈、调查等方法获得有关求职者的家庭背景、学业成绩、工作经历等情况，并对这些资料进行评价。第二步是分析各种职业对人的要求，并向求职者提供有关的职业信息，包括职业的性质、工资待遇、工作条件以及晋升的可能性；求职的最低条件，诸如学历要求、所需专业训练、身体要求、年龄、各种能力以及其他心理特点要求；为准备就业而设置的教育课程计划，以及提供这种训练的教育机构、学习年限、入学资格和费用等；就业机会。第三步是人职匹配。指导人员在了解求职者的特性和职业的各项指标的基础上，帮助求职者进行比较分析，以便选择一种适合其个人特点又有可能在职业上取得成功的职业。

特质因素理论强调个人所具有的特性与职业所需要的素质与技能之间的协调和匹配。为了对个体的特性进行深入详细的了解和掌握，特质因素理论十分重视人才测评的作用。可以说，特质因素论进行职业指导是以对人的特性的测评为基本前提的，它首先提出了在职业决策中进行人职匹配的思想。因此，这一理论奠定了人才测评理论的理论基础，推动了人才测评在职业选拔和指导中的运用和发展。但是，它忽略了人格动态的发展，缺乏个人动机、需要乃至社会因素的考虑，仅强调当前特质的静态分析，不足以深入个人真正的优点与长处而善加运用。

（二）霍兰德的人格类型理论

霍兰德是美国约翰·霍普金斯大学的心理学教授，也是美国著名的职业指导专家。他于 1971 年提出了具有广泛社会影响的职业兴趣理论，并编制了霍兰德职业人格能力测验。该测验帮助个体发现和确定自己的职业兴趣与能力专长，进而作为个体在求职择业时进行决策的依据。霍兰德认为，职业生涯选择是个人人格在工作世界中的表露和延伸；人的人格类型、兴趣与职业密切相关；兴趣是人们活动的巨大动力；凡是具有职业兴趣的职业都可以提高人们的积极性，促使人们积极地、愉快地从事该职业，且职业兴趣与人格之间存在很高的相关性。他认为，在同等条件下，人和环境的适配性或一致性将会增加个体的工作满意度、职业稳定性和职业成就感。霍兰德生涯理论主要由以下四个基本假设组成。

（1）将大多数人的人格特质归纳为六种类型：现实型、研究型、艺术型、社会型、企业型和常规型。

（2）与人格特质相对应的六种工作环境、名称、性质与人格特质完全一致。

（3）人们尽量寻找那些能突出自己特长的、体现自己价值和令自己愉快的职业。例如，一个现实型的人会尽力去寻找现实型的职业，其他几种人格类型和职业类型的匹配亦然。

（4）一个人的行为表现是职业环境类型和人格类型相互作用的结果。如果知道自己的人格类型和职业类型，我们就可以预测自己的职业选择、工作变换、职业成就、教育及社会行为。

霍兰德将人格特质分为现实型、研究型、艺术型、社会型、企业型和常规型六种类型。

（1）现实型（R）。现实型的人愿意使用工具从事操作性工作，动手能力强，做事手脚灵活，动作协调；偏好于具体任务，不善言辞，做事保守，较为谦虚；缺乏社交能力，通常喜欢独立做事。他们会倾向于选择如下技术性和技能性职业：计算机硬件人员、摄影师、制图员、机械装配工；木匠、厨师、技工、修理工、农民、一般劳动者。

（2）研究型（I）。研究型的人可以说是思想家而非实干家。他们抽象思维能力强，求知欲强，肯动脑，善思考，不愿动手；喜欢独立的和富有创造性的工作；知识渊博，有学识才能，不善于领导他人；考虑问题理性，做事喜欢精确，喜欢逻辑分析和推理，不断探讨未知的领域。他们的典型职业有：科学研究人员、教师、工程师、电脑编程人员、医生、系统分析员。

（3）艺术型（A）。艺术型的人有创造力，乐于创造新颖、与众不同的成果，渴望表现自己的个性，实现自身的价值；做事理想化，追求完美，不重实际；具有一定的艺术才能和个性，善于表达，怀旧，心态较为复杂。他们愿意做的工作具备艺术修养、创造力、表达能力和直觉，并将其用于语言、行为、声音、颜色和形式的审美、思索和感受，具备相应的能力，不善于事务性工作。典型的职业如艺术方面有演员、导演、艺术设计师、雕刻家、建筑师、摄影家、广告制作人，音乐方面有歌唱家、作曲家、乐队指挥，文学方面有小说家、诗人、剧作家。

（4）社会型（S）。社会型的人喜欢与人交往，不断结交新的朋友，善言谈，愿意教导别人；关心社会问题，渴望发挥自己的社会作用；寻求广泛的人际关系，比较看重社会义务和社会道德。他们更适合从事提供信息、启迪、帮助、培训、开发或治疗等事务，并具备相应能力。典型的职业有教师、教育行政人员、咨询人员、公关人员。

（5）企业型（E）。企业型的人追求权力、权威和物质财富，具有领导才能；喜欢竞争、敢冒风险、有野心、抱负；为人务实，习惯以利益得失、权利、地位、金钱等来衡量做事的价值，做事有较强的目的性。他们具备经营、管理、劝服、监督和领导才能，为实现机构、政治、社会及经济目标而工作。典型的职业如项目经理、销售人员、营销管理人员、政府官员、企业领导、法官、律师。

（6）常规型（C）。常规型的人尊重权威和规章制度，喜欢按计划办事，细心、有条理，习惯接受他人的指挥和领导，自己不谋求领导职务；喜欢关注实际和细节情况，通常较为谨慎和保守，缺乏创造性，不喜欢冒险和竞争，富有自我牺牲精神。适合这一类人的典型职业有会计、银行出纳、图书管理员、秘书、档案文书及税务专家和计算机操作员等。

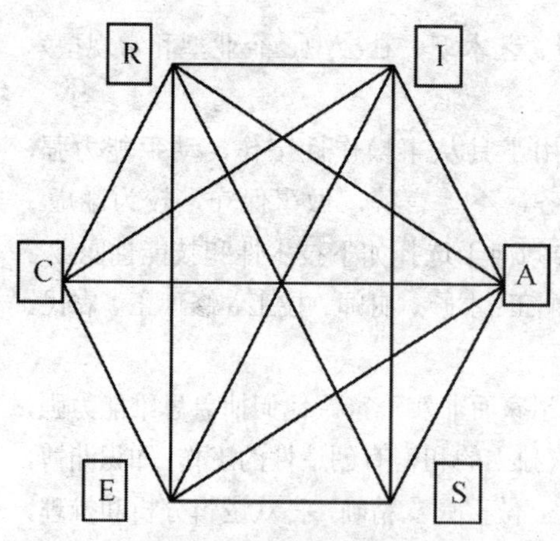

图3-1　人格特质关系图

R为实际型；I为研究型；A为艺术型；S为社会型；E为企业型；C为常规型

霍兰德以一个六边形，如图3-1所示，形象地阐述了六个类型之间的关系，六种类型占据了六边形的六个角，各角间相邻类型彼此间具有较高的一致性，相邻两种类型间有一定的共同特点，而相隔一角的类型之间一致性其次。相对角之间的类型一致性最弱，用虚线表示。以社会型与现实型为例，社会型的人喜欢帮助别人，在团体中工作，看重人际间的互动；现实型的人则偏好用机器来工作，而不喜欢以人群为工作的对象。

霍兰德的职业兴趣理论主要从兴趣的角度出发来探索职业指导的问题。他明确提出了职业兴趣的人格观，使人们对职业兴趣的认识有了质的变化。霍兰德的职业兴趣理论反映了他长期专注于职业指导的实践经历，他把对职业环境的研究与对职业兴趣个体差异的研究有机地结合起来，而在霍兰德的职业兴趣类型理论提出之前，二者的研究是相对独立进行的。霍兰德以职业兴趣理论为基础，先后编制了职业偏好量表（Vocational Preference Inventory）和自我导向搜寻表（Self Directed Search Inventory）两种职业兴趣量表，作为职业兴趣的测查工具。霍兰德力求为每种职业兴趣找出两种相匹配的职业能力。兴趣测试和能力测试的结合在职业指导和职业咨询的实际操作中起到了促进作用。

二、心理需求理论

罗伊（Anne Roe）是一位临床心理学家，她的人格理论约在20世纪60年代提出。她依据自己所从事临床心理学的经验及对各类杰出人物有关适应、创造、智力等特质的研究结果，综合了精神分析论、莫瑞的人格理论与马斯洛的需要层次论，形成了其人格发展理论。

罗伊的理论试图说明遗传因素和儿童时期的经验对于未来职业行为的影响。罗伊认为，早期经验会增强或削弱个人高层次的需求，进而影响人的生涯发展。她特别强调早期经验对个体以后的择业行为的影响。罗伊在理论中假设：每一个人天生就有一种扩展心理能量的倾向，这种内在的倾向配合着个体不同的儿童时期的经验，塑造出满足个人需求的不同方式，而每一种方式对于职业生涯选择的行为都有不同的意义。

罗伊认为，需求满足的发展与个人早期的家庭气氛及成年后的职业选择有着密切的关系。例如，个体成长过程中，父母对他（她）是接纳的还是拒绝的，家中气氛是温暖的还是冷漠的，父母对他（她）的行为是自由放任的还是保守严厉的，这些都会反映在个人所做的职业选择上。父母对个体早期的教养方式对其今后的职业选择有很大的影响。她把父母对孩子管教的态度分为“温暖”和“冷漠”两个基本方面，大致划分为三种类型。

（1）“关心子女型”中的“过度保护型”父母会毫无保留地满足子女的生理需求，却不见得能满足子女对爱与自尊的需求，即使这些需求都能得到满足，子女的行为未必表现出社会认可的行为。所以，在这类氛围下长大的子女日后显示出较多的人际倾向，而且不是出自防御的心理机制。而“过度要求型”的父母对于子女需求的满足往往附加某些条件，也就是当子女表现出顺从的行为，或表现出父母认可的行为时，其生理需求或爱的需求才能得到满足。这种在父母的高标准、严要求下长大的孩子会变成完美主义者，他们会为表现得不够完美而焦虑，因而在做职业选择时较为困难。

（2）在“逃避型”父母的教养态度下，无论是遭到拒绝或忽视，儿童需求满足的经验都是痛苦的，即无论生理需要还是安全需要的满足都会有所欠缺，更谈不上高级需要的满足。所以，这类儿童日后会害怕和他人相处，宁可在自己的工作岗位上，靠自己的努力满足自己的需求。

(3)“接纳型”家庭的氛围大体上是温暖的。在温暖、民主气氛下长大的孩子，各类层次的需求不会缺乏，长大后也能做独立的选择。人们所选择的工作环境往往会反映出幼年时的家庭气氛。如果小时候生活的环境充满温暖、爱、接纳或保护的氛围，就可能会选择与人际交往相关的职业，包括服务、商业、文化、艺术与娱乐或行政（商业组织）等一类的职业；如果小时候生活在一个冷漠、忽略、拒绝或适度要求的家庭中，便可能会选择科技、户外活动一类的职业，因为这些职业的研究范围是以事、物和观念为主，不太需要与人有直接、频繁的接触。据此，罗伊又把职业分为服务、商业交易、行政、科技、户外活动、科学、文化和艺术娱乐八大职业组群，并依其难易程度和责任要求的高低，分为高级专业级管理、一般专业级管理、半专业级管理、技术、半技术级、非技术六个等级。

三、择业动机理论

美国心理学家弗隆（V. H. Vroom）通过对个体择业行为的研究认为，个体行为动机的强度取决于效价的大小和期望值的高低，动机强度与效价及期望值成正比。1964年，在《工作和激励》一书中，他提出了解释员工行为激发程度的期望理论。期望理论的公式为：

$$M = \sum V \times E$$

公式中，M为动机强度，是指积极性的激发程度，表明个体为达一定目标而努力的程度；V为效价，是指个体对一定目标重要性的主观评价；E为期望值，是指个体对实现目标可能性大小的评估，也即目标实现概率。员工个体行为动机的强度取决于效价大小和期望值的高低。效价越大，期望值越高，员工行为动机越强烈，就是说为达到一定目标，他将付出极大努力。如果效价为零乃至负值，表明目标实现对个人毫无意义。在这种情况下，目标实现的可能性再大，个人也不会产生追逐目标的动机，不会为此付出任何积极性的努力。如果目标实现的概率为零，那么无论目标实现意义多么重大，个人同样不会产生追求目标的动机。弗隆将这一期望理论用来解释个人的职业选择行为，具体化为择业动机理论。用公式表示为：

$$择业动机=职业效价 \times 职业概率$$

这个公式中，择业动机表明择业者对目标职业的追求程度，或者对某项职业选择意向的大小。职业效价是指择业者对某项职业价值的评价，取决于以下因素。

（1）择业者的职业价值观。

（2）择业者对某项具体职业的要求如兴趣、劳动条件、工资、职业声望等的评估，即：

职业效价＝职业价值观 × 职业要素评估

职业概率是指择业者获得某项职业可能性的大小，通常主要取决于四个条件。

（1）某项职业的需求量。在其他条件一定的情况下，职业概率同职业需求量呈正相关。

（2）择业者的竞争能力，即择业者自身工作能力和求职就业能力。竞争力越强，获得职业的可能性越大。

（3）竞争系数是指谋求同一种职业的劳动者人数的多少。在其他条件一定的情况下，竞争系数越大，职业概率越小。

（4）其他随机因素。

因此，职业概率＝职业需求量 × 竞争能力 × 竞争系数 × 随机性

择业动机公式表明，对择业者来讲，某项职业的效价越高，获取该项职业的可能性越大，择业者选择该项职业的意向或者倾向越大；反之，某项职业对择业者而言其效价越低，获得此项职业的可能性越小，择业者选择这项职业的倾向也就越小。

四、行为论与决策论

在早期的职业选择理论中，还有一些注重相互作用的理论模式，有关学者将它定义为行为论与决策论。这类理论认为，无论是个人因素还是社会因素，都不能单方面决定个人的职业选择和职业发展。职业选择与职业发展既受个人因素的影响，也受个人所处的家庭与社会环境的影响，两者相互作用，通过个体与环境的相互作用探讨职业行为，强调学习经验对职业选择的重要性。尽管其理论缺乏严密性，但对职业指导实践有一定的实用价值。特别是在职业探索与决策能力的学习方面，已有系统的步骤和方法，可帮助职业指导者设计适当的训练计划，培养个人自我评估与进行决策的能力，尤其对个人内在认知过程的探讨，更具实用价值。

决策论运用经济决策原理来分析研究职业行为，并吸取了社会学理论和其他认知学派的观点和方法，对个人的职业选择发展进行经济的、社会的与个人的整体研究，并对个人的认知过程和决策步骤、技巧、方法进行系统分析，建立起职业决策的系统模式。这一模式为职业指导人员分析当事人的决策行为、诊断职业问题和设计适当的训练学习计划提供了基本的框架，也为编制职业决策、能力量表和计算机辅助指导程序提供了理论基础。

决策论将职业指导的重点放在培养和增进当事人的职业技能或个人解决问题的能力上，从而为职业指导工作指明了基本方向，对职业指导实践具有重要的价值。同时，该模式也发展出可供实际操作的指导方法与程序，供指导人员及当事人直接使用。

第三节　职业发展理论

一个人的职业生涯贯穿其一生，是一个漫长的过程。将其科学地分为不同的阶段，明确每个阶段的特征和任务，做好规划，对更好地从事自己的职业，实现确立的人生目标非常重要。职业生涯发展阶段是个人职业生涯中具有各种不同特征的时期，它的划分是职业生涯规划和辅导的一个重要内容。我们可以把这些不同的时期分为连续的几个阶段，每个阶段都有各自的特征和相应的职业发展任务，因此在不同的职业发展阶段就有着不同的职业方式和内容。

一、金斯伯格的职业意识发展阶段理论

金斯伯格（Eli Ginsberg）是美国著名的职业指导专家、职业生涯发展理论的先驱和典型代表人物，是职业发展理论的缔造者。他研究的重点是从童年到青少年阶段的职业心理发展过程。金斯伯格等人指出，职业选择决策是一个发展过程，它不是一个某一时刻就完成的“决定”，而是基于人们要经过若干年才形成的选择观念。在职业选择的过程中，包含一连串的决定，每一个决定都和童年、青年时期个人的经验和身心发展有关。金斯伯格认为，职业选择的实现也是个人意识与外界条件的折中和调适过程。他还进一步指出，个人最终所做出的职业决策是寻求个人所喜爱的职业与社会所提供、个人能获得的机会之间的最佳结合。他将职业生涯的发展分为幻想期、尝试期和现实期三个阶段。

（一）幻想期（4~11岁）

这一时期，儿童已逐渐获得了社会角色的直接印象，他们对自己经常看到或接触到的各类职业都感兴趣，并充满了新奇、好玩之感，幻想着长大要当什么。特别是他们在早期的游戏中，常常充分地运用各自的职业想象力，扮演他们所喜爱的角色。随着年龄的增长，游戏中所喜爱的角色得到了初步强化，他们开始在日常服饰搭配、语言行动上对这些角色进行模仿。如果这种模仿得到了成人和伙伴的赞许、肯定，那么他们这种开始萌芽的职业意识会得到强化。这一时期职业需求的特点是单纯凭自己的兴趣爱好，不考虑自身的条件、能力水平和社会需求与机遇，完全处于幻想之中。

（二）尝试期（11~17岁）

这是由少年儿童向青年过渡的时期。从此时起，人的心理和生理在迅速成长发育和变化，有独立的意识，价值观念开始形成，知识和能力显著增长，初步懂得社会生产和生活的经验，他们开始憧憬自己美好的未来。在职业需求上呈现出的特点

是有职业兴趣，但不仅限于此，更多地和客观地审视自身各方面的条件和能力；开始注意职业角色的社会地位、社会意义，以及社会对该职业的需要。金斯伯格还进一步把尝试期划分为四个阶段。

(1) 兴趣阶段（11～12岁），开始觉察社会不同职业之间的一些重要差异，并对自己较为关注的职业产生兴趣。

(2) 能力阶段（12～14岁），开始注意社会不同职业对人的能力要求，注意衡量自己的能力与某些自己感兴趣的职业差异，并自觉进行训练。

(3) 价值观阶段（14～16岁），开始注意了解各种职业的社会价值和个人价值，并运用这些价值审视自己的职业兴趣和能力，以便进行职业选择。

(4) 综合阶段（16～17岁），开始综合有关职业信息，并综合判断个体职业发展方向，缩小职业兴趣范围，把自己在前几个阶段中形成的职业价值判断和早期职业行动转移到自己初步确定的职业方向上来。

（三）现实期（17岁以后）

17岁以后是青年向成人过渡和迈进的年龄阶段。这一阶段即将步入社会劳动，能够客观地把自己的职业愿望或要求同自己的主观条件、能力以及社会现实的职业需要紧密联系和协调起来，寻找合适自己的职业角色。此时期所希求的职业不再模糊不清，而是形成了明确的、具体的、现实的职业生涯目标。客观性、现实性是这一时期青年最明显的特点。金斯伯格按职业心理的发展顺序将现实期也分为三个阶段。

(1)试探阶段。对尝试期初步确定的职业方向进行各种职业的试探活动，如调查、访谈、参观、考察、咨询等，了解职业发展及就业机会，为选择职业生涯做准备。

(2)具体化阶段。对职业试探活动中的某些结果，结合自己的情况进行比较分析，再一次缩小职业选择范围，使自己的职业选择方向更加具体化、明确化。

(3) 专业化阶段。对个体职业发展的专业方向进行确认，并以实际行动投入到目标变为现实的行为过程中去，包括选择专业院校学习和直接对工作单位进行选择。金斯伯格为了完善他的理论，在1983年对他的职业选择理论进行了重新阐述，其中着重强调的一点就是：对那些从工作中寻找满足感的人来说，职业选择是一个终生的决策过程，是他们不断增进自己的职业目标和工作现实之间匹配的过程。这一过程受三个因素的影响，即最初的选择与随后工作经验所给予的反馈以及经济与家庭状况。这就是说，如果一个人最初的职业选择没有达到所期望的职业满意度，他很可能要重新进行一次职业选择，而再次的职业选择依然受到家庭和经济状况等因素的制约。金斯伯格的职业生涯理论对实践活动产生过广泛的影响。

二、舒伯的终身职业生涯发展理论

舒伯（Super）是职业生涯发展研究领域的权威人物，集差异心理学、发展心理学、职业社会学及人格发展理论之大成，通过长期的研究，系统地提出了有关职业生涯发展的观点。舒伯认为，生涯发展是一个连续不断、循序渐进，且不可逆转的过程；是一个有次序、具有固定形态的过程，且每阶段的发展都是可预测的。一个人的自我概念在青春期以前就开始形成，至青春期变得较为明朗，在成人期将自我概念转化为生涯概念。从青少年期至成人期，个体实际的人格特质及社会的现实环境等都会因年龄、时间的增长而增加对人的影响力。父母亲之间的互动关系以及他们对职业计划结果的解释会影响到下一代对自己职业角色的选择。一个人是否会踏入某一类型的职业，一个人是否能由某一职业水平跳到另一职业水平，即是否有升迁发展的机会，是由他的智慧能力、父母经济社会地位、本人对权势的需求、个人的价值观与兴趣、人际关系技巧以及社会环境、经济的需求状况等共同决定的。1953 年，舒伯根据自己“生涯发展形态研究”的理论，参照米勒（Mueller）的分类将生涯发展阶段分为成长、试探、决定、保持与衰退五个阶段，其中有三个阶段与金斯伯格的分类相近，只是年龄与内容稍有不同，舒伯增加了就业及退休阶段的生涯发展。

（一）成长阶段（0~14 岁）

在此阶段，通过家庭和学校中关键事件的影响及建立认同，儿童的自我概念会逐渐得到发展。在该阶段的早期，需要和幻想占统治地位。随着参与社会和对现实了解的深入，兴趣和能力也变得更加重要。这一阶段发展的任务是，逐渐认识自己是个什么样的人，同时对工作和工作的意义有一个初步的理解。舒伯进一步把成长阶段划分为三个时期，一是幻想期（Fantasy，4 ～ 10 岁），在该时期，需要占统治地位，在幻想中扮演自己喜爱的职业角色；二是兴趣期（Interest，11 ～ 12 岁），在该时期，个人喜好成为职业期望及其活动的主要决定因素；三是能力期（Ability，13 ～ 14 岁），在该时期，个人开始更多地考虑自己的能力及工作要求。

（二）探索阶段（15~24 岁）

在此阶段，个人开始通过学校学习、业余活动和短期工作进行自我考察、角色鉴定和职业探索。这个阶段的主要任务是探索各种可能的职业选择，对自己的能力和天资进行现实性评价，并根据未来的职业选择做出相应的教育决策，完成择业及最初就业。这阶段共包括三个时期，一是尝试期（Tentative，15~17 岁），个人对兴趣、需要、能力、价值观以及就业机会等因素都有所考虑，并通过幻想、讨论、课外工作等方式，进行择业的尝试性选择，判断可能适合自己的职业领域和层次。尝试期的主要任务是明确自己的职业偏好。二是过渡期（Transition，18~21 岁），青年进入劳动力市场或经过了专门的职业培训，更多地考虑现实因素并将其纳入对自我的认知。过渡期的主要任务是明确自己的职业倾向。三是初步尝试承诺期（Trial little commitment，22 ～ 24 岁），已发展出一个大体上适合自己的职业，开始从事第一份工作并试图将其作为自己可能的终身职业。这个时期的承诺仍然是暂时的，如果第一份工作不适合自己，个人可以重新进行选择，确定实现某职业倾向的过程。该时期的任务包括实现一种职业倾向、发展一种现实的自我认知、了解更多的机会。

（三）创业阶段（25~44 岁）

在此阶段，个人已经找到了一个合适的职业领域，并努力持久地保持下去。以后发生的变化将主要是职位、工作内容的变化，而不是职业的变化。这一阶段的发展任务是发现自己喜欢从事的工作的机会；学会与他人相处；巩固已有的地位并力争提升；使现有职位得到保障；在一个永久性的职位上稳定下来。该阶段又可以分为两个时期，一是承诺和稳定期（Trial commitment and stabilization，25 ～ 30 岁），个人在自己所选择的职业安顿下来，并确保一个相对稳定的位置；二是提升期（Advancement，31 ～ 44 岁），对于大多数人来说，这是一个富有创造性的时期，个人在工作中做出好的业绩，资历也随之加深。

（四）维持阶段（45~64 岁）

由于该阶段的个人已经在自己的工作领域中取得了一定的地位，需要考虑的主要是如何维持目前的地位并继续沿着该方向前进，而很少或不去寻求在新领域中的发展。这一阶段的发展任务是接受自己的缺点；判断需要解决的新问题；开发新技能；致力于最重要的活动；维持并巩固已获得的地位。

（五）衰退阶段（65 岁以上）

随着体力和脑力的逐步衰退，工作活动的变化也将停止。该阶段的个体必须完成角色的转换，从有选择的参与者转化为完全退出工作领域的旁观者。退休后，个体还必须找到满意感的其他来源。该阶段的主要任务是发展非职业性角色；做自己期望做的事；缩减工作时间。此阶段又可分为两个时期：一是衰减期（Deceleration，65 ～ 70 岁），工作的节奏趋于缓慢，责任转移，适应自身能力的下降，开始以部分时间工作来代替全日制工作；二是退休期（Retirement，71 岁以后），工作活动完全停止或转变为部分时间工作、志愿工作或休闲活动。

20 世纪 80 年代初，为了综合阐述职业生涯发展阶段与角色彼此间的相互影响，舒伯创造性地描绘出了一个多角色生涯发展的综合图形——“生涯彩虹图”，如图 3-2 所示，形象地展现了生涯发展的时空关系，更好地诠释了生涯的定义。

在生涯彩虹图中，最外的层面代表横跨一生的“生活广度”，又称为“大周期”，

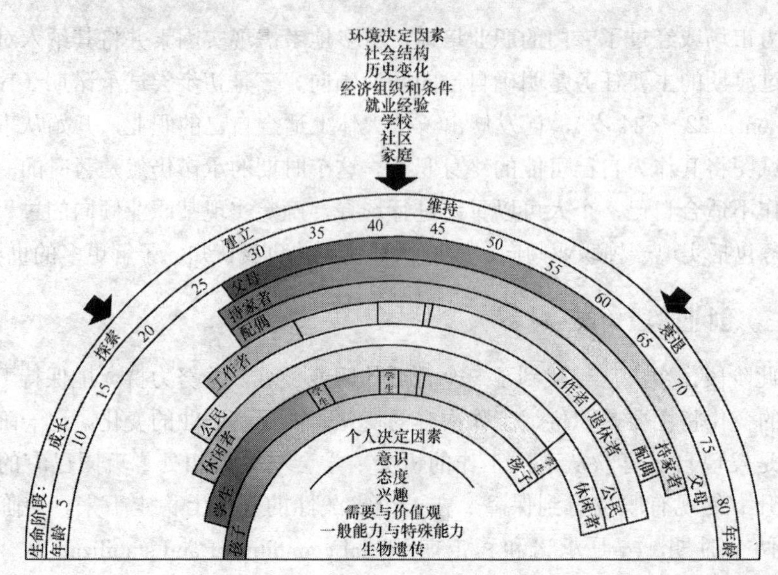

图3-2　生涯彩虹图

包括成长期、探索期、建立期、维持期和衰退期。里面的各层面代表纵观上下的“生活空间”，由一组角色和职位组成，包括儿童、学生、休闲者、公民、工作者、家长等主要角色，各种角色之间是相互作用的。一个角色的成功，特别是早期角色的成功，将会为其他角色提供良好的基础；反之，某一个角色的失败，也可能导致另一个角色的失败。舒伯进一步指出，为了某一角色的成功付出太大的代价，也有可能导致其他角色的失败。彩虹图中的阴影部分表示角色的相互替代、盛衰消长。他除了受到年龄增长和社会对个人发展、任务期待的影响外，往往跟个人在各个角色上所花的时间和感情投入的程度有关。从这个彩虹画图的阴影比例中可以看出，成长阶段（0 ～ 14 岁）最显著的角色是儿童；探索阶段（15 ～ 20 岁）是学生；建立阶段（30 岁左右）是家长和工作者；维持阶段（45 岁左右）工作者的角色突然中断，又恢复了学生角色，同时公民与休闲者的角色逐渐增加，这正如一般所说的“中年危机”的出现一样，暗示这时必须再学习、再调适才有可能处理好职业与家庭生活中所面临的问题。

舒伯的职业发展理论系统性极强，具有相当大的合理性。其理论既是职业指导理论发展中的里程碑，同时又汲取了已有理论的精华，因而涵盖面较宽。其观点认为，个人需要同时考虑自身的特点和职业所要求的特点，通过表达自己的爱好、做出选择、接受必要培训、发现工作机遇来实现个人与职业的匹配。因此，该理论具有静态性的特点。但由于个人和环境都在变化，人职匹配不可一蹴而就，因此必须注意职业选择的动态性、发展性。舒伯在后期又将影响职业选择的因素分为两类：一类是“个体决定因素”，包括兴趣、能力、价值观等个体化因素；另一类是“环境决定因素”，如社会结构和经济条件等。

由此可以看出，舒伯的职业发展理论是非常完善的，他把人职的匹配和发展、职业选择的心理和社会因素有机地结合在一起，符合职业选择和职业指导的一般过程。舒伯提出的人生职业生涯发展阶段模式也具有重要的实践意义，为职业生涯指导与规划奠定了科学基础。

三、施恩的职业生涯发展理论

美国著名的职业生涯管理学家施恩（E. H. Schein）立足于人生不同年龄段面临的问题和职业工作主要任务，将职业生涯分为九个阶段：成长、幻想、探索阶段，进入工作世界，基础培训，早期职业的正式成员资格，职业中期，职业中期危险阶段，职业后期，衰退和离职阶段，离开组织或职业退休。

（一）成长、幻想、探索阶段（0~21岁）

处于这一职业发展阶段主要任务是：发展和发现自己的需要和兴趣，发展和发现自己的能力和才干，为进行实际的职业选择打好基础；学习职业方面的知识，寻找现实的角色模式，获取丰富信息，发展和发现自己的价值观、动机和抱负，作出合理的受教育决策，将幼年的职业幻想变为可操作的现实；接受教育和培训，开发工作世界中所需要的基本习惯和技能。在这一阶段所充当的角色是学生、职业工作的候选人、申请者。

（二）进入工作世界（16~25岁）

该阶段的个人首先进入劳动力市场，谋取可能成为一种职业基础的第一项工作；其次，个人和雇主之间达成正式可行的契约，个人成为一个组织或一种职业的成员，充当的角色是应聘者、新学员。

（三）基础培训（16~25岁）

处于该年龄段的个人与正在进入职业工作或组织阶段不同，要担当实习生、新手的角色。也就是说，已经迈进职业或组织的大门。此时，主要任务一是了解、熟悉组织，接受组织文化，融入工作群体，尽快取得组织成员资格，成为一名有效的成员；二是适应日常的操作程序，应付工作。

（四）早期职业的正式成员资格（17~30岁）

此阶段，取得组织新的正式成员资格，面临的主要任务是：承担责任，成功地履行与第一次工作分配有关的任务；发挥和展示自己的技能和专长，为提升或进入其他领域的横向职业成长打基础；根据自身才干和价值观，根据组织中的机会和约束，重估当初追求的职业，决定是否留在这个组织或职业中，或者在自己的需要、组织约束和机会之间寻找一种更好的配合。

（五）职业中期（25 岁以上）

处于职业中期的正式成员，年龄一般在 25 岁以上，主要任务是：选定一项专业或进入管理部门；保持技术竞争力，在自己选择的专业或管理领域内继续学习，力争成为一名专家或职业能手；承担较大责任，确立自己的地位；开发个人的长期职业计划。

（六）职业中期危险阶段（35~45 岁）

处于这一阶段的主要任务是：现实地估价自己的进步、职业抱负及个人前途；就接受现状或者争取看得见的前途做出具体选择；建立与他人的良好关系。

（七）职业后期（40 岁以后）

处于职业后期阶段的职业状况或任务是：成为一名良师，学会发挥影响，指导、指挥别人，对他人承担责任；扩大、发展、深化技能，或者提高才干，以担负更大范围、更重大的责任；如果求安稳，就此停滞，则要接受和正视自己影响力和挑战能力的下降。

（八）衰退和离职阶段（40 岁至退休）

不同的人在不同的年龄会衰退或离职。此阶段主要的职业任务是：学会接受权力、责任、地位的下降；基于竞争力和进取心下降，要学会接受和发展新的角色；评估自己的职业生涯，着手退休。

（九）离开组织或职业（退休后）

在失去工作或组织角色之后，面临两大问题或任务是：保持一种认同感，适应角色、生活方式和生活标准的急剧变化；保持一种自我价值观，运用自己积累的经验和智慧，以各种资源角色，对他人进行传帮带。

需要指出的是，施恩虽然基本依照年龄变化顺序划分职业发展阶段，但并未囿于此，其阶段划分更多的根据职业状态、任务、职业行为的重要性。施恩教授划分职业周期阶段是依据职业状态和职业行为和发展过程的重要性，又因为每人经历某一职业阶段的年龄有别，所以他只给出了大致的年龄跨度，并在为职业阶段上所示的年龄有所交叉。

1971 年，施恩通过研究发现，个人在特定组织中有三种职业流动方式。

（1）横向流动方式。这种流动方式是组织内部个人的工作或职务沿着职能部门或技术部门的同一等级进行发展变动。这种流动方式可以培养掌管全局的管理人员，为以后的纵向发展做准备；同时可以满足工作丰富化的需要，以平衡部门之间的人员。

（2）向核心地位流动模式。由组织外围逐步向组织内圈方向变动。通过这种流动方式，成员对组织情况的了解会更多，承担的责任也会更重大，并且经常会参加重大问题的讨论和决策。

（3）纵向流动模式。指组织内部的个人工作等级职位的升降。这种流动模式与传统观念中的最佳流动模式很相似。在一般的观念中，只有纵向的上行流动，才能得到发展和肯定。

四、格林豪斯的职业生涯发展阶段理论

美国心理学博士格林豪斯（Greenhouse）的研究侧重于不同年龄段职业生涯所面临的主要任务，并以此为依据将职业生涯划分为五个阶段：职业准备阶段、进入组织阶段、职业生涯初期、职业生涯中期和职业生涯后期，从而形成他的职业生涯发展理论。

（1）职业准备（0～18岁）。这一阶段的主要任务是发展职业想象力，对职业进行评估和选择，接受必须的职业教育。

（2）进入组织（18～25岁）。这一阶段的主要任务是在一个理想的组织中获得一份工作，在获取足量信息的基础上，尽量选择一种合适的、较为满意的职业。

（3）职业生涯初期（25～40岁）。这一阶段的主要任务是学习职业技术，提高工作能力；了解和学习组织纪律和规范，逐步适应职业工作，适应和融入组织；为未来的职业成功做好准备。

（4）职业生涯中期（40～55岁）。这一阶段的主要任务是需要对早期职业生涯重新评估，强化或改变自己的职业理想；选定职业，努力工作，有所成就。

（5）职业生涯后期（55岁至退休）。继续保持已有职业成就、维护尊严、准备引退是这一阶段的主要任务。

第四节　综合性职业生涯规划理论

一、职业锚理论

（一）职业锚理论的概念

职业锚理论产生于在职业生涯规划领域具有“教父”级地位的美国麻省理工学院斯隆管理商学院、美国著名的职业指导专家施恩教授领导的专门研究小组，

是对该学院毕业生的职业生涯研究中演绎成的。斯隆管理学院的 44 名 MBA 毕业生自愿形成一个小组接受施恩教授长达 12 年的职业生涯研究，包括面谈、跟踪调查、公司调查、人才测评、问卷等多种方式，最终分析总结出了职业锚（又称职业定位）理论。

所谓职业锚，又称为职业系留点。锚，是使船只停泊定位用的铁制器具。职业锚，实际就是人们选择和发展自己的职业时所围绕的中心，是指当一个人不得不做出选择的时候，他无论如何都不会放弃的职业中的那种至关重要的东西或价值观，是自我意向的一个习得部分。个人进入早期工作情境后，由习得的实际工作经验所决定，与在经验中自省的动机、价值观、才干相符合，达到自我满足和补偿的一种稳定的职业定位。职业锚强调个人能力、动机和价值观三方面的相互作用与整合，是个人同工作环境互动作用的产物，在实际工作中是不断调整的。职业锚问卷是国外职业测评运用最广泛、最有效的工具之一，是一种职业生涯规划咨询、自我了解的工具，能够协助组织或个人进行更理想的职业生涯发展规划。了解职业锚的概念，要注意四个方面内容。

（1）职业锚以员工习得的工作经验为基础。职业锚发生于早期职业阶段，新员工已经工作若干年，习得工作经验后，方能够选定自己稳定的长期贡献区。个人在面临各种各样的实际工作生活情境之前，不可能真切地了解自己的能力、动机和价值观以及在多大程度上适应可行的职业选择。因此，新员工的工作经验产生、演变和发展了职业锚。换句话说，职业锚在某种程度上由员工实际工作所决定，而不只是取决于潜在的才干和动机。

（2）职业锚不是员工根据各种测试测出来的能力、才干或者作业动机、价值观，而是在工作实践中，依据自省和已被证明的才干、动机、需要和价值观，现实地选择和准确地进行职业定位。

（3）职业锚是员工自我发展过程中的动机、需要、价值观、能力相互作用和逐步整合的结果。

（4）员工个人及其职业不是固定不变的。职业锚，是个人稳定的职业贡献区和成长区。但是，这并不意味着个人将停止变化和发展。员工以职业锚为其稳定源，可以获得该职业工作的进一步发展，以及个人生物社会生命周期和家庭生命周期的成长、变化。此外，职业锚本身也可能变化。员工在职业生涯的中、后期可能会根据变化的情况，重新选定自己的职业锚。

（二）职业锚的类型

1978 年，美国施恩教授提出的职业锚理论包括五种类型：自主型职业锚、创造型职业锚、管理能力型职业锚、技术职能型职业锚、安全型职业锚。越来越多的人逐渐发现职业锚的研究价值，并加入了研究的行列。20 世纪 90 年代，施恩又发现了三种类型的职业锚，即安全稳定型职业锚、生活型职业锚、服务型职业锚，将职业锚增加到八种类型。

1. 技术 / 职能型（Technical Functional Competence）

技术 / 职能型的人，追求在技术 / 职能领域的成长和技能的不断提高，以及应用这种技术 / 职能的机会。他们对自己的认可来自他们的专业水平，喜欢面对来自专业领域的挑战，不喜欢从事一般的管理工作，因为这将意味着他们放弃在技术 / 职能领域的成就。

2. 管理型（General Managerial Competence）

管理型的人追求并致力于工作晋升，倾心于全面管理，独自负责一个部分，可以跨部门整合其他人的努力成果。他们想去承担整个部分的责任，并将公司的成功与否看成自己的工作。 具体的技术 / 职能工作仅仅被看做是通向更高、更全面管理层的必经之路。

3. 自主 / 独立型（Autonomy Independence）

自主 / 独立型的人希望随心所欲地安排自己的工作方式、工作习惯和生活方式。追求能施展个人能力的工作环境，最大限度地摆脱组织的限制和制约。他们宁愿放弃提升或工作扩展的机会，也不愿意放弃自由与独立。

4. 安全 / 稳定型（Security Stability）

安全 / 稳定型的人追求工作中的安全与稳定感。他们可以预测将来的成功从而感到放松。他们关心财务安全，如退休金和退休计划。稳定感包括诚言、忠诚以及完成老板交代的工作。尽管有时他们可以达到一个高的职位，但他们并不关心具体的职位和具体的工作内容。

5. 创造型（Entrepreneurial Creativity）

创造型的人希望运用自己的能力去创建属于自己的公司或创建完全属于自己的产品（或服务），而且愿意去冒风险，并克服面临的障碍。他们想向世界证明公司是他们靠自己的努力创建的。他们可能正在别人的公司工作，但同时他们在学习并评估将来的机会。 他们一旦感觉时机到了，便会自己走出去创建自己的事业。

6. 服务型（Service Dedication to a Cause）

服务型的人指那些一直追求他们认可的核心价值，如帮助他人，改善人们的安全，通过新的产品消除疾病。他们一直追寻这种机会，即使这意味着要变换公司，他们也不会接受不允许他们实现这种价值的工作变换或工作提升。

7. 挑战型（Pure Challenge）

挑战型的人喜欢解决看上去无法解决的问题，战胜强硬的对手，克服无法克服的困难、障碍等。对他们而言，参加工作或职业的原因是工作允许他们去战胜各种不可能。新奇、变化和困难是他们的终极目标。如果事情非常容易，它马上变得非常令人厌烦。

8. 生活型（Lifestyle）

生活型的人喜欢允许他们平衡并结合个人的需要、家庭的需要和职业的需要的工作环境。他们希望将生活的各个主要方面整合为一个整体。正因为如此，他们需要一个能够提供足够的弹性让他们实现这一目标的职业环境，甚至可以牺牲他们职业的一些方面，如提升带来的职业转换。他们将成功定义得比职业成功更广泛。他们认为自己在如何去生活、在哪里居住以及如何处理家庭与事业及在组织中的发展道路等方面是与众不同的。

（三）职业锚的功能

职业锚在员工的工作生命周期、组织的事业发展过程中发挥着重要的功能作用。

1. 使组织获得正确的反馈

职业锚是员工经过搜索，所确定的长期职业贡献区或职业定位。这一搜索定位过程，依循着员工的需要、动机和价值观进行。因此，职业锚清楚地反映出员工的职业追求与抱负。

2. 为员工设置可行、有效的职业渠道

职业锚准确地反映员工职业需要及其所追求的职业工作环境，反映员工的价值观和抱负。透过职业锚，组织获得员工正确信息的反馈，这样，组织才可能有针对性地对员工职业发展设置可行的、有效的、顺畅的职业渠道。

3. 增长员工工作经验

职业锚是员工职业工作的定位，不但能使员工在长期从事某项职业中增长工作经验，同时，员工职业技能也能不断增强，直接产生提高工作效率或劳动生产率的明显效益。

4. 为员工做好奠定中后期工作的基础

之所以说职业锚是中后期职业工作的基础，是因为职业锚是员工在通过工作经验的积累后产生的，它反映了该员工价值观和被发现的才干。当员工抛锚于某一种职业工作过程，就是自我认知过程，就是把职业工作与自我相结合的过程，开始决定成年期的主要生活和职业选择。

二、克朗伯兹的社会学习理论

社会学习论是由班杜拉所创立的，强调的是个人独特的学习经验对其人格行为的影响。克朗伯兹将其观点引用到职业生涯辅导上，用以了解在个人决策历程当中社会、遗传与个人因素对于决策的影响，并对职业生涯决策影响因素进行了分析。

（一）遗传因素

遗传因素是指人们先天所获得的各种因素，包括各种生理特征，如身高、外形、肤色、身体残疾等这些因素可以扩展或限制你的职业偏好和能力。另外，有些人天生就有艺术、音乐、书法、体育等方面的天赋。一般来说，人们在某方面越是有天赋，他们就越是在那方面或领域中有“可塑性”。

（二）环境条件和社会现象

大量的环境因素会影响个体的职业生涯选择，这些因素一般来说是超出个体能力控制范围之外的，包括社会、文化、政治以及经济的因素。另外，像气候和地理环境这样的因素在很多方面也会影响到个体。生活在一种受污染的环境中或是经常发生地震、气候非常寒冷的环境中，对于人们进行职业生涯选择有着重要的影响，克朗伯兹和他的同事们把这些影响因素归纳为社会因素、教育因素以及职业因素。

（三）完成任务的技能

完成任务的技能包括目标设定、价值观归类、想法的产生以及获取职业信息、找出被选职业并选定职业，而遗传基因、环境状况以及学习经历都会培养做事技能。依照克朗伯兹生涯社会学习理论的观点，人们的偏好折射了你所习得的反应。当你做或是观察别人做某项职业有关的事得到正反馈，如赞许或认可等，你会倾向于对该职业有所偏好。反之，没有反馈或是因为你的偏好、技能、行动而受罚，会减弱甚至完全消除你对某一职业的偏好。例如，在校成绩较差，看到他人在所选的领域里找不到工作，听到父母或是其他贬损某些职业，自己做的职业规划总是被他人否决，看到他人的职业计划受挫，于是得出结论说你也无法控制自己的未来等。

第四章　职业认知

第一节　职业的形成与发展

一、职业的形成

职业是在人类长期劳动生产过程中，随着生产力发展和社会分工的出现，逐步产生和发展起来的。职业起源于劳动分工，分工的目的在于发挥劳动者的个体优势，提高劳动效率。职业是现实经济运行和社会生活中客观存在的社会现象。职业是人类社会进步发展的产物，是人类社会的伟大而神奇的发明。职业是一种参与社会分工，利用专门的知识和技能为社会创造物质财富，获得合理报酬，将其作为物质生活来源且能够满足精神需求的社会活动。职业存在于社会分工之中，不同性质的工作在目标、内容、方式与场所方面有很大的差别，于是有了不同的劳动角色和特定的社会标记，如教师、医生、工人、记者、企业家、科学家与作家等。

二、职业的特性及作用

（一）职业的特性

（1）专业技术性。一个人从事某种职业，必须具备相关专业的知识、技能和职业道德才能胜任。随着社会的发展，科技的进步，劳动的专业化程度不断提高，要求职业的专业技术性也与日俱增。

（2）基础性。职业是人类个体和社会存在发展的基础，是人们生活的经济来源。从社会角度讲，人类社会文明建立在职业分工、分化、分类的基础上。没有一定的职业，无论是个人还是社会都将无法生存下去，更谈不上发展的问题。

（3）广泛性。职业涉及社会上绝大部分成员及其生活领域，包括社会、经济、政治、教育、技术、伦理、心理等诸多领域。

（4）稳定性。社会无论发展到任何一个阶段，总会有相对稳定的一定时期。尽管生产力不断发展，但职业总是和社会的发展相适配，劳动者连续不断地从事某种社会工作，这就形成了职业的相对稳定性。相对稳定，是谓之职业，否则便无所谓职业。

（5）同一性。职业是按企业、事业单位、机关团体、个体从业人员等所从事的生产或其他社会经济活动性质的同一性来分类的。同一性是指某行业的职业内部，其劳动条件、工作对象、生产工具、操作内容、人际关系等相同或相近的特点。由于这种相同或相近的特点，便形成了各种行业工会、商会等社会团体。

（6）层次性。从社会分工看，职业无高低贵贱之分，但现实生活中人们由于对所从事职业的素质要求及人们对职业的看法或社会评价不同，职业便有了层次之分。这种层次的划分往往是根据脑力、体力的付出、收入水平、工作任务、社会名望、权力地位等因素决定的。

（7）时代性。时代性具有两重含义：一是指职业随着时代的变化而变化，一部分新职业产生，一部分旧职业消失；二是指不同的时代具有不同的热门职业，如时下的公务员热、外企热、出国谋职热以及昔日的下海热、从军热等都反映出不同时期人们对某种职业的青睐程度。

（8）差异性。“天下三百六十行”即是指社会存在各种各样的职业，社会越发展，产生的职业种类就越多。这在客观上形成了不同职业之间的差异，这些差异表现在劳动内容、社会职业心理、职业地位、从业者的个体行为模式等方面。

（二）职业的作用

职业是人们维持生存和发展的基本途径，也是实现社会价值和自我价值的平台。职业的作用表现在如下几个方面。

1. 职业是满足人们基本的生存、生活的手段

人们通过参加社会劳动创造财富，获得相应的报酬，以满足生存的需要，并积累个人财富。人类社会的发展进步，正是通过无数劳动者的劳动实现的。

2. 职业是实现社会价值的重要途径

在现代生产实践中，一个人只能从事某种具体的劳动，而不能直接生产自己所需的各种生活资料。劳动者通过自己劳动成果的交换，满足各自需要。在这种平等地交换劳动成果的过程中，劳动者实现了自己对社会的贡献，也就是实现了劳动者的社会价值。

3. 职业是实现自身价值的平台

职业使人们在长期的从业过程中，逐渐获得社会认同和角色认定，在从事职业的过程中，个体的知识、素养、技能水平等方面不断提高，秩序感、可信赖感、自我效能感、投入感不断增强，从而向社会展示和贡献了自己的价值。

三、职业发展

职业发展可以从组织和个人两个角度来理解。从组织的角度看，职业发展是组织用来帮助员工获取目前及将来工作所需的技能、知识的一种方法。实际上，职业发展是组织对人力资源进行的知识、能力和技术的发展性培训、教育等活动。从个人角度看，职业发展就是在自己选定的领域里，在自己能力所及的范围内，成为最好的专家。所谓专家，并不一定是研究开发人员或技术顾问。专家是在某一领域有深入和广泛的经验，对该领域有深刻而独到的认知的人。要成为某一领域的专家，还必须培养行政管理能力、员工培养能力、团队建设能力、规划和沟通能力等。这些是个体在职业发展过程中必须培养的能力要素，它们是实现职业发展的重要工具，但不是职业发展的目标。

（一）影响职业发展的因素

职业发展会受到个体因素和环境因素的影响。

1. 影响职业发展的个体因素

(1) 个人能力。虽然人的能力存在差别，但只要个体具有中等程度的智力，再加上善于总结经验、教训，善于改进方法和策略，那么，经过主观努力之后，许多事情是能够完成的。因此，可以把成功和失败归因于努力水平的高低和工作方法的优劣。

(2) 进取心。进取心是使个体具有目标指向性和适度活力的内部能源。认真而持久的工作是个体事业成功的前提，而具有进取特质的个体也就具有了事业成功的心理基石。进取心强的人常能够审时度势选择适度的目标，并持久地、自信地追求这个目标，进取心强的人容易事业成功。

(3) 职业设计。个人进入早期工作情境后，由习得的实际工作经验所决定，与在经验中自省的动机、需要、价值观、才干相符合，达到自我满足和补偿的一种稳定的职业定位。埃德加·施恩认为，职业设计是一个持续不断的探索过程。随着一个人对自己越来越了解，这个人就会越来越明显地形成一个占主要地位的“职业锚”。这个所谓的“职业锚”就是指当一个人不得不做出选择的时候，无论如何都不会放弃的职业中的那种至关重要的东西或价值观，即人们选择和发展自己的职业时所围绕的中心。

(4)年龄。年龄也是影响职业发展的重要因素。在不同的年龄段，人的生理、心理、知识、技能、社会责任、主要任务等都不相同，职业发展的内容和重点也各不相同。

2. 影响职业发展的环境因素

影响职业发展的环境因素主要有社会环境因素、行业环境因素和企业环境因素。其中，社会环境因素也称为宏观环境因素，行业环境因素和企业环境因素也叫微观环境因素。

(1)社会环境。首先是社会经济发展水平。经济发展水平对职业的选择影响很大。一般来说，社会经济发展状况好的地区，企业数量多，优秀企业也多，人才需求量大，个人选择职业的机会就多，有利于个人职业的发展;反之，在经济发展状况差的地区，企业数量少，优秀企业也少，人才需求量小，个人选择职业的机会就少，不利于个人职业的发展。

其次是社会文化环境。选择职业也要考虑社会文化环境。因为良好的社会文化环境能使人得到好的教育和影响，从而个人的知识水平和职业技能会有大的增长和提高，这就增加了个人在激烈竞争中获取成功、用知识改变命运的概率。同时，社会文化环境在很大程度上影响人们的思想和行为。在良好的社会文化影响下，人们的思想和行为往往会向好的方向发展，最终走向成功。因此，选择好的社会文化环境将为今后的职业发展打下良好的基础。

(2) 行业环境。行业环境因素对职业的选择影响很大，选择职业前应对行业环境因素进行分析，做到心中有数。要对行业发展现状进行分析：这是什么行业？是能源行业还是新兴行业？是高科技行业还是传统制造行业？这个行业的发展趋势如何？是朝阳行业还是夕阳产业？目前这个行业存在什么问题等。还要对行业的发展前景做分析：这个行业的优势是什么、劣势是什么？它对技术、资金、人才的吸引力怎么样？国家、政府的政策、法律法规对该行业的影响怎样？特别要注意国家对一些行业实施鼓励和扶持的政策，对另一些行业实行限制和排斥的政策。

(3) 企业环境。企业经营状况的好坏直接影响从业者的职业发展。因此，进行职业规划还要对企业环境因素进行分析，要分析企业的实力，如企业的投资规模、资金、人才、在同行的地位、企业的历史等。另外要分析企业的制度，如企业的培训制度、晋升制度、绩效考评制度、奖惩制度、薪酬福利制度等。其中，培训制度很重要，从这里可以判断企业领导人的眼光和胸怀。要分析企业的规划和发展目标，要了解企业的阶段性和企业追求的长远目标，并且尽可能地搜集、了解和分析企业当前实现目标的措施和实现目标的可能性。要了解企业领导人的素质，如领导人的年龄、学历、能力、法制观念，能否依法经营、照章纳税，是否善待劳动者、热心公益事业等。要了解企业的文化，企业文化的本质是人，即企业内部职工的管理问题。比如，企业的奖惩制度、薪酬福利制度是否合理;企业能否为职工提供学习培训、参与管理、正常晋升的机会；怎样处理经济效益和社会效益的关系等等。

(二)职业发展的趋势

职业是社会分工的结果，是人类社会生产和社会生活进步的标志。随着经济和社会的不断发展，科学技术的突飞猛进，社会职业的数量、种类、结构、要求都在不停地发生着变化。

1. 全球化趋势

全球化是个进程，指的是物质和精神产品的流动冲破区域和国界的束缚，影响到地球上每个角落的生活。未来的世界是全球化的世界，职业选择也呈现全球化的趋势。21世纪给中国带来了新的机遇和挑战，尤其是中国加入世界贸易组织（World Trade Organization, 简称 WTO）后，更加紧密地和全球化联系在一起，这必然催生了一些新的职业。新职业诞生于全球化背景下，也必然导致职业流动全球化的趋势。

2. 信息化趋势

信息化是指培养、发展以计算机为主的智能化工具为代表的新生产力，并使之造福于社会的历史过程。信息化内涵包括以下四方面内容。

（1）信息网络体系，包括信息资源、各种信息系统、公用通信网络平台等。

（2）信息产业基础，包括信息科学技术研究与开发、信息装备制造、信息咨询服务等。

（3）社会运行环境，包括现代工农业、管理体制、政策法律、规章制度、文化教育、道德观念等生产关系与上层建筑。

（4）效用积累过程，包括劳动者素质、国家现代化水平、人民生活质量不断提高以及精神文明和物质文明建设不断进步等。信息化对全球经济社会发展至关重要。党的“十七大”把工业化、信息化、城镇化、市场化、国际化定为发展的战略目标。信息化同样是决定职场成败的关键。职场信息化已经成为每个人从事各种职业的必不可少的纽带，成为加速我国工业化、城镇化、市场化、国际化发展的重要前提条件。

3. 高科技产业化趋势

高科技是一种人才密集、知识密集、技术密集、资金密集、风险密集、信息密集、产业密集、竞争性和渗透性强，对人类社会的发展和进步具有重大影响的前沿科学技术。高科技的“高”，是相对于常规技术和传统技术来说的，因此它并不是一个一成不变的概念，而是带有一种历史的、发展的、动态的性质。今天的高科技将成为明天的常规科技和传统科技。有人估计，今天人们利用的技术和知识，50～60年后就只剩下1%了，而99%将过时。从世界各国高科技的发展来看，高科技不是一个单项技术，而是科学、技术、工程最前沿的新技术群。这个群体的各种成分，互相影响、互相补充、互相促进。同时，由于高科技是与高技术产业联结在一起的，因此它又是科学、技术、生产一体化的生产体系，并且受到市场的大力推动。高科技也不同于一般科技意义上的所谓“经验的积累”。它不是什么积累起来的经验，而是基于科学的发现或创造而产生的科技。高科技必须进行产业化，才能形成产业规模效益，并且高科技无国界，需要全球高科技产业联合应对人类共同的命运问题。高科技与产业化的结合催生了高科技职业的增长，推动着经济的快速发展，众多的高科技产业带动着时代车轮的前进。

4. 自由职业化趋势

自由职业化是指未来终身依附一个组织的固定职业不断削弱，独立的、不依赖于任何组织的自由职业不断产生。“自由职业者”这个词，远不如其对应的英文表意贴切。“self-employed”,自己雇用自己,香港人译作“自雇人士”。根据《韦氏大词典》,自由职业者是独立工作，不隶属于任何组织的人；不向任何雇主做长期承诺而从事某种职业的人。比较准确的定义是脑力劳动者（作家、编辑、会计等）或服务提供者，不隶属于任何组织的人，不向任何雇主做长期承诺而从事某种职业的人，他们在自己的指导下找工作做，经常但不是一律在家里工作。自由职业者又称为“SOHO 族”（Small Office Home Office）。它是随着电脑的普及、物质文明和精神文明的提高而出现的。电脑的出现，一方面加快了社会节奏和生活节奏。社会价值的创造必须跟上电脑的速度，于是，一切都加快了脚步，时间似乎总是不够用。另一方面，电脑解放了劳动力，使很多工作可以节省时间，促使“休闲文化”诞生。工作节奏和生活节奏可以在时间的自由支配下舒缓下来。

SOHO 族起源于美国 20 世纪 80 年代中后期，到 80 年代末已风靡世界各发达国家和地区。自 90 年代初期登陆中国，便迅速在上海、北京、广州等大城市掀起一股旋风。世界上目前仅德国就有 360 万人以 SOHO 方式工作。德国 IBM 公司有 25%的员工在家里办公。在美国，现在已有 3000 万人拥有了家居办公室。SOHO 族的出现标志着自由职业者一族的兴起。在中国，自由职业者包括三类人：①小本生意人，如个体零售店、小吃店、冲印店、装修公司老板;②没有底薪的推销员，如寿险顾问、地产经纪、广告中介;③专业人士，如摄影师、专利代理人、律师、会计师、牙科医生、技术顾问、管理顾问、管道工、电工、理发师、艺术家等。职业发展的全球化、信息化、高科技产业化、自由职业化趋势成为新时代的职场主旋律。

（三）促进职业发展的方法

1. 日常行为规范化

规范也可以称为规则、规矩、规制。行为规范是人们在劳动和生活中，体现社会共同意志导向、为人们普遍认同和接受的规则。人类社会繁衍发展，自有人与人的关系，就存在着社会规范，统称人的行为规范。不同时代、不同社会发展阶段，有不同的行为规范。原始社会存有禁忌，进入古代文明社会以后，在禁忌、迷信、风俗、习惯的基础上逐渐形成奴隶制、封建制等不同的社会行为规范。一个社会又有各种各样的行为规范，大至国家法律，小至一个地区、一个团体内部规章制度。此外，道德准则、宗教仪轨、地区民俗等同属社会行为规范范畴。随着生产的社会化程度提高，生产规模的扩大，要求每个职业人应该时时处处规范自己的行为举止。日常学习、工作中应遵循的规范主要有以下方面。

（1）服从领导听指挥，关爱下级员工，同事间和睦相处，互相团结、帮助。

（2）严守工作时间，做到不迟到、不早退。下班时，整理好办公用品。

（3）工作期间应认真工作，不允许串岗、喧哗，不得妨碍他人工作，不可阅读与工作无关的书报杂志等。

（4）工作时，不打非业务性电话，接非业务性电话时应尽量缩短时间。

（5）礼貌待人，文明用语，不讲粗话、脏话。

（6）男职员着装要干净、整洁、大方、得体，禁止穿拖鞋、背心。女职员穿着要大方得体，不浓妆艳抹，不准单穿吊带衫、凉拖鞋。

（7）注意保持周边环境卫生清洁，不随地吐痰、不乱扔纸屑等。

（8）节约用水、用电，爱惜办公用品。

2. 提高职业素质

职业素质是指从业者在一定生理和心理条件基础上，通过教育培训、职业实践、自我修炼等途径形成和发展起来的，在职业活动中起决定性作用的、内在的、相对稳定的基本品质。简言之，职业素质是劳动者对社会职业了解与适应能力的一种综合体现，其主要表现在职业兴趣、职业能力、职业个性及职业情况等方面。影响和制约职业素质的因素很多，主要包括受教育程度、实践经验、社会环境、工作经历以及自身的一些基本情况（如身心健康状况等）。劳动者能否顺利就业并取得成就，在很大程度上取决于本人的职业素质。职业素质越高的人，获得成功的机会就越多。职业素质是人才选用的第一标准；是职场制胜、事业成功的第一法宝。

（1）身体素质：指体质和健康（主要指生理）方面的素质。

（2）心理素质：指认知、感知、记忆、想象、情感、意志、态度、个性特征（兴趣、能力、气质、性格、习惯）等方面的素质。通过拓展训练可以提高心理素质。很多知名企业都通过拓展训练来提高员工的心理素质以及团队信任关系。

（3）政治素质：指政治立场、政治观点、政治信念与信仰等方面的素质。

（4）思想素质：指思想认识、思想觉悟、思想方法、价值观念等方面的素质。思想素质受客观环境等因素影响，如家庭、社会、环境等。

（5）道德素质：指道德认识、道德情感、道德意志、道德行为、道德修养、组织纪律观念方面的素质。

（6）文化素质：指科学知识、技术知识、文化知识、文化修养方面的素质。

（7）审美素质：指美感、审美意识、审美观、审美情趣、审美能力方面的素质。

（8）专业素质：指专业知识、专业理论、专业技能、必要的组织管理能力等。

（9）社交素质：主要是语言表达能力、社交活动能力、社会适应能力等。其中，社交适应是后天培养的个人能力，是职业素质的另一核心之一，侧面反映个人能力。

（10）创新素质：主要是学习能力、信息能力、创新意识、创新精神、创新能力、创业意识与创业能力等。创新是个人价值的另一种形式，能体现个人的发展潜力以及对组织的价值。

3. 把握机遇

机遇对职业发展有着重要的影响。把握机遇就是在把握成功；把握机遇就是在把握幸福；把握机遇就是在把握未来；把握机遇就是在把握命运……

（1）相信自己。做任何事情都需要有信心，信心生勇气，勇气出智慧。没有信心什么事都做不成。人的潜力是无限的，只要相信自己，专注做事，努力工作，每个人都可以成功。人只有相信自己，才能更好地发掘自身潜力，抓住机遇，走向成功。

（2）转变观念。观念决定行为，有什么样的观念存在，就有什么样的行为方式产生，也就会产生什么样的结果。只有树立正确的观念，才能更好地提升自我，抓住机遇，快速发展。

（3）端正态度。态度决定一切。态度无外乎三方面内容：对己、对人与对事。如何对己、对人是做人问题，如何对事是工作问题。做事“认真、负责、勤奋、严格”；对己与对人要学会正确归因，即问题、挫折与困难要向内归因，成绩要向外归因。

（4）努力学习。知识经济时代是全面变革的时代，更是注重学习的时代。学习是发展的源泉，人生的意义在于学习。人唯有在学习中不断积累丰富的思想、知识、技能、心智和情感，才能永葆鲜活生命力与恒久竞争力。所以说，我们要强化学习，在梦想中燃烧激情，在现实中磨砺智慧，提升生命价值，快速成长，快乐成功。

（5）创新思维。创新是发展的生命线。组织或个人应积极去创新观念、思路及方法，在问题与细节中挖掘机遇，抓住机遇，敢于否定自我，破旧立新，直面困难与失败，永不服输，永不气馁，越挫越进，走出一条“人无我有，人有我优，人优我先”的道路。

4. 积极拓展人脉关系

一个人的人脉圈子可以分为三层：最近的圈子是亲情圈子，这是一出生就拥有的，几乎固定不变；中间的圈子是我们经常接触的邻居、同学、同事等，关系相对稳定；最外围的圈子是广泛的社会交际，其中有的人可能打个照面就从来不记得，这是个动态的圈子，大小取决于自己。如何营造旺盛的人脉圈子呢？如果想在圈子中收获良多，就必须融入圈子中，并拥有与人交往、交流和沟通的能力。实际上，融入人心应该是最难但也是最有价值的工作。要向对方推介自己的思想主张，就必须让对方感觉到内心的真诚，并通过沟通才能融入对方的圈子。

（1）职业交往。一个人的社会交往活动无论如何丰富，归纳起来无非是为了休闲或者事业。而对于为事业而社交的人来说，职业社交正是把握人脉最好的工作机会，如接洽媒体、与各类客户打交道、参加各种行业聚会和品牌活动等。这些都能够为你提供与事业发展直接相关的资源。

(2) 学习交往。现代社会，学习已经不仅仅是年轻人的事，终身学习已成为全社会的共识。善于利用学习、培训、进修、访问的机会，多交朋友，多结人缘，这也是提升自身价值、积累人脉的好办法。譬如很多白领把上 MBA 班当成结识企业管理人士、提升社交圈的重要办法，这里既可以听专家讲授的知识，也可以通过 MBA 班扩展人脉，特别是时下流行的 EMBA 班，更是可以认识来自各行各业的同学，了解到很多有价值的信息，再加上学校历年毕业的师兄弟，这构成了一个巨大的人脉关系网。例如：完美时空公司是一家市值超过 10 亿美元的公司。公司的技术与业务骨干及所有董事均为清华校友。创始股东池宇峰更是清华人创业的骄傲，在教育软件和网游领域内成就辉煌。这是清华校友成功创业的典型。赛富亚洲投资基金合伙人后来投资他们，据说部分原因就是因为这个共同的清华色彩。红杉中国基金创始合伙人张帆过去之所以能进入德丰杰工作，就是因为 1999 年在斯坦福大学读 MBA 时认识了德丰杰的创始人 Tim Darper。Tim Darper 早年也毕业于斯坦福的电子工程系。因此，当他把企业发展的目光投向中国时，自然也会想到张帆。

(3) 社团与活动交往。如果我们想扩展家庭、学校和公司以外的人脉，就应该通过参加活动、聚会和有吸引力的社团机构，或者参加各种开放的活动来开拓人际关系。平常主动亲近陌生人时容易遭受拒绝，但是参与社团或者活动时，人与人的交往在非常自然的情况下，也有助于建立情感和信任。

请看一位中国留学生参加社团活动的经历和感悟。

在读 MBA 期间，我经常参加各种活动，包括去研讨会给当地的工商企业界办讲座，讲有关中国的改革开放及如何在中国做生意等。其中一次活动，我结识了一位加拿大驻底特律总领事馆的商务领事。这位商务领事听了我的报告后对中国产生了很大的兴趣，主动过来跟我交朋友，并表示争取以后去中国工作。数年之后，加拿大在上海设立领事馆，她成为该领事馆第一位商务领事，而后来我回国开展业务，在上海就曾得到过她不少的帮助。

(4) PARTY（聚会）交往。在美国，流行一种“开放式聚会”(Openhouse)。“开放式聚会”就是打开大门欢迎感兴趣的人来家做客。举行“开放式聚会”时，收到请帖的可以来，没收到的也可以来，主人一般是来者不拒。持续的时间，少的有一个半小时，长的甚至 5～6 个小时。这其实已经类似于室内活动。在 PARTY 上，我们可能会不断接触陌生人。这时，学会与陌生人打交道就比较重要。一般来说，可以在攀谈之前仔细观察，通过分析找出 2～3 个可以切入的话题；对熟人可以定位在一句礼貌的问候语上，直截了当、大方自然；而在与陌生人交谈的时候，应该注意通过开放式的问题，引导对方展开谈话，不要强求对方讨论他不熟悉的话题，不要问隐私问题；与对方交谈时，无论周边环境是否嘈杂都应该100%的专注。几乎每个人都参加过PARTY，但是参加什么PARTY，如何参加，却是一门学问。不论参加什么活动，都要有选择性，这要视每个人的具体情况而有所侧重，如性格、爱好、所处行业、从事的工作、目前需求等。进行选择的同时，其实也就是在有意识地选择希望认识一些什么人、跟什么人维持长期的关系，这对我们扩展人脉很有帮助。促进职业发展的方法还有很多，如科学合理地安排作息时间、融入单位的整体文化氛围、保持良好的心态等。

第二节　职业分类

所谓职业分类，即采用一定的标准和方法，依据一定的分类原则，对在职人员按照所从事工作的种类和性质进行全面、系统的划分。现代职业分类既是工业革命的产物，又是现代人文精神的反映。对职业进行科学分类是社会发展的客观要求。第二次世界大战以后，随着科技的进步与经济腾飞，世界许多国家特别是发达国家十分重视职业分类工作，分别建立和制定了符合本国国情的职业分类体系或职业分类词典。

一、职业分类的意义

职业分类是形成产业结构、产业组织及产业政策研究的前提，也是择业者了解职业、认识职业特点，切合自身实际情况选择职业的前提。

（1）科学的职业分类可以为国民经济信息统计和人口普查规范化提供依据。《中华人民共和国职业分类大典》对我国现有职业进行了科学分类，并规范和统一了职业名称和定义。因此，人口统计与调查、职业岗位需求预测与统计等与国民经济密切相关的信息统计与交流都离不开职业分类这一基本依据。

（2）科学的职业分类为职业教育和就业服务提供条件。例如，同一职业类别中的职业活动所涉及的知识、能力领域大致相同。因此，职业分类为职业教育设置专业和确定教学内容提供参照。再如，职业分类除对职业名称与定义进行描述外，还对职业的基本活动进行了描述，劳动者可从中了解职业，也使职业指导有了依据。劳动力市场使用科学规范的职业分类与代码，有利于劳动力市场信息联网，有利于用人单位和择业者进行双向匹配选择。

（3）科学的职业分类不仅为劳动需求的预测和规划、就业人口结构及其发展趋势的统计分析提供重要依据，而且对开展职业教育和职业培训、实行职业资格证书制度、促进劳动力市场的不断完善都具有十分重要的意义。

（4）科学的职业分类可以客观地反映国家经济、社会、科技等领域结构变化。一个国家的国民经济结构、产业结构、科技水平状况决定着社会职业构成。职业分类是运用一定的科学手段，对全社会从业人员从事的各类职业进行分析和研究，按不同职业的性质和活动方式、技术要求及管理范围进行系统划分和归类的一项工作。因此，职业构成的变化客观地反映着经济、科技及社会其他领域的结构状况。

（5）科学的职业分类是对劳动力科学化、规范化、现代化管理的基础。我国劳动力资源丰富，对就业人口结构和发展趋势进行分析，对劳动力进行需求预测和规划管理，既是充分开发、有效利用劳动力资源，达到资源合理配置的必然要求，也是对劳动力资源进行科学规范管理的必然要求。没有科学的职业类别划分，就难以对劳动力的社会需求做出较为统一和准确的统计，也就难以组织好社会劳动力的合理流动与有序更替。

二、职业分类的原则

职业分类应该按照统一的分类原则，运用统一的标准和方法对社会上人们从事的现有职业进行系统、全面的划分。

（1）标准性原则。职业分类要有严格的标准，这种标准就是国家的“职业分类标准”，即由政府有关部门组织制定和实施的“国家标准”。

（2）同一性原则。同一性原则是指构成一个职业类别，必须在工作范围、工作内容、操作方法、使用工具和工作环境等方面是相同的。

（3）层次性原则。社会职业是一个庞大又复杂的体系，有成千上万种类别。如此庞大的体系在划分时需要将其划分为不同的等级或层次，每一等级或层次中又需要划分多个类别。只有这样，才能把一个庞大而复杂的“职业”体系区别开来。职业分类可以用于国民经济与社会发展状况的统计；可以用于国家对人的数据标准编码管理；可以用于学校职业指导；可以用于人口普查和劳动力统计调查；可以用于政府劳动管理机构的职业指导、职业介绍和就业管理工作；可以用于就业者的职业选择；还可用于企事业单位员工管理等等。

（4）现实性原则。职业分类是一个现实的范畴。它要能够反映社会的实际情况，要基于社会经济发展水平、产业结构、技术状态、社会文化状况以及人的劳动状况等做出科学合理的划分。

三、职业分类的方法

（一）国际标准职业分类法

国际劳工组织在1958年出版了《国际标准职业分类》，之后进行了修订。它成为各国编制职业分类的依据和各国间交流的标准。《国际标准职业分类》把职业分为8大类、83个小类、284个细类、1506个职业项目。在这个分类体系中，每个职业都有职业编码、职业名称、职业定义等内容。国际标准分类法（International Classifcation for Standards，ICS）是由国际标准化组织编制的标准文献类法。它主要用于国际标准、区域标准和国家标准以及相关标准化文献的分类、编目、订购与建库，从而促进国际标准、区域标准、国家标准以及其他标准化文献在世界范围的传播。国际标准分类法采用数字编号，第一级和第三级采用双位数，第二级采用三位数表示，各级分类号之间以实圆点相隔。ICS中一些二级和三级类名下设有范畴注释和指引、注释。一般来说，范畴注释列出某特定二级类和三级类所覆盖的主题或给出其定义；指引、注释指出某一特定二级类或三级类的主题与其他类目的相关性。

1. 国际标准职业分类法的形成与发展

对职业进行分类是标准化工作的基础，是统一和交流的前提。世界各国对标准文献的分类都十分重视，几乎所有先进的工业国家都有自己的分类法。但是随着标准化事业的发展，各自为政的分类法已不能满足世界标准化信息交换的需要，特别是在世界贸易不断涉及标准的情况下，统一标准分类法对于国际交流与合作就显得越来越迫切和重要了。WTO委托国际标准化组织（International Or ganization for Standardization，ISO）负责贸易技术壁垒协定（Technical Barri ersto Trae，TBT）中有关标准通报事宜的具体实施，为此WTO秘书处共同起草了一个备忘录，其中明确指出标准化机构在其通报工作计划时，要使用国际标准分类法。1991年，ISO组织完成了ICS分类法的制定工作，并积极向其成员组织推荐ICS分类体系，以期获得在标准分类工作中的统一。ISO于1994年在其颁布的标准中采用ICS分类号，德国紧随其后，也于1994年在其颁布的标准中采用了ICS分类号。

2. 国际标准职业分类法的应用范围

（1）ICS作为国际、区域性和国家标准以及其他标准文献的目录结构，并作为国际、区域性和国家标准的长期订单系统的基础，也可以用于数据库和图书馆中标准及标准文献的分类。

（2）ICS可作为信息数据的排序工具，如目录、选择清单、参考文献、磁介质和光介质上的数据库等，从而促进国际、区域性和国家标准以及其他标准文献在世界范围内的传播。

3. 国际标准职业分类法的特点

ICS采用的是数字分类法（如DIN）。数字分类法与字母分类法（如ASTM）和字母与数字混合分类法（如JIS、GB）相比，具有扩充方便、计算机管理方便等优点，而且没有文种障碍，有利于交流与推广。ICS类目设置有以下特点。

（1）有些类目设置比较新颖，如37成像技术（包括复印技术和印刷技术）。

（2）受欧洲传统分类思想影响较大。由于 ICS 与 DIN 的渊源关系，因此 ICS 中某些类目的设置主要是围绕德国分类法思想来进行的，如 39 精密机械、珠宝。此类目下只有手表和珠宝，其他仪表、仪器没法入类，所以不合理。

（3）有些类分得过细；有些类目界定不明显；有些类目设置比较陈旧，难以入类等。

（4）第一级 41 个大类的编码全为单数。

4. 国际标准职业分类法的体系结构

ICS 采用层累制分类法，由三级类目构成。第一级 41 个大类，如道路车辆工程、农业、冶金。每个大类以两位数字表示，如 43 道路车辆工程。全部一级类目再分为 387 个二级类目。二级类目的类号由一级类目的类号和被一个圆点隔开的三位数组成，如 43.040 道路车辆装置。二级类目下又再细分为三级类目，共有 789 个。三级类目的类号由一、二级类目的类号和被一个圆点隔开的两位数组成，如 43.040.50 传动装置、悬挂装置。

5. 国际标准职业分类法分类的原则

（1）按标准文献主题内容所属学科、专业归类，总的分第一级，较具体的分第二级，再具体的分第三级。

（2）术语标准和图形符号标准可先分入术语和图形符号类，再按标准化对象所属专业分入专业类。

（3）标准可根据其主题或主题侧面分入多个二级类或三级类中。

（4）标准所涉及的主题范围包括了一个二级类以下的全部三级类目。

（5）为便于计算机检索，涉及某二级类全部主题的标准，可标为“××\u65294X×××.00”，这样在检索时用“××\u65294X×××\u65294X00”提问，将得到“××\u65294X×××”下的综合标准；而用“××\u65294X×××”提问将得到“××\u65294X×××”下以及“××\u65294X×××\u65294X0~××\u65294X×××\u65294X9”各类下的全部标准。

（6）用户可自行扩类，多个分类号以分号相隔。

（二）我国国家标准职业分类法

早在 2500 年前，我国儒学经典就有关于职业分类的记载，如《春秋·穀梁传》中写道：“古者立国家，百官具，农工皆有职以事上。古者有四民，有士民，有商民，有农民，有工民。”《周礼·冬官考工记》记载：“国有六职，百工与居一焉。”此文论述了王公、士大夫、百工、商旅和农夫等不同职业的分工和职责。我国职业分工的延续逐渐与姓氏相连，如屠、桑、贾、师等，这反映出古人强烈的职业归属感。

1.《中华人民共和国职业分类大典》的形成与发展

（1）《中华人民共和国职业分类大典》的形成。

1986 年，我国首次颁布实施《中华人民共和国国家标准职业分类和代码》，把全国职业分为 8 个大类、63 个中类、303 个小类。1992 年又颁布了《中华人民共和国工种分类目录》，把我国近万工种归为 46 个大类，含 4700 多个工种，但是，由于我国社会职业结构尚欠合理，这种职业分类只是一种雏形。1995 年 2 月，原劳动部、国家统计局和国家技术监督局会同中央各部委成立了国家职业分类大典和职业资格工作委员会，组织几千名专家，历时四年，终于完成了《中华人民共和国职业分类大典》（以下简称《大典》），1999 年 5 月正式颁布实施。

《大典》把我国现有的职业划分为 8 个大类、66 个中类、413 个小类、1838 个细类。8 个大类分别是：第 1 大类，国家机关、党群组织、企业、事业单位负责人；第 2 大类，专业技术人员；第 3 大类，办事人员及有关人员；第 4 大类，商业、服务行业人员；第 5 大类，农、林、牧、渔、水利业生产人员；第 6 大类，生产、运输设备操作人员及有关人员；第 7 大类，军人；第 8 大类，不便分类的其他从业人员。除“军人”和“不便分类的其他从业人员”外，职业数量最多的是“生产、运输设备操作人员及有关人员”，共计 1119 个职业，占实际职业总量的 74.8%，职业数量最少的是“国家机关、党群组织、企业、事业单位负责人”，共计 25 个职业，占实际职业总量的 1.67%。这部《大典》广泛借鉴了国际先进经验，并深入分析了我国社会职业构成，采用了以从业人员工作性质的同一性作为职业划分新原则的方法，并对各个职业的定义、工作活动的内容和形式以及工作范围等作了具体描述，体现了职业活动本身的社会性、目的性、规范性、稳定性和群体性的特征。《大典》是我国第一部关于职业分类的权威，填补了我国长期以来在国家统一职业分类领域的空白，具有里程碑式的重大意义。

（2）《中华人民共和国职业分类大典》的发展。

随着社会经济的发展和科技的进步，客观反映经济发展和科技进步的职业结构发生了相应的变化，产业结构的调整在职业领域也引起了相应反响，一些新职业不断涌现。这些新职业既包括随着社会经济发展和技术进步而形成的全新职业，也包括原有职业内涵、从业方式因技术技能发展产生较大变化的更新职业。为及时反映这些新职业的发展变革，2004 年 8 月起，原劳动和社会保障部建立了新职业信息发布制度，对职业分类与职业标准开发实行动态管理，并通过信息发布制度，系统介绍新职业名称、定义、主要工作内容以及从业人员状况等情况。2005 年、2006 年和 2007 年，原中国劳动和社会保障部又先后出版了《中华人民共和国职业分类大典（2005 增补本）（精）》、《中华人民共和国职业分类大典（2006 增补本）》和《中华人民共和国职业分类大典（2007 增补本）（精）》。《大典（2007 增补本）》是在保持《大典》基本结构和分类原则不变的情况下，收录了2007年发布的31个新职业，主要是现代服务业、制造业等领域的新职业。

实践证明，新职业的开发对引导职业教育和职业培训改革、规范企业用工和从业人员从业行为、促进就业和再就业、完善劳动力市场建设、加强人力资源能力建设具有重要作用。确定职业分类、制定国家职业标准是构建国家职业资格体系的一项重要基础工作。随着市场就业机制的形成，职业资格证书制度已经成为我国就业制度的重要组成部分。它是加强职业能力建设、提高劳动者素质、促进就业和再就业的重要手段。《中华人民共和国就业促进法》的颁布实施，对推动实施积极就业政策、加快建立促进就业长效机制具有重要意义。今后，人力资源与社会保障部将根据经济发展、技术进步、职业结构的变化、促进培训就业以及技能人才评价工作的需要，继续组织专家对《大典》进行修订与更新，使国家职业分类和标准体系能够与时俱进，为促进就业和再就业，加强职业教育培训和构建高技能人才评价体系发挥更大的作用。

2.《中华人民共和国职业分类大典（2007增补本）（精）》的分类原则

对职业分类的大类是以工作性质同一性和相应的能力水平进行划分和归类。能力水平主要包含两方面：一是受教育、培训的程度；二是实际工作能力和实践经验积累。职业分类中类是在工作性质同一性和具有相应能力水平的大类中，按工作性质、任务和分工的同一性划分为若干部分（即职业领域），每一个职业领域称为中类。中类是大类的子类，是对大类的分解。中类的划分和归类是根据职业活动所涉及的知识领域、使用的工具和设备、采用的技术和方法，以及所提供的产品和服务种类等的同一性进行的。

职业分类小类是在某一职业领域（中类）中，按工作的环境、条件、功能及相互关系的相似同一性，划分成若干工作范围，每一工作范围称为小类。小类是中类的子类，是对中类的分解。小类的划分和归类是根据从业人员的工作环境、工作条件和技术性质等的同一性进行的。一般情况下，第一大类的小类是以职责范围和工作业务的同一性进行划分和归类；第二大类的小类是以工作或研究领域、专业的同一性进行划分和归类；第三、第四大类的小类是以所办理事务的同一性和所从事服务项目的同一性进行划分和归类；第五、第六大类的小类是以工作程序、工艺技术、操作对象以及生产产品的同一性等进行划分和归类。

细类是《大典》最基本的类别，即职业。职业分类细类（职业）是在每一个工作范围（小类）的基础上，按工作分析方法，根据工艺技术、工具和设备、原材料产品用途和劳动工作对象相似（同一性）的原则，结合《中华人民共和国工种分类目录》进行归并，称为细类（职业）。细类的划分和归类是根据工作对象、工艺技术、操作方法等的同一性进行的。一般情况下，第一大类的细类（职业）主要是按照工作业务领域和所承担的职责划分和归类；第二大类的细类（职业）主要是按照所从事工作的专业性与专门性划分和归类；第三、第四大类的细类（职业）主要是按照工作任务、内容的同一性或所提供服务的类别、服务对象的同一性划分和归类；第五、第六大类的细类（职业）主要是按照工艺技术的同一性、使用工具设备的同一性、使用主要原材料的同一性、产品用途和服务的同一性，并按此先后顺序划分和归类。《中华人民共和国职业分类大典（2007 增补本）（精）》在按上述原则分类的同时，还参照了我国的组织机构分类、行业分类、学科分类、职位职称分类、工种分类以及国际标准职业分类等。

（三）人力资源管理分类法

从人力资源管理的角度看，职业或岗位首先分为体力劳动、脑力劳动两大类别，还可以划分为科学研究、经济工作、文化教育、文艺体育、工程技术、医疗卫生、法律公安、行政事务、生产工人、商业工作、服务工作和农林牧渔等类别。

（四）职业指导分类法

（1）霍兰德分类法：把职业分为技能型、调研型、社会型、领导型、传统型、艺术型六种。

（2）学科分类法：把专业类别分为人文科学、社会科学、理科、工科、医科、农学、教育学、艺术、体育、家政十种职业。

（3）兴趣分类法：按人的活动兴趣，把职业分为户外型、机械型、科研型、艺术型、文学型、服务型、文秘型、社会型、音乐型、计算型十种。

（4）DPT 分类法：把职业分为与资料打交道为主的工作（D）、与人打交道为主的工作（P）和与事物打交道为主的工作（T）三种。

（五）部门工作标准法

不同的政府部门由于职业的管理内容、角度不同，各部门有着特定的职业分类。例如，政府劳动部门从就业、劳动管理、职业技能的角度进行分类；政府教育部门从学校专业设置和学生职业选择的角度进行分类。

（六）爱德华兹职业地位划分法

爱德华兹根据社会地位和社会阶层把职业分为专业人员、业务经理和官员、工长、熟练工人、半熟练工人、非熟练工人、学徒工等。

四、未来十大热门职业

据中国人事科学研究院发布的《中国人才报告》称，到2010年，我国专业技术人才供应总量约为4000万人，而需求总量约为6000万人。此项数据显示，专业技术人才在未来几年仍将出现供不应求的局面。到2010年，第二产业人才缺口数字最大，达到约1220万人。而作为服务业的第三产业将是扩大就业岗位最多的部门，其中一些高端涉外人才需求很大，如涉外会计、涉外律师、涉外金融服务、同声传译、精算、数字媒体、物流、心理咨询等，人才缺口约在325万人。为此有关专家预测未来的十大热门职业。

（1）理财规划师。资料显示，2006年中国个人理财市场增长到570亿美元，并且以每年10%～20%的速度增长。目前，一方面社会对金融理财的需求非常急迫，市场需求潜力巨大；另一方面，理财产品明显捉襟见肘。理财师，尤其是能够为客户提供全方位的专业理财建议，通过不断调整存款、股票、债券、基金、保险、动产、不动产等各种金融产品组成的投资组合，设计合理的税务规划，满足居民长期的生活目标和财务目标的人才，更是难求。专家预计，我国理财规划师的缺口为20万人。未来5～10年，理财规划师将成为国内最具有吸引力的职业。有专家认为，国内理财规划师的年薪应该在10～100万元。

（2）律师。律师一直是我国近年来比较热门的职业，未来几年也仍将是受追捧的热门职业之一。据不完全统计，目前我国取得律师资格的专职律师还不到两万人，平均每10万人中只有两名律师，而聘请律师的企业也只占全部企业的千分之几，无论是数量还是质量都远远不能适应社会的需求。我国律师队伍中高层次、高技能、复合型人才短缺，从事国际性律师业务的专门知识和服务经验不足，在涉外法律服务市场的竞争力较弱。律师的年收入在10～80万元。

（3）系统集成工程师。“十二五”期间是我国电子信息产业发展的重要时期，电子信息产业仍将以高于经济增速两倍左右的速度快速发展，产业前景十分广阔。目前，信息技术支持人才需求中排除技术故障、设备和顾客服务、硬件和软件安装以及配置更新和系统操作、监视与维修四类人才最为短缺。此外，电子商务和互动媒体、数据库开发和软件工程方面的需求量也非常大。从总体上看，IT人才的需求每年将增加100万。专家估计，国内系统集成工程师年收入将在10～20万元。未来网络专才尤其是网络游戏业人员的薪酬将会达到10～12万元。

（4）物流师。物流业是当代经济发展的热点，涵盖了国民经济中的海陆空交通、运输、仓储、采购、供应、配送、流通加工、信息、第三方物流、连锁销售、制造业以及与物流相关的众多行业。目前，我国物流人才供不应求。物流从业人员当中拥有大学学历以上的仅占21%。许多物流部门的管理人员是半路出家，很少受过专业的培训。据初步估算，我国物流人才的需求量为600余万人。结合国外的情况看，未来几年我国物流师中，高层管理人员的年薪将达到15~40万元。

（5）营销师。营销师是指从事市场分析与开发研究，为企业生产经营决策提供咨询，并进行产品宣传促销的人员。由于我国市场经济不断完善，市场营销已经渗入到各种各样的企业，人们对市场营销的观念也将有更深的认识，所以对这方面人才的需求将继续看好，并有继续升温的可能。目前，最为人们所熟知的是房地产营销师、汽车营销师和保险营销师。营销师的薪酬因行业等外在因素的不同而不同。

（6）注册会计师。目前，我国共有注册会计师7万多名。而根据我国经济高速发展的需要，至少急需35万名注册会计师。在已具备从业资格的7万多名注册会计师中，被国际认可的不足15%。巨大的需求缺口使注册会计师成为未来几年我国炙手可热的人才。有关人士称，每年进入包括德勤、毕博在内的四大会计师事务所的应届毕业生月薪大都在五六千元，再加上每年丰厚的奖金，年收入会超过10万元。中高层管理人员的年薪则在20~50万元。

（7）环境工程师。城市快速扩张、市政建设的更高要求和房地产建设的飞速发展使得我国环境工程师的需求大大增加。有关资料显示，目前我国环保产业的从业人员仅有13万余人，其中技术人员8万余人。按照国际通行的惯例计算，我国环境工程师的缺口在42万人。随着国内房地产行业的发展，目前国内园林设计师、景观设计师的月薪都在七八千元左右。据预测，年收入应在8~10万元。

（8）精算师。精算师是经过金融保险监管部门认可其从业资格的个人。凡是需要处理风险的领域，精算师都能发挥作用。与会计师、律师和医生等职业相比，精算师是一项人数不多、专业性更强的职业。到2010年，中国至少有60家国内保险公司和20家含外资的保险公司。而目前精算师的数量还远不能满足中国保险业的发展需要。业内人士称，我国被世界保险界认可的精算师不足10人，“准精算师”40多人，在目前国内人才市场上，精算师可谓凤毛麟角。目前，精算师在国外的平均年薪达10万美元，国内目前月薪也在1万元以上。据预测，几年后其收入应在12～15万元。

（9）管理咨询师。管理咨询师针对企业运用管理学的原理，进行从战略策划到战术运用的系列顾问活动，包括对企业CIS、人力资源、流程再造、组织结构设计、营销等方面进行策划并指导实施。专家指出，我国目前管理咨询专业人才严重短缺。在未来10年中，我国管理咨询业的需求将以每年10倍的速度增加，到2010年，中国管理咨询行业的有效需求总额达到100亿美元。管理咨询师年薪在10~60万元不等。

（10）医药销售、中西医师。全球现代医药技术产业继续呈高速增长态势，现代生物技术产业已经成为医药产业新的国际竞争焦点。同时，人口的老龄化和人们生活的日益富裕使医疗卫生成为21世纪初最赚钱的职业之一。有专家指出，不仅是医生和护士，营养学家、家庭护士、维生素制造商、按摩师和针灸师都将成为热门职业。目前的医药行业月薪水平在3000~5000元，预计4年之后会有一个更好的薪金水平。据预测，年收入至少应在6万元左右。

第三节 职业制度

一、我国大学生就业制度演变历程

（一）“统包统分”的高校毕业生就业制度

新中国成立以来至20世纪80年代中期，高校毕业生就业制度实施的是“统包统分”的就业制度。在20世纪80年代中期以前，高等教育在无论招生还是就业上均带有明显的计划特性。学校招生计划属于指令性计划，学生分配属于指令性分配。简单而言就是高等学校毕业生的就业实行由国家负责实施计划统一分配制度，“由国家包下来分配工作，负责到底”，“统筹安排、集中使用、保证重点、照顾一般”。这种“统包统分”的高校毕业生就业制度作为总体就业制度的组成部分，由当时经济体制决定并与总体就业制度相适应。“统包统分”的分配模式由计划经济体制决定。虽然在经济体制改革初期我国出现了部分市场化就业，但是就高校毕业生就业而言仍然是国家统包统分。这种就业制度最大的缺陷在于用人单位与毕业生均无自主选择权，人才配置效率过低。随着经济体制改革的不断深入与总体就业制度的改革，高校毕业生就业制度改革势在必行。

（二）“双向选择”的高校毕业生就业制度

改革开放以来，随着经济体制改革的逐步深入以及就业制度的相应变革，“统包统分”的高校毕业生就业制度演变为“双向选择”的就业制度。对国家招生计划内的学生毕业分配“实行在国家计划指导下，由本人选报志愿、学校推荐、用人单位择优录用的制度”。国家对传统的统招统分制度进行改革，逐步形成了以供需见面为主要形式、以双向选择为指导目标的就业政策。“双向选择”的高校毕业生就业制度顺应了经济体制改革以及经济发展对人才的需求，对满足经济发展对人才需要以及发挥人才作用具有重要意义，是经济体制改革与就业制度改革的必然结果。这种就业制度的转变对于破除长期在计划经济体制下形成的由国家统一安排高校毕业生就业的就业观念，有效推进就业制度改革，更有效地推动教育发展，具有极为重要的意义。虽然这种“双向选择”的就业制度较“统包统分”的就业制度具有较大的进步，但是这种就业制度仍然是在当时总体经济体制改革尚未到位以及仍然是国家计划指导下的高校毕业生就业制度。随着社会主义市场经济体制改革的逐步深入，尤其是市场化的总体就业制度改革的持续深化，这种“双向选择”的就业制度的改革也是必然之势。

（三）“自主择业”的高校毕业生就业制度

随着社会主义市场经济体制为目标的经济体制改革的逐步深入，市场化在资源配置中的作用不断增强，具体到高校毕业生就业领域就是高校毕业生“自主择业”的就业制度的逐步形成与基本确立，当前“自主择业”已是高校毕业生就业的主要方式。1993年颁布的《中国教育改革和发展纲要》指出要改革高等学校毕业生“统包统分”和“包当干部”的就业制度，实行少数毕业生由国家安排就业，多数由学生“自主择业”的就业制度，大部分学生在国家方针、政策指导下通过劳动力市场自主择业。绝大部分毕业生依靠个人能力与综合素质参与市场竞争，不再通过行政手段就业，用人单位具有更大的用人自主权，高校主要为毕业生自主择业提供服务。

国家推出“自主择业”的高校毕业生就业制度后，在相当长一段时期受到多种因素的影响，“双向选择”的就业制度仍然在发挥作用。随着经济体制改革与就业制度改革的不断深入，当“自主择业”已经成为高校毕业生就业的主要方式。近年来，高校毕业生的就业问题极为严峻。高校毕业生就业困难是多种原因的综合结果。促进高校毕业生就业需要较为宽松的宏观就业环境。发挥经济发展创造就业岗位的重大作用不断扩大。劳动力需求是解决高校毕业生就业的前提条件。受到人口总量巨大以及劳动参与率较高的影响，我国劳动力总量基数较大，每年又有大量新增劳动力进入劳动力市场、失业人员再就业以及农村剩余劳动力转移，劳动力供给逐年增加，而劳动力需求增长较为缓慢。我国总量就业人员从1978年的40152万增加到2008年的77480万，就业岗位的增长仍难以满足劳动者的需求。2008年，城镇就业30210万，比2007年新增1113万，而2008年毕业的高校毕业生就有559万，超过了该年新增就业人员的1/2。

2010年，我国全面普及和巩固九年义务教育，小学净入学率保持在99%以上，初中毛入学率达到98%以上，初中三年保留率达到95%。青壮年文盲率降到2%左右。学前三年毛入园率达到55%以上，努力普及有学习能力的残疾儿童少年的九年义务教育。高中阶段毛入学率达到80%左右，中等职业教育与普通高中规模基本相当。高等教育在学人数达到3000万人，毛入学率达到25%左右。成人教育和继续教育得到较大发展，年培训城乡劳动者达到上亿人次，其中农村劳动力转移培训和农民工培训达6000万人次。在总量就业形势较为困难的情况下，高校毕业生自身就业也较为困难。

二、社会就业制度

（一）求职登记与职业介绍制度

按照我国颁布的失业人员登记管理办法规定，在一定劳动年龄内，有劳动能力、目前无业而要求就业的一般城镇居民，包括学校的毕业生，要到地方政府劳动保障部门所属的劳动就业服务管理机构（各市、区、县职业介绍中心和城镇各街道劳动管理科、职业介绍所）进行登记，领取求职证。

（二）招收录用制度

根据我国的劳动管理体制，国有企业和非国有单位具有完全的用工权，企业招收普通员工后，要报劳动局备案；国有企业和非国有单位招收管理人员、技术人员，须报政府人才交流中心批准。政府机关、事业单位招收人员，经上级主管部门和政府人事部门批准其人数编制后，才能招收。政府机关招收公务员，要通过公务员考试选拔录用。

（三）就业培训制度

国家为解决求职者因缺乏技能而导致的就业困难，提高其就业能力，要求求职者必须接受相应职业技能的培训。

（四）失业保险制度

失业保险制度是指依法筹集失业社会保险基金，对因失业而暂时中断劳动、失去劳动报酬的劳动者给予帮助的社会保险制度。其目的是通过建立社会保险基金的办法，使员工在失业期间获得必要的经济帮助，保证其基本的生活，并通过转业训练、职业介绍等手段，为他们实现重新就业创造条件。

（五）就业资格制度

1. 就业准入

就业准入是指根据《劳动法》和《职业教育法》的有关规定，对从事技术复杂、通用性广、涉及国家财产、人民生命安全和消费者利益的职业（工种）的劳动者，必须经过培训，并取得职业资格证书后，方可就业上岗。职业介绍机构要在显著位置公告实行就业准入的职业范围；各地印制的求职登记表中要有登记职业资格证书的栏目；用人单位招聘广告栏中也应有相应职业资格要求。职业介绍机构的工作人员在工作过程中，对国家规定实行就业准入的职业，应要求求职者出示职业资格证书并进行查验，凭证推荐就业；用人单位要凭证招聘用工。从事就业准入职业的新生劳动力，就业前必须经过一到三年的职业培训，并取得职业资格证书；对招收未取得相应职业资格证书人员的用人单位，劳动监察机构应依法查处，并责令其改正；对从事个体工商经营的人员，要取得职业资格证书后工商部门才办理开业手续。

2. 职业资格

职业资格是对从事某一职业所必备的学识、技术和能力的基本要求。其反映了劳动者为适应职业劳动需要而运用特定的知识、技术和技能的能力。职业资格包括从业资格和执业资格。从业资格是指从事某一专业（职业）学识、技术和能力的起点标准；执业资格是指政府对某些责任较大、社会通用性强、关系公共利益的专业（职业）实行准入控制，是依法独立开业或从事某一特定专业（职业）学识、技术和能力的必备标准。与职业资格不同，学历文凭主要反映学生学习的经历，是文化理论知识水平的证明。职业资格与职业劳动的具体要求密切结合，更直接、更准确地反映了特定职业的实际工作标准和操作规范，以及劳动者从事该职业所达到的实际工作能力水平。

3. 职业资格证书制度

职业资格证书制度是劳动就业的一项重要内容，也是一种特殊形式的国家考试制度。它是按照国家制定的职业技能标准或任职资格条件，通过政府认定的考核鉴定机构，对劳动者的技能水平或职业资格进行客观公正、科学规范的评价和鉴定，对合格者授予相应的国家职业资格证书。职业资格证书是劳动者具有从事某一职业所必备的学识和技能的证明。它是劳动者求职、任职、开业的资格凭证，是用人单位招聘、录用劳动者的主要依据，也是境外就业、对外劳务合作人员办理技能水平公证的有效证件。实行就业准入的职业范围由劳动和社会保障部确定并向社会发布。从 2001 年 3 月起，在我国实行的司法系统职业资格考试和已经实施的律师、会计资格的考试都是职业资格证书制度的体现。

4. 职业资格鉴定

职业技能鉴定是国家职业资格证书制度的重要组成部分，是一项对劳动者职业技能水平的考核活动，属于标准参照型考试。开展职业技能鉴定，推行职业资格证书制度，是落实党中央、国务院提出的“科教兴国”战略的重要举措，也是我国人力资源开发的一项战略措施。它对于提高劳动者素质、促进人力资源市场的建设以及深化国有企业改革、培养技能型人才、促进经济发展都具有重要意义。根据《劳动法》和《职业教育法》的有关规定，对从事技术复杂、通用性广，涉及国家财产、人民生命安全和消费者利益的职业（工种）的劳动者，只要从事国家规定的技术工种（职业）工作，必须取得相应的职业资格证书，方可就业上岗。

第四节　现代职业精神

职业精神是与人们的职业活动紧密联系、具有自身职业特征的精神。社会主义职业精神是社会主义精神体系的重要组成部分，其本质是为人民服务。现代职业精神就是以生命信仰为基石的职业观，它不仅把工作当做人生的使命，而且将工作与生命信仰的实现融为一体，在工作中体验爱、美、和谐、意义与永恒。职业作为社会关系的一个重要方面，对社会成员的精神生活和精神传统产生着重大影响。第一，职业分工及由此决定的从事不同职业的人们对社会所承担的责任不同，影响着人们对生活目标的确立和对人生道路的选择，以致很大程度上影响着人们的人生观、价值观和职业观。第二，人们的职业活动方式及其对职业利益和义务的认识，对职业精神的形成有着决定性作用。一个人一旦从事特定的职业，就直接承担着一定的职业责任，并同他所从事的职业利益紧密地联系在一起。他对一定职业的整体利益的认识，促进其对于具体社会义务的文化自觉。这种文化自觉可以逐步形成职业道德，并进而升华为职业精神。第三，职业活动的环境、内容和方式以及职业内部的相互作用，强烈影响着人们的情趣、爱好以及性格和作风。其中包含着特定的精神涵养和情操，反映着从业者在职业品质和境界上的特殊性。可见，所谓职业精神，就是与人们的职业活动紧密联系、具有自身职业特征的精神。

一、西方人的职业精神

从16、17世纪开始，伴随着波澜壮阔的文艺复兴、启蒙运动和宗教改革，西方开始了经济上的工业革命，城市化和全球拓殖运动，西方人的价值观念、伦理道德也随之发生了根本改变。一种积极入世、“入世修行”的人生信仰开始主导人类对生命的理解，对财富、牟利、工商业等经济活动，人们也给予了有力肯定，把职业看作确证自己的人生信仰的一种方式，甚至推崇为“天职”的职业观念也开始形成了。正如以研究美国资本主义精神著称的社会学家韦伯在其名著《新教伦理与资本主义精神》中所说：“职业思想便引出了所有新教教派的核心教理：上帝应许的唯一生存方式，不是要人们以苦修的禁欲主义超越世俗道德，而是要人完成个人在现世里所处地位赋予他的责任和义务。这是他的天职。”一种肯定、尊崇职业甚至赋予职业神圣意义的西方职业观念由此形成。在西方人的理解中，职业是天职，所以职业是神圣的、美好洁净的、不容推脱必须完成的；职业是天职，那么就应该以虔敬、勤奋、忠诚、主动、追求卓越等高尚的人类精神来对待工作，而那些懒惰、疏忽、萎靡不振、不履行道德操守的所有工作表现，都将会受到谴责和惩罚。西方职业精神对于西方企业和个人的成功起到了不可忽视的推动作用，这种真正地热爱工作以及将自己的生命、热情和自我实现都融进工作的职业观是人类的共同精神财富。

二、我国现代职业精神

改革开放后，我国开始确立社会主义市场经济体系。在物质成果上、经济制度上，我国迅速取得了西方国家要花几百年才能取得的举世瞩目的成就。在这一伟大进程中，也形成了我国的现代职业精神。

（一）我国职业精神的特征

在内容方面，它总是鲜明地表达职业根本利益，以及职业责任、职业行为上的精神要求。职业精神不是一般的反映社会精神的要求，而是着重反映一定职业的特殊利益和要求；不是在普遍的社会实践中产生的，而是在特定的职业实践基础上形成的。它鲜明地表现为某一职业特有的精神传统和从业者特定的心理和素质。职业精神往往世代相传。在表达形式方面，职业精神比较具体、灵活、多样。各种不同职业对于从业者的精神要求总是从本职业的活动及其交往的内容和方式出发，适应于本职业活动的客观环境和具体条件。因此，它不仅有原则性的要求，而且往往很具体、有可操作性。在调节范围上，职业精神主要调整两方面的关系：一是同一职业内部的关系；二是同一职业内部的人同其所接触的对象之间的关系。从历史上来看，各种职业集团为了维护自己的利益，维护职业信誉和职业尊严，不但要设法制定和巩固体现职业精神的规范，以调整本职业集团内部的相互关系，而且注意满足社会各个方面对于该职业的要求，调整该职业同社会各方面的关系。在功效上，职业精神一方面使社会的精神原则“职业化”；另一方面又使个人精神“成熟化”。

职业精神与社会精神之间的关系是特殊与一般、个性与共性的关系。任何形式的职业精神都不同程度地体现着社会精神。同样，社会精神在很大程度上又是通过具体的职业精神表现出来的。社会精神寓于职业精神之中，职业精神体现或包含着社会精神。职业精神与职业生活相结合，具有较强的稳定性和连续性，形成具有导向性的职业心理和职业习惯，以致在很大程度上改善着从业者在社会和家庭生活中所形成的品行，影响着主体的精神风貌。

（二）职业精神的基本要素

（1）职业理想。社会主义职业精神所提倡的职业理想，主张各行各业的从业者放眼社会利益，努力做好本职工作，全心全意为人民服务、为社会主义服务。这种职业理想是社会主义职业精神的灵魂。一般说来，从业者对职业的要求可以概括为三个方面：维持生活、完善自我和服务社会。这三个方面在社会主义初级阶段的职业选择中都是必要的。社会主义社会的公民在选择职业时应该把服务社会放在首位。因为只有从社会的整体利益出发，分别从事社会所需要的各种职业，社会才能顺利地前进和发展。也只有在这个基础上，广大社会成员包括从业者自身，才能过上幸福的生活。

（2）职业态度。树立正确的职业态度是从业者做好本职工作的前提。职业态度具有经济学和伦理学的双重意义。它不仅揭示从业者在职业生活中的客观状况、参与社会生产的方式，同时也揭示他们的主观态度。其中，与职业有关的价值观念对职业态度有着特殊的影响。一个从业者积极性的高低和完成职业的好坏，在很大程度上取决于他的职业价值观念是否正确。职业伦理学研究表明，先进生产者的职业态度指标最高。因此，改善职业态度对于培育社会主义职业精神有着十分重要的意义。

（3）职业责任。这包括职业团体责任和从业者个体责任两个方面。例如，企业是拥有生产经营所必需的责、权、利的经济实体。在国家与企业的责、权、利关系中，责是主导方面。现代企业制度不仅正确划分了国家与企业的责、权、利，将三者有机地结合起来，而且也规定了企业与从业者的责、权、利，并使三者有机地结合起来。这里的关键在于，要促进从业者把客观的职业责任变成自觉履行的道德义务。这是社会主义职业精神的一个重要内容。

（4）职业技能。在社会主义现代化建设中，职业对职业技能的要求越来越高。不但需要科学技术专家，而且迫切需要千百万受过良好职业技术教育的初、中级技术人员、管理人员、技工和其他具有一定科学文化知识和技能的熟练从业者。没有这样一支劳动者大军，先进的科学技术和先进的设备就不能成为现实的社会生产力。我国经济建设的实践证明，各级科技人员之间以及科技人员和工人之间都应有恰当的比例，生产建设才能顺利进行。良好的职业技能具有深刻的职业精神价值。

（5）职业纪律。社会主义职业纪律是从业者在利益、信念、目标基本一致的基础上所形成的高度自觉的新型纪律。从业者理解了这个道理，就能够把职业纪律由外在的强制力转化为内在的约束力。从根本上说，社会主义职业纪律可以保障从业者的自由和人权，保障从业者发挥主动性和创造性。因此，职业纪律虽然有强制性的一面，但更有为从业者的内心信念所支持、自觉遵守的一面，而且是主要的一面，因此职业纪律具有丰富的精神内涵。自觉的意志表示和服从职业的要求，这两种因素的统一构成了社会主义职业纪律的基础。这种职业纪律是社会主义法规性和道德性的统一。

（6）职业良心。这是从业者对职业责任的自觉意识，对人们的职业生活起巨大的作用，贯穿于职业行为过程的各个阶段，成为从业者重要的精神支柱。职业良心能依据履行责任的要求，对行为的动机进行自我检查，对行为活动进行自我监督。在职业行为之后，能够对行为的结果和影响做出评价，对于履行了职业责任的良好效果和影响，会得到内心的满足和欣慰；反之，则进行内心的谴责，表现出内疚和悔恨。

（7）职业信誉。它是职业责任和职业良心的价值尺度，包括对职业行为的社会价值所做出的客观评价和正确的认识。从主观方面看，职业信誉是职业良心中知耻心、自尊心、自爱心的表现。职业良心中的这些方面能使一个人自觉地按照客观要求的尺度去履行义务，宁愿做出自我牺牲也不愿违背职业良心，做出可耻、毁誉和损害职业精神的事情。在这个意义上，职业信誉鲜明地体现着“全心全意为人民服务”的职业理想和主人翁的职业态度。从客观方面说，职业信誉是社会对职业集团和从业者的肯定性评价，是职业行为的价值体现或价值尺度。同时，职业信誉又要求从业者提高职业技能，遵守职业纪律。社会主义职业精神强调职业信誉，更重视把社会的客观评价转化为从业者的自我评价，促使从业者自觉发扬社会主义职业精神。

（8）职业作风。它是从业者在其职业实践中所表现的一贯态度。从总体上看，职业作风是职业精神在从业者职业生活中的习惯性表现。社会主义职业作风具有潜移默化的教育作用。它好比一个大熔炉，能把新的成员锻炼成坚强的从业者，使老的成员永远保持优良的职业品质。职业集体有了优良的职业作风，就可以互相教育、互为榜样，形成良好的职业风尚。

（三）职业精神的实践内涵

毛泽东指出，无产阶级认识世界的目的，只是为了改造世界，此外再无别的目的。一个正确的认识往往需要经过由物质到精神，由精神到物质，即由实践到认识，由认识到实践这样多次的反复才能够完成。这就是马克思主义的认识论，就是辩证唯物论的认识论。因此，必须重视推进职业精神向职业实践的转化。职业精神的实践内涵至少应体现在以下四个方面。

（1）勤业。古人云“业精于勤”。职业精神必须落实到勤业上。毛泽东在《纪念白求恩》一文中对“勤业”给予了充分的肯定和高度的评价。他指出：“白求恩同志毫不利己、专门利人的精神，表现在他对工作的极端的负责任，对同志、对人民的极端的热忱。”白求恩同志“以医疗为职业，对技术精益求精，在整个八路军医务系统中，他的医术是很高明的。这对于一般见异思迁的人，对于一般鄙薄技术工作以为不足道、以为无出路的人，也是一个极好的教训”。为了做到勤业，我们不仅要强化职业责任、端正职业态度，还需要努力提高职业能力。在新世纪新阶段的今天，提高职业能力，就要在推进改革开放和现代化建设的实践中去提高，在社会主义市场经济的实践中去提高，在解决复杂矛盾和突出问题的实践中去提高，在应对各种挑战和风险的实践中去提高。

（2）敬业。敬业是职业精神的首要实践内涵，即社会成员特别是从业者对适应社会发展需要的各类职业特别是自己所从事的职业的尊敬和热爱。敬业本质上是一种文化精神，是职业道德的集中体现；是从业者希望通过自身的职业实践，去实现自身的文化价值追求和职业伦理观念。敬业与人的存在方式、人的本质和全面发展都有着直接的联系，并共同构成职业精神的完整价值系统。从事职业活动，既是对社会承担职责和义务，又是对自我价值的肯定和完善。职业精神所要求的敬业承载着强烈的主观需求和明确的价值取向。这种主观需求和价值取向构成从业者实践活动的内在尺度，规定着职业实践活动的价值目标。马克思在其中学毕业论文《青年在选择职业时的考虑》中写道 :“在选择职业时，我们应该遵循的主要方针是人类的幸福和我们自身的完美。不应认为，这两种利益是敌对的，互相冲突的，一种利益必须消灭另一种的 ; 人类的天性本来就是这样，人们只有为同时代人的完美、为他们的幸福而工作，才能使自己也达到完善。”“如果我们选择了最能为人类服务的职业，我们就不会为任何沉重负担所压倒，因为这是为全人类做出牺牲 ; 那时我们得到的将不是可怜的、有限的和自私自利的快乐，我们的幸福将属于亿万人，我们的事业虽然并不显赫一时，但将永远发挥作用，当我们离开人世之后，高尚的人将在我们的骨灰上洒下热泪。”马克思在青年时期就树立的为全人类服务的崇高敬业精神，为我们树立了光辉的榜样。

（3）立业。当人类社会跨入 21 世纪的时候，全面建设小康社会是我们所要“立”的根本大业。各行各业的职业精神必须服从和服务于这个大业。需要清醒地看到，我国正处于并将长期处于社会主义初级阶段，现在达到的小康还是低水平的、不全面的、发展很不平衡的小康，人民日益增长的物质文化需要同落后的社会生产之间的矛盾仍然是我国社会的主要矛盾。巩固和提高目前达到的小康水平，还需要进行长时期的艰苦奋斗。纵观全局，21 世纪前 20 年，对我国来说，是一个必须紧紧抓住并且可以大有作为的重要战略机遇期。我们一定要高扬社会主义职业精神,集中力量，全面建设惠及十几亿人口的更高水平的小康社会，使经济更加发达，民主更加健全，科教更加进步，文化更加繁荣，社会更加和谐，人民生活更加殷实。我们核心的职业任务就是用“三个代表”重要思想和科学发展观指导职业实践，全面推进社会主义物质文明、政治文明和精神文明建设，努力开创中国特色社会主义事业新局面。

（4）创业。我们正在进行的全面建设小康社会的事业是一项全新的事业。在这个意义上，我们仍处在持续不断的创业进程之中，需要继续发扬创业精神。“创新是一个民族的灵魂，是一个国家兴旺发达的不竭动力”。职业发展的动力在于创新。面对世界科技进步日新月异的挑战，面对我国现代化建设提出的巨大需求，我们的职业活动必须开阔眼界，紧跟世界潮流，抓住那些对经济、科技、国防和社会发展具有战略性、基础性、关键性作用的重大课题，抓紧攻关，自主创新，不断有所发现，有所发明，有所创造，有所前进。历史证明，推进职业发展，关键要敢于和善于创新。有没有创新能力，能不能进行创新，是当今世界范围内经济和职业竞争的决定性因素。我们要坚持解放思想、实事求是，一切从实际出发，主观与客观相一致，理论与实践相统一，及时提出适应职业实践发展要求的方针政策，及时改革生产关系中不适应生产力发展、上层建筑中不适应经济基础发展的环节，不断从人民群众在实践中创造的新鲜经验中汲取营养，改进和完善我们的工作。

第五章　职业环境分析

第一节　职业环境分析的含义及作用

一、职业环境分析的含义

职业对人的一生有着重要的影响。作为一个职业人，应该确立主体意识，培养科学的思维方式，对自身条件和社会需求做出明智的判断，树立自主、自立、自助的适应市场经济和社会大环境的职业规划观念，找到适合自身的职业。每个人都生活在一定的环境中，其成长与发展都与环境息息相关，因此环境因素对个人职业生涯发展的影响是巨大的，环境是个人职业生涯规划的约束条件。个人职业生涯发展的环境是指与个人职业生涯有潜在关系的所有外部力量与机构的体系。职业环境是一种社会存在，环境的内容既广泛又复杂。作为社会生活中的个体，我们只有通过对环境的分析，顺应外部环境的需要，审时度势，趋利避害，制定有效的个人职业生涯规划，才能最大限度地发挥个人优势，克服自身劣势，自觉地利用存在的机会，规避可能出现的威胁，实现个人目标。所谓职业环境分析，就是要认清所选职业在社会大环境中的发展状况、技术含量、社会地位、未来发展趋势等。进行职业环境分析的要求是，通过职业环境分析弄清职业环境对职业发展的要求、影响及作用，对各种影响因素加以衡量、评估并做出反应。关注当前热门职业有哪些？发展前景如何？社会发展趋势对所选职业有什么影响？要求如何？总的来说，职业环境分析包括两个方面的内容：职业的宏观环境分析和职业的微观环境分析。宏观环境分析包括政治法律环境分析、经济环境分析、社会文化环境分析和技术环境分析等；微观环境分析包括学校环境分析、家庭环境分析、社会关系分析等。

二、职业环境分析的作用

每个人都生活在一定的环境中，其成长与发展都与环境息息相关。俗话说，适者生存。只有对这些环境因素充分了解，才能做出与环境相适应的职业生涯规划，才能做到在复杂的环境中趋利避害，使自己的职业生涯规划得以发展与实现。职业环境是个人职业生涯发展的外部约束条件。只有充分认识到外部条件的影响，个人的职业定位才会更加合理和现实；否则，脱离现实的规划和定位只会给求职者带来打击和失望。因此，在制定个人的职业生涯规划时，要分析环境的特点、环境的发展变化、自己与环境的关系、自己在特定环境中的地位、环境对自己提出的要求或挑战以及环境对自己的有利条件与不利条件等。职业环境分析的作用具体表现如下。

（1）职业环境分析使个人职业选择具备了科学依据。个人职业选择受到诸多环境因素的制约。个人的外部环境与职业目标的动态平衡是科学决策的必要条件。通过职业环境分析做出客观的判断和估计，使个人在职业选择过程中发现机会与避免威胁，资源得到最优配置，使个人取得较好发展。

（2）职业环境分析可以使个人发现机会，避免环境威胁。这里的机会是指个人取得竞争优势和差别利益的时机；威胁就是指环境中对个人不利的趋势。在现实生活中，机会和威胁往往同时并存。个人要善于抓住机会，化解威胁，以有力措施迎接挑战。环境变化不断造成新的机会和新的威胁。同一环境变化对于不同人的影响也是不同的，它可能对一些人造成威胁，同时给另一些人提供机会。因此，要善于抓住机会，做到在竞争中求生存，在变化中谋稳定，在过程中争利益。

（3）职业环境分析是个人职业生涯规划活动的立足点。必须时时注意对环境进行调查、预测和分析，然后根据这些确定战略和战术，并相应的调整自身，使之与变化了的环境相适应。

三、获取职业环境信息的途径

对面临求职择业的毕业生来说，最关心的莫过于能及时得到更多的就业信息。可以说，谁能拥有更多、更有效的就业信息，谁就能赢得择业的主动权。尤其是在我国目前毕业生就业体制处于转轨阶段、信息沟通渠道很不健全的情况下，就业信息的搜集就显得更为重要。需要强调指出的是，就业信息不仅仅是具体用人单位的需求信息。需求信息固然是重要的就业信息，但是，诸如国家有关毕业生就业的方针、政策、法规，地方制定的有关就业政策，不同部门、不同行业在国民经济和社会发展中所处的地位、作用和发展势头，某个用人单位的性质、人员结构、经营状况、发展前景、工作环境等，这些都是重要的就业信息。忽视对这些信息的搜集，眼睛只盯着具体的需求信息，即使这些信息搜集得再多，也很难使你做出全面、准确的判断。就业信息搜集的渠道主要有以下几种。

（1）各高校的主管部门。学校的毕业生就业办公室（或指导中心）作为毕业生就业的重要中介机构，与中央有关部委和各省市的毕业生就业主管部门以及有关用人单位保持着密切的联系。对于国家有关就业政策规定、地方的有关政策、各地举办“双选”活动的信息、有关用人单位简介材料及需求信息等，学校的主管部门一般都能及时掌握。他们提供的信息无论是数量还是质量，都有明显的优势。这是同学们获取就业信息的一条重要渠道。

（2）各级毕业就业主管部门和就业指导机构。教育部每年都要制定毕业生就业的有关方针、政策，各省、自治区、直辖市的主管部门也要相应的制定实施意见；国家教委在各地的毕业生就业指导机构，也要经常开展信息交流和咨询服务。这也是获取就业信息的重要渠道。

（3）有关新闻媒介。毕业生就业作为社会普遍关注的热点问题，近年来引起了新闻界的普遍重视。有关就业政策、热门话题讲座、招聘广告等也常有报道，还有教育部学生司和毕业生就业指导中心主办的《中国大学生就业》杂志以及各地人才市场报等。这些都是获取就业信息的渠道。

（4）各级、各类“双向选择”、“供需见面”会。这类活动有的是由一个学校或多校联合举办的，有的是一省或几省联办的，也有的是地市县单独举办。组织毕业生和用人单位直接见面，不仅可以直接获取许多有效信息，还可以当场拍板、签订协议，比较简捷有效。

（5）通过各种社会关系获取信息。本专业的教师比别人更清楚你适合到什么单位就业，而且往往在科研协作、兼职教学中与对口单位有着广泛的接触。校友大多在对口单位工作，对所在单位的情况了如指掌。通过他们可以获得许多具体、准确的信息。家长和亲友对你的就业更为关心。他们与社会的方方面面有一些联系，也可以帮助提供就业信息。

（6）开始可以是“普遍撒网”，向你认为适合的用人单位写自荐信，确定重要目标后，通过电话预约，然后亲自登门拜访。这种“毛遂自荐”的方式也不失为获取就业信息、获得就业成功的途径之一。在校期间，大学生还可以通过各种媒体获取有关微观、宏观环境的信息；大学生也可以通过实习、兼职、社会实践等机会，利用假期和课余时间，在不影响学业的基础上，多深入社会；大学生还可以通过选修相关课程和听讲座、听报告的方式来获取宏观环境的信息。了解家庭、学校等微观环境的信息的最好途径就是向长辈、专业老师、师兄师姐等请教。

（7）利用社会实践、毕业实习或业余兼职获取信息。同学们通过与社会的接触加强了与有关单位的联系，增进了彼此间的了解，便于直接掌握就业信息。如果两厢情愿，那是再好不过的机遇。直接与用人单位联系就业信息。

第二节 职业的宏观环境分析

职业的宏观环境分析也就是对职业的社会大环境进行分析。所谓社会环境分析，就是对社会经济环境、政治环境、法制环境、教育环境、科技环境、文化环境等宏观因素的分析。社会环境对职业生涯乃至人生发展都有重大影响。通过对社会大环境包括国际、国内与所在地区三个层次的分析，来了解和认清国际、国内和自己所在地区的政治、经济、科技、文化、法制建设、政策要求及发展方向，以更好地寻求各种发展机会。一个社会的大环境对职业的类别和职业发展前景影响极大，从而也影响到个人的职业生涯规划、选择和发展。正如这样一些民谣："50年代的兵，70年代的工人，90年代的个体户，21世纪的IT业商人"，不同的社会环境所给予个人的职业信息也不同。每个年代的职业声望排序都对填报高考志愿和就业选择起到重要影响。人们在职业选择问题上受社会因素的影响较大。因此，在进行职业生涯规划时，应确立主体意识，培养科学的思维方式，通过对社会大环境进行分析，了解所在国家或地区的经济、法制建设发展方向，寻求各种发展机会。

一、经济环境

所谓经济环境，是指构成组织生存和发展的社会经济状况和国家经济政策。社会经济状况包括经济要素的性质、水平、结构、变动趋势等多方面的内容，涉及国家、社会、市场及自然等多个领域。国家经济政策是国家履行经济管理职能，调控国家宏观经济水平、结构，实施国家经济发展战略的指导方针，对企业经济环境有着重要的影响。经济环境是影响资源配置方式、效果的各种因素的集合，是个人职业活动和发展所面临的外部社会经济条件，其运行状况和发展趋势会直接或间接地对个人职业生涯产生影响。当经济发展非常景气时，百业兴旺，就业渠道、薪资提升和职业发展的机会就会大增；反之，就会使人的职业发展受阻。在经济发展水平高的地区，企业相对集中，优秀企业也就比较多，个人职业选择的机会就比较多，因而有利于个人职业的发展;反之，在经济落后的地区，个人职业选择的机会就相对较少，个人职业发展也会受到限制。

经济环境的变动性较大，容易引起人们的关注和重视。经济环境包括国家和区域两个层面。国家宏观经济环境主要指一个国家的人口数量及其增长趋势,国民收入、国民生产总值及其变化情况以及通过特定指标能够反映的国民经济发展水平和发展速度。反映国家宏观经济环境状况的关键要素包括GDP的变化发展趋势、利率水平、通货膨胀程度及趋势、失业率、居民可支配收入水平、汇率水平等。区域经济状况主要是指在一定区域内经济发展的状况，主要包括一个地区的经济结构、产业布局、资源状况、经济发展水平以及未来的经济走势等。经济环境的分析一般包括分析经济形势、劳动力市场供求状况、收入水平因素和经济发展水平因素等。

（一）经济形势

经济形势对职业的影响是最为明显又最为复杂的。当经济高速发展时，组织处于扩张阶段，对人力资源的需求量增加，会提供较多的就业机会；当经济形势不好、经济危机爆发时、就会制约就业。例如，2008年由次贷危机导致金融危机，金融危机导致经济危机，这种连锁反应造成全球经济衰退的形势。所有企业、金融机构、学校甚至自己的命运都不同程度地受到这次危机的影响。已经习惯的观念、思维、经验、能力、职业追求和生活理想，都可能在这场危机中发生巨大变化。中国社会科学院研究员尹中立表示，美国金融危机已经使得中国出口形势恶化，一些出口企业的经营困难带来的中低端劳动者失业，而内部消费需求又短期难以提高，这将导致社会总需求下降，继而对产品和劳务的需求减少，最终减少对劳动力的需求，从而使就业形势更加严峻。因此，如何认清当前的经济形势和及时做出正确的对策就成为大学生必须面对的话题。高校大学生的就业压力在这场经济危机面前显得尤为严峻。那么作为大学生而言，该如何应对这种经济危机？将如何规划自己的工作？如何才能找到适合自己的饭碗？大学生应该意识到，"危机"正是危险和机遇并存的。有些企业和个人丧失信心，在危机面前倒下，最终失去发展。但是那些生存欲望强烈、有着敏锐观察力和极高适应性的企业和个人，却在经济危机中抓住有利机遇，使得企业能够渡过难关，个人得到发展。例如，当前社会，虽然金融危机使不少企业减少了人员招聘计划，但对于顶尖的研发人员，企业还是求贤若渴，对于高级IT研发人才和医药生物类研发人才，企业需求依然强烈。另外，一些公共安全和社会服务领域的单位，因受危机影响较小，反而加大了毕业生招聘的力度。食品、饮料、烟酒、化妆品等快速消费行业是与居民日常生活关系最密切的行业，百姓即使缩减开支也不会减少快速消费品的使用量，所以金融危机对快速消费品行业的发展影响相对较小。与之相关的零售批发业在金融危机中也未受到很大影响，就业形势相对较好。其他诸如机械制造、桥梁设计等行业，由于发展迅速，对人才的需求也在加大。大学生应努力摸清经济形势，顺应经济发展的趋势，乘势而行，积极实现自己的人生理想。

（二）劳动力市场供求状况

劳动力市场是人力资源管理的大环境。劳动力市场的供求状况直接影响着人力资源管理的方式和效果。目前，我国处于二元经济转换时期，同时又是从计划经济向市场经济体制转轨的过程，包括劳动力资源从计划配置转向市场机制配置的机制转变。在经历就业迅速扩大和遭遇劳动力市场冲击的同时，就业形式和就业增长方式发生了巨大的变化。劳动力供大于求的基本态势仍会持续。我国的基本国情是人口众多，劳动力资源丰富。从长期看，由于20世纪六七十年代的人口生育高峰，形成了当前和未来20年劳动年龄人口占总人口的比重维持在65%以上的较高水平。从“十一五”期间看，城乡新成长劳动力年均达2000万人。全国城镇每年新增劳动力1000万人，加上需要就业的下岗失业人员和其他人员，每年需要安排就业达2400万人。从劳动力的需求看，按照经济增长保持8%至9%的速度，每年可新增800～900万个就业岗位，加上补充自然减员，可安排就业1200万人左右，年度劳动力供求缺口仍在1200万人左右。而在农村，虽然乡镇企业和进城务工转移了2亿人，由于土地容纳的农业劳动力有限，按1.7亿计算，则农村富余劳动力还有1.2亿以上。因此，从总体上看，在未来相当长的一个时期内，城乡劳动力供大于求的基本态势将长期存在。

劳动力市场结构性矛盾突出，部分地区供求矛盾尖锐。从城镇来看，部分下岗失业人员就业难主要是由于自身素质难以适应新就业岗位的需要；部分大学生就业难主要是由于所学专业与企业急需不能对接，以及到基层、民营企业就业的渠道不通畅。同时，在资源枯竭城市、库区等困难地区，以及一些困难行业、困难企业，则存在着就业岗位减少、失业人员增多的问题。从农村来看，一方面是中西部地区农村富余劳动力仍有存量和增量，存量大部分为中年劳动力，多以农业剩余劳动力形式存在；增量主要是农村初高中毕业后不能继续升学的毕业生，他们将是转移和输出的主要来源，也是新生代农民工。但同时，沿海地区近年来随着企业用工需求的增多，在部分地区出现了农民工供不应求的现象。据劳动保障部的调查，2006年春季企业用工需求中，基本得到满足的比重依次为环渤海地区71%、长江三角洲地区66%、中西部地区65%、珠江三角洲地区55%、闽东南地区50%。从企业（行业）看，招不到农民工的主要是一些条件比较艰苦、劳动强度大、工资待遇较低的企业（行业），以民营企业居多。从用工需求对象看，不能满足的主要集中于年轻工人（特别是女工）以及具有一定工作经验的熟练操作工。在调查企业招不到或招不满农民工的原因中，有30%的企业认为“农民工不少，但符合工作要求的不多”；24%的企业认为“工资偏低”。“十二五”期间，我国就业供大于求的总量性矛盾继续存在，其中需求呈稳中有升；就业的结构性矛盾明显加大，劳动者素质技能不适应问题更加突出；就业难和“招工难”的矛盾在不同地区出现，虽属局部现象，但短期内难以消除。

（三）收入水平因素

消费者收入水平直接影响市场容量和消费者支出模式，从而决定购买力水平。在分析消费者收入时，可从宏观和微观两个层面来具体剖析。从宏观层面看，主要分析国民收入和人均国民收入两大指标，它们大体上反映了一个国家的经济发展水平；从微观层面看，主要弄清个人收入、个人可支配收入以及个人可任意支配收入三个概念。其中，个人可支配收入指从个人收入中扣除税款和非税性负担后所剩下的余额，即个人能够用于消费支出或储蓄的部分；个人可任意支配的收入是指从个人可支配的收入中再减去维持生活所必需的费用（如衣服、食物、住房等)。这部分收入所引起的需求弹性大，是需求变化中最活跃的因素，也是影响商品销售的主要因素，所以企业在市场营销活动中应特别关注。与此同时，还应注意社会各阶层收入的差异性以及不同地区、不同年龄、不同职业的收入水平等。另外，在分析消费者收入水平时，还要注意区分“货币收入”和“实际收入”。“货币收入”是指消费者在某一时期以货币表示的收入量；“实际收入”是指扣除物价变动因素后实际购买力的水平。

（四）经济发展水平因素

经济发展水平是指一个国家经济发展的规模、速度和所达到的水准。反映一个国家经济发展水平的常用指标有国民生产总值、国民收入、人均国民收入、经济发展速度和经济增长速度。经济增长速度下降会影响就业的增长空间，不利于就业需求的增长；当经济快速增长时，就业市场扩大，可提供更多的就业机会。

二、政治法律环境

政治法律环境包括一个国家的社会制度，政府的方针、政策、法律和法规等。大学生求职者主要应关心诸如政治环境是否稳定、国家政策是否会改变、政府的经济政策是什么、政府所持的市场道德标准是什么等问题。

（一）政治环境

政治环境是指一个国家或地区在一定时期内意识形态和统治集团价值取向的统称。政治环境体现了政治体制尤其是国家权力、利益分配的运行方式。不同政治环境下形成的路线、方针、政策会对一个国家的人民的生产、生活带来重大影响。政治环境分析主要是分析国家的路线、方针、政策。政治和经济是相互影响的。政治不仅影响到一国的经济体制，而且影响着企业的组织体制，从而直接影响到个人的职业发展；政治制度和氛围还会潜移默化地影响个人的追求，从而对职业生涯产生影响。对政治环境的分析要了解“政治权力”与“政治冲突”对个人职业生涯的影响。“政治权力”是人们选择以力量对比和力量制约方式作为实现和维护自己利益要求的过程中，聚集形成的一种力量；“政治冲突”指国际、国内的重大事件和突发性事件对个人职业活动的影响，包括直接冲突和间接冲突两种。直接冲突有战争、暴力事件、绑架、恐怖活动、罢工、动乱等给个人职业活动带来的损失和影响；

间接冲突主要指由于政治冲突、国际上重大政治事件带来的经济政策的变化。国与国、地区与地区观点的对立或缓和常常影响其经济政策的变化，进而使个人职业活动或受到威胁或得到机会。

（二）法规政策环境

法规政策环境主要是指一个国家或地区的法律、法规、方针政策、经济管理体制、人才培养开发政策、人才流动有关规定等。例如，《中共中央、国务院关于进一步加强人才工作的决定》中指出：要促进人才合理流动，进一步消除人才流动中的城乡、区域、部门、行业、身份、所有制等的限制，疏通人才流动渠道。发展人事代理业务，改革户籍、人事档案管理制度，放宽户籍准入政策，推广以引进人才为主的工作居住管理制度，探索建立社会化的人才档案公共管理服务系统。鼓励专业技术人才通过兼职、定期服务、技术开发、项目引进、科技咨询等方式进行流动。加大吸引留学和海外高层次人才工作力度。坚持以自我为主、按需引进、突出重点、讲求实效的方针，积极引进海外人才和智力。继续贯彻支持留学、鼓励回国、来去自由的方针，鼓励留学人员以不同方式为祖国服务。建立符合留学人员特点的引进人才机制。要重点吸引高层次人才和紧缺人才。法律政策环境的好坏，会直接影响人才的成长，影响个人职业生涯规划的实施，如子女上学问题、家属的就业问题、科研项目经费使用问题、有关签证政策问题、当地政府官员观念问题、政府机关工作效率问题、政府机关的腐败问题等。

三、科技环境

科技环境是指科学技术发展的状况。科学技术的发展会带来理论的更新、观念的转变、思维的变革、技能的补充等，而且科技的发展也会引起产业结构的调整，产业结构的调整必然引起职业模式的变化，这些都是职业生涯规划中不可或缺的要素。科技环境分析主要是了解科技发展对各行各业产生的影响，尤其是技术对劳动力的替代等方面。科学技术是第一生产力，是社会生产力中最活跃的因素。科学技术环境与其他环境因素相互依赖、相互作用。技术环境主要包括国家对科技开发的投资和支持重点、技术发展动态、技术转移和技术商品化速度等。重大技术革命总是会对人类生产和生活方式产生深远影响。技术的发展不仅会带来理论的更新、观念的转变、思维的变革，科学技术的发展也会深刻影响着人们的职业观念。尤其是新技术革命，给个人职业生涯发展既造就了机会，又带来了威胁。机会在于寻找或利用新的技术，满足新的需求。而它造成的威胁则可能有两个方面：一方面，新技术的突然出现，使个人原来掌握的技能过时；另一方面，新技术改革了原有的价值观，如果不及时跟上，就有可能被淘汰。

据有关部门统计，在20世纪，我国消失的旧职业达3000种，这些行业的员工不得不重新择业。据专家预测，今后每10年将发生一次全面的“职业大革命”，其中重大变化每两年就会有一次。另有未来学家预测，人类职业将面临每15年更换20%的严峻局面。美国《时代》周刊预测，今后若干年内，美国现有的1.24亿个工作岗位中有0.9亿个将会完全被自动化系统取代。据计算机世界网报道：每当时代转型或者科技发展改变了我们的某种生活状态时，都会出现新兴的职业，同时肯定也有一些旧职业会被市场淘汰出局。因此，应注意了解新技术，学习和掌握新技术，以高度的热情追踪、研究当代科技发展的最新动向，以利用这种“加速的推动力”。

四、社会文化环境

社会文化是影响人们行业、欲望的基本因素。社会文化反映着个人的基本信念、价值观和规范的变动。每个人都生活在一定的社会文化环境中，并在一定的社会文化环境中生活和工作。他的思想和行为必定要受到这种社会文化的影响和制约。在良好的社会文化环境中，个人能受到良好的教育和熏陶，从而为职业发展打下更好的基础。因此，文化环境是影响人们行为、思想的基本因素。社会文化因素，一般指在一种社会形态下已经形成的信息、价值、观念、宗教信仰、道德规范、审美观念以及世代相传的风俗习惯等被社会所公认的各种行为规范。社会文化作为一种适合本民族、本地区、本阶层的是非观念，使生活在统一社会文化范围内的各成员的个性具有相同的方面。我国是一个大国，社会文化的复杂性决定个人职业选择与职业发展要考虑所在地的文化因素。社会文化环境分析主要包括以下因素：一个国家和地区的居民教育程度和文化水平、宗教信仰、风俗习惯、审美观点、价值观念等。认真分析社会文化环境，尤其是社会价值观，有利于大学生进行职业规划，因为人的成功需要社会的认可。只有符合社会主体价值观念的行为，才会被社会认可、接受。另外，价值观也会随着社会的不断发展和进步而发生不同程度的变化，从而使人们对职业的认识和需求也发生变化。

（一）教育

教育是按照一定目的要求，对受教育者施以影响的一种有计划的活动，是传授生产经验和生活经验的必要手段，反映并影响着一定的社会生产力、生产关系和经济状况，是影响个人职业生涯的重要因素。对于大学生来说，教育是按照一定的要求，对受教育者的德、智、体诸方面施以积极影响的一种有计划的活动。从狭义上来说，教育是指学校教育；从广义上来说，泛指社会上一切有教育作用的活动。事实上，社会上的一切教育活动都会给受教育者产生某种积极或消极的影响。一切教育形式所产生的结果大都能反映在学生的素质以及他们的择业意识、择业行为上。我们这里着重探讨家庭教育、大学前教育、大学教育等几个方面的影响。

从家庭教育来看，家庭是社会的细胞，父母是儿童的第一任教师，父母的教育方式及家庭气氛对儿童的成长起着重要的作用。美国临床心理学家罗欧从1951年开始，采用谈话、测验和了解个人生活史等方法来研究杰出的物理学家、生物学家和社会科学家的个人发展史及其人格特征，发现他们早期所受的不同养育方式的教育，影响其追求的职业类型以及在所选择的领域中可能达到的水平。罗欧把家庭抚养方式分为三种类型，即情感关注型、回避型、接受型。情感关注型的抚养方式又分为溺爱型和严格型两种。溺爱型父母对子女娇养，他们充分满足儿童的生活需要，鼓励其依赖和限制其探索行为，把子女看作或设想为“天才”；严格型家长，对子女要求严格，通常按完美的计划对其严格训练，激励子女的成就感。回避型的抚养方式又分为拒绝型和疏忽型。拒绝型的父母对子女的生活需要是关心的，但对其内在的情感要求不能满足；疏忽型的父母在一定的限度内忽视子女生活的要求。接受型的抚养方式又分为随意接受型和抚爱接受型。随意接受型的父母对子女生活需要的接受具有随意的性质；抚爱接受型的父母不干涉而且促进儿童的才能和独立性的发展。在职业选择上，在情感关注型家庭中成长的人，没有形成自我集中的人，经常意识到别人的态度和意见，这类人往往需要定向于人的工作；在回避型家庭中成长的人，可能发展到一种对别人强烈的防御意识，他们可能不愿与人打交道，往往需要定向于物的工作；在接受型家庭中成长的人，可能定向于人，也可能定向于物。罗欧的观点虽然是以杰出人才为研究对象而提出的，具有不完整性，但仍有一定的代表性。家庭的教育方式对子女性格、爱好、兴趣等的培养和熏陶，直接影响到其职业能力的发展。

从大学前的学校教育来看，大学以前的教育分为幼儿园、小学、初中、高中等几个阶段。大学以前的教育是基础教育，亦是素质教育。但在我国由于高考指挥棒的作用，在一定程度上，教师把素质教育变成了一种应试教育，紧紧围绕考试来设置教育内容和进行教学活动，学生也以应试的学习方式来接受教育，造成了学生知识结构不合理，学习的主动性不够，养成了一种依附性的学习习惯，这种结果直接影响到后期的发展。在我国还有一种情况，就是农村和城市的差别较大。由于多数农村的教学条件较差以及环境的影响，农村学生的知识面、思想观念、思维方式以及对事业的期望同城市的学生相比具有一定的差别。大学前的教育所形成的差异性，在大学阶段，不同的人会有不同的改变。

从大学教育来看，大学教育是按照专业门类来培养学生适应职业需要的基本素质和能力的过程。这一过程是通过基础课、专业基础课的教学活动和其他教育活动，使学生从某一专业的逻辑起点达到能够解决该专业一定问题的理论和技术修养水平，从而形成适应某类或某种职业需要的专业特长。也就是说，大学生所受的专业教育直接制约着其职业适应的范围。如果大学生所学的专业面较窄，其职业适应的范围就小；反之，职业适应的范围就相对宽广。因此，高校要不断地根据社会职业的需要来设置专业或对业已形成的专业结构进行调整，扩大学生的就业范围，增强适应能力。近年来，针对毕业生知识面较窄、知识结构不合理、动手能力不强、组织管理能力不高等问题，我国高校努力通过改革教育模式和教学内容，来培养专才与通才相结合、文理交叉、工管相兼的复合型人才。为此，也相应的建立起一套行之有效的机制，如主辅修制、双学位制等。这些都为有效地扩大学生的专业面、提高学生的综合素质创造了有利条件。随着高校招生和毕业生就业制度改革的深入和学分制的实行，满足学生专业志愿和扩大其职业适应领域等方面的情况会得到更好的改变。

教育因素对大学生择业的影响还有社会教育及自我教育等。大学生所受的不同阶段的教育和大学期间不同内容的教育诸如专业教育、思想教育、就业指导等都具有互补性。前一阶段所受教育的欠缺可能得到后一阶段的补充；各种教育内容的相互交叉和渗透可以促进整体素质的提高。因此，大学生应当自觉认识自己成长的家庭环境与受教育的条件对其个性形成的影响，并通过主观努力，改变对自己的不利因素，全面提高素质，为求职择业创造更加有利的条件。

（二）价值观念

价值观念是指人们头脑中有关价值追求的观念。具体地说，它是人们心目中关于某类事物的价值的基本看法、总的观念。表现为人们对该类事物相对稳定的信念、信仰、理想等，是人们对该类事物的价值取舍模式和指导主体行为的价值追求模式。价值观念的内容，一方面表现为价值取向、价值追求，凝结为一定的价值目标；另一方面表现为价值尺度、评价标准，成为主体判断客体有无价值及其大小的观念模式和框架。从微观角度说，价值观念是人心中的一个深层的信念系统，在人们的价值活动中发挥着行为导向、情感激发和评价标准的作用，构成个人人生观的重要内容，制约着人生活动的方方面面，是一个无形而有力的世界；从宏观角度说，价值观念是社会文化体系的内核和灵魂，代表着社会对应该提倡什么、应该反对什么的规范性判断，社会通过各种手段把这些观念灌输和传递给个人，内化为个人的行为规范；从水平上看，价值观念可分为日常的价值观念和哲学的价值观念两个层次，前者是人们在世俗生活中自发形成的观念，后者则是理论化、系统化的观念体系。职业价值观指人生目标和人生态度在职业选择方面的具体表现，也就是一个人对职业的认识和态度以及他对职业目标的追求和向往。理想、信念、世界观对于职业的影响，集中体现在职业价值观上。

俗话说：“人各有志。”这个“志”表现在职业选择上就是职业价值观。它是一种具有明确的目的性、自觉性和坚定性的职业选择的态度和行为，对一个人职业目标和择业动机起着决定性的作用。职业专家通过大量的调查，从人们的理想、信念和世界观角度把职业分为以下九大类。

（1）自由型（非工资工作者型）。特点是不受别人指使，凭自己的能力拥有自己的小“城堡”，不愿受人干涉，想充分施展本领。相应职业类型：室内装饰专家、图书管理专家、摄影师、音乐教师、作家、演员、记者、诗人、作曲家、编剧、雕刻家、漫画家等。

（2）支配型（独断专行型）。特点是相当于组织的一把手，飞扬跋扈，无视他人的想法，为所欲为，且视此为无比快乐。相应职业类型：进货员、商品批发员、旅馆经理、饭店经理、广告宣传员、调度员、律师、政治家、零售商等。

（3）经济型（经理型）。特点是他们断然认为世界上的各种关系都建立在金钱的基础上，包括人与人之间的关系，甚至父母与子女之间的爱也带有金钱的烙印。这种类型的人确信金钱可以买到世界上所有的幸福。相应职业类型：各种职业中都有这种类型的人，商人为甚。

（4）小康型。特点是追求虚荣，优越感也很强。很渴望能有社会地位和名誉，希望常常受到众人尊敬。欲望得不到满足时，由于过于强烈的自我意识，有时反而很自卑。相应职业类型：记账员、会计、银行出纳、法庭速记员、成本估算员、税务员、核算员、打字员、办公室职员、统计员、计算机操作员等。

（5）自我实现型。特点是不关心平常的幸福，一心一意想发挥个性，追求真理。不考虑收入、地位及他人对自己的看法，尽力挖掘自己的潜力，施展自己的本领，并视此为有意义的生活。相应职业类型：气象学者、生物学者、天文学家、药剂师、动物学者、化学家、科学报刊编辑、地质学家、植物学者、物理学者、数学家、实验员、科研人员等。

（6）志愿型。特点是富于同情心，把他人的痛苦视为自己的痛苦，不愿干表面上哗众取宠的事，把默默地帮助不幸的人视为无比快乐。相应职业类型：社会学者、导游、福利机构工作者、咨询人员、社会工作者、社会科学教师、护士等。

（7）技术型。特点是性格沉稳，做事组织严密，井井有条，并且对未来充满平常心态。相应职业类型：木匠、农民、工程师、飞机机械师、野生动物专家、自动化技师、机械工、电工、火车司机、公共汽车司机、机械制图师等。

（8）合作型。特点是人际关系较好，认为朋友是最大的财富。相应职业类型：公关人员、推销人员、秘书等。

（9）享受型。特点是喜欢安逸的生活，不愿从事任何挑战性的工作。相应职业类型：无固定职业类型。

（三）风俗习惯

一般来说，风俗是世代相袭固化而成的一种风尚。习惯是指由于重复或练习而巩固确定的并变成需要的行动方式。民族风俗习惯指的是一个民族的人们在生产、居住、饮食、衣着、婚姻、丧葬、节日、庆典、礼仪等物质文化生活上的共同喜好、习尚和禁忌。风俗习惯是一个民族在长期历史发展中逐渐形成的，也是随着生活条件的变化不断变化的。

（四）宗教

宗教是一种对社群所认知的主宰的崇拜和文化风俗的教化，是人类发展到一定阶段的产物，是人类历史上长期存在的社会现象，有其产生、发展和消亡的过程。宗教是影响人们职业活动和发展的重要因素之一。宗教既是文明的一部分，又与世俗的文化、政治制度有所区别。宗教是关于生命的文化，有非理性的成分，它只要人们相信，而不要人问为什么。对人的约束体现在精神和思想层面。而世俗社会的文化是大众协商博弈的结果，讲究规则与合理性，针对人的肉身与行为予以强制性规范。在一个社会里面，如果这两种文化不能够协调同步而相互矛盾的话，这个社会一定会出现个人与集体、精神与物质、制度与文化等多个深层次的矛盾，产生混乱。世界上有三大宗教：佛教、基督教和伊斯兰教，每一宗教都有其信仰区域。宗教属于文化中深层的东西，对于人的信仰、价值观、职业观和生活方式的形成有深刻影响。

（五）亚文化群

在研究社会文化环境时，还要重视亚文化群的影响。并非每个社会只有一个由它的成员所公认的单一文化。所谓一个社会的文化，通常仅指构成总体文化的形形色色文化要素的共同部分。当在社会的某一群体中形成一种既包括一些主文化的特征，也包括某些独特的文化要素的生活方式时，他们这种群体文化就称为“亚文化”。亚文化群论是美国社会学家科恩（Alberek Conhen）首先提出的，是指一个人在同自己相同的集团中或一个帮伙中发展，而该集团的成员有一种稳定的与一般社会可能接受的价值体系不同的价值体系。亚文化群就是指在大的社会集团中的较小团体，是由一个社会内部的、民族的、宗教的、种族的、地理区域的团体等，还可以按年龄群、活动爱好或者其他特殊的团体等来组成。这种不同社会团体对个人有着巨大的影响。每一种社会文化内部都包含若干亚文化群。亚文化群共同遵守大的文化传统，但又具有自己的信仰、态度和生活方式等。总体来说，我们现在面临一个非常好的社会环境，社会安定，政治稳定，经济发展迅速，并与全球一体化接轨，法制建设不断完善，文化繁荣自由，尖端技术、高新技术突飞猛进。因此，在这个大前提之下，我们需要特别注意的是职业环境的变化。

第三节　职业的微观环境分析

职业的微观环境分析包括行业环境分析、家庭环境分析、组织环境分析、学校环境分析、社会关系分析和企业环境分析等。

一、行业环境分析

在对职业所处的社会环境进行分析后，还应对职业所处的行业环境进行分析。因为行业的环境将直接影响到企业的发展状况，进而也就影响到个人的职业生涯的发展。因此，选择职业前应对行业环境因素进行分析，做到心中有数。行业环境分析包括对目前从事或拟从事的目标行业的环境分析。其内容应包括行业的发展状况、国际与国内重大事件对该行业的影响、目前行业的优势与问题所在、行业发展趋势如何等。分析行业环境时，一定要结合社会大环境发展趋势，还要注意国家政策的影响，看一看对某些行业，国家的态度是扶持鼓励还是限制制约，应尽量选择有前景、发展空间比较大的行业。行业环境分析的具体内容如下所述。

（一）行业发展的现状和优势

首先，应了解自己所从事和将来想要从事的是什么行业，如能源行业、电力行业；其次，应了解这个行业在我国的发展趋势如何，是一个逐渐萎缩的行业（如资源耗费大、造成环境污染的小型采矿业），还是一个朝阳行业（如旅游业、保险业、管理咨询行业等），此行业在社会大环境中的发展状况、技术含量、社会地位、未来趋势，此行业目前存在的问题以及是否具有竞争优势等。比如，当前热点职业有哪些，发展前景怎样；社会发展趋势对所选职业有什么要求，影响如何等等。

（二）国际、国内重大事件对该行业的影响

例如，金融危机会直接影响行业就业，并可能引发大规模的就业冲击。因美国次贷危机而引发的国际社会金融海啸导致了金融机构的连锁性破产，引发了金融行业的裁员风潮。金融危机渗透到实体经济领域，会对整个经济增长带来巨大的负面影响。就中国而言，作为国际金融体系的组成部分，行业性的冲击不可避免，尽管由于资本市场“防火墙”的存在而在程度上有所减缓。此外，与国际贸易相关的行业就业会受到最为明显的冲击。如果这个过程继续影响到经济增长，这对就业增长将是一个非常不利的信息。

（三）行业的发展前景预测

行业的发展前景预测应该从两方面进行分析。一是行业自身的生命力。这个行

业的优势是什么、劣势是什么？它对技术、资金、人才的吸引力怎么样？二是考虑和研究国家对相关产业的政策。国家、政府的政策、法规对该行业的影响怎样？特别要注意国家对一些行业实施鼓励和扶持的政策，对另一些行业实行限制和排斥的政策。国家政策可能会对一些专业人才的培养给予鼓励支持，对某些职业人员给予限制。这些政策对企业和职业的发展都会产生重要的影响。

行业与职业不同。从社会的角度来讲，职业是个体的集合。只有从事同样工作的人达到一定的数量时才能形成一个职业；行业是企业的集合。从事同类产品的生产销售企业或提供类似服务的企业达到一定的数量才形成一个行业。而当这一个行业的生产总值或销售总额在社会经济中占有相当权重时，则可称为产业。在同一行业内，可以从事不同的职业。例如，同在保险业，可以做保险业务员，也可以是人力资源部经理；在建筑行业，你可以做建筑工程师，也可以做财务经理。在不同行业里，可以从事同一职业。例如，在金融行业、运输行业，你都可以担任人力资源经理。在分析行业环境时，一定要结合社会大环境的发展趋势。由于科学技术的飞速发展，会使某些行业如同夕阳坠落，逐渐萎缩、消亡；更有许多极具发展前途的朝阳行业不断出现、发展起来。同时，还要注意国家政策的影响，要了解国家对某一行业是支持、鼓励和引导，还是限制、控制和制约。要尽量选择那些有前景、发展空间较大的行业。例如，我国近年来狠抓环境保护，推行可持续发展战略，保护生物多样性，在农业生产中控制化学制品的使用，开发“绿色食品”等，使环境保护产业如初升朝阳，充满生机，导致环保设备生产、环保技术咨询等行业迅速发展，提供了大量就业岗位。而这时如果不了解情况，为了一时利益，盲目进入那些污染后果严重的行业谋职，必将会给自己的职业生涯造成严重的不良后果。

二、家庭环境分析

任何人的性格和品质的形成及个人的成长都离不开家庭环境的影响。大学生在进行职业生涯规划时，考虑更多的是家庭的经济状况、家人期望、家庭文化等因素对本人的影响。家庭环境好坏对人的心态影响非常大，进而会影响到个人工作和事业的发展。个人职业发展规划的确立总是同自身的成长经历和家庭环境相关联。个人在成长过程中，在不同时期也会根据自己的成长经历和所受教育的情况不断修正、调整，并最终确立职业理想和职业计划。正确而全面地评估家庭情况才能有针对性地设计适合自己的职业规划。对家庭环境的了解和分析主要包括以下几个方面：家庭经济状况、家庭文化、家人期望等。

（一）家庭经济状况

西方国家对孩子的教育方式和我国不同。他们较注重培养孩子独立思索和解决新问题的能力，父母只是给孩子提供参考意见，而很少替孩子做决定。经济状况越好的家庭，父母就越注重对孩子这方面能力的培养。因此，家庭经济状况较好的孩子，他们独立解决职业新问题的能力会更强，同时，父母也能给他们提供更多的就业信息。所以家庭经济状况较好的学生的职业成熟度发展水平也更高。而在我国，家庭经济状况不好的孩子只能依靠自己的能力和条件寻找适合的职业，他们更可能意识到选择职业是自己的事，而不能依靠别人。因此，他们会主动寻找各种职业信息、就业途径，对就业做各方面的预备。当熟悉到自己的理想职业在目前状况下不能实现时，他们也更轻易在现实和理想职业面前做出一定的妥协，使自己更好地适应社会。在职业选择的过程中，他们职业选择的各方面能力也得以较快地发展，如能对自己做出正确评估、为未来职业做好规划等。而家庭经济水平较好的孩子，他们更可能对自己做出过高评估，同时，也更易通过亲朋好友找到工作。因此，他们自己解决职业选择的能力没有得到很好锻炼，有可能比经济状况差的孩子的个体职业成熟度发展水平要低。

（二）家庭文化

家庭文化是指家庭成员文化、科技、思想、道德、价值观念和行为方式等主观因素的总和，是以单个家庭构成的或以一家庭成员与另一家庭成员之间在自由时间里从事的具有群体性文化娱乐为特征的一种社会性文化。家庭文化是群众文化的重要组成部分，具有较强的生命力和凝聚力。它既能适应广大人民群众精神生活的特点和需求，又能调整现代社会人际关系，培养健康向上的生活方式，促进群众文化的发展。良好的家庭文化环境对于大学生职业认识、职业选择和职业定位等有着极其深刻的影响。

（三）家人期望

家庭在人生大事上会留下深刻痕迹，其中，大学生职业选择就融合了家长意志。职业选择的前奏是专业选择，许多家长对子女的专业选择并不是耳提面命式的命令，父母影响更多地通过家庭环境的熏陶，逐渐融入了大学生的心理结构。出身农民家庭的大学生，对父母脸朝黄土背朝天的农作生活有着强烈感受，从父母的言谈举止和谆谆教诲中，作为子女的大学生就会拒绝选择父母从事的职业。艺术家庭出身的大学生，在长期的家庭成员接触中，很可能继承父母的职业价值观，从而走上了父母的职业道路。但是，当子女与家长在职业目标上发生冲突，或者子女极力摆脱家长的意志的时候，两者的矛盾就会产生。父母们有一个天然的倾向，即把对子女的爱同对子女的控制乃至干涉简单地等同起来。父母对子女常说的一句话是：我这样做是为了你好。“这样做”是父母对子女的控制措施；“为了你好”是父母对子女的爱的表达。通过这么简简单单的一句话，父母控制子女就会获得合法形式和情感支持。大学毕业后，大学生又面临着具体职业的选择，这时家庭作用又会凸显出来。不过，此时它的影响力已远不如昔，因为大学生专业知识已较为丰富，职业意识也更加明晰，心理日渐成熟，相应的对家庭的心理依赖也就大为减弱。但是，家庭作为大学生的后盾力量，对职业选择发挥的影响不会根本上丧失，尤其当子女在职业选择道路上犹豫不决并寻求帮助时，父母意志的作用又会放大，并对子女的职业选择产生重要影响。有些大学生完全按照自己的意愿选择了某种职业，有些大学生则被引入了父母正在从事或者希望子女从事的职业。在后者的情况下，子女被看做父母希望的延伸，或者家庭的代表，他们的使命是实现父母的理想。这种职业选择的效果不能一概而论。不过，这也在无形中隐藏了一种危险，即如果职业实践不尽如人意，那么子女很可能会将这种结果归咎于父母，让父母来承担职业实践不理想的责任。

三、组织环境分析

组织环境是指所有潜在影响组织运行和组织绩效的因素或力量。组织环境对于组织的生存和发展起着决定性作用。科学划分组织环境的类型，有利于我们更清楚地认识环境、把握环境。一般来讲，以组织界线（系统边界）来划分，可以把环境分为内部环境和外部环境，或称为工作（具体）环境和社会（一般）环境；如果根据环境系统的特性来划分，则可将环境划分为简单—静态环境、复杂—静态环境、简单—动态环境和复杂—动态环境四种类型。组织应该调整战略以适应环境。究竟如何调整应视环境的不利程度而定。总之，组织环境调节着组织结构设计与组织绩效的关系，影响组织的有效性。组织环境对组织的生存和发展起着决定性的作用，是组织管理活动的内在与外在的客观条件。对组织环境的了解主要包括以下几个方面：组织规模和组织结构；组织文化、组织氛围和人际关系状况；组织发展战略和发展态势；组织政策和组织制度；组织人力资源开发与管理状况，如人力资源需求、晋升发展政策、薪资和福利、教育培训、工作评估等；工作设施设备条件和工作环境等。

四、学校环境分析

学校环境是学生赖以成长和发展，并不断走向社会化的重要土壤。它是指学校中能够对学生的身心发展产生实际影响的全部条件。但随着近些年来各大高校的扩招和扩建，面对严峻的就业情形，很多大学毕业生抱怨找不到专业对口的工作。这一方面是因为大学教育并非完全按照社会所需设置专业，职业发展受到市场供需比例的影响；另一方面专业太宽泛、职业太精细，导致较难找到绝对“专业对口”的工作。因此，大学生们在做职业生涯规划时，不必太苛求自己，可以尝试向边缘化方向发展。以医学专业为例，毕业生可选择的就业面还是非常广的。如果性格外向、乐于与人沟通，可以尝试做医药或医疗器械的销售工作；如果思维敏捷、乐于挑战，可以尝试应聘医学专业杂志或相关咨询岗位等。我们一般认为，一个专业大致可以对应五种职业：技术、销售、媒体、咨询与支持服务。

五、社会关系分析

社会关系是社会中人与人之间关系的总称，包括建立在生产关系基础之上的政治、法律、道德、宗教、艺术等各种关系，有个人之间、个人与集体、集体与集体之间的关系等各种形式。人作为自然存在物，他们之间必然发生自然关系，如空间位置关系、生理关系等。除此之外，人们还必然在改造自然界活动的基础上形成人与人之间协作劳动和相互交换活动的社会关系。

社会关系与自然关系不同，它是人类特有的本质联系。它既是人的劳动的产物，又是劳动的必要形式。一般而言，个人在职业生涯中都会或多或少地寻求他人的帮助。为了顺利就业和获得事业成功，个体需要就自己的社会关系进行评价和分析。社会关系的强弱对大学生获得就业机会具有重要影响。中国人办事自古以来就注重人际关系，而高校就业体制改革造成了计划分配淡出和市场作用增大，各种社会关系正好成了填补制度真空的一种替代物。

强弱社会关系对大学生获得就业机会的影响强度存在着时空差异。在体制外劳动力市场的求职信息收集阶段，弱社会关系收集的求职信息更有力，强社会关系比弱社会关系更“强”；体制内劳动力市场的求职信息收集阶段，强社会关系收集的求职信息更有力，强社会关系比弱社会关系更“强”；在求职进行阶段，不管在体制内劳动力市场还是在体制外劳动力市场，强社会关系比弱社会关系更能向招聘者施加影响而给求职者带来更多的就业机会，强社会关系比弱社会关系更“强”。这首先是因为体制内劳动力市场与体制外劳动力市场之间存在着市场化程度差异。体制外劳动力市场的市场化程度更高，资源的配置大多遵循市场的规则来进行，政府的干预也在制度渠道的范围内进行，市场化运作有利于打破资源垄断；而体制内劳动力市场的计划经济痕迹更多，劳动力就业、劳动力流动仍然不同程度地受到原计划经济体制和政府的影响，大量劳动力供给需求信息的提供仍处于非制度化或半制度化的阶段。其次，不同求职阶段求职稀缺的资源不同。在求职信息收集阶段，求职者最稀缺的资源是求职信息；而在求职进行阶段，求职者最稀缺的资源是影响或人情。强弱社会关系在提供这两种资源方面是存在效用差异的。弱社会关系是一种信息资源，能有效地流通于其中的社会结构，而强社会关系对“影响力”资源的流通更有利。以前学者有关“强关系”与“弱关系”的争论，实质上反映了不同研究者关于社会结构与社会资源之间关系的认识上的分歧。

社会关系在大学生求职中起着重要的作用。在中国这样的关系本位社会中，这种作用表现得更为突出。因此，对于大学生而言，应重视社会关系的建立、维持与发展，并在不同劳动力市场、不同求职阶段，恰当利用不同强度的社会关系帮助自己求职，但切记不能有“权力崇拜”和“关系崇拜”心理，要把主要精力用于提高自身的人力资本上来；对于高校来说，也应意识到社会关系对于大学生就业的重要性，更多地督促和引导学生关注、分析和建立自己的人际关系圈；与此同时，国家与社会也应采取一些积极措施，加快劳动力市场建设，建立起社会网络与信息网络体系，完善社会公平机制与监督机制，防止社会关系被某一群体或个人的过度利用，严格限制政治权力对社会关系的渗透与污染，为大学生就业提供一条正当合法的利用社会关系的渠道，缓解就业压力，促进和谐社会构建。

六、企业环境分析

到企业就业并谋求发展是当今大学生就业的主流，也是国家就业政策所鼓励的，了解企业环境也是大学生职业生涯规划的一个重要内容。企业环境一般包括单位类型、企业文化、发展前景、发展阶段、产品服务、员工素质、工作氛围等。企业环境分析包括企业在本行业中的地位、现状和发展前景，所面对的市场状况，产品在市场上的发展前景，有无职位空缺，选择该职业需要具备哪些条件。具体包括三个方面：一是企业文化和企业制度；二是企业领导；三是企业实力。

（一）企业文化和企业制度

对企业环境进行分析，首先要确定自己适合什么样的企业文化、什么样的环境，从而找到真正适合自己要求的公司。优秀的企业文化是企业经营管理之魂，是企业的宝贵资产。优秀的企业会创造积极的企业文化，让员工感到快乐和受尊重，从而使员工工作更有创造性。员工与企业相互配合是否良好的关键在于企业文化。企业文化是由企业成员所共同分享和代代相传的各种信念、期望、价值观念的集合。企业文化为职工提供了一种认同感，激励职工为集体利益工作，增强了企业作为一个社会系统的稳定性，可以作为职工理解企业活动的框架和行为的指导原则。企业文化规定了企业成员的行为规范，对于企业战略的实施具有十分重要的影响。企业文化的本质是人，即企业内部职工的管理问题。企业能否为职工提供学习培训、参与管理、正常晋升的机会，怎样处理经济效益和社会效益的关系等。因此，在求职时选择什么样的企业文化氛围让你觉得最舒服，才是至关重要的。

还要分析企业的制度。企业制度涉及的范围比较广，包括管理制度、用人制度、培训制度、晋升制度、绩效考评制度、奖惩制度、薪酬福利制度等。特别要注意企业用人制度如何，能否提供教育培训机会，提供的条件是什么？自己将来有没有可能在该企业担任更高级的职务或担负更大的责任？个人待遇提升的空间有多大？是基于能力还是工作年限？企业的标准工作时间怎样？是固定的还是可以变通的？当然，还要考虑企业提供的薪酬和福利待遇与行业内其他公司比较如何？其中，培训制度很重要，从这里可以判断企业领导人的眼光和胸怀。要分析企业的规划和发展目标，要了解企业的阶段性和企业追求的长远目标，并且尽可能地搜集、了解和分析企业当前实现目标的措施和实现目标的可能性。尽可能了解这些信息，了解企业在组织结构上的特征与发展变化趋势，分析这些信息对自己的未来可能带来什么样的影响。

（二）企业领导

要了解企业领导人的素质，如领导人的年龄、学历、能力、法制观念，能否依法经营、照章纳税，是否善待劳动者、热心公益事业等。企业主要领导人的抱负及能力是企业发展的决定性因素。而且个人在职场的运气很大一部分来自于你的老板。很多成功的大企业都有一位出色的企业家作为掌舵领航人。当然，炒老板鱿鱼也是职场的一道家常菜。因此，要了解企业主要领导人是真心要干一番事业，还是想捞取名利？管理是否先进开明？他有足够的能力带领员工开创新天地吗？他有没有战略眼光和措施？他尊重员工吗？可以说，企业家要做的事不是找到顾客群，而是制造顾客群。满足顾客的显在需求和激发顾客的潜在需求不是一回事。如果他是一个平庸的没有什么能力的企业经营者，最多只是找到顾客，并满足他们的显在需求而已。一个真正的企业家能够制造顾客群，他的产品和服务就能满足顾客的潜在需求。另外，该领导人有没有考虑员工的职业生涯发展也是评价分析企业的重要因素之一。

（三）企业实力

要分析企业的实力，如企业的投资规模、资金、人才、在同行的地位、企业的历史等。具体来讲包括企业在社会中的地位和声望如何？企业目前的产品、服务和活动范畴是什么？企业的发展领域在哪些方面？发展前景如何？战略目标是什么？技术力量和设施是否先进？在本行业中是否具备很强的竞争力？是发展扩张，还是倒退紧缩，处于一个很快就会被吞并的地位？谁是竞争对手？企业目前的财政状况如何？要仔细观察是真正在“做大”、“做强”，还是空有其壳？有没有长久的生命力？企业的组织结构是怎样的？是扁平的还是等级制的等等。每个人都面临着这样一个严肃的事实：我们必须长期地、努力地工作。如果用几年的时间做自己并不适合的工作（这种情况很常见），那么就是在浪费生命、浪费组织的信任。

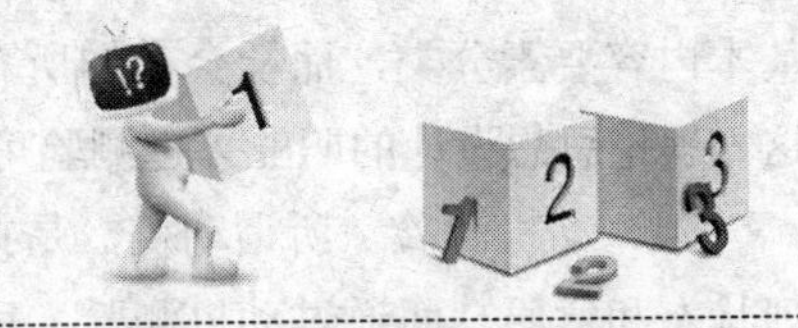

第六章　职业心理测评

第一节　职业心理测评内容与方法

一、职业心理测评的概念

职业心理测评是心理测验的一个分支。心理测验是心理测量的一种具体方法和手段。它是结合行为科学和统计学以评价特定个体在特定素质上相对于特定群体所处的水平的手段。心理测验是人事测量中最常采用的方法之一。心理测量是通过科学、客观、标准的测量手段对人的特性素质进行测量、分析和评价。研究心理测量的学科叫心理测量学。人们如果真的想借助职业测评达到了解自我的目的，应该选择科学的职业测评。科学的职业测评以特定的理论为基础，经过设计问卷、抽样、统计分析、建立常模等程序编制，必须符合三个条件。

（1）效度：测验结果的准确性。

（2）信度：测验结果的稳定性。

（3）常模：每一位被试的心理测验都有一个原始分数，通常情况下这个分数没有实际意义，除非这个分数能与别人比较，与此相关的标准便是常模。常模是指具有代表性的样本在测验上的分数分布情形。

二、职业心理测评的内容与方法

职业心理测评主要包括气质、性格、能力、兴趣和价值观等方面的测评。职业测评中的心理测验主要包括以下类型。

（1）智力倾向测验：具有考察智力（能力）水平及其结构的双重目的。一方面，不同的人智力水平不同，选择优智的人，可期望获得高绩效；另一方面，智力水平相近的人，其智力结构可能不同：有的人擅长言语理解、加工、表达；有的人擅长数字加工；有的人则擅长对形象的分析、加工。不同智力结构的人适应于不同类型的工作。

（2）人格测验：用以测量求职个体与他人相区别的独特而稳定的思维方式和行

为风格。这些特点可能影响该求职者的工作绩效和工作方式及习惯。

（3）职业兴趣测验：不同人的工作生活兴趣可以按照对人、概念、材料这三大基本内容要素分类，而社会上的所有职业、工作也是围绕这三大要素展开的。基于这一理论思想设计的职业兴趣测验可以在个体兴趣与职业之间进行匹配。

（4）动机测验：所谓动机，是指由特定需要引起的、欲满足该种需要的特殊心理状态和意愿。而通过动机测验，可以了解个体的工作生活特点，从而找到激励他们积极性的依据和途径，并以此为依据安排相应的工作内容。

（5）除此之外，还有用于针对整个组织的组织行为评估，针对中高层管理者的情景模拟测验和高绩效管理测验等；用于个体职业规划、发展的测评还包括职业发展测评、职业/生涯决策测验和职业/生涯成熟度测验等。这些测验都是基于西方经典职业发展理论之上的，均用于评估个体的职业发展程度，是欧美国家进行职业辅导的基本工具，但是这些测验目前还缺乏实用的中国版本，因此还没有在国内得到普遍应用。通过测试，可以了解到自己的性格特点、对事情的负责程度（成功愿望）、自己的感召力和对别人的影响程度、情绪的稳定性以及适合的工作特质。对上述问题的分析将有助于了解自己、把握自己，从而更好地进行职业生涯规划。

概括来说，职业测评可以帮助大学生更好地了解自己:通过认识自己的MBTI（职业倾向）性格类型和动力特点，了解自己的性格特质、适合的岗位特质、心态等对择业的影响。根据测评报告提出的个性特点、适合的岗位特质、适合的职业、发展建议，可以更清晰地规划自己的职业生涯，可以帮助大学生进行第三方的客观评价。测评报告中对个性、动力的分析，可作为寻找工作时第三方的客观评价，使用人单位更深入地了解求职者的优势、劣势，更好地达到人岗匹配、人与组织的匹配，也使个人在发展过程中少走弯路。

第二节　国内外职业心理测评技术

一、国外职业心理测评技术

心理测量兴起于20世纪初，20年代进入狂热时期，40年代达到顶峰，50年代后逐渐转向稳步发展。在心理测量的发展过程中，一贯重视应用的美国心理学界可以说是心理测量应用的主要推动力量。尤其是在20年代，心理测验在美国军事和工业领域的广泛应用促使了心理测验研究的迅速发展。国外的主要技术简述如下。

（一）智力（能力）测验

世界上第一个具有引用价值的心理测验是法国心理学家比奈（A. Binet）和他的同事西蒙（T. Simon）于1905年编制的，称为比奈—西蒙量表。该量表是为了法国教育部区分正常儿童与低能儿童的需要而编制的。其使心理测验应用于教育领域，推动了心理测验的迅速发展。如今，在人事选拔中应用智力测验，既有考察智力水平的目的，也有考察智力结构的目的。一方面，不同的人智力水平不同，选择高智力的人，可期望获得高绩效；另一方面，智力水平相近的人，其智力结构可能不同。有的人擅长言语理解、加工、表达；有的人擅长数字加工；有的人则擅长对形象的分析、加工。在现实社会中，诸如心理咨询师、教师、工商管理、市场营销、工程设计等不同的工作，对人的智力水平和结构的要求不同。因此，测量人的智力结构与鉴定其水平同样重要。

在美国分化能力性向测验（Differential Aptitude Test，DAT），也称分化能力倾向测验，分别从语言理解、语言推理、数学推理、抽象推理、空间推理、机械推理六个方面检测人的智力水平，从而整体分析被测者的智力结构。这个测验的假定是：人的能力主要表现为这六个方面，而社会中的绝大多数职业对能力的要求也都可划分为这六类能力，并且，不同职业对不同方面能力的要求高低不同。通过大量分析，研究者认为可以把社会中的职业按照它们对能力的不同结构类型的要求分为 20 大类。通过鉴定每一个人的能力结构，即六类能力的不同水平的高低配置，就可以判定这个人最适合哪种职业，最不适合哪种职业。因此，该测验被广泛应用于职业指导和招聘、安置。

其他类型的智力测验还有韦克斯勒（Wechsler）智力测验，包括一个成人版和儿童版；瑞文测验，这主要是以抽象图形推理形式检测智力，其形式类似 DAT 中的抽象推理，不过，在工业中的应用，DAT 还是比较多见的。另外，还有许多专门为工商业企业开发的能力测验。它们大多专门针对某些具体的能力如数量分析能力、逻辑推理能力进行测验。另外，还有一些针对特殊技能的测验，如打字测验、精确度与灵敏度测验，以及各种管理技能测验等。

（二）人格测验

一般来说，人格主要是指个体所具有的与他人相区别的独特而稳定的思维方式和行为风格。人格具有以下特性。

1. 人格具有整体性

组成一个人的人格的各个要素不是孤立的、互不相关的，而是统一在一个有机的整体之中。比如，一个人在工作中注重各个细节，谨小慎微，那么他在日常生活中也可能是一个与人交往非常谨慎甚至是个斤斤计较的人。

2. 人格具有独特性和共同性

一个人的人格具有独特的个性特征，也具有所属团体的一些共同特征。比如，南北方人有着不同的地域特征。

3. 人格具有稳定性和可变性

人格的这种特征在不同的时间和场合往往表现出较强的一致性和持久性，但这并不意味着人格是一成不变的，成长过程中受到外界环境和其他环境的影响，人格特征往往会发生一些变化。人格也同个体的工作绩效及工作方式及习惯有关。概括来说有以下几方面。

（1）人格会影响个体在工作中对事物的理解能力。有的人看待事物总是乐观的，总是以温暖的色调看待生活、社会和工作，即使面对悲哀和不幸，也总能豁然开朗；而另一些人则倾向于悲观厌世，总是以灰色的眼光看待整个世界。有的人待人待物比较独立，有自己的主见；有的人则很容易受周围人和环境的影响和暗示，判断事物缺乏自己的标准，即所谓场依存性的人。

（2）人格会影响个体处理事物的方法。有的人处世谨慎，凡事谨小慎微；有的人则不拘小节，放荡不羁，敢于冒险。有的人做事优柔寡断；有的人做事坚决果断。有的人做事拖拖拉拉；有的人做事雷厉风行。有的人做事只顾眼前，或是只能看到局部；有的人做事则能运筹帷幄，把握整体和长远利益。

（3）人格会影响个体在工作中与他人相互沟通的方式与方法。有的人善解人意，能体察对方心情;有的人则麻木不仁,反应迟钝。有的人善于为对方设身处地地着想，能换位思考，从对方角度看问题；有的人则爱钻牛角尖，固执己见。有的人说话善于调侃，调整气氛；有的人说话则过于直率，甚至过于尖刻，易于伤人。

（4）人格会影响个体独特的表现方式。有的人情绪稳定，心气平和；有的人多愁善感；有的人脾气乖戾，喜怒无常。有的人做事我行我素，独往独来；有的人则善于察言观色，或随群附众。有的人做事很讲义气，重情分；有的人则薄情寡义。有的人责任心强，做事精益求精，认真仔细；有的人则敷衍了事。

人格测验的主要方法有自陈式量表法和投射测验。自陈式量表是问卷式量表的一种形式，问卷是将主观式的自我报告进行客观化和标准化，使其易于评分。在人格测验中，被试应该按照自己的实际情况作答，但有时被试会为了给别人好印象或把自己装扮成具有某种人格特征的人而做出不符合实际的回答。投射测验在人员选拔中的应用并不普遍，但有时会作为一种人员招聘的辅助测评工具。所谓投射，就是让人们在不自觉的情况下，把自己的态度、动机、内心冲突、价值观、需要、愿望、情绪等下意识的水平的人格特征在他人或环境中其他事物上反映出来的过程。通过投射测验获得的资料，可以揭示人格深层的无意识的内容。根据被试的反应，可将投射测验分为联想法、构造法、完成法和表达法。著名的人格测验有明尼苏达多相人格问卷（MMPI）、卡特尔 16 因素人格测验（16PF 测验）、加州人格问卷（CPI）、梅耶布里基斯人格特质问卷（MB TI）、DISC 个性测验、艾森克人格问卷等。明尼苏达多相人格问卷是较早享有知名度的人格测验，是由明尼苏达大学的学者创建的。

它建立的初衷是要诊断各种类型的精神病和心理疾患。因此，它最初建立的方式是寻找各种能够将各类患者与正常人区分开来的题目，组合成相应的测验。也正因为这样,它对于区分正常人和病人比较灵敏,但并不适合对正常人进行不同目的的检测,故而在人事选拔中并不常用，也不适用。

卡特尔 16 因素人格测验是由著名心理学家卡特尔创建的。他引入统计分析的方法，经过大量计算，发现可以用 16 个因素维度描述所有人的人格面貌，从而建立该人格问卷。和 MMPI 测验不同，16PF 测验是以正常人为对象，描述各种人在 16 个人格因素维度上的表现形态，从而描述人的人格结构。由于每一个人格因素都很贴近人的现实生活，并且给出较系统的评价，故该测验很受欢迎，相对较多地应用于工商界。梅耶布里基斯人格特质问卷是一个遵循心理分析学家荣格的理论建构的测验。它从四个方面分解人格维度，认为每一个人都在每一个维度上处于两个极端之间的某一个水平，如直觉与判断之间、情感与理智之间等，体现出人的两面性。由于四个维度都有两种可能性，组合起来共有 16 种可能，即可把人划分为 16 种类型。这个测验在美国有不错的应用市场，主要是用于工作团队成员之间促进相互了解，增进合作。DISC 个性测验是一个相当流行的简便易行的人格测验。它把人格分为四大类型，即支配型、交际型、稳妥型、服从型，对每种类型的人又区分出 6 种亚型。由于它能做出详细的分类，同时又能对每种人的特征、团队价值、所适宜的工作环境等给出较详细的说明，在工商界受到相当欢迎。艾森克人格问卷（Eysenck Personality Questionnaire，EPQ）是英国伦敦大学心理系和精神病研究所推出的有关人格的测量工具，是由艾森克及其夫人编制的。EPQ 有成人问卷和青少年问卷两种形式。英国原版的成人问卷中有 90 题，青少年问卷中有 81 题。国内使用较多的是陈仲庚教授修订的成人问卷，问卷包含四个分量表：E 量表（内外向）、N 量表（神经质）、P 量表（精神质）和 L 量表（效度）。

（三）职业兴趣测验

斯特朗（Strong）是职业兴趣研究的先驱。他首先比较各个效标群体与一般参照群体之间在各种职业活动上存在的差异，然后将那些有差异的项目组成该职业的兴趣调查表。之后，Kuder 按照社会中 10 个较宽泛的职业领域将职业偏好记录表中的职业兴趣划分为 10 种：户外类、机械类、计算类、科学类、说服类、艺术类、文学类、音乐类、社会服务类、文秘类，在以后的研究中又发展到测量 23 种基本的职业活动领域。后来，坎培尔（Campell）整合了男性和女性的斯特朗（Strong）职业兴趣调查表，形成斯特朗 - 坎培尔（Strong & Campell）职业兴趣调查表，发展出一般职业类型，并与霍兰德的 6 种类型相对应。这就是历史上最著名的职业兴趣测验有斯特朗坎培尔职业兴趣测验和霍兰德（Holland）职业兴趣问卷。它们都通过分析，确定职业兴趣可分为六大类：社交型、艺术型、研究型、技能型、事务型、经营型。通过鉴别人的职业兴趣，可以对人事选拔和安置提供重要的参考依据。职业兴趣也是人事选拔时经常参考的一种心理测验。大量研究表明，不同人的工作生活兴趣可以按照对人、概念、材料这三大基本要素分类，而社会上的所有职业、工作也是围绕这三大要素展开的。因此，在工作所规定的核心要素与人所感兴趣的内容之间，恰好形成对应。这就意味着，要在工作与人的兴趣之间进行匹配。否则，只看能力，不看个人兴趣，工作绩效是不会高的。

（四）动机测验

动机也是相当复杂的一类心理现象，也是人事管理中经常需要考察的内容。最简单不过的原因是，管理者总是要寻求了解员工的工作生活，从而为激励员工的积极性找到依据和途径。所谓动机，是指由特定需要引起的、欲满足该种需要的特殊心理状态和意愿。从以往的研究和测验来看，大致分为两个思路，一个是探讨人的一般生活动机，另一个是专门探讨人的工作动机。所谓一般生活动机，是指人们在广泛的生活领域中具有普遍性的需求所导致的动机。探讨一般生活动机的主要理论有马斯洛（Maslow）的需要层次理论、赫兹伯格（Herzberg）的保健激励理论、奥尔德弗（Alderfer）的ERG理论（ERG，即生存、关系、成长）。这三种理论都试图分析人类基本需要的种类，从而对需要的内容做出说明，因此都属于需要的理论。而它们同时又被看做动机理论，因为动机总是由需要而来的，解释需要也就解释了动机的来源。虽然这三种理论各有特色，但从甄选出的需要的内容来看，还是有很大的相同之处的。这些理论一问世，就有人开始研究如何测量这些需要并运用到组织管理中。

所谓工作动机，具体是指驱使人们工作的原因。在这方面最有影响的当属哈佛大学著名心理学家麦克里兰（McClelland）。他提出了著名的三重需要理论，认为人们的工作动机可以分为三种。

（1）成就动机，即寻求获得成功。考察受测者对成就的态度和需要，包括目标设置、目标选择、努力程度等。成就动机具有行为驱动的作用，高成就动机的人获得成功更大、绩效更突出。但成就动机过高会出现逆反现象。

（2）权力动机，即寻求获得、保持和运用对他人的影响和支配。考察在组织中，受测者对各种控制力、影响力的态度和需要。具体内容包括控制力、组织化意识、发展他人、上下级的相容性。高权力动机的人往往有许多积极有利的特征，但权力动机过高的人会成为组织中的危险人物。他们只顾及个人的权力和利益，在极端情况下会不择手段，不顾组织的利益，甚至会危害组织。

（3）亲和动机，即寻求与多数人群保持密切的关系。考察受测者对交往的需求和对社交活动的愿望。亲和动机强的人很容易与他人沟通、交流，并促进团队中积极的社会交往。但亲和动机过于强烈时有副作用，如害怕被拒绝、过于求同、忽视个性等。很明显，这三类动机对于了解工作中的人，特别对于选拔管理者具有重要的意义。因此，很快就有诊断这三种工作动机的测验问世。这些测验也都有了实用的中国版本。由于心理测量有如此重要的功能，在欧美企业中得到了普遍欢迎和大量应用。美国电话电报公司早在20世纪30年代就起用评价中心技术，采纳了许多人事测量的方法用于考察自己的管理者，并取得了相当的成功，且为采用人事测量技术预测管理者的绩效和未来职业发展积累了重要的资料和经验。摩托罗拉公司也很早接受和采纳了心理测量，在人事招聘中采用各种有关的心理测验。在欧洲，有些大公司如壳牌公司，专门聘用心理学专业出身的人从事有关人事测量的工作，为推动心理测量在企业人事管理中的应用起到了重要作用。值得一提的是，壳牌公司几十年来不懈努力于寻找恰当的方法诊断公司所需要的人才素质，从实践角度促进了研究的发展。正是由于这样一批在业界有代表性的企业努力寻求人事管理中的客观、科学心理测量技术，推动了心理测量在业界的应用，对人事测量的发展起了历史性的促进作用。同时，这些企业也从中受益匪浅。

二、国内职业心理测评技术

（一）国内职业心理测评技术

随着心理学和心理测量在中国的发展，人们也开始在人才评价、职业介绍中使用有关方法。早在20世纪30年代，已经出现了一些职业介绍所，开始用一些最简单的心理测量或诊断方法进行人才评价或职业介绍。虽然当时的技术很不完善、不成系统，使用的程度和规模也都极有限，但这毕竟是人事测量在中国最早的开端。到了20世纪八九十年代，可以说中国的人事测量迎来了大发展。随着改革开放、外资企业进入中国，为中国带来了先进的管理思想、观念和技术，推动了心理测量在人事管理中的应用。一批组织与管理心理学家、心理测验专家开始关注和着手心理测验在人事管理中的应用，一批有中国自主知识产权、体现中国特色、适用于中国企业的心理测验也相继问世。这一切标志着在中国心理测量这种科学方法成为人事测量的主体的时代已经到来。

由于心理测量在社会中广泛的应用，尤其是在人事管理领域的重要作用，心理学界不断掀起心理测验研究的热潮。在这股研究热潮的影响下，产生了一大批服务于人事管理的心理测验，过去的各种心理测验也被应用心理学家们改编成适合于特殊应用目的的人事测验，同时也在社会需求的推动下产生了许多人事测量的新技术。人事测量技术逐渐完善和系统化。人事测量的技术研究开始成为应用心理学中一个相对独立的领域。对人员的选拔及工作绩效的评价，我国经常用到的人才测评技术主要有:心理测验技术、面试技术、无领导小组讨论技术、公文筐测验、角色扮演技术、360度反馈技术、履历分析技术、工作样本测试和管理游戏等。

1. 面试技术

在组织用于员工选拔的所有方法中，面试一直是最为常用又最为关键的一个环节。面试是一种经过精心设计，在特定的场景下，以面对面地交谈、观察为主要手段，由表及里测评被评价者的一种方式。

根据不同的目的，面试可分为评价面试、离职面试和甄选面试。这里主要对甄选面试进行概述。根据面试的构成方式，面试可以分为非结构化面试、结构化面试和半结构化面试。根据面试的内容或集中询问的问题，可以将面试分为情景面试、行为面试、工作相关面试和压力面试。按照面试的实施方式，可将面试分为个别面试、小组面试和集体面试。面试的特点包括以下内容。

（1）直观性。面试是用人单位与应试者直接接触的一项活动。通过面试，用人单位会对应试者形成一个直观的印象。这种直观的印象对用人单位的最终雇佣决策具有很重要的影响。面试的这种直观性为用人决策提供了“可靠的”依据。毕竟选用了一个人之后，这个人将与用人单位的已有员工朝夕相处，不“面试”一次就录用未免太冒险了。在美国的大学里，录用一个教师前，不仅人事主管和有关领导得对应试者进行面试，院（系）里的教师们都得对其进行“面试”。如果大家不满意，领导也不能录用他，毕竟他进来以后要成为这些教师的同事。

（2）灵活性。面试是一种很灵活的测评方法，面试的方式和内容具有较大的变通性。一方面，由于不同的职位对人有不同的要求，面试可以根据不同职位的特点，灵活地采用不同的方式去考察被评价者；另一方面，尽管面试的问题可以是事先设计好的，但在面试实施中并不是对所有被评价者都一定要按同样的内容来进行（严格的结构化面试除外）。评价者可以针对被评价者的具体情况，根据所获得的信息是否足够来决定面试问题的多少。如果被评价者的回答已经充分地显示了某方面的信息，那么已准备好的问题也可以不问；而如果被评价者的回答不足以显示某方面的信息，或者评价者觉得对被评价者的有关情况还把握不清，那么就可以多追问被评价者一些相关的问题。这样，面试的时间就可长可短，不过一般不要少于20分钟，长也不要多于一个小时。

（3）互动性。面试与笔试的一个重大区别是，面试中评价者和被评价者之间是互相交流信息的。面试中，评价者会随时根据被评价者回答问题时的表情和行为举止等情况，积极地变换面试的问题；与此同时，被评价者也会根据评价者的提问，充分发挥自己的能动性。被评价者的表现时时影响着评价者的评价，而评价者的信息反馈又会影响到被评价者的表现。面试中，评价者与被评价者之间的这种直接的交流提高了相互沟通的效果和面试的真实性。被评价者应充分利用面试的互动性，积极主动地回答有关问题。

（4）主观性。面试的评价往往带有较强的主观性，不像笔试那样有明确的客观标准。正因为这样，面试评价往往受到评价者个人主观印象、情感和知识经验等许多因素的影响，使得不同评价者对同一位被评价者的评价往往有差异，而且可能各有各的评价依据。因此，面试评价的主观性似乎是面试的一大弱点，但另一方面，由于人的素质评价是一项非常复杂的工作，评价者可以把自己长期积累的经验运用到面试评价中。从这个角度来说，面试的这种主观性也是有其独特价值的。

2. 无领导小组讨论技术

无领导小组讨论是一种不同于传统面试的招聘方法。它是指由多个被评价者（通常为六七人）组成一个临时小组，依据给定的某个问题，在规定时间内（一般为 1 小时左右）进行充分讨论，并最终得出一致的结论。所谓无领导，是指参与讨论的小组中并没有事先指定的领导，每个被评价者的地位都是平等的，并且由他们自己来决定和组织整个讨论的过程。在无领导小组讨论的过程中，测评人员不参与被评价者的讨论，他们的工作是观察和记录被评价者在讨论过程中的行为表现，并对被评价者在各个维度上进行评分。一般来说，那些十分优秀的被评价者在讨论进行的过程中会脱颖而出，成为小组自发的领导者，主动地去组织讨论的开展、引导讨论的方向。无领导小组讨论的目的是考察被评价者的组织协调能力、口头表达能力、人际交往能力、辩论能力、说服能力以及决策能力等各方面的能力和素质是否达到拟任岗位的用人要求，同时表现被评价者在自信心、进取心、责任感、灵活性、情绪稳定性及团队精神等个性方面的特点和行为风格是否与岗位相适应，从而对被评价者有更加深入的了解，为综合评估被评价者的优劣提供相关信息。无领导小组讨论在许多公司得到广泛的应用。例如，美国电话电报公司在使用这种测评方式时，将 5 ～ 6 人组成一个小组，模拟公司管理工作，告诉他们被指定为某家公司的经理成员，要求他们在一定的时间内为公司发展业务，扩大赢利，同时告诉他们当前市场与公司的状况，但不规定增加利润的方法与途径，更不会指定会议的召集人和主持人，公司只是在小组讨论中观察谁能自然而然地成为一个领导角色。为了进一步增加情景压力，主试者每 20 分钟就发出市场价格和成本变化的信息，有时甚至在小组成员们刚刚做决策后就告知这种变动，迫使被评价者不得不立刻改变原方案进行重新讨论并改进。在紧张的工作压力下，能够很好地表现出被评价者能力的真实水平。无领导小组讨论的信度随着小组人数的增加而有所提高，其效度系数一般在 0.15 ～ 0.85。总体来说，无领导小组讨论对于管理者领导组织的技能评价很有效，尤其适用于分析问题、解决问题以及决策能力的素质测评。但是也有人认为，无领导小组讨论测评方式也有其不完善之处。根据讨论的主题，可以把无领导小组讨论分为无情境性讨论和情境性讨论。根据是否给被评价者分配角色，可以把无领导小组讨论分为不定角色的讨论和指定角色的讨论。根据小组成员在讨论过程中的相互关系，可以把无领导小组讨论分为竞争性的小组讨论、合作性的小组讨论以及竞争与合作相结合的无领导小组讨论。无领导小组讨论的优点有以下内容。

（1）无领导小组讨论最突出的优点在于其具有高度的人际互动性。被评价者需要在与他人的沟通和互动中表现自己，而无领导小组讨论考察的维度也多与人际交往有关，如言语表达能力和人际影响力等。因此，无领导小组讨论尤其适用于那些经常与人打交道的岗位人员的选拔。

（2）无领导小组讨论考察的素质范围广泛，既包括思维逻辑性、分析能力、创造性等能力方面的因素，也可以考察自信心、情绪的稳定性、工作风格等个性方面的特质。同时，也具有自己独特的考察维度，甚至能测查许多纸笔测验乃至面试都很难检测的能力。

（3）无领导小组讨论能够反映情景性测评方法的特点，就是对被评价者的行为进行评价，而不是对他们的“如何说的”进行评价。无领导小组讨论为被评价者提供了一个具体的问题情景，相当于给了他们一个舞台，能够使他们在这个舞台上表现出更多真实性的行为。

（4）无领导小组讨论过程中，被评价者处于压力情景下，进而难以掩饰，往往会在有意无意地表现出自己的优点和缺点。被评价者在争取某个职位时，或多或少都会倾向于尽量表现自己的优点、掩饰自身存在的缺点，这是一种普遍的现象。而在无领导小组讨论的压力情景下，被评价者伪装的困难增加，尤其是在讨论题目本身又具有一定的迷惑性的条件下，被评价者并不知道要测评自己哪一方面的特质。

（5）无领导小组讨论使用的题目情景大多是与被评价者将要从事的工作岗位相关的典型情景，因此表面效度高、被评价者易于接受，且这种接近真实情景的测验能够很好地预测被评价者在今后工作中的表现。因为被评价者也能感到这种方法与自己的实际工作能力相关程度很高，会尽量在测评过程中表现出自己的能力水平。

（6）无领导小组讨论的形式一般是多名测评人员同时对多名被评价者进行评价，与对被评价者进行单独评价的方法相比，不仅节省时间而且节省开支。同时，它减少了招聘选拔的工作量，减少因一些主客观原因导致的问题。

无领导小组讨论的缺点有以下内容。

①对无领导小组讨论来说，题目本身的好坏可能直接影响测评的质量。

②无领导小组讨论对测评人员的要求很高，必须接受专门的培训，并且有一定的实际操作经验，否则难以做出准确、有效的评定。

③由于无领导小组讨论注重互动性，因此被评价者的表现受到同组其他成员的影响较大。

④虽然无领导小组讨论可以尽量避免被评价者的掩饰和做假行为，但其行为伪装的可能性仍然存在。

3. 公文筐测验

公文筐测验又称为公文处理模拟测验或文件筐测验。它是评价中心技术中运用得最多的，也是最重要的测评方法之一。

公文筐测验由测验材料和答题册两部分组成，目前主要采用纸笔方式作答。

（1）测验材料。就是提供给被评价者的文件资料和信息，通常会以信函、备忘录、投诉信、财务报表、公函、账单、上级工作报告等形式出现。在测验中可能用到的十几份材料，均标上编号，随机摆放在公文筐中，供被评价者在测验的各个阶段使用。

（2）答题册。供被评价者针对材料写处理意见或者回答指定问题，是被评价者唯一可以填写答案的地方，也是测评人员对被评价者在测验中的表现进行评分的唯一凭据。答题册包含总指导语和各分测验的指导语，它提供了完成测验所需的全部指导信息，一般各分测验的指导语会在各分测验开始时给出。

公文筐测验的优点：考察内容范围广泛；表面效果很高；情境性强；综合性强；功能多样。公文筐测验的缺点：成本花费较大；评分难度大；存在一些不可克服的误差；选择效标较困难。

公文筐测验所要测评的能力是定位于领导干部从事管理活动时正确处理普遍性的管理问题和有效的履行主要管理职能时所具备的能力。考察领导干部对多方面管理业务的综合运作能力，包括对人、财、物、时间、信息等多方面的控制、理解和把握。具体来说，考察主要针对以下几个能力要素来进行：分析能力；组织协调能力；决策能力；预测能力；表达和沟通能力；创新能力。

4. 角色扮演技术

角色，是个人在特定的社会和团体中所处的适当位置，被该社会和团体规定了的行为模式。从社会价值来看，角色就是社会地位、身份。一个人同时会具有多种角色，在不同的组织中有着不同的角色，有时即便在同一组织中，在特定的环境下也可能具有多种角色。比如，某位女士在单位里既是领导，又是下属，在家庭里既是父母的女儿，又是孩子的母亲，同时还是丈夫的妻子，该女士每个角色的责任、义务和权利都不尽相同。角色扮演就是评价者向被试描述一种假想的人际情境，让被评价者想象它真的发生了，并按要求做出行为反应，评价者则对被试的言语和非言语行为及行为的有效性进行评定的一种情景模拟测评法。角色扮演主要是用以测评被评价者处理人际关系能力的情景模拟活动。角色扮演的优点：与工作情境很相近；具有较强的灵活性；操作实施费时较少；为被评价者提供工作实习的机会。角色扮演的缺点：对评价者的要求较高；标准化程度不高。

5. 360 度反馈技术

360 度反馈又称多评估者评估和多角度反馈系统。它是指由与被评价者有密切关系的人分别对其进行评价，被评价者自己也对自己评价，然后，由专业人员根据有关人员对被评价者的评价，对比被评价者的自我评价，向被评价者提供反馈，以帮助被评价者提高能力水平和业绩。它可以用来为组织的选拔、考核、发展、培训以及组织变革服务。应用 360 度反馈技术需遵循的原则：准确性原则；全员参与原则；客观性原则；保密性原则。

360 度反馈技术在应用中常见的问题：缺乏领导层的参与；泄密；沟通不足；反馈不足；正确看待 360 度评估反馈技术的价值；文化差异。

（二）大学生职业心理测评技术

职业测评在进行自我探索、职业定位上对大部分受测者都会有一定的帮助作用，但职业测评仅仅是一种间接测量，测定的是隐蔽在个体中的内在的、抽象的客观存在，是看不到、摸不着的东西。而且测评本身是一种心理素质和特征由样本进行推测的过程，带有一定主观性（测评开发者的主观性，以及测评结果解释时的主观性），所以不可能达到完全准确地测定。对大学生来说，各种专业的人才素质要求还没有很全面、深刻的了解，即使测评结果显示适合某种工作，那仅仅只是从性格、能力或未来能力、兴趣等方面提供的参考。职业测评显示出一些职业较适合性格外向的人来做，但实践中，一些性格内向的人也能做得很好。这到底是为什么呢？因为很多测评中给出的推荐职业只是统计意义上的结果，所以测评结果中推荐的职业主要提供参考。职业选择决策是一个复杂的、动态的过程，要考虑很多因素。在做具体决策时，职业测评的结果只能作为参考，其他因素如职业的发展前景、工作环境、带来的经济及非经济报酬、家人的期望等，也都是必须要考虑的内容。在职业测评方面，西方国家是先行者，我国是学习者。西方的测评技术需要进行辩证的学习、继承，同时需要适合我国的国情、文化观念、社会经济技术的发展水平等方面，需要对测评技术进行实践统计分析和修订后做到本土化后方可较为准确的使用。由此看来，职业测评仅仅是一个工具，用得好会事半功倍，用得不好则可能误入歧途。所以要清楚地了解这些测评、掌握恰当的使用方法、以良好的心态看待测评结果是进行测评前必要的准备工作。测评的结果主要是指导进一步探索、激励后面的学习和提高。目前，大学生职业心理测评工具较多。这里主要介绍石家庄远航职业测评系统和北森职业测评系统。

1. 石家庄远航职业测评系统

石家庄远航职业测评系统包括职业规划测评、职业定位测评、综合素质测评、性格气质测评、职业发展测评和职业潜能测评。

1）职业规划测评

职业规划测评的理论依据：职业心理学的研究表明，一个人的性格对其在工作中的表现有着非常重要的影响。无论哪种职业都会对从业者的性格提出特定的要求；同时，从业者要想很好地适应这一职业，自身的性格特点最好是与这一职业的要求相符合。因此，我们在择业之前，首先对自身性格特点以及自身性格所适合的工作进行一下全面深入的了解，就显得非常重要和非常必要。

对人的性格进行测试的工具有很多。而应用最广泛的，当属“卡特尔 16 种人格因素测验”。“卡特尔 16 种人格因素测验”最初是由美国心理学家卡特尔经过二三十年的研究，运用一系列严密的科学手段研制出来的。在国际上众多人格测验的试题中，被认为是非常经典的试题，其测评的准确度和广泛的适用性经受住了长期考验。卡特尔认为，人格的特质分为表面特质和根源特质。表面特质是通过外部行为表现出来，能够观察得到的特质；根源特质是那些对人的行为具有决定意义的特质。例如，智力不能被直接观察到，而只能通过解题速度、阅读速度、逻辑推理能力等推测，它们隐藏在表面特质深处并制约着外部行为。卡特尔把对人类的 1800 种行为描述称为人格的表面特质，并将这些描述用因素分析法合并成 35 个特质群（表面特征），并把这 35 个特质群（表面特征）进行系统的分析统计后，得出 16 个根源特质（乐群性、兴奋性、独立性、敏感性、忧虑性等），它们构成人格的基本要素，代表行为属性和功能的决定因素。他认为，只有根源特质才是人类潜在的、稳定的人格特征，是人格测验应把握的实质。这 16 种特性因素在任何一个人身上组合，就构成了其不同于其他人的独特人格。同时，根据对测评者在这 16 个因素上的表现进行进一步分析，可以对测评者的职业素质、职业类型、适合的工作等进行有效推断。这套系统所采用的题目就是以卡特尔 16 种人格因素测验为基础的修订版本。题目本身的一些具体内容和相应的常模都已根据中国人的思维习惯，尤其是当代中国大学生的特点，进行了本土化的修订。另外，针对学生的具体特点，这套测试题还加入了学习风格测试。通过学习风格测试，可以让学生了解自己独特的学习风格，从而在学习过程中能够有意识地使用自己最擅长的学习风格进行学习，最大限度地提高学习效率。因此，利用这套测评题目可以使我们在较短的时期内，对自己的性格特征以及适合的相应工作，以及自己独特的学习风格，形成一个全面、深入和客观的了解，从而减少主观想象，更好地规划自己的学业生涯和未来的职业生涯。

职业规划测评的主要测试维度：测评主要对以下因素进行测评，并通过对测评者在以下因素的表现进行综合分析，帮助测评者进一步了解自己的性格中的优势不足、职业素质、岗位趋向、职业类型等，并给出职业发展建议，从而帮助测评者全面了解自我，更加科学理性地规划自己的学业生涯和未来的职业生涯。

因素 A——乐群性：主要评估个体对他人的关注和感兴趣程度。

因素 B——聪慧性：主要评估个体的智力水平和学习理解的能力。

因素 C——稳定性：主要评估个体“思想和情绪”的稳定性。

因素 E——影响性：主要评估个体力图影响他人的倾向性水平。

因素 F——活泼性：主要评估个体性格的活泼程度。

因素 G——规范性：主要评估个体“崇尚并遵从行为的社会化标准和外在强制性规则”的程度。

因素 H——敢为性：主要评估个体在各种社会情境中感觉轻松的程度。

因素 I——情感性：主要评估个体在作判断时候，个人的主观情感对自己的判断的影响程度。

因素 L——怀疑性：主要评估个体探究他人“表面言行举止之后隐藏意图”。

因素 M——想象性：主要评估个体做事时的“富于想象或合乎成规”的倾向。

因素 N——世故性：主要评估个体坦率真诚或老练世故的倾向。

因素 O——忧虑性：主要评估个体自我批判的倾向和自我接受的程度。

因素 Q1——变革性：主要评估个体对新观念和新经验的开放性。

因素 Q2——独立性：主要评估个体的独立“思考和解决问题”能力的强弱。

因素 Q3——自律性：主要评估个体对自己的感情和行为的克制化程度。

因素 Q4——紧张性：主要评估个体在和他人的交往过程中所表现出来的躯体紧张水平。

因素 Q5——好印象：主要评估个体渴望给别人留下良好印象的程度，同时具有测量效度意义。

因素 Q6——学习风格：主要评估个体习惯于运用哪种方式来进行学习。

测试的目的和意义：在当今这个知识爆炸的信息社会中，对于每一位当代大学生来说，要想在未来社会中获得成功，不得不经常面对两个基本的问题——那就是“学习”和“工作”的问题。但是不同的人之间，最终的学习效率和工作绩效往往存在着较大的差异。尤其是同样作为大学毕业生，毕业一二十年之后取得的成就和个人的生活，甚至常常有着天壤之别。造成这种差距的原因有很多，但很重要的一个原因，就是我们在学习和工作中，是否真正全面深入地了解自己的特点，并且根据自己的特点，充分发挥自己的优势。关于学习的方式，主要有四种：听、说、读、写。每个人都有着自己最擅长的学习方式。本测试的目的之一就是通过有效的测试，来帮助测试者发现自己的学习方式，从而在学习过程中，能够花费最少的时间和精力，取得最佳的学习效果。关于工作，许多学生在进行自我定位和就业找工作时，常常面临着许多选择的困惑：一是我究竟适合给别人做，还是自己独立创业？二是如果我给别人做的话，我究竟该朝着哪个方向发展？比如技术、管理、销售等？三是我究竟是适合考公务员，做一份稳定的工作，还是去一些民企或外企，做一份挑战性强的工作？四是面对许多行业和职业，我究竟该如何进行选择？五是我在工作中，应该发挥我的哪些优势？回避我的哪些不足？六是我还没有毕业，想利用课余时间多学点知识为就业做准备，但是我究竟该朝着哪个方向努力？测试的另一项目的就是为了帮助测评者发现自己独特的思维风格和工作风格，以及自己的“职业素质、职业类型、岗位趋向”等重要职业特征，同时给出职业发展建议，从而帮助测评者更加全面、准确、深入、客观地了解自己，更加科学合理地确定自身职业定位，规划自身学业生涯和未来职业生涯。

2）职业定位测评

第一，职业倾向系列测验。测验是美国著名职业指导专家霍兰德按照不同的职业特点和个性特征将人分为六类：现实型（R）、探索型（I）、艺术型（A）、社会型（S）、管理型（E）和常规型（C）。 这六种类型的人具有不同的典型特征。每种类型的人对相应职业类型感兴趣，人格特征和职业需求间合理搭配的特点，通过对测试者职业倾向进行综合分析，帮助测评者发现和确定自己的职业兴趣和能力特长，从而作出就业或职业转向的选择。

第二，爱德华个性偏好测试（EPPS）。EPPS 测试由美国心理学家爱德华（A. L. Edwards）于 1953 年编制，是目前国内外应用非常广泛的一个人格测试。测试是以美国心理学家默瑞在 1938 年提出的人类 15 种“内在需求”为理论基础编制的。这 15 种需求分别为“成就、顺从、秩序、表现、自主、亲和、省察、求助、支配、谦卑、扶助、变异、坚毅、异性爱和攻击”。个体的“内在需求”是个体活动积极性的源泉，是人们行为的根本动力。人们从事各种各样的职业也就是在满足我们自己的需要。人们的优势需要不同，人们对职业的选择就会不同。从另一个侧面来说，不同的职业可以满足人们不同的需要。比如，会计的职业可以满足秩序的需要；当领导可以满足支配的需要；科学家的职业可以满足自主的需要等等。

第三，一般能力倾向测验。一般能力倾向测验的测试要素包括知觉速度与准确度、言语表达与理解、数学运用、逻辑推理、综合分析五项。综合概述为数学运用能力、言语理解能力、判断推理能力、资料分析能力四个方面。测试具有两方面的功能：一是判断一个人具有什么样的能力优势，即所谓的诊断功能；二是测定在所从事的工作中，成功和适应的可能性，包括发展的潜能，即所谓的预测功能。

3）综合素质测评

第一，标准智商测验。智商就是 IQ（Intelligence Quotient）的简称，通俗地可以理解为智力，具体是指数字、空间、逻辑、词汇、记忆等能力。一些科研等工作领域往往需要从业者具有相对较高的智商水平。但是对于大多数的工作领域，从业者具有正常的智商水平就可以。测试就是帮助大家了解自己的智商水平，从而为大家确定自己的职场定位提供进一步的参考。

第二，高级智商测验。情商，即情绪智商，英文原文为Emotional Intelli gence Quotient，缩写为EQ，与IQ相对。通俗地说，就是一个人的情绪调节能力，具体指人在情绪、情感、意志、耐受挫折等方面的品质。随着时代的发展，人们越来越深刻地认识到，情商水平的高低对一个人能否取得成功有着重大影响，其作用甚至要超过智力水平对我们成功的影响。测试的目的，即是帮助受试者了解和提高自己的情商水平。

第三，多维财商测验。财商就是FQ（Financial Quotient）的简称，通俗地说，就是一个人赚钱理财的潜力和能力。当前的中国是商品社会市场经济，个人理财能力的培养对每个毕业生都非常的必要。但是对于大多数大学毕业生来说，许多人都没有接受过系统的财商教育。因此，往往造成了许多毕业生的专业知识很强，但个人理财和创富的能力很弱。本测验从受试者的“理财天赋，理财能力，创富欲望，成就潜能”四方面对受试者的财商进行全面测试，同时根据测评结果，给出受试者相应的建议。

第四，通用逆商测验。逆商就是AQ（Adversity Intelligence Quotient）的简称，是指面对逆境承受压力的能力，或承受失败和挫折的能力。现代社会，人们面临的竞争压力和事业失败的可能性越来越大。当我们在学习、工作和生活中遇到不顺时，尤其应具有良好的心理承受能力来攻克难关。

4）性格气质测评

第一，性格内外向测试。性格的内外向是人的最基本的性格特征，其各有优缺点，并不能说明孰优孰劣。虽然在性格的环境的作用下，我们的性格也会有一些潜移默化的改观，但对于大多数人来说，自己性格的内外向是很难改变的。因此关键需要把握自己性格的脉搏，充分发挥自己性格中的优势，尽量摒弃其劣势。测试就是更好地帮助了解自我性格的内外向。

第二，“理性、感性”测试。性格属于“理性”还是“感性”，也是关于性格的一种基本的分类方法。一般来说，不同类型的性格，往往适合不同的工作。测验就是帮助测评者了解自己的性格属于理性还是感性。

第三，气质类型测验。在心理学上，“气质”这一概念与我们平常说的“禀性”、“脾气”相似。在日常生活中，有的人总是活泼好动，有的人却总是安静沉稳；有的人不论做什么事总显得十分急躁，有的人情绪总是那么细腻深刻。人与人在这些心理活动的动力特征等方面的差异，就是气质的不同。传统上，把气质划分为四种类型：多血质、胆汁质、黏液质和抑郁质。一般的说，各种气质类型都有其优点和缺点。气质只是人的性格和能力发展的一个前提，各种气质类型的人都有可能在事业上取得成就。了解自己的气质的意义主要在于尽量根据自身的气质特点，选择最适合自己的发展方向和人生道路。测试就是能够更好地了解自己的气质类型。

5）职业发展测评

第一，职业价值观测试。职业价值观在职业生涯过程中非常重要，这是因为它是以人们实际的生活工作经历和他人的反馈为基础形成的。即使面临非常困难的状况，职业价值观在职业选择过程中也不会被放弃。所以，通过职业价值观的测试，可以帮我们更好的选择最适合自己的工作环境和工作领域，并且更好的规划职业发展方向。

第二，职业满意度测验。许多同学进入到大学的最后一学年后，可能从第二学期开始，甚至刚刚跨入第一学期，就开始找工作实习了。同时，有些同学很早就找到了工作，进入了试用期。但是是否对找到的工作满意？有时候，对这个问题许多同学自身也不是认识的很明确。这时候，我们就可以借助本测评，来使我们对我们的工作到底是否满意多些了解，以作为我们就业时的参考。

第三，工作适应性测验。测试主要测试对现在工作的满意和适应程度，以及在不知道是否该从现在的公司辞职找一份新的工作时，为自己提供决策的参考。

第四，行动和思考的偏好测试。我国民族产业的骄傲——海尔集团对每一个海尔人基本工作风格的要求是：迅速反应，马上行动。的确，商场如战场，我们在工作中面对上级布置的人物，面对用户的需求，面对竞争对手的挑战，我们都应该拿出“迅速反应，马上行动”的工作作风。比较而言，行动意识和行动能力强的人能够更好地适应这个瞬息之间就千变万化的社会。测试就是测试“行动意识和行动能力”的强弱。

第五，人际关系处理能力测试。有人曾经说过：一个人在社会上的成功，15%靠个人能力，85%靠人际关系。以上成功的公式虽然不一定适合所有的人，但是在一定程度上说明了人际关系对我们成功的重要性。测试即是对我们的人际关系处理能力进行测试。如果在此项测试的分数偏低，建议多看一些人文类的书籍和杂志，及时地找学校心理咨询老师等沟通，同时自己有意识的多与他人沟通交往，以便提高自己的人际关系处理能力。

第六，面试能力测试。面试在一个人求职的过程中起着很重要的作用。你的言谈举止、衣着、手势，甚至面部表情都会影响到别人对你的看法。因此，我们只有在面试中很好地表现自己、给人留下深刻的印象，这样才能最大限度地获得面试的成功。但对面试的一些技巧和问题，您是否已经全部了解和掌握？测试就是对您的面试能力进行测试。如果得分在25分以下，建议看一些面试技巧方面的书籍和文章，以便提高自己的面试能力，而不至于错失工作机会。

6）职业潜能测评

第一，威廉斯创造力倾向测验。前国家主席江泽民曾一再强调，创新是民族进步的灵魂，是一个国家兴旺发达的不竭动力。“如果自主创新能力跟不上去，一味靠技术引进，就永远难以摆脱技术落后的局面。一个没有创新能力的民族，难以屹立于世界先进民族之林。作为一个独立自主的社会主义大国，我们必须在科技方面掌握自己的命运”。一部人类的文明史，就是一部人类创新活动的历史。因此，了解和充分激发自己的创造潜能，对我们当代大学生非常有必要。测试是对我们的创造力进行测试。本测试把创造力分成冒险性、好奇心、想象力、挑战性四个要素，共 50 道测试题。

第二，创造能力测验。也许您厌倦了给别人打工的生活，也许您想尝试一下做点自己的事情，但据资料统计，在所有创业者中，往往只有不到 20% 的人会获得成功。但是否属于那 20% 的人当中的一个？测试是对我们的创造能力进行测试。

第三，自信心测验。主要测试一个人对自己是否有足够的自信心。相对而言，自信心强的人比自信心弱的人有更大的成功可能性。

第四，责任感测验。一个人要想在社会上成功，首先要对自己、对自己的工作和家人负责。一个成功的人往往具备很强的责任感。

第五，意志力测验。苏东坡云：古之成大事者，不惟有超世之才，亦有坚忍不拔之志。坚强的意志是一个人成功的必要心理素质，对自己选定的目标和方向，只有坚持不懈、持之以恒，才能取得最后的成功。测试就是对我们是否具有坚强的意志力进行测试。

第六，竞争能力测验。主要测试一个人是否有强烈的竞争意识。在这个时时处处充满激烈竞争的社会中，往往只有具备强烈的危机感和竞争意识的人，才能更好地生存。

第七，成功驱动力测验。主要测试一个人的成功潜能。往往成功驱动力越强的人，成功的可能性也越大。

第八，社会适应性测验。也许我们还没有毕业，也许我们刚刚毕业不久，但是我们是否真正地适应了这个社会？“优胜劣汰，适者生存”是大自然的不变法则，要想在这个社会取得成功，我们唯有好好地适应这个社会。

第九，经营素质测验。人生无处不经营。爱情需要经营，事业更需要经营。选准了一个项目，往往只是走向成功的第一步。能够很好地经营，往往最终决定了项目的成败。

2. 北森职业测评系统

北森职业测评系统是由劳动部劳动科学研究所、清华大学就业中心和北森公司联合开发，是国内第一套针对大学生就业的测评系统。此系统整合了职业咨询师、测评顾问、人力资源专家多年的职业指导经验，是帮助在校学生启动职业生涯规划的得力助手。该系统的开发过程历时两年半，在全国 20 个省市、上百家单位进行了常模（参照群体）数据的采集研究工作，因此具有最符合中国人特点的常模系统，其有效性在 80% 以上。这项测评建立在卡尔·荣格的心理学理论基础之上，实现了动力理论与人格理论的有效整合，是目前国际上最常用的理论框架，已有近 50 年历史、上万例的应用研究，并且有正在进行的权威研究支持它的应用。

1）理论特点

第一，动力理论借助了大五人格理论、情感理论等国际最新的测评理论。

第二，人格理论以瑞士心理学家卡尔•荣格（Carl Jung）的心理类型理论为基础。Katharine Cook Briggs 与 Isabel Briggs Myers 研究并发展了这套理论，并深入浅出地使之成为一个工具，便于快速掌握和推广。

第三，在美国每年有 300 万以上人员参加 MBTI 和动力工具使用的培训。世界 500 强企业中有 90% 以上的高层管理者、高级人事主管在使用这个工具，如迪斯尼、百事可乐、西南航空公司、通用电器、保利来、诺维尔网络公司、3M 等。

2）系统特点

第一，人性化。报告分析全面、深入浅出，无需专业人员解释。

第二，互动式。报告突破了传统测评的偏重测量，较少涉及应用的特点，强调结果的个人实用。

第三，本土化。系统开发过程历时两年半，在全国 20 多个省市进行了常模（参照群体）数据的采集研究，是国内第一代直接面向大学生就业、职业规划的人才测评系统。

3）测评目的

第一，帮助在校学生进行职业选择，规划职业生涯。

第二，了解自己，对你的性格特点、工作态度、工作方法等进行详细描述。

第三，给出适合的工作类型建议。

第四，提出职业发展建议。

4）测评流程

第一，了解职业测评软件。

第二，阅读报告样板。

第三，注册成为会员。

第四，进行测试（免费或付费）。

第五，阅读自己的测评报告。

第六，进行疑问交流。

5）测评形式

第一，测评题数为 187 题。

第二，测评所需时间为 30 分钟。

第三，测评结果为两份报告 :《基本分析报告》和《职业发展报告》。

6）测评报告

第一，解决“我是谁”的问题。报告对受测者的个性特点、适合的岗位特质、适合的工作进行了详细描述，并给出了发展建议。

第二，内容详尽，解释清晰，容易读懂。大学生在获取报告后，可以根据报告上的提示，迅速理解报告内容。

第三，突破了传统测评“注重评估、忽视应用”的弱点，不仅测得准确，而且强调测评结果在职业选择、职业发展、工作、生活中的应用。

总而言之，我国大学生职业心理测评技术发展已经取得了很大成就，但仍有许多工作要做。一是加强实践，收集大量测量数据，建立本土化常模。尽管大学生职业测评走势看好，但应用仍然处于起步阶段，依然是边引进、边吸收、边研制、边推广的情况。其主要特点有：从数量和质量上看，测评软件数量不多，有待进一步提高。据调查，美国目前拥有15000多种人才测评软件，而我国仅有数十种人才测评软件，而且真正对全国有影响的还不足十种；我国与发达国家无论在质量上还是在数量上都有很大的差距。因此，必须加大实践测量力度，广泛收集大量数据，建立适合中国人的常模和评价体系。二是建立工作分析和信息反馈系统，采用综合测评方式，进一步矫正测评的准确性。各种技术的综合应用是人才测评发展的趋势，国外流行的评价中心技术也说明了这一点。三是加强职业咨询指导。职业咨询是针对个人的能力、兴趣等进行测评，解释测评结果，指出相应的职业选择。职业咨询系统可以帮助人们制定个性化的职业发展计划。

第七章　大学生职业生涯管理

第一节　职业生涯管理概述

一、职业生涯管理

所谓职业生涯管理，从广义上讲，是指个体对职业生涯进行规划、执行、评估和反馈的一个全过程。从狭义上讲，仅指职业生涯规划产生之后的管理，即规划实施中的管理。

从职业生涯管理学的发展渊源看，职业生涯管理是现代企业人力资源管理的重要内容之一，是企业帮助员工制定职业生涯规划和帮助其职业生涯发展的一系列活动。而从个人的角度看，职业生涯管理是个人对自己所要从事的职业、要去的工作组织、在职业发展上要达到的高度等做出规划和设计，并为实现自己的职业目标而积累知识、开发技能的过程。

职业生涯管理包括两个方面。一是组织针对个人和组织发展需要所实施的职业生涯管理，称为组织职业生涯管理。组织职业生涯管理是指组织协助员工规划其生涯发展，并为员工提供必要的教育、训练、轮岗等发展的机会，促进员工生涯目标的实现。通过个人发展愿望与组织发展需求的结合，实现组织的发展。二是个人为自己的职业生涯发展而实施的管理，称为自我职业生涯管理。自我职业生涯管理是指职业主体在职业生命周期的全程中的管理。具体由职业发展计划、职业策略、职业进入和职业变动等一系列变量构成。大学生在进入组织前的职业生涯管理主要以自我职业生涯管理为主；进入组织后的职业生涯管理则是双主体的，既有组织的职业生涯管理，也有自我的职业生涯管理。其中，组织的作用更为重要。

二、职业生涯管理的作用

（一）实现自我价值的不断提升和超越

大学毕业生寻求职业的最初目的可能仅仅是找一份可以养家糊口的差事，进而追求的可能是财富、地位和名望。职业规划和职业生涯管理对职业目标的多次提炼可以逐步使员工的工作目的超越财富和地位之上，追求更高层次自我价值实现的成就感和满足感。因此,职业生涯管理可以发掘出促使人们努力工作的本质动力，升华成功的意义。

职业生涯管理带有一定的引导性和功利性。它帮助员工完成自我定位，克服完成工作目标中遇到的困难挫折，鼓励将个人职业生涯目标同企业发展目标紧密相连，并尽可能多地给予他们发展机会。

（二）协调职业生活与家庭生活的关系

良好的职业生涯管理工作可以帮助员工从更高的角度看待职业生活中的各种问题和选择，将各个分离的事件结合在一起，相互联系起来，共同服务于职业目标，使职业生活更加充实和富有成效。同时，职业生涯管理帮助员工综合地考虑职业生活同个人追求、家庭目标等其他生活目标的平衡，避免顾此失彼、左右为难的窘境。

（三）增强对职业环境的控制能力

职业生涯管理不仅可以使员工个人了解自身的长处和短处，养成对环境和工作目标进行分析的习惯，又可以使员工合理计划、安排时间和精力去开展学习和培训，以完成工作任务和提高职业技能。这些活动的开展都有利于强化员工的环境把握能力和困难控制能力。

三、职业生涯阶段管理

每个人的职业生涯都要经历许多阶段，每一阶段都有其不同的特征和相应的职业知识能力要求。为了更好地促进个人的职业生涯发展，国外的专家和学者们根据人的生命周期的特点及其在不同年龄段职业生涯所面临的问题和职业工作主要任务，以及对职业的需求与态度，将人的职业生涯划分为不同的阶段。比较有影响的相关理论主要有以下几种。

萨伯的周期理论。萨伯（DonaldE.Super）是美国一位有代表性的职业管理学家。他以美国白人作为自己的研究对象，把人的职业生涯划分为五个阶段：成长阶段、探索阶段、确立阶段、维持阶段和衰退阶段。

金斯伯格的职业生涯阶段理论。美国著名的职业指导专家、职业生涯发展理论的先驱和典型代表人物——金斯伯格（EliGinz Berg）研究的重点是，从童年到青少年阶段的职业心理发展过程。他将职业生涯发展分为幻想期（11 岁之前）、尝试期（11 ～ 17 岁）和现实期（17 岁以后）三个阶段。

格林豪斯的职业生涯阶段理论。萨伯和金斯伯格的研究侧重于不同年龄段对职业的需求与态度，而美国心理学博士格林豪斯（JeffreyH. Hans）的研究则侧重于不同年龄段职业生涯所面临的主要任务，并以此为依据将职业生涯划分为五个阶段：职业准备阶段（0 ～ 18 岁）、进入组织阶段（18 ～ 25 岁）、职业生涯初期（25 ～ 40 岁）、职业生涯中期（40 ～ 55 岁）和职业生涯后期（55 岁直至退休）。

施恩的职业生涯阶段理论。美国著名心理学家和职业管理学家施恩（EdgarH. Schein）教授，根据人生命周期的特点及其在不同年龄段面临的问题和职业工作主要任务，将职业生涯分为九个阶段：成长、幻想、探索阶段（0 ～ 21 岁），进入工作世界（16 ～ 25 岁），基础培训（16 ～ 25 岁），早期职业的正式成员资格（17 ～ 30 岁），职业中期（25 岁以上），职业中期危险阶段（35 ～ 45 岁），职业后期（40 ～ 55 岁），衰退和离职阶段（50 岁到退休，不同的人衰退或离职的年龄不同），退休（离开组织或职业的年龄因人而异）。

以上几种职业生涯阶段管理理论对职业生涯实践活动产生过广泛的影响。这些理论虽然有差异，但本质上具有相似性。人们可以根据上述职业生涯阶段理论去管理自己的职业生涯。

国际上较为通用的阶段划分理论在实践中证明是成功的。每个人都要经历这几个阶段，科学地将其划分为不同的阶段，明确每个阶段的特征和任务，做好规划，对更好地从事自己的职业、实现确立的人生目标非常重要。由于我国教育体制的特殊性，使得大学生职业生涯规划是一种补课式的职业生涯规划。结合国内外对职业生涯阶段划分理论，将其职业生涯划分为学业规划、职业适应阶段管理和职业发展阶段的管理三个阶段。

（1）学业规划阶段主要是指求学阶段。这一阶段的主要任务就是职业准备。在充分做好自我分析和内外环境分析的基础上，选择适合自己的职业，设定人生目标，制定具体的学业规划，不仅保证能顺利毕业，而且能培养出很高的从业的基本素质。

（2）职业适应阶段是指从学校走上工作岗位阶段。职业适应阶段是人生职业发展的起点。这一阶段的主要任务是努力适应职业，树立自己良好的职业形象。职业适应阶段表现如何对未来的发展影响极大，直接关系到今后的成败。

（3）职业发展阶段是指事业得到迅速发展的阶段。这个阶段正值一个人风华正茂之时，是充分展现自己才能、获得晋升、事业得到迅速发展的阶段。这一阶段的任务，除发奋努力、展示才能、拓展事业以外，对很多人来说，还有一个调整职业、修订目标的任务。从业者已经对自己、对环境有了更清楚的了解，看一看自己选择的职业、所选择的生涯路径、所确定的人生目标是否符合现实，如有出入，应尽快调整。

第二节　大学生学业规划管理

一、大学生学业规划管理的概念

大学是学生走向社会的一个过渡时期。大学生正处于职业准备和选择阶段，而大学生学业规划正是通过解决学什么、怎么学、用什么学、什么时候学等问题，以确保顺利完成学业，为实现其职业目标所进行的学业安排和准备。大学生的学业规划是做好职业生涯规划的前提和基础，学业规划同时也是职业生涯规划的组成部分。因此，做好学业规划就是为自己人生职业规划奠定了一个良好的基础。大学生学业规划管理是指大学生通过他人的协助，在自我认识和了解社会的基础上，确立学业目标，开展实现学业目标的活动，制定大学学习和发展的总体目标及阶段目标，并进行执行、评估、反馈和调整的过程。这是为实现自己的职业目标而积累知识、开发技能的过程。要准确理解这一概念，必须注意以下几点。

（1）大学生学业规划管理的区间是大学时期，即从大学一年级到大学毕业的整个大学阶段。

（2）大学生学业规划管理的首要任务是规划自己四年大学的学习和确立自己的职业生涯发展目标。

（3）大学生学业规划管理的前提是全面客观地认识自己和客观环境。

（4）大学生学业规划管理是渐进的，必须遵循一定的时间和方案的安排。

（5）大学生学业规划管理是一个动态变化和不断调整的过程。

二、大学生学业规划管理的作用

（一）有利于完善职业生涯规划

学业规划是大学生职业生涯规划的一部分。学业规划是做好职业生涯规划的前提和基础，同时也是它的组成部分。根据职业规划的划分，大学生正处于职业准备和选择阶段，而大学生的学业规划正是在为职业规划确定方向和准备素材。制定并践行科学的学业规划可以更好地迎接社会的挑战。通过学业规划，学生能够认清自我，挖掘自己的优势，弥补自己的劣势，加上自己的兴趣和爱好结合社会的需求明确自己的人生定位。因此，做好学业规划就是为自己的职业生涯规划奠定一个良好的基础。

（二）有利于增强自我发展

大学生学业规划是大学生努力的依据，也是对大学生的鞭策，给大学生一个看得见的彼岸，使大学生看清使命、产生动力。随着大学生学业规划的每一个具体目标的实现，大学生就越来越有成就感，大学生的思想方式及心态就会向着更积极向上的方向转变。因此，加强大学生学业规划管理能够引导大学生挖掘自我潜力，能够帮助他们正确认识自身的价值，能够促使他们更好的规划自己的人生职业生涯，最终引导他们达到自我完善，增强自己的专业竞争力和社会竞争力，从而实现自己的梦想。

（三）有利于增强学习的自主性

大学生学业规划对大学生的学习具有指导作用。其让大学生明白，现在做的每一点都是实现未来目标的一部分，因而让大学生重视现在、把握现在，集中时间、精力和资源于自己选定的学业，进而使大学生更热衷于自己的大学生活。大学生学业规划使得大学生心中的理想具体化，更容易实现，对学业的顺利完成做到心中有数，热情高涨。科学的学业规划管理能够变被动为主动，将学习变成一种需求，从而有效地提高大学生学习的自主性。

三、大学生学业规划管理的内容

大学的学制一般为 3 ～ 5 年。在每一学年中，大学生的学习重点与心理特征都有所不同。根据这一自然年限划分，大学生可以按学年为阶段设置阶段目标进行自己的学业规划管理，并按照每个阶段的不同目标和自身成长特点制定一些有针对性的实施方案。

（一）大学一年级为适应转变阶段

这一阶段是学业规划管理的关键阶段。大一新生主要做到由高中生到大学生的转变，包括生活转变、学习方式的转变和心态的转变。

首先，要从“应试”式学习中走出来。大一学习任务不重，要巩固扎实专业基础知识，大学生要不断提升自身专业理论素养。多参加学校活动，增加交流技巧，学习英语、计算机知识，争取尽早通过等级考试。学校在条件许可前提下，应当允许学生合理申请转换专业，使学生专业、个性、职业理想及人生目标能有机统一起来。

其次，学校要引导大学生树立正确的人生观、职业价值观和进行必要的职业生涯规划，包括评估和认清自我、有方向性的职业定位、基本的职业目标和大致的职业路径设计。开始接触职业和职业生涯的概念，要初步了解职业，训练和提高与自己今后职业生涯紧密相关的职业适应能力。特别是自己未来想从事的职业或与自己所学专业对口的职业，在职业探知方面可以向高年级学生尤其是大四的毕业生询问就业情况。大学生的职业生涯规划应该在入学后就开始准备，并进行初步的职业生涯设计。

最后，大一阶段更要强调“四会”，即学会学习、学会生存、学会做事、学会与人共事。学什么不是最重要的，最重要的是学会学习，加强实践能力培养，利用大学各种社会团体平台，不断提升自身决策能力、创造能力、社交能力、管理能力、学习能力等。

（二）大学二年级为探索阶段

这一阶段既要正确认识自己，又要建立合理的知识结构，同时还要努力提高自己各方面的综合素质。

首先，应考虑清楚未来是否深造或就业；参加相关的讲座、活动，以提高自身的基本素质为主；通过参加学生会或社团等组织，锻炼自己的各种能力；增强英语口语和计算机应用能力，通过英语和计算机的相关证书考试，并开始有选择地辅修其他专业的知识充实自己。

其次，在努力学好专业知识的同时，要注重实践锻炼，可以开始尝试兼职、社会实践活动，利用课余时间从事与自己的专业相近、与职业生涯目标相近的机会进行实习，通过实践来检验并适时地调整和修正自己的职业生涯目标，并提高自己的责任感、主动性和受挫能力。

最后，认识自己的需要和兴趣，加强自我认知和职业心理准备。通过具体的、有针对性的职业心理测评，通过社会实践使大学生体会社会用人需求，有效评估自我，进一步调整职业生涯规划和自己的学习目标，做出对自己、对社会有利的职业决策。

（三）大学三年级为拼搏阶段

这一阶段是大学生活中最重要的阶段。

首先，大学生在加强专业知识学习的同时，要加强社会实践，增强职业针对性。高校应鼓励大学生利用假期从事社会兼职工作，开展职业实践活动，为大学生提供必要的职业技能训练的机会，有利于锻炼其实践能力，帮助大学生学会与他人协作，并在这个过程中大学生应加强自我认识，不断完善自我，增强自信心。

其次，大学生应考取与目标职业有关的职业资格证书或通过相应的职业技能鉴定。因为临近毕业，所以目标应锁定在提高求职技能、搜集公司信息并确定自己是否要考研上。参加和专业有关的暑期工作，和同学交流求职过程的心得体会，学习写简历、求职信，了解搜集工作信息的渠道，并积极尝试加入校友网络，和已经毕业的校友谈话，了解往年的求职情况。

最后，大学生在掌握专业知识与技能的同时，应了解实际应用这些知识与技能的规则和应避免的失误，更好地了解真实的职业世界，挖掘职业潜能。

（四）大学四年级为冲刺阶段

这个阶段大学生要充分利用毕业实习机会，发现并弥补知识和能力方面的不足，掌握就业信息，学习求职要领和面试技巧。工作、考研、出国是大四学生面临的三种选择。大学四年级对于大部分学生来说主要的目标应该放在就业上。

首先，大学生应先对前三年的准备做一个总结：检验自己已确立的职业目标是否明确，前三年的准备是否充分；然后开始工作的申请，写好简历，利用学校提供的用人单位信息，积极参加招聘活动，在实践中检验自己的积累和准备；强化求职技巧，进行模拟面试等训练，尽可能地在做出比较充分准备的情况下进行施展演练。

其次，在撰写毕业论文时，可大胆提出自己的见解，锻炼自己独立解决问题的能力和创造性。另外，要重视实习机会。通过实习，从宏观上了解实习单位的工作方式、运转模式、工作流程，从微观上明确个人在岗位上的职责要求及规范，为正式走上工作岗位奠定良好基础。

最后，大学毕业生由于面临就业，出现学习、感情困惑及人际关系障碍等问题，高校应加强大学毕业生的就业心理健康教育，帮助毕业生解决心理问题，缓解心理压力，加强心理健康教育。尤其是在目前就业压力增大的情况下，帮助和鼓励毕业生运用良好的心态正确面对就业就显得尤为重要。在就业形势日益严峻的今天，加强学业规划管理，一方面，能有效帮助大学生增强自我约束力和自我管理的能力，有效指导学生进行学习，增强大学生的学习积极性和主动性；另一方面，有助于大学生进行自我定位，能使大学生明确大学各个阶段的发展任务及目标，不断提高自我职业生涯管理能力，增强就业竞争力，促进自身发展，并为今后的就业工作打下坚实的基础。

第三节　大学生职业适应阶段管理

大学生职业适应阶段是指一个人由学校进入一个工作组织，并在组织内逐步“组织化”，并为组织所接纳的过程，主要是指从进入职业前的职业选择、职业培训到进入组织的一段时期。这一阶段一般发生在 20 ～ 30 岁，是一个由学校走向职场、由学校人过渡到职业人的过程；是了解、熟悉组织，接受组织文化，融入工作群体，争取早日成为一名合格成员的过程。该阶段的主要任务是转换角色，适应变化，逐步为组织所接纳。进入职业前，主要是个人要确立合适的职业生涯目标，选择合适的职业，并积极地准备应聘，进入理想的组织。进入职业生涯后，重心转移，要从适应新环境、新岗位开始，检验自己是否获得了理想的岗位、理想的组织，过去的职业知识、技能、经验、能力是否适应新岗位；在组织中逐步建立和谐的人际关系；在组织中逐渐锻炼成长，确立自己在组织中的地位。

一、职业心理分析

大学生刚参加工作，在角色转换的过程中会产生心理失衡的问题。导致心理失衡的原因：首先，面对新的环境不太适应新的人际关系；其次，在从学生角色向职业角色转换过程中出现的不适应；最后，理想与现实的差距，从而产生心理失落感。

（一）个人角色变化

社会是人的社会，人是社会的人。社会生活中的任何人都在不同的时期扮演着不同的社会角色，都会经历角色转换阶段。社会学认为，角色转换是人们伴随着身份角色和社会位置的变化而发生的思想观念和行为模式的转换。对大学毕业生来说，角色转换就是从大学生的身份和社会位置转为社会公民职业者的身份和社会位置时所发生的思想观念和行为模式的转换。个体的人在社会中所扮演的主要角色并不是固定不变的,往往会发生多次的角色转换。大学生一旦走出校园,步入社会开始工作,即宣告学生时代的结束和职业人生的开始，学生角色也随之终结。从这一刻起，又具有了新的角色对象，担当起另外一个社会角色。人的一生会有很多次角色的转换，而对于大学生来说，从学生角色向职业角色的转换是最重要、影响最大、意义最深远的一次转换。从校园到工作世界角色的转换是每个大学生都必须面对的问题，也是大学生在进行职业规划时必须考虑的问题。学生角色的主要责任是学好科学文化知识，掌握社会生活的基本技能，逐步完善自己，以便将来为社会服务，实现自己的人生价值。而职业角色的责任是用自己所掌握的知识，通过具体的工作为社会作出贡献，以自己的行为来承担责任的过程。两种不同的角色分别承担着两种不同的责任。学生角色责任的履行主要关系到学生本人掌握知识和培养能力的程度，而职业角色责任履行的影响则非常大，不仅影响个人价值的实现，还会影响到单位、行业的声誉。学生角色的权利是依法接受教育，并取得家庭或社会的经济资助。而职业角色的权利则是在开展工作的过程中依法行使职权，并在履行义务的同时取得报酬及其他相应的社会福利待遇。

（二）人际关系变化

大学生在上学期间所接触和交往最多的就是同学和老师，一个共同的目标就是搞好学习，所以同学们彼此之间没有太多的、太大的冲突和矛盾，关系比较简单。而进入新的工作单位后，交往对象就会更多。除了自己的同事和上司外，还有客户以及社会上与本组织有各种关联的人。在与他们交往和相处期间，由于各种原因而导致彼此之间关系复杂交错，利益冲突突出。现在的大学生多是独生子女，从小到大的人生轨迹均由父母设计，独立处理问题的经验较少，心理方面存在众多障碍，诸如有人际关系理想化、非利益化、非技巧化和复杂化带来的心理障碍；对社会上建立在利益基础之上的人际关系不理解、不适应，难以进入状态。这样往往就容易产生急躁、畏难心理。

（三）理想与现实的反差

理想与现实的反差通常发生于一个人开始职业生涯的最初时期的一种阶段性结果。在这一时期，个人的较高工作期望所面对的却是枯燥无味和毫无挑战性可言的工作现实。对于许多第一次参加工作的人来说，这可能是一个比较痛苦的时期，因此他们天真的期望将第一次面对现实的职业生活的冲击。刚刚进入职场的大学生具有远大的职业理想和抱负，期望一开始就脱颖而出，成功的心理要求强烈。有些大学生自视甚高，认为自己接受过高等教育，肚子里装了很多高深知识，不愿意到基层去锻炼，认为自己从事基层工作是大材小用。开始工作后，他们在现实中所面对的往往是枯燥无味和毫无挑战性的工作。由于种种原因，部分毕业生认为自己的工作岗位不够理想，与原来设想中的岗位相差甚远，不甘于平庸，却又无法改变现状，因而容易产生失落心理。这种心理产生的后果就是眼高手低，在实际工作中表现为大事做不了，小事又不做，从而很难完成角色转变。这就出现现实和理想的错位，导致矛盾的产生。

二、职业心理调适

针对上述心理问题，大学生应从以下几方面进行心理调适。

（一）树立良好的第一印象

大学生就业后，进入工作单位并到某一岗位承担一定的工作时，首先要掌握职业岗位技能，克服依赖性心理，学会如何自主地在组织中开展工作。要了解清楚所承担的职业岗位的职能、责任、权利与义务。对于涉世不深、经验不足的大学毕业生来说，工作中出现差错和失误是难免的，但应尽量避免出现差错和失误。这就要求大学毕业生在工作中一要加强薄弱环节，因为每个人都有自己的缺点和不足；二要认真负责，在新的工作岗位中树立良好的第一印象。第一印象好，人们与其交往热情就高，就容易打开工作局面。如果新雇员一开始就给人一个不好的印象，以后再想扭转就必须付出加倍的努力。有些刚毕业的大学生总认为自己有知识、有文化，只想干一番大事业，就认为工作中一些零星的小事或体力活不是自己的事，自己不应该干，这就会给人留下不勤快、不踏实的印象，从此失去发展机会。因此，要想树立好第一印象，要想获得职业的成功，一开始就应给人良好印象，从小事着手，从小事做起；注意言行举止，做到衣着整洁，讲究仪表；举止得体，虚心求教；守时守信，主动工作；严守秘密，真诚待人。

（二）建立良好的人际关系

大学生离开学校后进入了新的工作环境，遇到了新的人际关系，必须注意到社会中的人际关系要远比校园中的人际关系复杂。要做到正确处理好人际关系，既要遵循一般人际关系的处理原则，也要看到不同的组织在人际关系上所体现的不同特点。有的组织严格正统些，有的组织自由宽松些。要有入乡随俗的意识，主动地适应环境，而不是让环境来适应你。建立良好的人际关系应该注意以下几个方面。不要介入组织人际关系上的是非。任何一个已经存在的组织都会有一定的人际关系和人际结构，甚至是存在诸多缺陷的复杂人际氛围。大学毕业生应正视客观现实，避免因人际纠纷浪费太多的时间和精力。要远离是非，不参与议论，更不要散布传言，卷入是非漩涡。大学毕业生到了新单位后要尊重领导，处理好与领导之间、同事之间的关系，多与同事交往，乐于与大家打成一片，不能故步自封。对同事要坦诚相待、一视同仁，平等对人，不卑不亢，虚心向他们学习请教，切不能以己之长比人之短，更不能歧视和嘲笑那些文化水平低的基层工作人员，那样只会伤人自尊，造成别人反感，影响人际关系。严于律己，宽以待人，共同营造一个和谐的工作与生活环境。建立良好的人际关系，必须学习人际交往的技巧，培养良好的个性品质。任何人都不可能脱离社会、脱离他人而独立存在。懂得协调好人际关系是一个人立足社会、取得成功的第一要素。因此，人际交往中首先要树立积极的态度，克服逃避、脱离的消极心理，走出封闭的个人圈子，努力让自己融入集体中。人际交往的技巧有许多。例如，与人相处应该真诚，讲信用；积极关心别人，宽容别人；当与别人发生不快或矛盾时，要注意换位思考，冷静处理；学会欣赏别人、赞美别人等等。建立良好的人际关系必须克服人际关系理想化定式。社会的人际关系原本就那么复杂，如果一味以头脑中理想化的人际关系定式作为参照来审视社会人际关系的现实，就会增烦恼。因此，大学生要克服多年来在学校生活中形成的人际关系理想化定式，以现实的态度来对待就职后的人际交往。这样，才能克服交往障碍。

（三）处理理想与现实的矛盾

初涉职业者都希望去寻找一份富有挑战性的、激动人心的工作，渴望在工作中发挥自己在大学里所掌握的知识、技能，证明自己的能力并获得提升的机会。但现实中，他们所面对的往往并非如此。面对这种冲击，应针对自身情况进行分析。步入职场，走出以单纯的学习成绩来衡量高低的校园环境，很多大学毕业生便会失去了对自己准确客观的认识和定位。而不管哪种原因造成的不正确的自我认识和定位都不会对个人的职业发展带来好处。须知，工作后几乎一切都是从头再来。也许刚

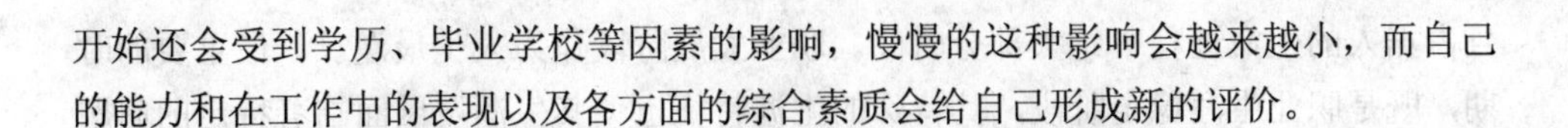

开始还会受到学历、毕业学校等因素的影响，慢慢的这种影响会越来越小，而自己的能力和在工作中的表现以及各方面的综合素质会给自己形成新的评价。

三、职业角色转换

人的一生面临着各种不同的社会角色的转换。从学生角色到职业角色的转换，在一生的经历中占有十分重要的位置。作为刚刚跨出校门、走向社会的大学毕业生，在经历选择与被选择的矛盾冲突过后，无论满意与否，最终都将选定某一职业，开始迈向社会。这一转换在人的一生中占有十分重要的位置，其成功与否直接影响着事业的成败。有些毕业生能很快适应这种转变，表现出较强的工作能力和较高的综合素质，但也有一些毕业生很长一段时间后，仍然不能适应新环境，这实际上是一个角色转换过程中角色不适的问题。大学毕业生就业后的社会角色转换不是瞬间发生和完成的，而是要有一个过程。应届大学毕业生刚刚告别校园踏上社会，无论是在心理上，还是行为上，还需要一定的时间才能完成从学生到社会人的角色转换。在角色转换过程中，有些不适应是自然的。大学毕业生对这一点应有充分的认识，应加强角色转换意识，积极缩短适应期。

四、完成职业适应

职业适应是指个人与某一特定的职业环境进行互动、调整，以达到和谐的过程；是个体进入职业角色，履行职业角色义务，享受职业角色权利，遵守职业角色规范的过程。因此，职业适应是个体适应社会能力的一个非常重要的方面，是基于基本社会化之上进行的继续社会化的阶段性成果表现。职业适应水平则是个人某一时间点上职业适应的程度。能否适应职业、怎样更好地适应职业是能否取得职业生涯成功的关键。从学校走向社会是人生的一个重大转折。刚走上工作岗位的大学毕业生的职业适应状况将深刻影响其整个职业生涯的发展。个人、学校以及用人单位都需要正确认识大学毕业生职业适应过程中的各种心理冲突，并积极采取应对策略，以帮助其尽快进入职业角色，顺利实现角色转换，度过职业适应期。

第四节 大学生职业发展阶段管理

职业发展阶段是指完成个人与组织的相互接纳之后的一个时间周期长、富于变化，既可能获得职业生涯成功甚至达到顶峰，又可能出现职业生涯危机的一个很宽的职业生涯阶段。如果说 25 岁是职业的起步期，那么一般从 30 岁左右开始延续到 40 ～ 50 岁，是人的职业生涯的主体时期。该时期一般是在人的成年或壮年时期，且占据人的生命过程中绝大部分时间。职业发展阶段作为人生最漫长、最重要的时期，既是职业生涯稳定阶段，其特殊的生涯特征也使其生涯发展面临着特定的问题与管理任务。这一时期是人的职业生涯的主体。在这一阶段中，人们可能存在发展稳定、能力、经验、社会关系和身心条件都处于人生最佳状态，往往在组织中身负要职，收入颇丰，生活物质条件比较富足。对于大部分人来说，人们在这一时期应该致力于某一工作领域的发展，寻求发展空间，努力提升个人能力并力争在工作领域中占有一席之地。

一、职业发展阶段的特征

由于人的个别差异、所处的环境、家庭状况不同，在职业发展阶段，人与人之间的差异逐渐变大。过去的同学、同事，有的可能发展得非常好，已经达到了事业的顶峰；而有的人，由于走了许多弯路，还在寻找自己理想的职业领域。相比较之下，这些人心理压力大，会觉得有失落感，因此会努力奋斗、追赶先进，或自暴自弃、得过且过。因此，在这一阶段，个人会根据不同的情况呈现出明显的阶段性特征。

（1）意识到职业机会有限而产生焦虑。人到中年会逐渐意到职业机会随年龄增长而越来越受到限制，个人更加难以做出职业选择，由此产生焦虑不安的心情。一般有两种情况：一方面，越向上路越窄，职位越来越少，同时由于年龄大的人与年轻人相比竞争力越来越差，身感自己进一步发展的路可能被堵塞，不免产生焦急与忧虑；另一方面，由于自身年龄较大，适合的职业岗位和机会越来越少，以至无法找到新的职业岗位去实现职业转换愿望而引起烦恼和焦虑。

（2）职业发展轨迹成为倒“U”形。职业发展阶段是一个长达 20 多年的时间段。在其初始阶段，职业发展轨迹呈现由低到高的逐步上升趋势，职业顶峰多出现在职业发展阶段的中间段，跨过辉煌的职业高峰后，职业轨迹就会呈现下降趋势，整个过程呈现为一条倒“U”形曲线。事业成功的人，其曲线峰高，峰顶平而长；事业有过辉煌但昙花一现的人，其曲线形状如山峰，峰高顶尖；事业发展平平的人，曲线低而平缓，无明显的突出。

（3）承认时间和生命的有限，产生心理变化。在职业生涯发展阶段，人们尚未意识到时间和生命的有限，总以为有充裕的时间来实现自己的抱负，思考在自己的职业和一生中是否完成了预计要做的事情，还有多少时间可以完成这些未尽之业。当意识到个人学习和能力在下降，感到力不从心，已没有精力、时间和机会去完成各种梦寐以求之事时，常常会出现抑郁、忧虑的心态，并产生心理负担。

（4）职业能力稳定提高，并逐渐成熟，工作取得较大业绩。在职业发展阶段，职员一般都是作为组织的骨干和中流砥柱在发挥作用。此时，个人也具有创造一番辉煌业绩的潜在实力。这种潜力一方面源于工作能力的增强和经验的积累；另一方面源于其自身长期潜在的个性和能力，及由此激发的创造冲动或未曾施展过的才干。因此，职业发展阶段正是个人创造力最强、工作卓有成效、不断创造辉煌的时期。

二、职业发展阶段的管理

职业发展阶段是一个非常复杂的时期。职业发展阶段的主要问题是：一是职业发展面临瓶颈；二是工作与家庭的冲突；三是职业工作发生急剧转折或下滑；四是精神压力增大，健康状况下降。针对这些问题，职业发展阶段的管理主要从两个方面出发，即从个人角度实施的个人职业生涯管理和组织实施的职业生涯管理。这一时期，个人要克服职业生涯发展阶段所产生的职业问题，应付人到中年时面临的生命周期的变化，需要担负起阶段性的特定管理任务。根据自己的特点，制定有针对性的职业生涯管理措施。为此，本阶段要加强以下几方面的管理。

（一）努力形成新的职业角色概念

在职业发展阶段，人们有时也面临着新的职业角色选择。这时，个人必须思考自身的生活目标和价值观，以便摆脱以往的角色模式或压力，选择新的角色：继续留在原来的职位上，使自己的知识和技术更加精深和熟练，成为骨干或专家；通过一定的方式使自身的技能通用化，更多地充当项目带头人和良师角色；离开原职业工作，寻求新的适宜的职业角色；进入行政管理领域，成为主管，从根本上改变职业角色。

（二）调整心态，保持一种平稳心态，等待时机

很多员工在进入 40 岁后，特别是已经在职业阶梯中攀升到一定阶段后，会发现前面如一个玻璃天花板，虽然可以看到以后的发展道路，却又无法继续前行。有的人会发现自己并没有朝着自己多年梦想的目标靠近。有的人在实现目标后发现这一切并不是他想要的全部东西，所以开始怀疑自己当初的选择与奋斗目标，这是一种错误的心态。相反的，应该及时调整心态，等待时机。因为成功的道路虽然曲折，但前途光明。只要调整好心态，锲而不舍地加倍努力，一定会实现预期目标。

（三）及时充电，跟上时代的节奏

人们即使接受过相关工作的专业教育，在离开学校十年后，知识上也开始落伍了，因此在专业领域要及时充电，否则将极大地阻碍个人的发展。学习更新专业知识的同时，也要努力接受新思想和管理实践，跟上时代发展的节奏，不能让自己成为老古董。生涯发展阶段是个人任务最繁重的时期，职业发展也呈现复杂化和多元化，各种危机和困难不断加大。个体一定要树立终身学习的理念，活到老，学到老，

不断增长新知识、新技术，与时俱进，以在本职岗位上保持领先地位。

（四）适当调整职业生涯目标，保持积极进取的精神

人到中年是人生的一个关键时刻和转折点。对于少数有信心和有把握获得晋升和发展的人来讲，他们有充分的潜力进入高层领导职位，成为职业生涯中的成功者。但是，相当数量的中年期雇员由于种种原因，不能达到原定的职业生涯目标。这时要现实地看待自己的职业才干、表现和业绩，重新思考自己的成功标准和目标定位等，绝不能因此减弱以至丧失了原有的工作热情、积极性和进取心，甚至于失望、沉沦。这种情况的出现对个人、家庭和组织都十分不利。要认识到：高级职位只是少数，大多数人只能是完成各自的岗位职责，为社会的正常运转奠基；更重要的是，在遇到诸多问题给个人造成巨大压力的同时，也要善于发现新的机遇，适当调整职业生涯目标，保持积极进取的精神，完成职业发展阶段应完成的任务。在职业发展阶段，每个人都经历了较长时间的职业工作，通过坚持不懈的努力，或是生涯成功了，从当前看自己还有余力，而且也有合适的发展机遇，个体就应该对生涯目标加码，以图更大发展；或是受挫，尽管自己尽了力，但目标还是难以实现，就需降低目标值，甚至重新评估自我，更换更适合自己现实的职业角色。

（五）维护工作、家庭生活和自我发展三者间的均衡

在职业发展阶段，每个人都面临着来自工作、家庭和个人发展三个生命周期的相互影响、互相制约的矛盾。人的精力是有限的，难免出现顾此失彼的情形，以至产生诸多问题以及现实与理想等矛盾，导致某些组织成员产生职业问题，形成所谓“职业生涯发展危机”现象。因此，正确处理三个生命周期运作之间的关系以求得三者的适当均衡，是处于这一阶段的人员必须完成的重要任务。适时开展对职业发展阶段的评估，甚至有必要进行对自我的再认识、重定位。也就是要现实地看待自己的才干，认识当前所面临的客观条件及发展机会，重新考虑自己的成功标准与目标，决策职业工作、家庭生活和自我发展三者的运行模式。妥善处理工作、家庭和自我发展三者间的关系，求得它们的和谐发展。保持身心健康是一切事业取得成功的基础。职业生涯发展阶段，人到中年，“上有老下有小”，又面临生命周期运行的变化和诸多问题，可谓压力重重，难免会影响身心健康。职业发展阶段管理的一个重要任务就是要保持个体身心健康。要做到：一是诸事要合理安排，做到有张有弛；二是加强体育锻炼，增强体质；三是正视客观现实，保持积极进取和乐观的心态，面对一切压力和困难。

三、职业生涯后期阶段管理

“五十而知天命”。人到了职业生涯后期阶段，已走完了人生的大半，酸甜苦辣、美丑善恶均已经历过。但是由于职业性质及个体特征的不同，个人职业生涯后期阶段开始与结束的时间也会有明显的差别。在这个阶段，大多数人的事业已经达到顶点，体力、学习能力下降，适应能力也开始减弱。少部分比较优秀的员工工作经验丰富，处于事业的高峰，可能还没有达到事业的顶点，还有发展的空间。现在，许多管理者将工作的重心放在了年轻人上面，注重未来的潜力开发，相对忽视处于职业生涯后期的员工，有些组织甚至将这些员工看成包袱。这些不良的组织文化不但会极大地伤害年老员工的感情，而且会挫伤其他员工对组织的认同感。因为人终有变老的一天，如果希望将自己的组织做大做强，这些短视的做法是不可取的。职业生涯后期管理是一个值得关心的问题。根据职业生涯后期员工的生理、心理特点，综合社会各方面的力量，做好后期生涯管理，才能使人们健康、充实地工作。

第八章　就业政策与形势

第一节　全国高校毕业生就业形势

大学毕业生的就业形势与社会经济的发展密切相关，经济的增长会带来更多的工作机会和就业岗位，也会催生更多的新职业和新就业机会。“奥肯定律”认为，劳动力需求的水平，在动态的意义上主要取决于经济增长的速度。经济增长的速度快，社会对劳动力的需求量就相对较大，因此，就业岗位增加，就业水平高，失业率低；经济增长的速度慢，社会对劳动力的需求量就相对较少，因此，就业岗位减少，就业水平低，失业率高。了解当前的就业形势和政策，有助于毕业生更好地认清就业状况，更好地了解社会对人才的需求和要求，做好职业定位，坚定信心，树立正确的就业观、择业观。

一、近几年全国高校毕业生就业形势

随着我国经济的不断发展，社会对高等学校毕业生的需求进一步扩大。尤其是在我国加入了 WTO 以后，整个经济结构的调整和变化，带来了对人才需求结构的变化。如果非国有经济继续保持旺盛发展的话，那么对人才的需求还将继续扩大。但学科专业与供需并不平衡，社会对计算机、通信、电子、土建、自动化、机械、医药和师范等科类的毕业生需求旺盛，在近几年的招聘会上，这些摊位往往都非常火爆，而对一些长线专业、基础学科类毕业生的需求则较少。以往国有企业一直是吸纳高校毕业生的主体，但近几年对高校毕业生的需求一直呈下降趋势，而政府机关和事业单位，由于刚刚完成机构改革，或正在进行机构改革，或即将着手机构调整，用人指标有限，也难以大量接收毕业生。1999 年高校扩招以后，毕业生总量逐年增加，就业压力不断加大，就业形势严峻。2004 年，我国有 280 万应届大学毕业生涌入就业市场，比 2003 年净增 68 万，增幅达 32%。截止到 2004 年 9 月 1 日，毕业生平均就业率为 73%，实现就业人数 204 万，比 2003 年同期增加 56 万。截止到

2004年12月底，毕业生就业率为84%，当年登记的失业大学毕业生人数为69万。2005年是高校扩招后的第二个毕业生高峰年，全国普通高校毕业生达338万，比2004年增加58万，增幅达20.7%。截止到2005年9月1日，毕业生初次就业率为72.6%，实现就业人数245万。截止到2005年12月底，毕业生就业率为85%，当年登记的失业大学毕业生人数为79万。2006 年是继2005年后又一个高校毕业生高峰年，全国普通高校毕业生达413万人，比2005年增加75万人，增幅达22.2%。2006年，全国新增就业岗位900万个，但对高校毕业生的需求仅占新增岗位总量的22%。截止到2006年9月1日，毕业生平均就业率为70.9%，实现就业人数293万，比2005年同期增加48万。2007年，全国高校毕业生达490万，比2006年增加77万，增幅达18.6%，这一年是毕业生人数增加最多的一年。截止到2007年9月1日，毕业生平均就业率为70%左右。2008年，全国高校毕业生达559万，比2007年增加69万，增幅达14.1%。2011年全国普通高校毕业生规模达660余万人，加上往届未实现就业的，需要就业的毕业生数量更大，高校毕业生就业形势依然十分严峻。

二、不同学科专业毕业生就业形势分析

在10个一级学科（哲学、经济学、法学、教育学、文学、历史学、理学、工学、农学、医学）中，毕业生的规模结构呈现出一种非常不平衡的特点。其中，毕业生数量最多的是工学，占毕业生总数的50.4%；居第二位的是经济学，占17.9%；另外三个毕业生较多的学科是法学、文学和理学，而毕业生最少的是哲学。

三、了解就业政策和就业形势的重要性

目前，我国高校毕业生就业制度正朝着适应市场经济需要的方向演变。随着我国市场经济的不断完善，特别是加入了“WTO”之后，我国的经济结构发生了很大变化，对于人才的需要也相应的发生了变化，因此毕业生的就业出现了暂时的结构性困难。具体表现为：真正需要大学生的单位要不到大学生，大学生想去的单位又不需要他们；对于社会急需的专业，学校培养的毕业生数量很少或暂时还没有。这种结构性困难还将持续一段时期，尤其是1999年全国高校大规模“扩招”后，高校毕业生的数量急剧增加，使原本较难的就业形势更加严峻。虽然“双向选择”、“自主择业”是大学生就业的基本制度，但“自主择业”并非自由择业。不同隶属关系学校的毕业生和不同层次、不同类别的毕业生在就业办法和有关规定方面略有差异，不同地区接收毕业生的办法也不尽相同，这些在每年的毕业生就业政策中都有所体现。因此，把握就业的方针和政策是大学生顺利就业的前提条件。只有把握就业政策，才能提高求职命中率，少走弯路，避免损失，顺利实现自己的职业理想。

四、大学生就业现状及成因

在当前及今后一段时期，全国就业形势的发展趋势包括以下内容。

（1）劳动力供大于求的基本格局长期存在。今后几年，城镇需要就业的人数每年仍将保持在2400万人以上。而在现有的经济结构条件下，按经济增长保持8%的速度计算，新增岗位和补充自然减员只有1100万人，供大于求的缺口在1300万人左右，矛盾十分尖锐。

（2）下岗失业人员再就业的压力依然很大。2005年底，国有企业下岗职工仍未就业的有200多万人，主要集中在中西部地区，这些仍未再就业的下岗职工多数是前几年积累下来的困难群众，大都年龄偏大、技能单一，再就业难度较大。

（3）就业的结构性矛盾十分突出。一方面，中西部地区和老工业基地、困难行业、资源枯竭城市的就业问题解决的难度很大；另一方面，新兴的产业、行业和技术性职业所需的素质较高的人员又供不应求。劳动力总体素质偏低的问题更加突出，技能人才短缺的现象尤其严重，已成为制约经济发展、阻碍产业升级及提高创新能力的“瓶颈”。同时，国际贸易摩擦、人民币升值压力等国际和国内宏观经济的变数，也将对一些地区和行业的就业产生影响。

（4）来自新成长劳动力和农业劳动力向城镇及非农领域转移的就业压力越来越大。据预测，未来几年，城镇新进入劳动力市场的劳动力每年都将达到1000万人以上，特别是高校毕业生，若按70%的初次就业率计算，则2009年可能有200万人无法实现当期就业。农村有劳动力4.97亿人，除去已经转移就业的2亿多人及从事农业需要的1.8亿人，尚有1亿左右富余劳动力。按照“十一五”规划的目标要求，我国每年要转移就业900万人。

第二节 大学生就业发展趋势

2011年全国普通高校毕业生规模达660余万人，加上往届未实现就业的，需要就业的毕业生数量更大，就业形势变得更加严峻。我国高等教育的发展与人才供求态势如何？目前我国的劳动力结构处于一种什么状况？若干年后我国的人才需求情况又如何？本书针对这些问题进行阐述分析，为高等教育工作者认识人才市场需求、做好毕业生就业工作提供参考与借鉴。

一、高校毕业生供求形势与高教结构调整

改革开放以后，我国高等教育有了较大发展。20世纪80年代末，高校的毛入学率上升到4%；90年代末，毛入学率进一步上升到9%，但每年普通高校毕业生

还不到100万人，人才供求比在1∶2左右，远远满足不了社会主义建设对人才的需求。2000年，第五次人口普查数据显示，我国7.5亿就业人员中具有大专及以上文化程度的只占4.7%，远远低于世界各国的平均水平。

党中央、国务院在1999年做出了高等教育扩招的决策，使我国高等教育进入了加速发展的新阶段。经过连续八年的扩招，我国普通高校的全日制在校生由1998年的340万人增长为2006年的1800万人。随着招生规模的持续增长，全国普通高校的应届毕业生已由1998年的100万人增长到2006年的400万人以上。人才供应的增长，一方面有利于我国人力资本积聚、就业者科学文化素质的提高，以及综合国力的增强；但另一方面由于我国劳动力总体供大于求，传统上提供给大学生的城镇单位就业岗位的年增长量远远滞后于毕业生人数的增长，导致全国人才供求形势发生了逆转。原来的高等教育卖方市场已转变为完全意义上的买方市场，开始出现大学生就业难的现象。据《中国劳动统计年鉴2006》提供的数据，2005年高等学校毕业生有338万人，当年城镇各种所有制单位实际录用的高校毕业生为202万人，除去25万左右被录取为研究生和出国留学的人以外，有60～70万人未找到正式工作。2006年全国高校毕业生有413万人，估计当年新录用的毕业生为250万至270万人，除去被录取为研究生和出国留学的人外，当年未就业的大学生人数为100万人左右，这对我国高等教育的发展和就业问题都提出了严峻的挑战。

二、我国劳动力结构状况与人才需求预测

20世纪八九十年代，我国高等教育还处于普及水平很低的精英化阶段，每年的大学毕业生只有几十万人，主要面向各级政府机关、事业单位和国有大中型企业就业；在21世纪我国全面建设小康社会的新时期，高等教育步入了大众化发展阶段，每年大学毕业生的规模相当于过去的五六倍，传统的就业市场已无法提供足够的岗位，必须开拓新的就业空间。为此，我们必须全方位研究我国的劳动力就业市场。本书根据《中国统计年鉴》、《中国劳动统计年鉴》和全国人口普查、抽样调查的有关资料，对城乡、所有制类型和行业、职业的构成状况等进行了分析并提出了相关建议。

（一）城乡及分经济类型的就业岗位结构

2005年我国总在业人口为7.6亿人，其中城市及县镇有2.8亿人，占37%；乡镇农村有4.8亿人，占63%。

全国城镇就业人员扣除近1亿从事第一产业和做农民工的城镇郊区农民外，从事第二、三产业的只有1.8亿。在这1.8亿人中，再扣除私营、个体工商户就业人员和自由职业者7000万人后，真正在国营、集体、外商投资及其他股份制等城镇单位就业的职工仅为1.1亿人，而这些单位正是历年来我国大学毕业生传统的主要

就业去向。据国家发展和改革委员会和劳动人事部公布的数据，“十五”期间每年全国城镇单位提供的正规新就业岗位均为1000万左右，“十一五”期间也将大致保持在1000万到1200万人。由以上数据分析，2000年大学毕业生为100万人，占当年城镇单位新增就业岗位的比例为10%，当时找到满意的就业岗位比较容易；而到了2006年，大学毕业生增长到400万人，如全部在城镇单位就业，则将要占去这些单位新增就业岗位的 40%，但是其中只有一半（约200万人）能去传统的白领岗位（公务员、专业技术人员和办事人员），其他人则要到企业基层单位做蓝领。预计到2010年，大学应届毕业生人数将相当于城镇单位全部新增就业岗位数的50%以上，要找到主要从事脑力劳动的工作岗位的难度就更大了。今后的大学毕业生必须面向新的就业空间，未能在城镇单位等传统岗位就业的大学毕业生，要从事管理和技术工作，只能有两个去向。

（1）在规模为10人左右的城镇私人企业或工商个体户就业，其从业人员有7000万人，而大专及以上文化程度的人员还不足1%，可以吸纳相当数量的高等学校毕业生去从事专业技术和管理工作。但其工作环境、待遇和社会地位都相对较低，要求应聘者的就业观念、期望值作较大的调整。同时，还要求毕业生“能文能武”，即既能做技术人员，又能做普通劳动者。据初步估计，这类企业每年的吸纳能力在50万人以上。

（2）去全国乡镇企业就业，其从业人员总数为1.4亿人，而大专及以上文化程度的人员也不到1%。在这些乡镇企业中，有一部分是出口加工型企业，还有一部分从事生产国营大中型企业和外商投资企业的配套产品，迫切需要补充一批大学生从事专业技术和管理工作。这类企业每年的吸纳能力也在50万人以上，但同样需要大学毕业生转变就业观念，乐于到工作和生活条件相对艰苦一些的乡镇、农村去就业和创业。

（二）分产业、行业的就业岗位人才结构分析与需求预测

1.分产业、行业的岗位结构分析

2005年全国第一、二、三产业的在业人员为3.4亿人、1.8亿人和2.4亿人，比例结构为44.7%、23.7%及31.6%。其中，第二产业的工业劳动人口为1.3亿人，建筑业为0.5亿人；第三产业的交通仓储邮电业为0.5亿人，商业、餐饮、金融、房地产和生活服务业为1.3亿人，教科文卫体、软件和咨询服务业为0.41亿人，机关与社会团体为0.19亿人。也就是说，企业有3.6亿个就业岗位，机关、事业单位和中介机构仅有0.6亿个就业岗位，两者的比例为6 ：1，在第二、三产业中吸纳人才潜力最大的是城乡经济部门和企业。根据我国的经济、社会发展趋势，今后绝大多数高等学校毕业生要到第二、三产业就业，但在以往处于精英高等教育阶段的

二三十年中，我国大学毕业生的传统去向中60%以上是机关和事业单位，40%是工业、建筑、交通和商业服务业。但在进入高等教育大众化发展阶段后，大学毕业生人数增加到过去的4～6倍，已不可能维持原有的就业格局了，在新的形势下必须做大的转变。

2. 分产业、行业的人才现状分析

根据2005年对1%人口的抽样调查统计资料推算，全国近7.6亿在业人口中具有高等教育文化程度的为5160万人，占6.8%，只相当于经济合作与发展组织（OECD）国家平均水平（24%）的1/3。同时，我国各产业、行业之间的人才分布状况又极不平衡：第一产业中具有高等教育文化程度者仅占本行业就业人口的0.2%；第二产业中的工业和建筑业分别为6.5%和4%；第三产业中的交通邮电业、商业与生活服务业分别为6.6%和5.2%，高等教育文化程度的人才密度均很低。人才密度较高的只有两个大行业：一是以事业单位为主的教科文卫体、软件、咨询服务业，其中大专及以上文化程度者占51.2%；二是履行公共管理职能的机关与社会团体，其中大专及以上文化程度者占50%。这个状况也说明了第二、三产业的各经济部门比机关、事业单位更需要提高人才密度，可以吸纳更多的大学毕业生。

3. 分产业、行业的人才需求预测

党中央提出了“加快转变经济发展方式、推动产业升级，主要依靠科技进步、劳动者素质提高，促进国民经济又好又快发展”的要求。为此，我国必须在2020年初步建成人力资源强国。受国家发展和改革委员会委托由上海市教育科学研究院完成的“中国人力资源开发与教育发展战略研究”课题，经过研究和论证提出了，到2020年我国全社会就业人口的平均受教育年限将由2000年的8年提高为11年以上，具有高等教育文化程度的比例将提高为18%～20%。按照这个期望目标进行测算，2015年全国就业人口中具有大专及以上文化程度的比例应当达到13%以上。

结合各个行业目前人才现状的基础和技术发展梯度的区别，我们对2015年分行业就业人口中的高等教育文化程度拥有量和比例作了如下预测。

农林牧渔行业的人才拥有量由2005年的70万人增长为2015年的310万人，人才密度由0.2%提高为1.1%；工业由840万人增长为1820万人，人才密度由6.5%提高为10.1%；建筑业由200万人增长为450万人，人才密度由4% 提高为8.2%；交通邮电业由330万人增长为750万人，人才密度由6.6% 提升为12.5%；商业服务业由670万人增长为1250万人，人才密度由5.2% 提升为10%；教科文卫体、软件和咨询服务业由2100万人增长为4000万人，人才密度由51.2%提升为80%；公共管理业（机关与社会团体）由900万人增长为1350万人，人才密度由50%提升为80%。预计到2015年，第一产业人才密度为1.1%，仅相当于目前OECD国家平均值的1/5左右；第二产业中工业、建筑业的人才平均密度是10.1%；第三产业中的交通邮电和商业服务业的人才平均密度也是10.1%，仅相当于20世纪末OECD国家平均值的一半，要求不能算高。到2015年，全国在业人口中大专及以上文化程度拥有量将达到10580万人，比2005年实际拥有量净增5420万人。考虑到2006～2015年，全国在业人口中的高等教育文化程度者将有近1000万人退休，因此这十年实际需要补充的高等教育文化程度人才将在6000余万人左右，平均每年为600余万人，这一数据与这十年普通高等学校的年平均毕业生预测数相近。

（三）分职业大类的就业岗位结构分析与需求预测

从全国职业岗位人数的分布情况看，2005年全国城乡的各类单位负责人、专业技术人员和职员分别为1150万、5700万和2800万人。这三类从事管理与专业技术工作、以脑力劳动为主的白领岗位占全国在业总人口的12.7%，其中在城市、县镇和农村乡镇的工作岗位的比例是57∶23∶20。商业服务人员、生产工人和农民这三类以蓝领工作为主的人员数分别为1.32亿人、1.9亿人和3.4亿人，合计占全国在业岗位总人数的87.3%。当然，其中也有少部分是灰领岗位或称技术蓝领岗位，担任技师、高级技工、领班，或生产者兼任质量检验、生产统计等工作。他们既在生产一线从事体力劳动或服务工作，又具有某些管理或技术职能，其人数估计占蓝领岗位总人数的8%～10%，也就是6000～7000万人。

从各大类职业人口中的人才拥有量和所占比例来看：单位负责人中的大专以上毕业生人数为420万人，比例为37%；专业技术岗位人员中的大专及以上文化程度拥有者为2400万人，比例为40%；办事人员中的大专以上毕业生为1180万人，比例为42%；商业服务人员中的大专以上毕业生为570万人，其中大多数是在第一线从事服务工作，但负有部分管理或技术服务职能的灰领，比例为4.4%；生产工人岗位中的大专以上毕业生也为570万人左右，其中大多数为技师、高级技工或具有部分管理职能的领班者，比例为3%；在农林牧渔劳动者中，大专以上毕业生所占的比例仅为0.1%。

按照对2015年全国就业规模和大专以上毕业生拥有量的预测，我们对该目标年度的分职业大类人口的规模和人才拥有量作了如下结构预测：2015年，各单位负责人总数达到1300万人，其中大专以上毕业生拥有量比2005年净增350万人左右，人才密度达到60%；2015年，专业技术人员总数达到6500万人，其中大专以上毕业生拥有量净增2000万人左右，人才密度为68%（美国在1986年为78%）；2015年，职员总规模达到3200万人，大专以上毕业生拥有量净增700万人左右，人才密度为60%；2015年，商业服务人员总规模达到1.8亿人，大专以上毕业生拥有量净增1000万人左右，人才密度为9%（美国在1986年已达到34%）；2015年，生产工人总规模达到2.3亿人，大专以上毕业生拥有量净增1000万人左右，人才密度达到7%（美国在1986年已达到22%）；2015年，农民总规模下降为2.8亿人，大专以上毕业生拥有量净增250万人左右，人才密度达到1%（美国在1986年为18%）。

（四）对未来若干年大学毕业生供求形势的粗略判断

从地域上看，城市、县城和乡镇农村的新就业人才需求结构大约是：城市为60%，县城为25%，乡镇农村为15%。从经济类型看，国有单位、股份制、集体合作制单位和外商投资单位的人才需求大约占60%；私营、个体工商户和城镇其他非正规单位的人才需求大约占20%；乡镇企业和农村的人才需求占20%。从产业、行业来看，第一产业的人才需求大约占4%；第二产业占23%，其中工业占18%，建筑业占5%；第三产业占73%，其中交通、仓储、邮电和通信业占8%，商业、金融、餐旅和生活服务业占18%，教科文卫体、软件和咨询服务业占35%，机关、社会团体占12%。从分职业大类看，专业技术类人员岗位的人才需求大约占40%；职员岗位的需求占13%；商业服务类人员岗位的需求占21%；机器操作者和一线生产工人岗位的需求占22%；农林牧渔从业者中的人才需求占4%。考虑到“单位负责人”的绝大多数岗位需有一定的管理、技术经验和工作经验的积累，大学毕业生直接进入的可能性极小，故将其对人才的需求分解到其他职业类中。

综上所述，三类白领岗位的人才需求大约占53%，三类蓝领岗位的人才需求大约占47%，基本上各占一半。

三、开拓就业空间需调整高等教育结构

（一）新形势下高校的重新定位

目前，全国已进入高等教育大众化的中期阶段，这一新形势要求全国高等学校重新定位，注意高等教育“生态结构”的合理化。20世纪末，全国高等学校的发展存在着研究型大学热、综合型大学热、多学科大学热，片面追求成为高水平大学，造成高等教育生态结构失调。今后十多年，我国仍将处于工业化进程中，仍是发展中国家，大量需要的是应用型人才、技艺型人才及技能型人才。除了少数“985工程”大学和“211工程”大学外，其他高等学校都要把培养面向经济建设和社会事业发展主战场的应用型人才，也就是中、初级人才作为自己的主要任务，既要培养专业技术人才和管理人才，也要培养第一线的操作型人才。全国需要创建更多的特色院校、专门院校，多数学校要有自己的学科特色和行业特色，要加强与行业企业合作办学，创建更多的科研、技术开发和学生实习的校外平台。教育教学要更多地以就业为导向，花大力气提高大学生的社会实践能力和创业能力。

（二）培养目标与人才规格的调整

长期以来，处于精英教育阶段的我国各级各类高等学校，都把培养高级人才定为自己的目标。在新的形势下，各级各类高等学校有必要对学校的定位作出重大调整。未来几年，全国硕士生、博士生的年毕业人数将突破40万，比20世纪80年代初每年本专科毕业生的总和还要多出一半以上，他们将成为我国高级人才的主要后备力量。硕士和博士毕业生的培养目标可以以培养学术型人才、工程技术开发型人才为主，而本科毕业生的培养目标应该调整为中级人才，以培养应用型岗位人才为主。相应的，大专、高职毕业生的培养目标应调整为初级人才，以培养知识技能复合的第一线操作型人才（俗称“灰领”或“技术蓝领”）为主。

1.科类、专业结构的调整

前几年，在人才市场热门专业和低办学成本的双重驱动下，许多高校不顾自身条件，盲目争设社会热门专业，造成部分学科专业规模严重失控。第一是管理学科专业（包括工商管理、公共管理、管理科学与工程三个种类），其本科在校生规模接近130万人，专科在校生规模超过了150万人，合计达到280万人。第二是经济类专业（包括经济学、国际经济与贸易、金融三个种类），其本科在校生规模达到57万人，专科在校生规模达到34万人，合计超过了90万人。第三是计算机与电气信息类专业，其本科在校生规模达到140万人，专科在校生规模达到163万人，合计超过了300万人。第四是外语类专业，其本科在校生规模达到60万人，专科在校生规模达47万人，合计超过了100万人。第五是艺术类专业，其本科在校生规模达到62万人，专科在校生规模达到35万人，合计接近100万人。第六是新闻传播学类专业，其本科在校生规模达到15.5万人，专科在校生规模达到1.2万人，合计接近17万人。上述这些学科的规模发展过快，远远超出了人才市场的吸纳能力，需要在今后几年适度调减招生规模。与此同时，国家工业发展急需的地矿类、能源动力类、机械类、轻纺食品类、化工与制药类等这几年的招生规模增长速度相对较慢，在高等教育总规模中的比例有所下降。而这些学科的毕业生需求却比较大，近几年就业率都比较高，许多小企业和县镇两级的工业企业都招不到这些专业的大学毕业生，其市场空间较大，应该适度扩大招生规模。

2.教学计划和课程设置的调整

随着高等教育大众化进程的加快，我国除少数以“985工程”大学为主的研究型大学之外，其他各类高等学校都应把培养应用型人才作为自己的工作重点，对于本专科生，都要着重培养其在基层单位或第一线的工作能力。因此，大多数本专科专业的教学计划都要调整课堂教学和实习、实训时间的比例，加强实践教学、现场教学，要加强工科类、商科类和农科类大学生的技能训练。

3. 专业目录和专业方向的创新

今后高等学校本专科毕业生中的绝大部分要被培养成为应用型人才，走向各种职业岗位，因此专业目录应具有学科和职业双重特性。各高等学校的专业设置应从本校的优势和当地经济社会发展的实际需要出发，与相应的行业与职业岗位相衔接，注重特色专业、特色人才的培养。目前，多数高等学校的专业设置过于强调对通用人才的培养，缺少特色，其毕业生到实际工作岗位上手较慢，缺少职业知识。以会计学专业为例，全国有近500个本科院校和900所专科学校设置了这一专业，但教学计划雷同，各学校应该根据各行业需要分别将其细化为工业会计、农业会计、商业会计、卫生会计、行政事业会计等；又如热加工专业可细分为铸造、锻造、焊接等，各学校如果分别增加与对口行业相关的特色课程，通过专业与行业复合，就容易形成特色。

（三）教师知识能力结构的调整

以培养应用型人才为主的大众化高等教育，要求我们的高等学校专业教师"能文能武"，更多地成为复合型的双师型人才。教师的进修除了学科继续教育以外，还应增加教师到企业和其他用人单位兼职从事项目开发、技术改造的机会，加强技能训练和挂职锻炼。另外，教师职称的晋升不能只看发表了多少论文，还要看他的项目开发和技术应用的成果，与用人单位合作指导学生实习、实训的能力等。

（四）学生就业观念的转变

从入学开始，学校就要对大学生进行大众化高等教育条件下的就业观念和人才市场环境的教育。要从我国社会主义初级阶段的国情出发，不能"眼睛只朝上"，更多的是要"眼睛向下"：在就业地区面向上，更多地走向中西部地区和小城市与县镇；在单位取向上，未能应聘机关事业单位的，更多地面向企业，特别是中小企业、民营企业和乡镇企业；在职业取向上，未能应聘专业技术岗位和管理岗位的，可以先从事生产第一线的操作性岗位，以后有机会再发展；未能被单位应聘的，可以向浙江许多民营企业创办人学习，在家庭、社会和政府的资助下，自主创业或与其他同学合伙创业，自己做小企业主和老板。

第三节　国家毕业生就业政策

（一）普通高等学校毕业生的就业

普通高等学校凡取得毕业资格的毕业生在国家就业方针政策的指导下，依据《普通高等学校毕业生就业工作暂行规定》，通过供需见面和双向选择在一定范围内落实就业单位。在规定时间内，落实就业单位的毕业生，国家负责派遣；未落实单位的毕业生，学校可将其档案和户口关系转到家庭所在地，由当地毕业生就业指导机构或劳动人事部门帮助推荐就业。

（二）毕业生的择业期限

国务院办公厅转发教育部等四部委《关于进一步深化普通高等学校毕业生就业制度改革有关问题的意见》（简称国务院19号文件）规定，在毕业离校前仍未落实就业单位的应届毕业生可以延长择业期（不包括准备考研和自费出国留学的毕业生），从当年7月1日起，延长期限为两年。两年内与用人单位签订就业协议书，接收手续齐备的毕业生，学校为其办理相关手续，并到省高校毕业生就业指导中心办理新的报到证，毕业生凭报到证到相关部门和单位办理相关手续。

（三）毕业生到非公有制（无人事权）企业就业

毕业生到各种非公有制经济性质的单位就业，也就是所说的三资、民营、私营、个体等无人事权的企业就业，一定要在人才服务中心办理人事档案和户口托管挂靠手续。

（四）考研、考公务员毕业生的就业

考研、考公务员的毕业生在择业时考试结果还未确定的，这两类毕业生在签订就业协议时，应如实向用人单位告知，并要求双方取得一致意见。如果毕业生被录取为研究生或国家公务员，则就业协议无效；如果用人单位不愿意接受此条款，则毕业生不应与该用人单位签订就业协议。

（五）结业生的就业

结业生由学校向用人单位一次性推荐或自荐就业，找到工作单位的，可以派遣，但必须在“全国普通高等学校毕业生就业派遣报到证”上注明“结业生”字样；在规定时间内无单位接收的，由学校将其档案、户口关系转到家庭所在地（家庭在农村的保留非农业户口），自谋职业。

（六）肄业生的就业

大学肄业的学生由学校发给肄业证书，国家不负责就业派遣，并将其档案和户口转到其生源所在地，自谋职业。

（七）身体状况不合格的毕业生的就业

学校应在派遣前认真负责地对毕业生进行健康检查，不能坚持正常工作的，让其回家休养。一年内治愈的（须经学校指定县级以上医院证明能坚持正常工作的），

可随下一届毕业生就业；一年后仍未治愈或无用人单位接收的，将其户口关系和档案材料转至家庭所在地，按社会待业人员办理。

（八）取得研究生资格不愿攻读的毕业生的就业

免试推荐和考取硕士、博士研究生的毕业生，在学校就业计划上报后提出不再攻读的，应回家庭所在地就业。

（九）毕业生违约与调整改派的规定

毕业生就业协议书明确规定了学校、用人单位和毕业生本人三方面的责任、权利及义务，协议书一经签订便视为生效合同，不能随便更改。若万不得已毕业生需要单方面毁约的，必须征得原签约单位的同意，并由原用人单位开出辞退函，经毕业生就业主管部门批准后，方可列入就业方案。毕业生派遣后（即省高校毕业生就业办公室已签发报到证），原则上不允许改派调整就业单位，如果情况特别需要改派，由学生本人提出申请，出具用人单位辞退函，由学校毕业生就业指导中心上报省高校毕业生就业办公室批准后方可办理。办理改派时间仅限于毕业两年之内。

（十）对毕业生违反规定的处理

有下列情形之一的毕业生，由学校报地方主管毕业生调配部门批准，不再负责其就业。在其向学校缴纳全部培养费和奖（助）学金后，由学校将其户口关系和档案转至家庭所在地，按社会待业人员处理。

（1）不顾国家需要，坚持个人无理要求，经多方教育仍拒不改正的。

（2）自派遣之日起，无正当理由超过三个月不去就业单位报到的。

（3）报到后，拒不服从安排或无理要求被用人单位退回的。

（4）其他违反毕业生就业规定的。

（十一）高校毕业生就业优惠政策

1.到西部县以下基层单位和艰苦边远地区就业的高校毕业生

（1）实行来去自由的政策，户口可留在原籍或根据本人意愿迁往西部地区和艰苦边远地区，由政府主管部门所属的人才交流机构提供免费人事代理服务。

（2）工作满 5 年以上的，根据本人意愿可以流动到原籍或除直辖市以外的其他地区工作，凡落实了接收单位的，接收单位所在地区应准予落户。

（3）毕业后自愿到艰苦地区、艰苦行业工作，服务达到一定年限的学生，其在校期间的国家助学贷款本息由国家代为偿还。

（4）到艰苦边远地区和国家扶贫开发工作重点县就业的，可提前转正定级工资，高定 1 ～ 2 档工资标准。

(5) 在艰苦地区工作两年或两年以上者，报考研究生的，应优先予以推荐、录取；报考党政机关和应聘国有企事业单位的，在同等条件下，应优先录用。

2. 自主创业

凡应届高校毕业生从事个体经营的，除国家限制的行业（包括建筑业、娱乐业以及广告业、桑拿、按摩、网吧、氧吧等）外，自工商部门批准其经营之日起，3年内免交登记类、管理类和证照类的各项行政事业性收费。地方政府人事部门所属人才服务机构将为其提供所有的人事代理。

3. 从事个体经营可以免交的收费项目

(1) 工商部门收取的个体工商户注册登记费、个体工商户管理费、集贸市场管理费、经济合同鉴证费、经济合同示范文本工本费。

(2) 税务部门收取的税务登记证工本费。

(3) 卫生部门收取的民办医疗机构管理费、卫生监测费、卫生质量检验费、预防性体检费、预防接种劳务费、卫生许可证工本费。

(4) 民政部门收取的民办非企业单位登记费。

(5) 劳动保障部门收取的劳动合同鉴证费、职业资格证书费。

(6) 公安部门收取的特种行业许可证工本费。

(7) 烟草部门收取的烟草专卖零售许可证费。

(8) 国务院以及财政部、国家发展改革委员会批准的涉及个体经营的其他登记类和管理类收费项目。

4. 到非公有制单位就业的高校毕业生

到非公有制单位就业的高校毕业生，公安机关将积极放宽建立集体户口的审批条件。劳动、人事部门所属人才服务机构将为这类毕业生提供集体户口、人事代理、存放人事关系等服务，同时还将代办人事关系接转、人事档案管理、转正定级、党团关系、专业技术职务任职资格申报评审、社会保险金缴纳等服务。

5. 跨省市就业的高校毕业生

(1) 取消对接收高校毕业生收取的城市增容费、出省（自治区、直辖市 ）费、出系统费和其他不合法、不合理的收费政策。

(2) 省会及省会以下城市放开对吸收高校毕业生落户的限制。省会以上城市（如直辖市）也要根据需要，积极放宽高校毕业生就业落户规定，简化有关手续。

（十二）国家鼓励毕业生到基层、到西部就业的措施

1. 大学生志愿服务西部计划

大学生志愿服务西部计划由团中央牵头组织招募，高校毕业生自愿报名参加，服务期一般为1～2年。

（1）服务期间计算工龄。

（2）志愿者服务期满考核合格报考研究生的，总分加 10 分；在同等条件下，优先录取。

（3）志愿者服务期满考核合格报考国家机关公务员或报考中央国家机关和东、中部地区公务员的，在同等条件下优先录用；报考西部地区公务员的，笔试总分加 5 分。

（4）在招聘党政机关公务员和新增国有企事业单位专业技术人员、管理人员时，优先录用志愿者。

2. 支教、支农、支医和扶贫工作计划

支教、支农、支医和扶贫工作计划由人事部牵头组织，采取考核或考试的办法招募，并有一定的计划用于招募家庭经济困难的毕业生，服务地在乡镇，服务期限为 2 ～ 3 年。

3. 农村学校教育硕士师资培养计划

农村学校教育硕士师资培养计划由教育部牵头组织，服务期限为 5 年，采取“3 ＋ 1 ＋ 1”模式，即前三年，取得为农村学校培养教育硕士师资入学资格的学生由省级教育行政部门安排到签约农村学校任教；第四年，农村师资教育硕士生到培养学校注册研究生学籍，脱产学习教育硕士专业学位研究生课程；第五年，农村师资教育硕士生回到任教学校，边工作、边学习，通过现代远程教育等方式继续课程学习，并撰写学位论文。通过论文答辩后，由学校授予教育硕士学位并颁发硕士研究生学历证书。

4. 农村义务教育阶段学校教师特设岗位计划

农村义务教育阶段学校教师特设岗位计划由教育部牵头组织，毕业生自愿报名参加，“计划”的实施范围以国家西部地区“两基”攻坚县为主，包括被纳入国家西部开发计划的部分中部省份的少数民族自治州，适当兼顾西部地区一些有特殊困难的边境县、少数民族自治县和少数民族县，服务期限为 3 年。

第九章　就业的前期准备

第一节　就业思想准备

就业准备，包括就业思想、就业材料和就业信息准备。做好就业准备，是顺利就业的前提，只有做好了就业准备，才能提高求职命中率，少走弯路，顺利实现自己的职业理想。

近几年，全国高校毕业生就业形势越来越严峻。而2011年全国范围内的毕业生就业形势更不容乐观。“凡事预则立，不预则废”，“机遇留给有准备的头脑”，高校毕业生要想在如此困难的就业市场中寻求到适合自己的职位，就得提前做好就业思想准备。这就要求毕业生首先要看到普遍存在的问题，充分认识自己的个性、综合能力及优势和劣势所在，最后根据社会的需要去充实、调整和完善自己，顺势成才，积极做好就业前的准备工作。

一、普遍存在的问题

大学毕业生人数年年攀升，毕业生一次性就业率持续走低，就业难已成为不可回避的问题。从当代大学毕业生自身来看，就业难的原因主要表现在以下方面。

（1）准备不足，目标模糊。目前多数学生对职业目标相对模糊，没有把兴趣、爱好与自己所学的专业很好地结合。大部分学生参加人才交流会都有一种“赶集”的感觉，没目标、没准备，全凭碰运气，人才交流会对接成功率一般不到30%。

（2）知识陈旧，转化率低。应届大学生到岗工作，实际知识应用率不足40%。我国大学生一般在1～1.5年才能独立完成工作，而发达国家的大学生只要2～3个月。在知识经济时代，知识生产率已逐步替代了劳动生产率，“知识就是力量”已被“转化了的知识才是力量”所替代。然而，我们通过调查发现，在校大学生学习的知识主要是用来应付考试，考试结束后，知识就忘得差不多了。大部分毕业生在走向社会时，很难将知识和才能物化为真正的行为，知识转化率很低。

（3）理念滞后，能力危机。大学生的就业理念受社会各种价值取向的影响，指导其就业的理念存在五大误区：一是“宁愿出国带光环，不在国内做职员”；二是“宁到外企做职员，不到中小企业做骨干”；三是“创业不如就业”；四是“就业难不如再考研”；五是“宁要都市一张床，不要基层、西部一套房”。现在的大学生在校期间，不注重自身素质和能力的提高，在毕业时出现了能力危机，不能满足其工作岗位的需求。

（4）依赖性强，创造力弱。我国部分大学生表现出“五靠”：考大学靠压（家长监督学习），报志愿靠拍（家长定），上大学靠供（家长投资），找工作靠关系（家长运作），选择职业靠感觉（没有科学的分析，凭家长经验）。大学生中完全独立按照自己的意愿选专业、定职业、找工作的，在被调查的对象中仅占40%。

二、充分认识自我

当代大学生处于改革开放与中国特色社会主义建设的大潮中，处于经济全球化、社会信息化的时代大背景下。人生经历仅为“从家庭到学校”的一代学子，在即将步入社会的前夕，如何认识自我，如何做人成才，是摆在毕业生面前一个非常现实、又亟待解决的问题。对自我充分的认识与了解，即回答：你是怎样的人？你希望自己成为怎样的人？你的才能和可能的限制又是什么？知己要素包括兴趣、性向、价值观、抱负，亦即：我能够做什么、我可以做什么、我想要做什么、我应该做什么。

（一）分析自己的能力，选择合适的职业

所谓能力，就是一个人在社会实践中对于认识世界和改造世界所表现出来的身心力量，或者说一个人为完成某项活动所必须具备的心理特征。能力是一个人能否胜任工作的先决条件。大学生的就业核心能力包含六个方面：学习创新能力、解决问题的能力、主动性和责任感、沟通协调能力、压力承受能力和社会适应能力。大学生应对自身的这些能力和综合素质进行分析和测评，全面了解自己，而后根据自己的综合能力来选择合适的职业。

（二）分析自己的个性，选择适应的工作

人的个性特征对其职业选择有很大的影响，从事与自己的性格相符的职业通常能发挥己长，积极投入工作并胜任工作。人的性格大致分为六种类型：现实型、传统型、企业型、研究型、艺术型和社会型。大学生要善于认识自己，分析自己属于哪种类型。我是好社交的，还是守规矩的？我是喜欢研究问题进行科学探讨的，还是喜欢从事商务活动的？每一个人都要把这个事情想清楚。这种分析实际上就是指出我们每个人的发展方向、职业专长、成才的目标，这些在一定程度上是由自身的个性特征所决定的。当然，对某一个人来讲，可能同时不同程度地具有几种性格类型特质，但

却总会因某一方面的突出而成为其主要的个性特征。在现实生活中也的确如此，比如，具有某种个性特征的人适合于从事具体的事务性工作，而具有另外某种个性特征的人却适合于从事外联谈判工作。因此，我们的青年学生在校期间要对自己的性格、特点、个性、思维方式等有一个基本的认识，要根据自己内在的、稳定的、突出的特征指向去发展自己。

（三）判别自己的优势和劣势，以便扬长补短

分析在择业过程中，自己有哪些优势和劣势。如自己的兴趣、特长、爱好是什么，有何出众的能力等；有哪些劣势，如性格的弱点，经验与经历中所欠缺的方面，以便在求职途中扬长补短。

（四）分析自己的求职理念，做到有的放矢

思考自己究竟想做什么，想在哪一方面有所发展，想成为什么样的人，自己的价值标准是什么，以利于在求职时定好位，有目标。

（五）利用 SWOT 分析盘点优劣势，确定个人就业资源

SWOT 分析是一种功能强大的分析工具，是检查你的技能、能力、职业喜好和职业机会的有用工具。通过它，你会很容易地知道自己的优点和弱点在哪里，并且可以仔细地评估出自己所感兴趣的不同职业道路的机会和威胁所在。S 代表 strength（优势），W 代表 weakness（弱势），O 代表 opportunity（机会），T 代表 threat（威胁），其中，S、W 是内部因素，O、T 是外部因素。

三、积极做好准备

大学毕业生要想在激烈的求职竞争中取得优势，就必须在个人的道德修养、求职择业观、综合能力和知识储备等方面做好准备。

（一）加强思想道德修养

当代大学生身怀抱负、满腔热情、积极进取、勇于创造，但也有部分学生在思想道德修养和人生价值观方面表现得不尽如人意，这些问题严重影响着他们的成长和成才。所以，当代大学毕业生要成为社会所需要的优秀人才，除了要正确认识自我、努力学习以外，还要解决一个非常重要的现实问题，即做人的问题。做人成才，首先是人文修养问题。曾为西方市场经济发展起步提供伦理思想支撑的西方中世纪宗教改革运动领袖马丁·路德说过：“一个国家的前途，不取决于它的国库之殷实，不取决于它的城堡之坚固，也不取决于它的公共设施之华丽，而在于它的公民的文

明素养，即在于人们所受的教育、人们的学识和人们品格的高下。”今天是经济全球化的时代，市场经济需要道德、法制去调控，经济全球化需要多种文化、价值观念相互融合、和谐发展，需要人与人之间的理解与协作，而这一切都以个人品质为基石。做人成才，更需要有高尚的品格。因为一个人所具备的品格对于其成长极其重要，一个人的事业越有成就，他所处的位置就可能越高，他所面对的利益的诱惑力就越大，道德的冲突性就越激烈，对一个人的品格要求就越高。大学是社会精神文明的首善之区，所以大学生在校学习期间，要不断地加强自己的思想道德修养，树立正确的人生观和价值观，这样将来走上社会才会不为利所惑，不为名所累，不为难所倒，不为绩所骄，才能以自己的知识、能力、品格来经邦济世，成为有理想、有道德、有文化、有纪律的合格人才，承担起历史赋予自己的振兴中华民族的重任。

（二）树立正确的求职择业观

1. 以大局为重，服从国家需要

虽然大学毕业生遇到了严峻的就业形势挑战，但同时也遇到了难得的人才发展、培养、成长机遇。一是我国经济稳步增长，为广大毕业生提供了足够的就业空间；二是以高校毕业生为主体的就业市场逐步完善，政策性障碍正在被消除；三是西部大开发、振兴东北老工业基地、中部崛起等项目正在逐步实施，2009年国家加大了对基础设施建设的投资，对人才的需求不断扩大。

作为受党和国家教育培养多年的大学毕业生，在选择自己的职业时，应该把国家利益和社会需求放在首要位置加以考虑，把个人意愿和社会需求结合起来，以国家的富强和民族的振兴为己任，自觉地献身于社会主义现代化建设的伟大事业。无论是国家重点单位还是需要人才的基层单位、艰苦行业、边远地区都是国家的利益所在。毕业生投身到祖国大西北或基层工作，既能使自己拥有更广阔的发展空间和前途，又为国家和社会作出了贡献，实现了自己的人生价值。

2. 立足求真务实，合理制定就业目标

大学生在选择职业时，应该对职业岗位作出全面、客观的评价，根据不同职业岗位提出的要求，把自身所具备的职业素质与职业岗位的要求进行认真的对比和分析，进而选择符合自己性向、能充分展示自己才能的岗位就业。如果既不考虑自身能力，又不考虑社会需求，一心寻找工作条件好且工资高的职位，就会增加就业难度。要自我分析，合理定位，明确就业目标。

就业目标是实现职业目标的一个准备，在现阶段，就业目标要实事求是，严峻的就业形势产生的结果必然是就业市场的激烈竞争，因此，结合自身的综合实力和专业特色制定一个适中的就业目标显得尤为重要。武汉市政府大中专毕业生就业办2008年10月发布的一份大学毕业生就业调查报告显示：67.5%的大学生倾向于到“薪水普通，但能够充分发挥自身能力的单位”工作，只有11.1%的大学生愿意选择“薪水高，但发展不稳定的单位”。这说明大部分毕业生能够求真务实，理智就业。大学毕业生还需要破除“一项职业定终身”的传统观念，树立“先就业、后择业”的思想，在选择工作单位和岗位时，不可强求一步到位，而应在就业后，随着工作阅历的不断丰富，根据自己的实际情况和发展需要，有效地调整就业岗位。

3. 勇于面对挫折，积极参与竞争

随着高校毕业生就业制度改革的不断深化，当前毕业生就业方式主要是“市场导向、政府调控、学校推荐、毕业生与用人单位双向选择”的市场化模式。虽然就业是国家极为关注并极力解决的民生问题，但归根结底是大学生个人的事情。毕业生要想选择到理想的职业，就必须积极参与，敢于竞争，大胆地向用人单位推销自己。因此，每一个毕业生在校时就要做好参与竞争的思想准备，努力培养自己的就业竞争能力，拥有勇于面对挫折和失败的信心和决心。虽有可能“屡战屡败”，但绝不能丧失信心，而应相信“失败为成功之母”，通过自身的努力获得自身发展并实现自我价值。

4. 面向基层就业，牢固树立服务意识

胡锦涛总书记说过：“凡是在各种领导岗位上有所作为、成绩突出的干部，都是注重实践锻炼特别是基层实践锻炼，在丰富生动的实践中成长起来的，这已经成为一种规律性的现象。基层是高校毕业生熟悉当代中国社会、了解现阶段国情、磨炼意志、砥砺品格、增进与人民群众感情的最好课堂，也是施展才干的广阔舞台。”基层是一个大概念，既包括广大农村，也包括城市街道社区；既涵盖县级以下党政机关、企事业单位，也包括非公有制组织和中小企业；既包括自主创业，也包括艰苦行业和艰苦岗位。基层还是一种意识，做任何事情都需要从一点一滴的基础性工作做起，都需要脚踏实地、勤勤恳恳的工作态度。国家出台了有关服务基层就业的意见，不是一时之需，更不是权宜之计，而是百年大计。面向基层就业，是时代的召唤和国家的要求，也是当代大学生必然的选择。

5. 积极参加灵活就业，挑战非本专业领域

随着我国经济体制的改革与发展，集体经济以及个体、私营、外资等非公有制经济不仅成为国民经济的重要组成部分，而且成为扩大就业的重要渠道。无论是在国营企事业单位工作，还是在私营或个体企业就业，只要是从事社会所需要的职业并由此获得合法的劳动报酬的，都是实现了就业。不同的工作岗位只反映社会分工的不同，而没有高低贵贱之分，所以，到个体、私营企业打工的灵活就业形式为大学生开辟了又一条就业途径。

据了解，没有被统计到就业率内的大多数往届毕业生，并没有依靠父母的资助生活，而是在灵活就业，靠自己的劳动养活自己。大学毕业生如果能将眼前利益与长远

目标统一起来，那么前景会更好。所以，在双向选择过程中，毕业生不能固守“专业不对口，我就不选择”的观念，而要勇于迎接挑战，大胆向专业相近或脱离专业的用人单位推荐自己。实际上，许多毕业生在与自己所学专业联系不多的职业领域都找到了真正适合自己的工作，并学到了新的知识，为自己开拓了更广阔的前程。

6. 树立自主创业和终身学习的观念

2008 年 1 月 4 日，《中国青年报》社调中心与 Universum 公司共同实施的“2008 中国大学生职业倾向调查”显示，在 2008 届大学毕业生中，42.4%的人毕业后想进入外企工作，想去国企的人为 19.2%，13.4%的人想去政府部门工作，希望自主创业的仅占 6.3%。而在 2008 年 11 月下旬《中国青年报》社调中心通过腾讯教育频道进行的一项针对即将毕业的 2009 届大学生的调查中（1641 人参加），比例发生了明显的变化。想在政府部门工作的有 20.8%，想在国企工作的有 20.3%，选择外企的仅有 18%，“自主创业”成为这届大学生的首选，21.6%的人选择了此项。两个调查的结果反差如此明显，确实可以看出大学生的就业倾向在金融危机蔓延后发生了显著变化—希望自主创业的人明显增多，想当公务员的人也更多了，“外企热”降温了。河北省教育厅调研组完成的一项“大学生就业问题”的调查结果也显示，近六成大学生认同自主创业，或希望今后能够尝试创业。如今的大学生创业，逐渐成为在就业压力和政策引导下的理性选择。一方面当前就业机会从总量上存在供需不平衡的情况，不得不分流一部分人进行自主创业；另一方面，中央和地方政府不断推出针对大学生创业的各种优惠政策，鼓励和支持大学生自主创业。大学生还必须树立牢固的终身学习观念。因为，随着知识经济社会的到来，现代职业的变化日新月异，大学生只有不断学习新的知识，才能适应社会的发展，否则将会被社会无情地淘汰。所以，已走向工作岗位的大学生必须不断充实自己，将理论与实践相结合，有的放矢地进行学习，提高自己的工作能力和业务水平，为今后的发展打下良好的基础。

（三）了解就业形势，确定就业期望

毕业生供需矛盾突出是近年来社会公认的大学生就业难的一个直接原因。2001 ～ 2005 年，全国高校毕业生从 114 万增加到 338 万，是扩招前的 3 倍；2007 年全国高校毕业生人数为 490 万，2008 年增至 559 万，比 2007 年增加 69 万人，2009 年高校毕业生已达到 611 万，比 2008 年又增加了 52 万，加上往年毕业而未能就业的高校生，2009 年就业大军高达 1000 多万人。同时，2008 年席卷全球的金融危机给 2009 届高校毕业生就业产生的影响可谓是雪上加霜。2010 年应届毕业生规模是 20 世纪初的 6 倍，2011 年高校毕业生人数为 660 万人，“十二五”时期应届毕业生年平均规模将达到近 700 万人。今后几年社会对高校毕业生的需求增加幅度不会有大的变化，因此可以预计，大学生就业竞争将更加激烈。当前大学生就业问题不断暴露了一些教育体制、专业结构、就业制度、就业政策、劳动力市场建设等方面的问题，这些问题的存在加剧了大学生就业形势的严峻程度。以2002年为例，从地区看，北京、上海等东部发达地区对人才的需求较旺，需求总量大于当地的生源数。中西部不少省区虽然有较大的用人需求，但面临的问题是工作和生活条件艰苦，往往招不到合适的人才，出现了“有地方没人去，有人没地方去”的现象。在西部一些经济不发达的地区，当前就业岗位相当有限，难以吸纳本地毕业生。

从院校类别看，教育部直属高校毕业生的就业情况较好，初次就业率为85%，部属高校次之，地方院校较差。从学历看，用人单位对学历高的毕业生的需求高于对学历低的毕业生的需求，研究生供需比约为1：2.6，本科生约为1：1.3，专科（高职）生约为1：0.4。从专业看，一些紧缺专业如计算机、通信、电子、土建、自动化、机械、医药和师范等科类的毕业生需求较多一些，而一些长线专业如哲学、社会学、经济学、法学等科类的毕业生需求较少。对当前的就业形势，毕业生应该有清醒的认识，特别是那些不太热门专业的毕业生，调整好心态是跨进招聘现场的第一步。无论是大企业还是小企业，本地还是外地，毕业生自己要在心里有个恰当的定位，搞清楚自己想去、适合去什么样的单位十分重要。

（四）了解就业政策，确定就业策略

了解当前就业的主要政策是求职者确定求职大方向的前提，就业政策包括国家政策、地方政策和具体单位的招聘政策。国家政策是纲，地方政策是根据地方的特殊情况贯彻国家政策的详细举措，具体规定可查阅相关网站和杂志，国家和部分地方就业政策可以在学生处或相关部门查阅。现行的大学生就业制度由毕业生就业的有关方针政策、管理体制和服务保障体制等内容组成。

1. 现行的大学生就业政策

目前我国的就业方针是：劳动者自主择业，市场调节就业，政府促进就业。国家采取措施，鼓励和引导大学毕业生到边远地区、西部地区、艰苦行业和国家急需人才的地方去建功立业。

2. 现行的大学生就业管理体制

全国毕业生就业由教育部管理，国家根据每年度毕业生的情况和社会对毕业生的需求，制定年度方针、政策或指导性就业计划，高等学校按照国家的方针、政策和学校主管部门的要求落实毕业生就业计划，组织派遣毕业生。2002年3月，国务院办公厅转发了教育部、公安部、人事部、劳动和社会保障部《关于进一步深化普通高等学校毕业生就业制度改革有关问题的意见》（国发办［2002］19号）的文件。文件第一次提出成立由政府主管领导牵头、有关部门参加的领导协调机构，统筹做

好高校毕业生就业工作。这是根据新的就业形势和任务提出的一个新的体制，为做好高校毕业生就业工作提供了重要的组织保证和体制保障。

3. 大学生就业的服务保障体系

大学生就业的服务保障体系主要包括毕业生就业指导和服务体系、劳动关系调整体系、职业技能开发体系、社会保障服务体系、宏观调控体系和法律法规体系等。

（五）提高综合能力，适应社会需要

现在的大学生在校期间应该不断提高自身的就业核心能力，即提高学习创新能力、解决问题的能力、主动性和责任感、沟通协调能力、压力承受能力和社会适应能力等六项能力。

1. 提高学习创新能力

（1）跟随老师参加课题研究。

（2）参加系里或是学校举办的论文比赛、设计比赛、发明比赛等。

（3）长期积累某一个领域的相关资料，并撰写相关的文章。

（4）参加社会实践活动，在实践中观察并总结。

（5）向学校有创新精神的学生和老师学习，或者直接向社会上成功的专业人士请教。

2. 提高解决问题的能力

（1）尝试从多角度思考问题。

（2）尽量在实践中检验自己的想法。

（3）总结别人成功和失败的经验、教训。

（4）从小事中反复提高自己解决问题的能力。

3. 提高主动性和责任感

（1）找到自己做事的内在动力。

（2）信守承诺，不轻易放弃。

（3）勇于对由自己造成的结果、自己的情绪负责。

（4）承担社会实践工作，尤其要承担比较重要的责任。

4. 提高沟通协调能力

（1）和宿舍的人建立良好的关系。

（2）和教师专家进行沟通。

（3）在社会实践中和不同学生进行沟通。

（4）在承担一定职责后进行协调工作。

5. 提高压力承受能力

（1）锻炼耐力。

（2）主动承担社会工作带来的压力。

（3）管理自己的时间。

（4）学习一些调节压力的小技巧。

6. 提高社会适应能力

（1）多学习他人的社会经验。

（2）正确看待当前的就业形势。

（3）善于调整目标。

（4）增强对挫折的认知水平。

（六）加强学习，建立合理的知识结构

建立合理的知识结构是人才成功的先决条件和基础，所以要想做好就业准备，就得增强自身的基础知识、专业知识、业余知识、专业行情和法律知识的储备。

（1）基础知识：良好的基础知识是学好专业课程、提高自身能力的重要保证。

（2）专业知识：打好专业理论基础，熟悉专业的发展前沿，了解其发展方向，并增强外语及计算机应用能力。

（3）业余知识：学好选修课程，大量阅读课外书籍，培养个人的兴趣爱好，重视文理科兼修。

（4）专业行情：了解本专业的上游产品或下游产品的相关专业的工艺、技术水平、发展趋势和产品的情况。

（5）法律知识：熟悉法律所赋予毕业生的义务和应该享有的权利，学会用法律保护自己。虽然当前大学毕业生就业面临许多困难，但是，如果大学生能够充分认识自我，对自己有合理的期望，加强自身的思想道德修养，树立正确的求职择业观，建立合理的知识结构，善于利用每次机会改进自己、完善自己，提高综合素质，为就业做好准备，就一定能找到适合自己的理想职业。

四、师范类毕业生应如何转变就业观念

造成师范类毕业生就业难的原因是多方面的：首先是过分看中“师范”二字，不敢尝试其他行业。其次是过分追求工作稳定，希望就业“一锤定音”。由于受我国传统思想的影响，大多数师范毕业生在一开始选择师范院校学习时，其初衷就是为了追求一份稳定的教师工作，其内心深处就有一种偏于“保守”的思想。再次是依然留恋大城市、大单位。大城市中，生活条件较为优越，文化生活比较丰富，生活质量较高，广大毕业生总是希望留在大城市、大单位，这是一种正常的心理状态，产生的原因也有其合理性：大学毕业生都是由城市和农村两部分人组成，并且农村孩子居多，在这种情况下，本来就生活在城市的毕业生肯定不情愿放弃城市生活到

基层农村去工作。而生活在农村的孩子，父辈们面朝黄土背朝天几代人，好不容易考上个大学生，全村上下欢天喜地，认为孩子终于走出大山、走出农门了。背负着这样厚重的期望，生长在农村的毕业生根本没有再回基层农村工作的勇气。然后是仍然存在“精英”思想，不能准确定位自己。近年来，随着高等教育的大众化以及就业压力的增加，一些毕业生就业期望有所降低，学生择业观念和心态在发生着积极的变化。最后是依赖学校、家庭、社会的思想仍然存在。无论是师范毕业生还是非师范毕业生，就业时都存在等、靠的依赖思想，这是受传统的就业观念的影响，一些毕业生还没有完全走出计划经济时代下统包统分的体制思维定式，认为学校、社会、家庭培养了我，给自己安排一份工作是合情合理的。

影响大学生转变就业观念的原因是多方面的，一是国家就业政策的调整。计划经济体制下，大学生就业是国家统一分配。但随着市场经济主体地位的确立，计划经济体制下“统包统分”的就业制度成为历史，“供需见面、双向选择，自主择业”登上了舞台。国家对毕业生就业政策进行了重大调整，国家鼓励大学毕业生用所学的知识和本领，自谋职业、自主创业。中央和地方先后出台了一系列政策，为毕业生就业创造条件、提供信息、畅通渠道，提供了相当大的自由选择的空间和机会。在高等教育大众化以后，毕业生应该认识到：工作岗位是由人才市场调控的，高等教育只是提高人的素质和能力，为将来的就业提供知识和技能的准备，而不是给了上大学的机会，就一定要同时配给一个就业岗位。所以，大学毕业生的就业观念必须顺应时代要求，树立大众化就业观。二是国家产业结构的调整。从世界经济发展看，随着科学技术水平的提高，第三产业的职业数量迅速增加，其就业人数在发达国家已超过 50%。在计划经济向市场经济转化的过程中，我国原有的产业结构通过市场机制的微观调控和国家的宏观调控，进行了优化组合，第一、二产业的比重下降，第三产业的比重增加。在全面建设小康社会的时期，第三产业必将有突飞猛进地发展，将会从现在占 GDP 的不到 30%，上升到 50% 左右。产业结构这一变化促使就业人员开始由第一、二产业向第三产业转移，而第三产业就业容量大、弹性高、职业流动性大等特点也说明毕业生转移到第三产业就业是必然趋势，这就要求高校毕业生要改变传统的“轻视第三产业”、“从一而终”的就业观念。三是就业形式的多样性。高等教育只有以市场为导向，才能发挥其培养人才的作用。高等教育大众化，不仅仅是在数量上的变化，而且在入学起点、社会需求、培养模式、教学方式、培养目标等方面都将发生一系列改变。培养目标要求的多样化必然导致毕业生就业取向、就业形式的多样化。高校毕业生就业是社会就业的一个重要组成部分，社会有多少种就业形式，高校毕业生就可能有多少种就业形式。从工作时间来分，有全日制就业、半日制就业、计时就业等；从就业地域来分，有大城市、沿海城市和中小城市、城镇、农村或边远地区；从单位属性来分，有党政机关、三资企业、科研院所、高等院校、国有企业、部队等；从就业途径来看，有社会人才招聘会、学校推荐、亲友推荐、网上求职等；从岗位来源看，可分就业、创业；从实现方式看，可分一次性就业、灵活就业和暂时待业等。大学毕业生的就业形式由单一性走向多样性，是市场经济发展的必然要求，也是高等教育大众化的必然结果，需要毕业生适应新形势，及时调整“单一就业形式”的观念。

师范类毕业生要实现广泛就业，应及时转变就业观念，勇于走出师范狭隘，到西部、基层、农村，先就业，后择业，树立大众化的就业观。

（1）走出师范狭隘，拓宽就业渠道。随着国家对教育行业工作者的学历要求越来越高，师范专科毕业生就业已变得越来越困难。广大师范毕业生在校期间，就应该及早做好准备，广泛涉猎各方面的知识，积极参加社会实践，努力提高自己的实际动手能力和综合素质，一专多能，以便随时选择各种行业和岗位。

（2）树立“骑驴找马”的就业观。想一下子找到一份满意的工作是非常困难的，只有先沉下心来踏踏实实地学习、锻炼、积累一段时期之后，才有资格和能力去实现自己的理想。踏踏实实、认认真真才是刚毕业的大学生最需要具备的心态。

（3）准确定位，树立大众化的就业观。高校毕业生供给紧缺的时代已经一去不复返了。特别是高等教育“大众化”时代的来临与“精英教育”时代的结束，高校毕业生就业将发生与“大众化”相适应的“质”的变化。高校毕业生就业从精英走向大众，这是一个不以我们个人意志为转移的、历史性的转折。高校毕业生就业将在一个相当长的时间内处于“买方市场”。应该说，大众化时代的大学生不能再自诩为社会的精英，而仅仅是社会普通劳动者的一部分。因此，毕业生要正确认识自我，认识社会职位要求，找准自己就业的社会定位。不同层次、不同专业的毕业生在社会需求中有客观的定位，如果毕业生自我定位准确，要求的条件符合客观情况，并且对用人单位的要求越简单，你的求职将越容易实现。反之，条件越多、越高，实现起来越难。作为师范专科毕业生，就业面相对狭窄，就更需要怀着一个普通劳动者的心态，调整就业期望值，树立大众化的就业观，以多种方式实现就业。

（4）到基层、西部、农村去就业。基层、西部和农村是我国目前最有潜力的就业市场，那里缺少更多的人才，是师范专科毕业生就业的新天地。

（5）放远眼光，脚踏实地，着眼未来。绝大多数毕业生在就业时总是过于看中眼前的工资待遇，而不从学习知识、积累经验、提高能力方面来考虑，这就显得特别鼠目寸光、斤斤计较，缺乏战略眼光。刚参加工作的毕业生，如果站在雇主的角度去审视自己，会发现自己的贡献甚至还比不上付给自己的薪水。所以，看待一份工作好与坏，不能只看起初的工资待遇，更要看这份工作是否适合自己，是否具有成长性。只要你有能力，学到本事，还可以找机会跳槽。如果一开始就高不成低不就，只会错失发展机会。近年来，一些地方出现了零工资的就业现象，暂不说这件事是好是坏，最起码这些人知道与其坐等高薪，不如趁早投身实践，学点本事，我想他们总会有回报的。广大毕业生如果把毕业后的 1 ～ 2 年当作自己免费学习提高的一个过程的话，他们的心态就会平和了，就真的能脚踏实地、一步一个脚印地踏出美好生活的足迹了。

五、实现大学生就业观念转变的几种方式

与以前精英教育时代相比，现在的大众化时代的大学毕业生就业观念要有以下几个转变。

（1）从“精英”向“大众”的转变。高等教育由精英教育向大众化教育的推进，大学生就业模式必然由精英教育阶段所形成的毕业生就业模式向大众化教育阶段所形成的毕业生就业模式转变。“双向选择，自主择业”的就业模式是目前就业的主要形式。向大众教育阶段就业观念转变，大学生也要作为一名普通的劳动者，社会中的各行各业都需要大学生，既有大学生毕业去当工人，也有大学生毕业去做个体经营，只要是大学生通过诚实劳动来为社会创造价值，来实现自己的价值，就是现在社会所倡导的。劳动者的素质普遍提高了，社会才能更好地发展。

（2）从“城市”向“基层”的转变。当前，一方面，高校毕业生就业面临着一些困难和问题，另一方面，广大基层特别是西部地区、艰苦边远地区和艰苦行业以及广大农村还存在人才匮乏的状况。基层的天地广阔，蕴藏着无数的机会，中国具有 70 万个行政村，加上基层社区以及其他的基层就业岗位，似乎能够提供不可小觑的大学生就业机会。随着民众素质的普遍提高和大学生人数的增加，可能过去由高中或中专生从事的职业逐渐由大学生来担任，就业层次下移，这种“高才低就”的现象从个人讲可能暂时感到委屈，但这是社会不断进步的表现。大学生完全可以把到基层就业视为创业的起步、成才的开始，通过了解国情民意，积累经验，增长才干，这不仅有利于农村的经济建设，也有利于锻炼自己。大学毕业生要根据劳动力市场的需求，找到自己的位置和发展空间，实现自己的人生价值。

（3）从“公有”单位向“非公有”单位转变。在传统的职业观念影响下，人们都希望能够到政府机关、事业单位或国有大企业谋职、发展，而不愿意到集体企业或民营企业求职发展。在大众化就业时代的环境下，所有大学毕业生都去政府机关、科教文卫事业单位、科研院所、大型三资企业就业，显然是不切实际的。随着改革开放的深入，国内外大型企业的增多，就业观念发生着深刻的变化，大学生的就业倾向越来越向“非公有”的单位转变，从人才市场，职介中心的招聘统计情况来看，民营企业设摊招聘的比重最高，求贤若渴的态度非常明显。以前大学生到民企就业总是顾虑重重，担心民营企业规模小，经营管理水平低，个人没有发展前途；怀疑民营企业管理不规范，福利待遇没保障；还害怕民营企业工作不稳定，办公环境差。

而现在的民营企业发生了重大变化，特别是沿海发达地区的民营企业发展非常迅速。人才市场的薪资调查表明，民营企业的收入水平甚至已和三资企业不相上下，民企灵活的用人机制和激励手段为人才创造了比在其他单位更好的个人发展空间。随着社会养老保险、失业保险、住房公积金制度的建立和完善，在民企工作也不用担心四金交纳等个人保障问题。

（4）从“专业对口”向“通用人才”的转变。很多大学生就业时特别强调要专业对口，认为大学花费了几年时间所学的专业是自己生存之本，如果离开了自己所学的专业而选择其他行业，那就白白浪费了大学的时间，专业情节依然影响着求职的心理，实际上大多数用人单位，招聘人才的标准是：注重应聘者的个人能力和综合素质，至于专业是否完全对口，并不过分计较，现代社会分工越来越细，在校期间所学专业知识与现实需要难以完全吻合，求职过程中如果过分强调专业对口则难以找到合适的职业，一个具有开拓精神的毕业生，应看重行业的发展前景，并及时调整自己的择业方向，勇于进入与自己相近或相关的职业。由于我们的教育结构不能适应产业结构的调整，也必然会使某些专业的毕业生找不到专业对口的工作。大学教育不仅仅是学习专业的知识和技能，更重要的是培养了大学生的综合素质和综合能力，大学生进入一个新的领域会比没有受过高等教育的人更快更好地融入与适应。

（5）解决大学生就业难还需要培养大学生的创业意识。面对激烈的就业形势，高校毕业生不仅仅是求职者，更是社会职位的创造者。不仅可以通过创业解决自己的就业问题，还可以给别人提供更多的职位。因此对高校毕业生加强创业教育势在必行。一是树立创业教育观念，引导学生树立新的择业就业观念。二是注重能力和技能的培养。学有专长的学生可以开办公司，如艺术设计专业的学生办广告设计、装修设计公司，摄影专业的毕业生可开照相馆等，开设大学生创业类选修课程，让大学生通过课程，学习创业知识，改革实践教学方法，设立大学生创新基金，开展创业竞赛活动，引导学生积极参与教师科研工作，走产学研协调发展之路，加强学生创新和创业能力培养，牢固树立先就业、后择业、再创业的个人发展志向。

第二节　求职材料的准备

目前的人才市场是“卖方”市场，即求职人数是“供过于求”，一个用人单位往往会收到几倍甚至几十倍于招收计划的求职材料。所以，求职材料写得好，给看材料的人留下深刻的第一印象，争取到面试的机会是求职最为关键的一步。一份完整的求职材料一般包括封面、求职信、个人简历和附件四个部分。

一、封面

多数应届毕业生会选择印有毕业院校校徽或学校主要建筑的封面作为材料的封皮，但这样的封皮并非适合每一个毕业生。一流高校的毕业生，选择印有母校校徽或主要建筑的封皮，可以提高自己的身价，增强竞争力；普通高校的毕业生选择这样的封皮，却可能效果不佳，有时反而会弄巧成拙。因此，学校知名度不高的毕业生在制作求职材料时，可以选择能突显自己风格的图案作封面或者以自己的姓名、毕业学校、所学专业、联系电话和Email等简单信息作为封面，以给用人单位留下良好的初步印象。

二、求职信

求职信也叫自荐信，是求职者以书面形式向用人单位提出求职请求的文函，是求职材料中必不可少的一部分。在信中，求职者要阐述自己求职的理由、自己的知识能力以及求职愿望等，通过求职信展示自己的人格魅力，给用人单位留下一个深刻的印象，以争取更进一步相互了解的机会，如面试机会，甚至通过求职信也可能获得应聘的成功。求职信的内容可以简单概括为以下几方面：介绍自己；描述自己对该用人单位的认识；说明自身的能力与意向；请求用人单位给予自己一次面试的机会。

一般的求职信包含开头、主题、客套话和结尾四部分。

（一）开头

求职信的称谓要比一般书信的称谓正规，称谓要随用人单位的不同而变通。如果写给国家机关、事业单位的人事处领导，则用“尊敬的某某处长（科长等）”；如果对方是某企业的厂长（经理），则可以称之为“尊敬的某某厂长（经理）”；如果写给大学、中学校长或人事处，则宜称之为“尊敬的某某校长或老师”等等。称谓可以表现出你对用人单位的初步了解。开头部分首先要交代清楚自己来自的学校和所学专业；其次写明谋求的职位或职业目标，并表明你对该单位和该职位有兴趣；再次阐明你是如何得知该职位的招聘信息的；最后表明自己想加入应聘单位的信心和决心。

（二）主题

主题是求职信的中心部分，其形式多种多样，但要简洁且有针对性，一般要注意以下几点：介绍个人的基本情况和求职信息的来源，说明自己所要应聘的岗位和自己已经具备的条件，突出教育背景、成就以及自己所具备的各种能力和潜力。正文要体现你是有备而来，而且十分关注这份工作，要突出你能给用人单位做什么，并表现出你对这份工作的热情。在仔细阅读招聘广告资料和招聘单位的背景资料及招聘要求的前提下，针对申请职位来写，突出与申请职位相关的资历和符合岗位的个性特点，着重强调自己在所应聘岗位上的优势，并以实例加以佐证，让招聘单位相信你具有很强的工作能力。为了表示你对这份工作很感兴趣，需大致描述一下和申请岗位相关的职业目标和规划，使招聘单位相信你是位有头脑的应聘者。

（三）客套话

在客套话部分中，对应聘单位进行适当的赞誉，进一步表明自己想在此单位工作的迫切愿望。应写到自己对用人单位的了解情况，谈及该单位的名声、管理宗旨、工作业绩或任何其他使他们感到骄傲的东西，以表达你对他们的公司有所了解，再次表明自己应聘的原因。

（四）结尾

在结尾部分，首先应对雇主花时间读你的信表示感谢，并再次表明自己的决心；要明确表达出希望对方予以答复，并能有机会参加面试的强烈愿望；留下电话号码和 Email，最后以积极肯定的语气结束求职信。同时要写上简短的表示祝福的话语，如“此致敬礼”、“顺祝安康”等。求职信的内容精简，段落分明，不宜超过一张纸；文字运用简明、直接；切勿写错字；尽量突出自己的优点与长处，并且表示对这份工作很感兴趣；应该事先搜集资料，细心阅读招聘广告中雇主列出的要求，就不同的申请职位而度身撰写求职信，结合个人的特色，不可只抄别人的范本草草了事。

三、个人简历

个人简历就是对你的背景、优点、成就和有关的个人材料进行简单概括。我们到任何一个招聘单位要做的第一件事情就是投递简历，简历是那些单位了解你的第一扇窗口。因此简历就成了你和单位沟通的第一通道，往往是招聘人员了解你的第一个途径。一份好的简历，可以在众多求职简历中脱颖而出，能够引起用人单位对你的兴趣，然后决定是否给你面试通知，它是帮助你应聘成功的敲门砖。个人简历是求职材料中最重要的部分，所以，无论是在格式上还是在内容上都要做到最好。标准的求职简历主要由基本情况、教育背景、工作或实践经历和其他信息等四个基本部分组成。

（一）基本情况

基本情况主要有姓名、性别、出生日期、户籍、婚姻状况、学位学历、联系方式和职业目标等。在填写联系方式时，请务必填上电话、手机等信息，以便招聘单位在第一时间内能与你取得联系。职业目标中要简明扼要地表明你应聘的工作类型和职位，要紧随联系方式之后。

（二）教育背景

教育背景包含教育经历和培训经历，即所参加的各种专业知识和技能培训。其中，教育经历按时间先后顺序详细列出自己从高中到最高学历的学校和专业、所学的主要课程，以及在学校中的表现、获奖情况和语言能力等。培训经历详细填写培训时间、培训机构、培训课程、所获证书等，特别要提到与应聘职位相关的培训技能。

（三）工作或实践经历

按时间顺序列出至今自己所参加的所有工作或实践经历，包括单位名称和职务，要突出所任每个职位的职责和工作性质等。

（四）其他信息

其他信息包含个人特长及爱好、其他技能、参加的专业团体等。个人简历的书写要点及基本要求有如下六点。

（1）认真。认真是指整个简历的布局要构思精巧，书面整洁，不能结构混乱，一塌糊涂。在写完简历后，要反复校对，消除错字，避免低级错误。

（2）求实。求实是指简历内容力求真实，绝不虚构，所有的招聘单位都讨厌造假者，一旦被发现造假，可能带来严重的后果。对于要陈述的能力、技能，多用数字、事实来表达。用词避免形容过度，如"擅长"、"优秀"、"卓有成效"、"显著提高"等。

（3）简洁。简洁指简历要言简意赅，简明扼要，最好不超过两页A4纸，无须封面，无须宣传标语，诸如"给我一个机会，还你一个奇迹"等，因为这样的口号对于招聘人员而言是千篇一律，并不能提供有效的信息。

（4）易读。要求字大行稀，段落分明，避免繁杂，正文部分不多于两种字体，以便于阅读。招聘工作人员每天要阅读大量的简历，非常辛苦，看起来轻松一点的简历容易受到关注。

（5）一职一信。要针对不同的应聘职位撰写简历，对症下药，投其所好，每一份简历只适用于一个单位或者一个职位，根据职位的要求取舍素材，判断重点，注意紧扣与职位的相关度。有许多求职者搞"简历批发"，其效果自然不如个性化的"零售"策略。

（6）重点突出。简历中要针对职位突出自己可以胜任的优势，淡化不足，在内容的分布顺序上可以突破时间上的倒叙等常规模式，要先重后轻，突出你与其他竞争者的不同，对于重要内容等可加黑、突出关键词等。确切而言，简历的撰写并无一定之规、固定格式，只要能够引起招聘人员的注意，让其有兴趣读下去，都是成功的简历。

四、附件

附件包括在校成绩单、获奖证书、技能培训证书、主要成就复印件和学校毕业生就业推荐表复印件等。附件必须是具有绝对说服力的材料，可以使招聘者直接了解你的能力，关系到你是否会得到面试机会。

高校的应届毕业生一般都有由学校统一制作的推荐表，上面填上所修课程，由学校加盖公章，并由相关负责人填写推荐意见，相当于对该生作的政治、学业和社会实践的鉴定。如果不是学校的应届毕业生，你可以找有名望的人士或在你谋求的某个职业方面的知名专家，请其写一封推荐信或在自制的推荐表上的指定栏目填上推荐意见，也可以起到推荐的作用。证明材料有很多种，凡是能证明你有某种素质和能力的书面的东西都可以整理成证明材料，常见的有毕业证、学位证、外语等级证书、计算机等级证书、获奖证书、技术鉴定证书、职业资格证书和职称水平证书。如果你参加过某种培训并结业，也可以将结业证书附在求职材料的简历后面。证明材料多用复印件，最好要有证明材料目录，这样既便于招聘单位的审核，也会给对方留下“办事周到，有条不紊”的好印象。建议求职者搜集尽可能多的证明材料，以提高自己的身价。

英文简历：许多外资、合资企业在招聘时，要求应聘者提供英文简历，同时有越来越多的公司开始注重应聘者的外语能力。如果你有意于外资、合资企业的职位，请不要忘了同时将你的英文简历填写完整，这能使你的简历更具专业性和竞争力。

电子简历：由于网络的快速发展，网上求职已逐渐成为重要的求职方式。最新最完整的简历是人事经理较为关注的，电子简历填写得越完整，更新得越勤快，被搜索到的机会就越多，越能给自己带来更多的机会。总的来说，求职材料并没有标准格式，可以根据自己的实际情况来设计，关键是让招聘者能够了解应聘者的优势和重点。

第三节　就业信息准备

我们正处于信息时代，人们所进行的一切活动都离不开信息。从社会到个人，所有的决策、决定和抉择都必须以准确而全面的信息资料为前提和基础，求职也不例外。就业信息是指通过各种媒介传递的有关求职就业方面的消息和情况，如就业政策、就业机构、供需双方的情况以及用人信息等。就业不仅取决于一个人的知识、能力、体力，以及社会和经济因素，而且也取决于就业信息准备的程度。做好就业信息准备是职业选择的基本前提，也是择业决策的重要依据。

一、搜集就业信息的途径

就业信息的搜集是就业准备的主要工作，这个过程也比较长，一般是从毕业前倒数第二个学期的暑假开始，一直到毕业以后。寻找目标职位的方式有很多，当前毕业生主要从以下七个方面搜集就业信息。

（一）高校就业指导服务中心

高校就业指导服务中心（或相关主管部门）是搜集就业信息的主渠道。因为就目前的就业机制看，学校是连接大学生就业工作所涉及的有关对象的核心环节，他们既与毕业生就业工作所涉及的各级主管部门之间保持着密切联系，同时也是用人单位选录毕业生所依赖的一个主要窗口。这一特定的位置，使他们对就业信息的占有量大于任何一个部门，同时其掌握信息的准确性、权威性也没有任何一个部门可以相比。就政策而言，全国的、行业的、地方的，在高校就业指导服务中心这里都有完整的搜集；就需求信息而言，他们接触到的所有信息都是用人单位针对学校的专业设置而来的，可信度最高；同时他们所接触的各部门、各单位也是毕业生就业工作所涉及的就业机构。因此，高校就业指导服务中心（或相关主管部门）是毕业生就业所依靠的主要对象。目前，各高校毕业生就业工作的职能部门大都转变观念，以市场为导向，以服务为宗旨，在制定文件、公布信息、提供咨询和就业指导以及为用人单位举办各种招聘会方面都做了大量的工作，也取得了显著的成效。

（二）各种类型的大学毕业生就业市场

大学生就业市场是社会主义市场经济体系下要素市场中劳动力市场的一部分，是专门以高校毕业生为对象的初次就业市场，是高校毕业生就业制度的一个重要组成部分。为做好每年的毕业生就业工作，各地方、各行业及各高校都要举办规模大小不等的“人才市场”，或被称为“人才交流会”、“供需见面会”。这些“人才市场”除了信息量大外，还可使毕业生和用人单位直接洽谈，相互了解情况，甚至可以抓住时机当场拍板、签订协议，大部分毕业生就是通过这一途径确定工作单位的。大学生就业市场按其外在表现形式可分为有形市场和无形市场。目前，有形的毕业生就业市场主要有以下几种形式。

（1）高等学校举办的毕业生就业市场（“招聘会”、“洽谈会”等）。高等学校举办的毕业生就业市场是针对本校毕业生的特点，邀请与其密切相关的用人单位参加，主要是为本校毕业生就业服务的市场。

（2）学校联办的毕业生就业市场。学校联办的毕业生就业市场是指两所或两所以上高校联合举办的毕业生就业市场，主要是为克服单个学校的就业市场规模小、单位少、效能差而实行的弱弱联合、强弱联合或强强联合。

（3）分科类毕业生就业市场。分科类毕业生就业市场主要是地方毕业生就业主管部门从用人单位和学校两方面考虑，从市场细化的角度出发，把理、工、农、医、师范等科类的毕业生分别集中起来，与相应的用人单位进行双向选择。

（4）层次性毕业生就业市场。层次性毕业生就业市场是由区域性毕业生就业市场举办的为区域性毕业生和用人单位服务的毕业生就业市场，其辐射性很强，对周边城市的用人单位和毕业生都具有较大的吸引力。

（5）行业性毕业生就业市场。行业性毕业生就业市场是由中央部委主管毕业生就业部门主办的主要为本系统、本行业毕业生和用人单位服务的就业市场。

（6）企业毕业生就业市场。企业毕业生就业市场是由大型企业和企业集团举办的以招聘到本企业就业的毕业生为主的就业市场。

（7）国际性毕业生就业市场。国外企业在中国招聘毕业生，中国企业招聘外国留学生或直接在国外招聘就职于国外分公司的毕业生。自从我国加入 WTO 以来，这种状况更趋明显。无形市场是利用毕业生就业信息网络，加强网上信息交流，实现信息共享。目前，许多用人单位的需求信息、毕业生的资源信息已直接上网，毕业生和用人单位通过互联网足不出户就可以双向选择，这将大大提高效率，节省物力和财力。而且，网络不受时间和空间限制，可以把所有的有形市场全部转化为就业信息网络市场，实现资源共享。

（三）利用各种“门路”

“门路”不能简单归于走后门而一味加以排除，这里的“门路”实际是指途径、渠道。如果说市场的竞争机制和企业进入的监督机制能够使“唯才录用”成为大家的共识，那么“门路”就应是大学生求职择业所应予提倡的有效途径之一。事实上每年也有不少毕业生是通过“门路”落实就业单位的，他们在实现求职夙愿后，充分发挥自己的实力，确实也取得了很大的成功。日本有不少企业就采用“三分之一的‘门路’录用”的所谓“人才混合战略”。有的干脆称之为“三分之一主义”，即三分之一录用所确定的几所名牌大学的毕业生；三分之一录用“门路”介绍来的；还有三分之一留给那些与学历无关，与在校成绩无关，而具有鲜明个性和创造性的学生。对于这种“门路”求职法，我们虽然不一定要照搬，但可以得到一些启发。只要毕业生的素质是过硬的，只要不以吃喝送礼的不正当方式寻求“门路”，我们就应该鼓励毕业生广开“门路”。“门路”以“三缘”为基础。作为社会人，在进入社会之前与社会的联系不外乎这样三种“缘分”，即“血缘”、“地缘”、“学缘”。完全没有“门路”的人是不存在的，关键要看有没有动脑子去找“门路”。以“血缘”而论，每个人都有父母等亲人，而且父母及亲人也都有自己的朋友和熟人，以此延展下去，就会变成一个“门路”网络。以“地缘”而论，故乡的友人、朋友、同学以及他们的朋友、同学等都属于此类。以“学缘”而论，一个人从幼儿园、小学、中学直至大学，都有许多同伴、同学和师长，而他们也各自都有许多亲友、同学等。通过这些“门路”，你所获取的信息量就会剧增。

在这里需要提示的是，要特别注意师长和校友这一“门路”。尤其是本专业的老师，他们比一般人更了解本专业毕业生就业的方向和范围，在与外单位的科研协作或兼职教学中，对一些对口单位的人才需求信息了解得比较详细。而校友则大多在对口单位工作，通过他们提供的信息往往也比较具体、准确，成功率较高。

（四）社会实践、实习或兼职

社会实践、教学实习和自己利用业余时间所做的兼职等活动，与学生所学的专业知识紧密相连。这些活动有利于毕业生开阔视野，使他们有机会了解这些单位的需求信息和对毕业生的具体要求，并在实践过程中弥补自身的不足和改正缺点。这样获得的信息准确、可靠，毕业生与单位间又有一定的沟通基础，故成功率较高，一些毕业生就是通过在实习中获得这种准确、有效的信息而顺利实现就业的。作为一名毕业生，尤其应当重视毕业实习，这也许会是你开启成功就业大门的钥匙。

（五）打电话、写求职信或登门拜访

毕业生要有一种“毛遂自荐”的意识，通过电话、求职信或登门拜访等方式与意向单位开展直接的联系和交流。这种形式主动性强，但盲目性较大，在缺乏就业信息的情况下，也不失为一种获取就业信息的方法。

（六）有关就业指导的媒体、报刊、书籍

毕业生就业作为社会普遍关注的热点问题，近年来引起了新闻界的普遍重视，有关就业政策、热门话题讨论、招聘广告等经常通过各种报刊、电视或网络媒体被报道。在传媒业高速发展的今天，通过报刊、杂志、广播、电视等媒介获取需求信息，已经成为一种较有效的途径。有些媒体还专门开辟出了“人才市场分析”、“择业指导”、“政策咨询”等栏目，为人们的求职择业提供指导帮助。由教育部全国高校学生信息咨询与就业指导中心主办的《中国大学生就业》杂志、由教育部高校学生司和全国高校毕业生就业指导服务中心主办的《毕业生就业指导报》就是专门为毕业生就业服务的专业性报刊，定期为毕业生提供就业信息。各地主办的《人才市场报》，其他一些报纸如人民日报社《市场报》主办的“大江南人才”也经常介绍一些人才需求信息及招聘广告。一些就业指导的书籍中也经常附上有关用人单位的情况介绍和需求情况。此外，许多高校都有自己专门的就业指导刊物或报纸。这些都是获取求职信息的有效渠道。

（七）网络资源

互联网的发展为大学生就业开辟了一片广阔的天空，通过网络获得就业信息是毕业生在信息时代搜集信息的一种高效、便利的途径。国内毕业生就业服务网站有近40个，毕业生可以从这些网站上得到许多有益的信息，这是信息时代越来越普遍的一种探索职业的方法。搜集优秀的求职网站可以从专业的“求职网站大全”类的站点上获得，也可以在“中文雅虎”、“搜狐”、“网易”及“Google”等名站通过关键词如“求职”、“人才市场”等来寻求信息。万维网是一个将很多电子站点联系起来组成的一个常用的信息全球网络系统（the world wide web，WWW）。中华英才网（www.51job.com）等则提供了一些空缺职位的信息，中国高校就业联盟网（www.job9151.com），中国大学生就业网（www.her0163.com）更是具有针对性的学生就业网站，中国劳动保障和就业网则有不同的就业信息发布。一些公司还开发了职业探索方面的软件，也可以帮助你在计算机上进一步了解自己，探索适合自己的发展方向。目前，我国许多高校均建立了自己的Web网站，网络在大学生日常的学习和生活中扮演着越来越重要的角色，借助网络来搜集需求信息、了解就业政策已经成为大学生就业的主要渠道。国内绝大多数省、市和高校都建立起了毕业生电子信息网络和专门的就业网，毕业生既可以及时查阅到职业需求信息，又可以将个人求职材料输入网络系统，以供用人单位在招聘时参考选择，还可以获得有关就业政策、职业规划、求职技巧等各方面的帮助和指导。

二、就业信息的分析

获取信息的目的是为了使用，然而从各种不同渠道、以不同方式获得的信息，从形式到内容，从可靠性到有效性都存在很大差别。因此必须首先对信息进行分类整理、去粗取精、去伪存真，以便使用。

（一）信息的分类与筛选

（1）要按信息本身的性质进行分类、筛选，把那些从“小道”得来或几经转手而未经证实的信息与有根据的信息区别开来。前者有待进一步证实，后者则可以作为自己择业的参考依据。

（2）要对信息按不同内容进行分类、筛选。求职信息不仅是职业供给信息，它还涉及多方面的内容。比如，有的是关于就业方针、政策方面的信息，有的是关于劳动制度和人事制度方面的信息，有的是关于职场素质要求方面的信息等。即使是用人单位信息，也可以按照行业性质、职业性质、职位、薪酬的高低及其所在地区或归属进行分类，以便选择自己喜欢的，并且能胜任的职业及职位。

（3）分类排队，分清主次。在有限的时间里，面对大量的用人信息，不可能也无需不分轻重缓急逐一落实。此时比较实际的做法就是根据个人对职业评价的思考，将符合个人发展方向的用人信息按重要性、紧急性综合排队，有重点地了解落实。

（二）信息的真伪分析

信息的价值首先在于真实性，因此分析信息首先要确定其真实性和可靠程度。一般来说，高校就业指导服务中心提供的信息可信度比较高，一方面许多用人单位都是连续多年到一个学校招聘，形成各个高校相对比较固定的一部分就业市场，这部分用人信息是相当可靠的；另一方面，就业中心的老师在发布信息之前都会本着负责的态度对信息进行仔细的审核，保证了提供给学生的信息是真实有效的。对于通过其他渠道获得的信息，原则上都应进一步加以甄别。要以不厌其烦的态度，通过一切可能的途径，从不同的角度去证实和澄清疑点，全面了解信息的中心内容，尽可能多地掌握更多的情况，避免人云亦云、轻信盲从，到头来轻则误时误事，重则害人害己。

（三）信息的可用性分析

对信息要进行效度分析，判断这条信息是否能够为我所用。比如，信息是否还具有时效性？是否在政策允许的范围之内？自己是否符合信息所涉及的生源状况要求？该职位对人的素质有哪些要求，而自己是否满足这些要求？

（四）信息的内涵分析

信息的内涵包括用人单位的性质、规模、地理位置；职业的性质、职业素质要求，职位的学历要求、经验要求以及一些特殊的限定条件，如年龄、性别等。

三、信息的使用

只有充分利用了那些可用信息并帮助自己顺利完成择业过程，才算达到了搜集和分析筛选信息的目的。

（一）使用信息的途径

一般来说，运用信息的途径有三种。

（1）及时运用有价值的信息去选择适合于自己的工作。要根据职业的要求与自己具备的条件，两相对照，选择适合于自己的最佳职业。搜集和筛选信息的最终目的就是为了选用，能择其有用者而用之，就达到了搜集和筛选信息的最终目的。

（2）根据筛选出来的职业信息要求，找到自己的差距，发现自己的不足，调节自己的知识、技能结构，提高自己的工作能力。如发现自己哪方面的课程、知识不足，就主动去学习；或发现自己哪方面的技能欠缺，就赶快去参加训练，主动学习和掌握这方面的知识和技能，以弥补自己的不足。

(3) 及时输出对他人有用的信息。有些信息对自己不一定有用，但对他人也许十分有价值。在遇到这种情况时，应当主动地将这些对他人有用的信息贡献出来帮助他人。他人的顺利就业，从某种意义上来说，也减少了自己的竞争者，同时增加了自己与他人的信息交流，在这种互动过程中也会获得对自己十分有益的信息。

（二）使用信息的注意事项

(1) 要及时，即要注意用人信息的发出时间、有效时间。原则上对于所有信息都应该尽早利用，力争捷足先登。如果晚了一步，则用人单位已与别人签约，即使你比别人强，用人单位也爱莫能助。

(2) 要针对招聘单位的性质、竞聘岗位的特点、应聘人员的情况，发挥个人优势，充分表现自己的特长，满足用人单位的要求，去争取竞聘的成功。

(3) 不为一时一事的失利而苦恼，要充分相信自己的实力，及时转向新的选择。

(4) 忌讳拖泥带水。经过筛选信息，通过与用人单位沟通，彼此双方相互产生印象，进而作出录用、签约的决定。就个人来说，如果一时拿不定主意，还想再与别的单位比较一下，也不应拖得过长，以防给用人单位留下不好的印象，即使将来录用也会影响今后在单位里的发展。就单位来说，拖延的原因无非是不太满意、存有疑点，需要进一步了解、考察，但如果拖延过长，就可能是虽然不满意但又不好讲明，或者是单位的工作态度不够严肃。总之，无论哪方原因，都不应该继续等待。总的说来，大学毕业生只要通过多渠道搜集就业信息，并对其进行分析，充分利用有效信息为自身服务，做好就业准备，就一定能在当前严峻的就业环境中找到适合自己的理想职业。

第十章　求职和面试

第一节　求职的渠道与方法

市场营销学告诉我们，产品要能销售出去，要能卖得好，必须要选择合适的地点进行销售。选择什么样的地点、如何选择，就是市场营销中的渠道策略。在市场竞争中，新诞生的小品牌在与强大的行业领先者进行较量的时候，往往缺乏足够的实力与资源，要生存与发展，渠道策略的运用十分关键。实力弱小的竞争者要在激烈的竞争中生存，其中一条重要原则就是要避开正面交锋，另辟蹊径，找到既适合自己又能有效满足顾客需要的渠道。在求职竞争中，渠道选择也是求职成功的重要因素，正确的渠道选择可以减少求职的时间成本，提高沟通的效率，增加求职的成功率。如果没有选择好合适的求职渠道，则要面临激烈的求职竞争，增加求职成功的难度。在求职竞争中，不论求职者的实力如何，都有必要运用有效的渠道策略来帮助自己提高求职的成效。

一、传统的求职渠道

一般说来，大学生求职主要通过以下途径进行。

（一）大学生就业指导中心

通常情况下，各高校都设有毕业生就业指导机构，如就业指导中心或就业指导办公室，大学生就业指导中心作为大学生就业的管理和服务机构，它是现阶段大学生获取就业信息、成功签约的最重要途径之一。这一渠道具有针对性强、可靠程度高、竞争激烈的特点。由就业指导中心组织的校园小型招聘会正逐渐成为大学生就业的一个重要渠道。

（二）职业中介所

这类职业中介机构作为用人单位和求职者双向信息的收集者和发布者，在供求双方之间搭起一座桥梁。中介的收费通常向雇主收取，也有的是向求职者和雇主双方都收取。如果中介向你收费，通常应该在你找到工作时间。

（三）报纸和期刊的招聘广告

报纸和期刊的公共性意味着你要面对很多竞争者，你可能要回复很多广告才能得到回应。回复广告之后一星期打个电话或写封信是一种比推荐更有竞争力和显示你对工作有兴趣的方法。

（四）互联网

使用互联网需要知道你的职业目标，否则你可能会在电脑空间里迷失自己。使用互联网可以做的事情有以下几类：一是输入特定的职业名称或使用高级搜索引擎的功能缩小搜索范围；二是搜索与就业目标组织有关的信息，如招聘信息、行业、组织、职位等具体资料；三是将自己的简历贴在职业介绍的网站上；四是向目标单位发送电子简历。但利用互联网需要认真甄别信息的可靠度，以免上当受骗。

（五）各种类型的招聘会

每年政府人事部门都会组织综合性的大型招聘会，吸引众多用人单位和求职者参与，但由于很多单位都要求工作经验，所以高校毕业生的签约率不尽如人意。专场招聘会尤其是校园招聘会，由于它的专业性和针对性受到人才供求双方的欢迎，较高的成功率也使其越来越成为应届毕业生求职的重要途径。

（六）接近雇主

直接的邮件申请通常要直接发给人力资源部门，因为他们有权力进行初选，然后将候选人的资料送到有直接雇用权的经理或部门。在找工作时，可向招聘人员咨询，以了解公司和目标职位的工作信息，同时可间接了解公司用人的倾向和评价标准等内容。当你了解到有关雇主的情况时，你也可以直接写自荐信或进行电话沟通直到直接拜访。

（七）实习和合作学习

“你有工作经验吗”，这是一个大学毕业生在求职过程中经常被问到的问题，而且是在一定程度上决定你就业竞争力的问题，实习和合作学习使你有机会作出肯定的回答。实习可能是由学校与用人单位根据协议而安排的，但更多的机会是靠你自己去争取的，它可以使你有机会在某个职业上进行实践，在你毕业前获得宝贵的工作经验和工作技能，并且你极有可能通过这样的实践发展你的求职关系。

（八）人脉和关系网

个人关系网是一种将你认识的可以帮你找工作的人联系在一起的结构。这些人包括对你感兴趣的职业有所了解的人，认识这类与雇用人员有关系的人，有雇用权力的人。在此非常有必要提醒一下，切记你不是在向你的关系"要一份工作"，而是要获得有关工作的信息，或者获得推荐，成功的关键要素仍旧是你为即将到来的工作机会有没有充足的准备。

（九）为自己做广告

时下有一些报纸为求职者提供免费的职位需求广告，作为一种临时或长期的服务内容，但是它的不足在于篇幅太小、字数太少，因此强调你的技能、经验和个人品质非常重要，留下联系方式当然也十分必要。

（十）其他非常规的方法

一些富有创造性的求职者设计了新的找工作的方法。例如，一个年轻人将他的简历贴在了布告栏上，第二天他得到了两个工作机会；还有求职者给他的目标雇主发电报申请面试机会；有的求职者为自己的才能制作了宣传册；另有求职者是去参加他们喜欢行业的贸易展览会而不是去劳动市场或求职会。

二、求职渠道的发展趋势

现代市场营销理论认为，未来的求职渠道发展会明显呈现出两大趋势：一是渠道扁平化，二是渠道个性化，其中扁平化是最为明显和影响最大的。我们认为，求职者的求职渠道选择也必须按照这一趋势，围绕求职渠道的扁平化和个性化两个方向来设计自己的求职渠道策略。

（一）求职渠道的扁平化策略

所谓渠道扁平化，是指将产品送到顾客手中所经历的各种中间环节逐渐减少的一种趋势，也就是说，产品的销售要以最短的路径到达顾客手中。对于求职者来说，求职渠道的扁平化就是直接敲开每一家令你心仪或感兴趣的企业的大门，不要在乎它们是否正在招人，直接找到握有生杀大权的决策者，告诉他，你希望进入这家公司。当然，在敲开每一家你心仪的企业的大门前，你必须做好充分的准备和调查，不能盲目和莽撞，要有备而去。只要你敢去，你就同其他的求职者区别开来了，每一家企业的大门永远都向有胆识的年轻人敞开。直接渠道是最有效的渠道，也是最容易成交的渠道，有数据表明，50%的求职者通过这种方式求职成功。

长期以来，许多人做业务习惯于首先考虑从熟人、朋友、亲戚那里开始，一做业务，脑海中就会想到熟人、亲戚、朋友。但是，业务高手却恰恰相反，谁是我的顾客，谁就是我的熟人，谁就是我的朋友，谁就是我的亲戚。不要找谁引见，不管是否认识，直接找到你的客户是最有效的销售手段。许多广东人、浙江人到各地做生意，要讲天时、地利、人和，他们没有一样能同当地人相比，但他们的生意却做得风生水起，卖设备，接工程，没有熟人照样做，而且做得很好。他们最重要的做法就是直接与决策者沟通，不通过第三者。某高校毕业生小吴在 1986 年上大学时，报考的是省外的一所大学，那时，读大学是一件十分重大的事情，每个家庭都会动用所有的关系网去做工作，以确保被录取。小吴家中没有任何关系可以与这所大学联系得上，但小吴没有放弃努力，他希望能直接找到招生的老师，告诉他们自己的愿望是读书。于是他到省招生办，费尽心机终于打听到这所大学的招生老师抵达本省的具体时间和乘坐的车次。他花了几元钱，买了一个纸盒，上面写着“某某大学招生老师请到此”一行大字，在招生老师到达的时候在火车站出站口高高举起，结果两位招生老师一下火车就直奔小吴而来，他们以为是省招办或自己的朋友来接站了。一阵寒暄后，发现情况不对，一问才知道只是一名考生，不禁哑然，暗自惊叹。小吴诚恳地表明了自己的愿望，并将考分、考号、姓名等详细资料送上。两位教师一到下榻的宾馆，就调阅了小吴的档案，第一份录取通知书填写的就是小吴。实际上，当时两位招生老师还未来到下榻的宾馆前，就已经接到了几十张各种各样的条子，但他们仍然是一到录取现场，就把小吴的档案调来，他们已经把同小吴的见面当做人生的一次奇遇了，对小吴的好感油然而生。一看到其分数已上线，两位老师便毫不犹豫地填写和发出录取通知书，并电话通知了小吴的父亲，让他放心。最陌生的关系变得像朋友、亲戚一样了。找工作也是如此，不要在意你心仪的企业是否在招聘，大胆地敲开它们的大门，它们不会在乎多招一个有胆识并且自信的年轻人。面对面地与企业的领导或你希望进入的部门的领导交谈，你就已经同所有的通过人才市场或其他渠道的求职者不一样了。假如他们给予其他人的面谈时间是 5 分钟的话，那么你起码会得到半个小时的面谈时间。其他人在他们的眼中可能只是一份简历、一个名字、一张纸，而你却是一个活生生的人。当然，你要尽量避免与人事部门或人力资源部门打交道，因为它们的职责是对候选人进行筛选，最后供领导选择，同时避免像你这样的求职者去打搅或影响领导们。其实，在很多时候，领导是非常乐意被一位上门求职的“不速之客”打搅的，这起码能让平静乏味的工作时间多一点变数和趣味性。对于正在寻找初级岗位的同学和其他求职者而言，直接敲开雇主的大门，这种做法是最有效的求职方法。这一点一定要记住：直接走进去比通过其他人介绍或公开招聘的渠道更有杀伤力，更有成效。

（二）求职渠道的个性化策略

随着生活要求的不断提高，消费者的需求千差万别，消费逐渐进入个性化时代。一对一营销、定制营销、点对点销售等将越来越明显，这种情况直接导致了营销终端渠道的个性化。在求职的过程中，招聘官需求的差异化，也要求求职者要顺应这一趋势。批发式、大众化、模式化的招聘已经让招聘官“麻木不仁”，一旦招聘中出现个性化、人性化的求职行为，总是能让招聘官们深感意外和特别。求职渠道的个性化、人性化也是求职者应该看到的一个发展方向。下面以电话求职和人际关系为例进行说明。

1. 电话求职

电话求职也是一种可取的渠道，许多国外的求职俱乐部都要求求职者每天至少打 10 个电话，也有要求打 100 个电话的，总之，就是要求求职者大量使用电话求职。批发式的、大众化的招聘让招聘官麻木了，偶尔接到一个求职电话，可能会让他深感意外和特别，一天的心情都会因此有所变化。只要你打电话的方式和内容恰当，取得面谈的机会也是很正常的事。通过电话这一渠道求职，同样会让求职者从一张纸片、一份简历、一个号码变成了活生生的人，因为那是人与人的对话。电话这一渠道也就变得比报纸、人才市场等更加特别，更加人性化和个性化。

电话求职可以按如下步骤进行。打电话前，先把你想说的内容写下来，反复排练，直到能流畅、自然地将其表达出来，再开始打电话。翻开电话黄页，找出令你感兴趣的单位，一个接一个地给它们打电话，询问它们是否需要一个像你这样的工作人员。电话要打给部门负责人或公司负责人，最好能获知他们的姓名。先介绍“我叫 ×××，是 ×× 大学 ×× 专业毕业的”，然后用一句简短的话描述你的技能、特长和基本经验，接着询问他们是否需要一个像你这样的员工。如果对方不需要，一定要询问他是否知道哪里需要。如果你正好读到了有关某公司负责人的新闻报道，马上打电话给他：“我刚读了关于你的报道，我是 ×× 大学 ×× 专业的，非常希望能加盟你们的公司。”打电话的时间最好不要选在上午 10 点前后和下午 3 ～ 4 点，因为这时候是领导们最忙的时候，也是他们心情最烦躁的时候。其他时间他们可能正坐在办公桌前发呆，你打来电话他们可能和你聊上半天，神秘的访客总让人感到特别。打电话的声音要坚定有力，富有感染力，不要唉声叹气的，要面带微笑，遭到拒绝后，要马上调整好心态：“一个不识千里马的人，真为他感到遗憾。”打了一通电话后，你起码可以对这些公司有一个基本的感受了，也渐渐学会了如何与大人物沟通。这些人中一定会有非常友善和乐于助人的人，而且他有权录用你。

2. 人际关系

每一个人都是社会人，都是各种社会关系的一个节点，都有自己的关系网络。这些社会关系是求职者的资源，不论在东方国家，还是在西方国家，人际关系对求职者的实际帮助都是很大的。德比莫(DBM)公司是世界上最大的职业变更顾问公司，它的服务对象中有70% 的人是通过人际关系网找到工作的。虽然计算机网络在很大程度上改变了求职的过程和渠道，但人际关系仍是迄今为止人们最常用的求职渠道。对于求职者来说，你认识的每一个人都是你的人际关系，都可以成为你的职业介绍人，这些人员是：家庭成员、亲戚、朋友、老师、同学、参加的各种社团的成员、邻居，以及别人介绍你认识的每一个人等。总之，只要他们出现在你的生活中，就能成为你的职业介绍人，他们就是你的人际关系网，就是你的求职渠道。你可以用本子记下他们的相关信息，如姓名、职务与机构、与自己的关系（或经何人介绍)、地址、电话或Email、计划访问或联络的时间、反馈结果等。要经常与他们沟通，在路过的时候，去看看他们，但不要只提你的求职事宜，要关心求职介绍人的情况，并向他们汇报你的求职进度。在谈起自己时，一定要用精练的话语对自己进行总结，并告诉他们你的基本信息。求职的渠道多种多样，求职者对于从各种渠道获得的招聘信息都要认真对待，仔细分析，采取恰当的行动。人才市场、学校就业指导中心都是很有效的渠道，一定要重视。我们提倡求职要广开门路，不要拘泥于传统的渠道，要学会依靠自己开辟新的求职渠道，避开竞争激烈的传统渠道，让自己处于有利的求职状态中。看报纸、听广播、看电视，甚至是道听途说，大脑要像一部随时高速运转的雷达，四处搜寻。在获悉这些信息后，可以直接上门，也可以打电话联系。老板们完全可能会对你的毛遂自荐另眼相看，认为你是个机敏和细心的人，只要你不是太差劲，他们完全有可能立刻决定录用你。

第二节 面试的基本知识与方法

单位在招人时，出于自身的利益，总要在应聘者中进行挑选，找出最合适的人才为本单位效力。他们要尽量多地收集信息，对求职人员进行考察。经过初步审核以后，用人单位对比较满意的求职者要进行面试，以更深一步对求职者进行了解。你可能有优秀的品德、丰富的知识、超人的才能，但如果你不能很好地表现自己、推销自己，让招聘单位认识到你的价值，那么就可能会在面试中被淘汰，在求职竞争中归于失败。所以，在求职过程中，要重视面试。面试是一种交流，不是乞求人家给你一个岗位，也不是去检查用人单位的情况。在面试时，你不能表现得傲慢，也不能表现得软弱，既要表现出自信，又要表现出谦恭、热情和真诚的态度。在整个过程中，要客观地回答问题，有理有据地提出自己的要求。

一、常见的面试方法

常见的面试方法包括面谈法和问答法。

（一）面谈法

面谈法就是考官通过与应试者的交谈来评价应试者的素质，这是应用最早、最普遍的一种面试方法，它的内容主要侧重在一个“谈”字上。严格说来，面谈法并不能算是一种真正科学的面试方法。面试的整个过程中，没有规范的问题、答案和程序，考官可以任意向应试者提问，不必遵循一定的规律或程序，应试者也可以引起话题。这种面试方法不能有目的、科学准确地测评出应试者的素质。面谈法的优点有两个。首先是自由灵活，考官可以充分发挥其主观能动性，针对不同的应试者进行不同的谈话，应试者也可以有更多表现自我的机会；其次是简便易行，这种方式组织起来比较方便，最多需要两名考官，对环境要求不高，而且大大简化了设计的程序。面谈法的局限性表现在：一是对考官的要求较高，考官要能驾驭整个面谈过程；二是考官的数量太少，一旦考官水平不高，则会造成失误，而且容易有作弊嫌疑；三是当应试者较多时，很难做到难易相当，不公平的现象相对比较明显。因此，这种面谈法已逐步被取消，现在仅用于对应试者作一个初步的筛选。

（二）问答法

问答法是以拟录用职位所需要的基本素质和潜力为依据，面试前拟定测试素质、测试项目、测试点、测评标准，以及编制面试题本，在题目中选择重点和一般问题，形成一系列结构严密、分工合作的套题，以主考官为主提问，单个应试者回答，然后考官小组中每个考官独自评分的竞聘面试方法。这种方法操作简便，应用普遍，往往作为应试者面试的基础方法。问答法是一种具有科学依据的结构化的面试方法，而且现在已发展为应用最普遍的面试方法。它对应试者的面试程序、测评项目、话题、测评标准和时间等都作了详细安排，并设计出测试表、测试题、测评标准和答案等。问答法有许多优点，比如说内容确定，形式固定，便于考官实际操作；应试者面试的测评项目、参考话题、测评标准及实施程序等，都是事先经过科学分析确定的，能保证整个竞聘面试有较高的信度和效度；对于有多个应试者竞争的场合，这种应试者面试方法更容易做到公平、统一；更主要的是这种面试法要点突出、形式规范、紧凑、高效，能更加简洁地实现目标。此外，还有介于面谈法和问答法之间的应试者面试方法，即既有确定的试题和程序等，又可以不完全遵守，这实际上是简化了的问答法、严格化了的面谈法。

二、面试的心理准备

对于面试，我们应该有足够的心理准备，需要有镇定的情绪、稳定的心态。镇定的情绪是基础，稳定的心态是关键。

首先，要保持自己的人格自尊。不以别人的好恶为自己行事的标准，要有主见，有原则，即使面对一份向往已久的工作，也不降低自己的人格来屈就。应该保持堂堂正正的自我，理直气壮地赢得你应该得到的职位。所谓心理准备也是对面对挫折的准备，也许面试中你会因一个条件不符而被淘汰出去，也许会因考官的好恶、偏见而被排挤掉，倘若因一次失败而气愤、沮丧，甚至打退堂鼓，都是没有做好心理准备的表现。

其次，要有良好的心情和充分的自信心。心情的好坏影响你的语言、行为、反应能力及你的外貌。任何时候保持一个好心情去应聘面试都是很重要的。自信是成功的第一秘诀，不论你想从事什么职业，都要先坚信自己有能力胜任那份工作，并且将会做得很好。你的一言一行都要表现出让人可信的感觉，为了增加可信度，你要把你成功的例子呈现出来。

最后，求职时必须有积极主动的求职意识和竞争意识。要敢于竞争，善于竞争，否则就会在强手如林的竞争中败下阵来。不但要有自信，还要克服自卑感，摆脱面试中的消极心理。

当然，初次面试的求职者都会有一种紧张的心理，要消除紧张，消除自卑，需要做好以下几个方面。

（1）要保持平常的心态。求职者在面试时保持平常的心态就不会紧张，不要顾虑太多，坦然接受紧张这一客观事实，认识到紧张是普遍的现象，你紧张，别人也紧张。在面试前，或看看书，或听听音乐，或和朋友谈谈心。在面试前要把考官看成熟人来对待。

（2）不要把面试看得过重。要把注意力放在谈话和回答问题上，不要考虑更多的问题。你可以有这样的心理，这次不行还有下次，这个单位不聘我别的单位也会用我；面试只是锻炼自己的一个机会，即使失败也算不了什么，反而会积累经验。

（3）要增强信心。紧张、自卑的原因就是自信心不足。要正确认识自己的优势，相信自己在某些方面比别人做得更好，不要总拿自己的劣势去跟求职竞争对手的优势比。当然，过分的自信也是不可取的，如果面试时过分自信，满不在乎，就会让人生厌，当然你的面试也不会是成功的。

三、面试中的仪表展示

面试中的仪表往往是展示给用人单位的第一印象，求职者的仪表在一定程度上会影响面试官对你的判断。求职者的仪表一般要遵从社会规范，要符合社会大众的审美观。

（1）服装。男同学要穿黑色或色调柔和、款式稳健的西服套装，而不要穿运动衫配便裤、领带和上衣。翻领和衬衣领的宽度应该大致相等。女同学要穿朴素的裙装或裙套装，不要穿晚礼服或奇装异服，不着肩系带的连衣裙，不穿外露小腿过多乃至大腿的开衩裙，以基本色调、款式的服装为主。总之，无论穿什么衣服都要整洁、得体，不要花里胡哨。

（2）头发。男同学头发要整洁，梳理须自然，没有呆板和湿头的迹象，发型简单、朴素，鬓角要短，头发不宜超过衬衣领子上方，刮净胡须。女同学头发要干净、朴素，头发饰物不要多，追求自然美色，长度视发型而定，但不要过短。

（3）指甲。男同学的指甲要勤修剪，不能粗糙不齐。女同学的指甲修剪要得体，长度适中，涂指甲油要淡，不要涂成红色等特别刺眼的颜色。

（4）饰物。男同学可以佩戴手表、胸针或领带夹，不要佩戴戒指、项链、耳环或在外套上缀戴饰针。女同学可以佩戴一块手表、一枚戒指或一串项链，但戒指不要太多，不要佩戴过长的吊式耳环。

（5）体重。一个人的体重也会影响到别人对他的看法。肥胖的人，可能被人认为懒惰、缺乏自制力或缺少干劲。如果减肥不起作用，则在穿衣时要力求使肥胖不过分显眼。同样，一个人如果太瘦，就有可能给人留下憔悴、不健康的印象，这样的人应在医生的指导下努力达到同身高相称的体重。在穿衣时，尽量使消瘦不明显。

我们在面试前的仪表检查应该包含以下几个方面。

（1）是否洗澡？

（2）精神是否饱满？

（3）皮肤是否干净、健美（祛除面部或耳中的污垢）？

（4）鼻孔中是否鼻毛过长或有其他“东西”？

（5）牙齿是否干净、洁白、牙上无洞，齿间有无食物，有无黄黑牙齿？

（6）衬衣袖口或裤脚是否干净、磨破？有无线头或者折边脱落？

（7）眉毛是否规则？眉毛拔剪、上色是否过重？

（8）衣服上有无发屑或头垢？

四、面试常见的测评内容

用人单位对求职者面试的测评内容一般包括以下几个方面。

（1）仪表举止。仪表举止主要来自于对求职者的外貌、体态、衣着、举止以及精神状态的观察所获得的信息。对于某些职业，如国家公务员、教师、公关人员、企业管理人员等，在仪表风度方面的要求较高。

（2）教育背景与工作经验。根据求职者的个人简历和有关资料对求职者进行相关的提问，弄清求职者有关的教育及培训背景以及过去的工作情况，以补充和证实其所具有的实践经验。

（3）言语表达能力。言语表达能力主要考察的是求职者是否能够将自己的思想、观点、建议和意见等清晰而流畅地用语言表达出来，考察的内容包括表达的流畅性、逻辑性、准确性和感染力等。

（4）分析思维能力。通过对求职者提出问题进行考察。考察的指标主要有：是否能抓住问题的本质，分析问题是否全面，思维是否有逻辑，思维的灵活性如何，思维是否有条理，以及是否善于把握事物之间的联系等等。

（5）自我认知能力。往往要求求职者对自己作出评价。例如，经常要让求职者自己来评价一下自己的特点、自己的主要优点和不足。

（6）应变能力。应变能力主要是考察求职者对突发问题的反应是否机智敏捷，对意外事件的处理是否得当，以及反应的迅速性和准确性。

（7）情绪稳定性与自我控制能力。在面试中，通过给求职者施加一定的压力或精神刺激，可以考察其情绪稳定性和自我控制能力。

（8）人际交往意识与技巧。通过了解求职者过去曾参加过哪些人际交往活动，喜欢与什么类型的人打交道，在各种社交场合中所扮演的角色，可以考察求职者的人际交往倾向和与人相处的技巧。

（9）进取心与成就动机。通常要询问求职者关于未来职业规划的问题，从中可以看出求职者的进取心和成就动机。

（10）求职动机。求职动机主要是指求职动机与拟任职位的匹配性。通过了解求职者为什么希望来某用人单位工作，对哪类工作感兴趣，在工作中追求什么，从而判断某用人单位所提供的职位或工作条件等能否满足其工作要求和期望。

五、面试时如何回答用人单位提出的问题

在面试中恰当地回答面试官所提出的问题无疑会为自己的表现加分，下面以一些常见的面试问题为例进行分析。

（1）可不可以简单介绍一下你自己？这个题目是任何一个用人单位都会问的（可能有些单位会问：你有何优点、缺点、能力等）。你要简要地将简历上所写的学历、工作经验及实习经验、能力等方面以口头方式讲述给用人单位，特别要突出重点：能力、学历、经验。

（2）为何会来我们公司应聘？你为了表明应征原因及工作意愿，在回答时答案最好是能与该公司的产品及企业相关的，最好不要回答因为将来有发展性、因为安定等答案，要表现出已充分研究过这个企业的样子。

（3）你对我们公司有了解吗？这是公司想测试你对公司的兴趣及进公司工作的意愿有多大的问题，如果回答“完全不了解”，那就没有必要再说下去了。最好要稍稍记住公司简介的内容及征聘人事的广告内容，最好的回答就是“因为对该公司的××点相当有兴趣，所以才来应征”。

（4）你对我们公司有何印象？因为还没进入公司上班，所以主考官也不会太为难你，只要说出在其他公司所没有的感受就可以了，或者说出面试当天的印象也可以。

（5）你选择这份工作的动机是什么？这是想知道你对这份工作的热忱及理解度，并筛选因一时兴起而来应聘的人。如果是无经验者，可以强调“就算职种不同，也希望有机会发挥之前的经验”。

（6）你认为这份工作最重要的是什么？这主要是了解应聘者的价值观。

（7）你认为这个业界的现况怎样？没必要陈述独创的见解，能传递正确意见便已经足够，如果是异业转行，就不光只是阐述市场的动向，更要加上自己的见解才好。

（8）如果进入公司的话，你想做什么样的工作？这是招募很多职种的公司最有可能问到的问题，面试者如果不论外勤或内勤都回答“可以”的话，反而会让人怀疑自己的工作态度；如果这家公司只招募一个职种但还是被问到这个问题时，是为了确认你有无犹豫，你只要清楚地叙述自己想做的事就可以了，如“现在想在 ×× 工作方面冲刺，将来则希望能在哪些方面努力”等，朝自己想要的目标陈述即可。

（9）你取得过什么资格吗？虽然没有强调工作需要某种资格，但也有可能被问到这样的问题。

（10）你将来想从事何种职务？这是针对是否有工作目标及生涯计划，或者在社会上经过一段历练而提出的问题，想试探是否具有经营志向或者职业意图。

（11）你的工作观是什么？在常被问到“你的 ×× 观是什么”时，可别把它想得太复杂，可回答“为何而工作”、“从工作方面得到了什么”和“× 年后想变成怎样”等的话。

（12）你可不可以接受加班？这是针对“工作热忱”而问的，当然无理的加班不一定就是好的，最好回答“在自己责任范围内，不能算是加班”较有利。

（13）你的优点是什么？“你对自己最满意的地方是哪里？”与“请做一段自我介绍”的意义是相同的，不光是说话内容，连礼貌也都会被列入评分项目内，最好加入“朋友曾这样说”等周围的人对自己的看法。

（14）你现在最热衷的是什么？可以简述你的兴趣，及这个兴趣带给你个性或能力的正面效果。

（15）你希望待遇是多少？在被问到期望待遇时，最好能诚实回答，考虑年龄、经验及能力等客观条件来决定，对某些企业而言，这也是评论你的能力及经验的参考要素，一般认为比前一工作薪水高出百分之十是合理范围。

（16）如果我们公司暂时没办法达到你要求的水平，你会做何选择？你可能要问清楚用人单位目前能提供的水平，在相差不太大的基础上还是要接受其目前水平为好。

（17）你希望工作地点在哪里？这是有数个分公司及营业场所的企业会问到的问题，有依当事人要求而安排分发他的企业，如果有希望的工作地点，可据实说出来，如现在虽然希望在 ×× 营业场所工作，但也可有“将来还是希望能到总公司服务 ”之类的要求。其实不要特别注重在哪工作，首要的你要得到这个机会。

（18）你何时可以到职？大多数企业会关心就职时间，最好是回答“如果被录用的话，到职日可按公司规定上班”，但如果还未辞去上一个工作、上班时间又太近，则这种问题似乎就有些强人所难，因为交接至少要一个月的时间，应进一步说明原因，录取公司应该会通融的。

（19）除了本公司外，你还应征了哪些公司？这是相当多的公司都会问的问题，其用意是要概略知道应征者的求职志向，所以这并非绝对是负面答案，就算不便说出公司名称，也应回答“销售同种产品的公司”，如果应征的其他公司是不同业界，则容易让人产生无法信任的感觉。

（20）我们为什么要雇请你呢？有时面试中会有这么一个问题。话虽简单，可是难度颇高，主要是测试你的沉静与自信。可以给出一个简短、有礼貌的回答：“我能做好我要做的事情，我相信自己，我想得到这份工作。”

（21）你认为自己最大的弱点是什么？绝对不要自作聪明地回答“我最大的缺点是过于追求完美”，有的人以为这样回答会比较出色，但事实上，他已经岌岌可危了。

（22）你最喜欢的大学课程是什么？为什么？说一些和你要应聘的职位相关的课程吧，表现一下自己的热诚没有什么坏处。

（23）除了工资，还有什么福利最吸引你？尽可能诚实，如果你做足了功课，你就知道他们会提供什么，回答尽可能和他们所提供的相配。如果你觉得自己该得到更多，也可以多要一点。

（24）你为什么辞职（为什么离开前面那家公司）？千万不要回答主管对我不好、老板太小气了、公司倒闭了、工作无聊之类的原因，这会让你失去这个机会的。你可以适当地作如下回答：公司要搬到 ××× 地方，我想找个更能充分发挥我能力和经验的公司，我想找一份更具挑战性的工作。

六、面试时如何向用人单位提出你关心的问题

如何谈薪酬？这个问题一直是求职和招聘双方洽谈的焦点话题，同时也是个敏感话题。求职者是否可以与面试官大大方方地谈薪酬呢？当被问及薪酬问题时，该如何回答呢？

案例：在某场招聘会上，一家公司的招聘官和求职者正进行对话：“听了你的介绍，觉得你各方面的条件和我们的职位要求还是比较符合的。最后我想请问一下，你对薪资的要求是多少？”招聘官问。

求职者支支吾吾了半晌，最后说：“薪资不是我的首要考虑因素，我更看重的是贵公司的发展前景。”

“那么好，我们下周一会通知你来公司面试。”招聘官答。

一周后，公司通知复试，复试顺利通过后，面试官让应聘者签约，并告知薪资数目。而此时应聘者表示，公司开出的薪资太低，出乎自己预料，不能接受，最后双方不欢而散。

那么这个问题出在哪呢？很多公司的招聘官都遇到过上述问题。在首次面谈时，很多求职者都诚恳地表示“薪酬不是最主要的，最看好公司的发展，看好公司的培训、晋升机会”，然而等到准备签约时，求职者又会对公司提供的薪酬表示不满，导致双方招聘、求职成本的浪费，让求职者及招聘公司都很苦恼。

如今的求职者，特别是大学应届毕业生似乎有个普遍的误解，认为一个优秀的求职者不应该看重金钱，而应更看重事业前途。因此当被问及薪酬时，都闪烁其词，但一到真正签约，就因为不得不考虑实际问题而退缩了。求职者对于“薪酬问题”应该直言不讳，完全不需回避，应大胆说出期望薪酬，当然，这需要恰当的时机。面试一开始便开门见山讨论薪酬不够明智，但可以在被问时及时如实地回答。若面试官始终没有提到薪酬问题，也可以在对自己成功应聘较有把握的情况下，选个恰当的时机询问。当然，也不排除有些面试官询问薪酬是“另有目的”。比如，他想要了解你是看重薪酬还是企业的发展机会和工作平台，因为一味看重薪酬的人比较容易跳槽。对此，你可以这样回答：“我比较看重该职位的发展和晋升机会，薪资多少并不重要，重要的是我的工作能力和专业知识是不是贵公司所需要的，我是否能为公司赢取更大的利益。”然后顺势将话题由薪金转到展示你以往突出的工作成绩、自身良好的综合素质及你能为公司作贡献的专业领域上来。

案例：在某中高级人才洽谈会现场，一位求职者应聘某制造型企业“销售工程师”一职，招聘双方就薪资问题展开了对话。

“请问你前一份工作的薪酬是多少？这次跳槽，期望薪酬又是多少？”面试官问。

“我上一份工作的薪酬是每月6000元左右，如果这次应聘成功，我希望不久后能被提升为销售主管，带领4～5人的团队，月薪包括底薪和销售业绩提成，平均能达到8000～9000元。”求职者稍微思索了一下便爽快地回答。

“我们这里的底薪是2500元，你的期望似乎有些高了。如果我们有意向的话，会通知你来公司上班的。”面试官说完，便随手在应聘者的简历上写下了7000元的薪酬标记。

七、几点建议

当面试双方已经进入谈薪阶段，那么求职者就应当抓紧机会，委婉地说出自己的期望值，此时应聘者应该注意以下几点。

（1）了解行业整体薪酬。不同行业、特定时期的人才市场的景气状况直接影响到员工的薪资待遇，求职者应在面试前对行业薪酬进行了解。在有条件的情况下，尽可能通过各种渠道了解一下你所应聘的公司和岗位的大致薪酬情况，并结合自己的心理期望底线，确定一个薪酬范围。此外，一般来说，拥有3～6年工作经验的求职者，跳槽后加薪幅度一般为20%～30%。须权衡多方因素，才能给出公司能够接受的薪资数额。

（2）不要在面试的第一个问题就问工资待遇。

（3）最好是等面试官先问你这个问题（如果他对你产生了兴趣，那么待遇问题将是他一定要和你谈好的问题）。

（4）你的薪资要求要合理，注意听别人的经验及学历和工资要求。一般来说，每个工作岗位基本都有一个较普遍的工资标准。如在广东，500人左右的厂人事主管大概是4000～5000元；秘书一般是3000～4000元；销售人员底薪普通是1000元等等。

八、面试六忌

一忌缺乏信心。有的人一开始就问“这个职位你们要招几个人？”、“你们要不要女的？”、“没有经验行不行？”、“招应届毕业生吗？”这样询问的结果，首先是给自己打了“折扣”，是一种缺乏自信的表现。

二忌急问工资。“你们的工资有没有3000元每个月？”、“你们包吃住吗？”有些应聘者一见面就急着问这些，这会让对方十分反感，而且会让对方产生“工作还没干就先提条件，何况我还没说要你呢”这样的想法。谈论报酬待遇是你的权利，这无可厚非，关键要看准时机，等双方都比较有意向的时候再谈最好。

三忌不符合逻辑。面试的考官问：“请你告诉我你的一次不成功的故事。”应聘者答：“我好像一直都很成功，没有失败过。”这样的回答在逻辑上讲不通。

四忌报与招聘企业中某某有朋友或亲戚关系。有人在面试中急于套近乎，不顾场合地说：“我认识你们单位的某某主任/经理。”这种话主考官听了会感到反感。如果你说的那个人正好是他的上司，则主考官会觉得你在以势压人；如果主考官与你所说的那个人关系不怎么好，甚至有矛盾，那么你这样引出的结果很可能就是自我遭殃，同时也会让别人认为你在拉关系进企业。

五忌提问超出面试范围。例如，在面试快要结束时，主考官问求职者“请问你有什么问题要问我吗？”这位求职者问道：“请问你们公司的规模有多少人？老板叫什么名字？是男的还是女的？是内地的还是台湾的？你们未来5年的发展规划如何？”这是求职者没有把自己的位置摆正，提出的问题已经超出了求职者应当提问的范围，会使主考官产生厌烦的情绪。

六忌不当反问和争吵。例如，主考官问："关于工资，你希望多少钱合适？"应聘者反问:"你们打算给我多少钱一个月？"这样的反问就很不对，好像是在谈判，很容易引起主考官的敌视。此外，有时会有考官出错（他的水平不如你），但你也不要和他当场争吵，因为只有他才能决定要不要你。不管他是错还是对，只要他认为你行就行，如果他认为你不行，那么你行也不行。

第三节 面试前后

一、面试前后的重要性

简历投递出去了，人力资源部的面试通知也接到了，是不是就数着日子，等着去面试了呢？当然不是。面试的成败与否，并不完全取决于现场的表现，俗话说"台上一分钟，台下十年功"，面试前期的准备是否充足，后续的工作是否恰当，直接影响甚至决定着面试能否成功，因此，面试前后也是求职过程的重要环节。

二、面试前的准备

有备方能无患，面试也是如此。事先有准备的人，表情和肢体语言比较笃定从容，且具备较好的回应能力。大学毕业生经过对就业形势的了解，在掌握了自我定位的方法后，经过充分的简历设计准备，必将面临应聘面试这一关键环节，毕业生在求职面试前应做好以下几个方面的准备。

（一）信息收集

1. 单位的需求

单位的需求即这个单位最需要什么样的人。每个单位的侧重点都不尽相同，一般的企业在选择毕业生时会考虑以下方面。

（1）为人是否诚信、亲和，做事是否专业、规范，有无良好的服务意识、工作心态，是否具有强烈的进取心，是否具备爱岗敬业和团队协作的精神。

（2）是否具有良好的职业意识与职业素养、较强的学习力与适应力，专业知识技能（包括办公自动化系统应用操作技能），是否适应岗位工作要求。

（3）是否具有一定的社团活动、社会活动实践经验，良好的沟通表达、组织协调能力，以及良好的人际关系。

（4）是否具有一定的团队意识和竞争意识，并具有较强的应变能力。

2. 招聘岗位的基本要求

世间的岗位有千万种，对应聘者的素质要求自然也多种多样、各有侧重。毕业生在参加应聘面试前应仔细分析自己是否具备相关条件，自己的性格、能力、特长等是否符合招聘岗位的基本要求。为了做到这一点，可以采取如下简单的方法：在一张纸的中央画一条线，在左边根据招聘启事列出用人单位的要求，在右边列出自己符合这些要求的素质，然后进行对照，看看是否相符合。

3. 与单位和岗位有关的资料

假设你在面试时，能够有目的地引用一些资料和数据，显然会使考官对你另眼相看，至少也表明你对企业很关注，也很了解企业，有备而来。这些资料主要包括：

（1）对所要应聘的公司、行业和它们所面临的竞争情况进行研究；

（2）对企业的运作管理及经营情况进行了解，如有可能，可以进行一些思考甚至准备一些建议，但一定要符合实际，切忌夸夸其谈。

（二）物品准备

（1）几份精美的简历复印件。

（2）一份举荐信复印件。

（3）用来记录的纸（或是笔记本）和笔。

（4）面试地点的方位说明，摸清交通线路。这是很多人都会忽略的一个问题，有些人往往随便看一看地图，大致了解一下路线，在面试的时候就匆匆地上路了。但这样往往会出现预估失误，导致迟到的发生，而在面试中迟到是一件非常不礼貌的事情，会给招聘单位留下不好的印象，还会打乱他们原定的招聘安排。

（5）服装准备。不论是新衣还是旧装，最好提前几天在家装扮完毕，先在镜子中看一下效果。万一出现大小或是其他方面的问题，还可以有时间作调整，以防到面试当天才发现问题，影响情绪和面试效果。

（三）答题准备

一般来说，初试是由人力资源部来进行的，他们会就你的学历、个性、能力、价值观等问一些常规问题，以帮助他们判断是否要向你未来的主管推荐你。所以，你不妨对着镜子对某些必考题进行自问自答。例如，对你的经历作一个简单的介绍，对自己作一个简要的评价，你最感到自豪的事情是什么，你觉得你最大的缺点是什么，你为什么认为你适合这个职位等等。在准备答题的时候，切记千万不要长篇大论，要抓住面试官感兴趣的内容，即你的背景是否适合这份工作。所以，在准备这些回答的时候，紧抓住他们的职位描述和企业文化。平时多积累自己的成功案例库，以便面试时备用，对于自己的缺点无需回避，但要让他们看到你的改进，并且不会对完成工作造成负面影响。以下是面试最常见的问题，毕业生可以根据自己的实际情况进行作答，这样可以做到有备无患，在关键时刻能起到重要作用。

（1）谈谈你自己。准备一分钟的个人情况说明。

（2）对于我们公司，你了解多少？列出 10 个与公司和其产业相关的问题，在面试过程中根据情况向考官咨询。

（3）你的目标是什么？

（4）你有什么优点和缺点？

（5）你为什么想为我们公司工作？

（6）你最为重要的成就是什么？写下至少 5 个自己完成的得意之作，把时间、经过都写清楚，越生动越好。

（7）我们为什么要雇用你？

（8）你期望的薪酬是多少？搜集并研究公司的薪酬数据，看看与自己的期望是否相符，并根据自己的生活开支确定自己的薪酬底线，以便在面试中谈到薪酬时可以从容应对。

（四）问题准备

问题准备是非常重要的，因为并不仅仅是公司在单方面选择你，你同样也在选择合适的公司。所以，对于公司的发展趋势、市场开拓情况、为什么要招聘这个职位、公司的用人标准、管理风格等你觉得对你的发展有影响的实际情况，也不妨进行询问，以帮助你进行判断。

（五）心态准备

第一次求职面试，心情紧张是必然的。眼见周围强者如林，前来应聘的竞争对手个个气度不凡，越发使自己产生一种不安的心理，这对面试是很不利的。面试前之所以紧张，最关键的因素就在于你不自信。你不知道面试官会问你什么问题，你也不知道自己会不会回答得得体，你不知道你前后的应聘者会不会表现得比你更优秀。确实，对于刚接到面试通知的毕业生来说，一切都是未知数。但是，记住一点：把你所能够掌控的准备到最充分，那么和其他的面试者相比，你就有了更多的胜算，你也就会更自信。机会是给有准备的人的，这句话永远也不会错。从以下几点出发进行心理调适，将有助于做好心理准备，帮助大家在面试中出色发挥。

（1）从心理上战胜自己。要深知自己的长处和短处所在，应考虑在面试时怎样才能扬长避短，巧妙地避开或弥补自己有所欠缺的地方，更好地展现出自己的长处。只有战胜你自己的过分紧张状态，才能在面试时在保证正常发挥的基础上争取超常发挥。

（2）对理想职位的期望值不要过高。有一种说法是“求上得中、求中得下”，意思是说无论对什么事情，期望值都不要太高。因为面试的结果往往和所预想的有一定差距，要从最坏处着想，向最好处努力。如果期望值过高，势必会因对较不理想的结果过分担心而产生不必要的紧张，当然也就无法正常发挥了。事实证明，适度的紧张是有益无害的，它可以使你更加严肃认真、注意力更集中，而过度的紧张只能破坏心理平衡，使头脑迟钝、思维混乱、发挥失常而导致失败。

（3）要正确对待求职面试。要坚信“天生我材必有用”，“此处不识君，自有识君处”。即使应聘不成，也只不过是“大路朝天，各走半边”。只要是千里马，何愁遇不见伯乐！只有坦然地面对求职面试，才能在应试中举止得体、思维敏捷、妙语连珠。

（4）不要怯场。不要以为主考官都是能洞察一切的，都是初次见面，你不了解对方，对方对你也不了解。不要妄自菲薄，不能自己先乱了方寸。应这样考虑：在茫茫人海之中没有十全十美的人，每个人都不可能是万能的，每个人都各有其长短。在心理上战胜自己的标志是：不害怕、不紧张，泰然自若、轻松自如。

（六）到达面试地点后的准备

提前到达—要在预约前10分钟进入大楼，进入大楼后可以进行以下准备工作，确保万无一失：

（1）复习所准备的答案；

（2）到洗手间最后一次检查自己的仪表；

（3）用职业的方式向接待员通报自己的到来。

三、面试之后

许多求职者只留意应聘面试过程，而忽略了应聘后的善后工作，事实上这些步骤亦能加深别人对你的印象。面试结束并不意味着求职过程就结束了，也不意味着求职者就可以袖手以待聘用通知的到来，有些事你还得做。

（一）感谢

为了加深招聘人员对你的印象，增加求职成功的可能性，在面试后两天内，你最好给招聘人员打个电话或写封信表示谢意。感谢电话要简短，最好不要超过5分钟。感谢信要简洁，最好不超过一页。感谢信的开头应提及你的姓名及简单情况，然后提及面试时间，并对招聘人员表示感谢。在感谢信的中间部分，要重申你对该公司、该职位的兴趣，增加一些对求职成功有用的事实内容，尽量修正你可能留给招聘人员的不良印象。在感谢信的结尾，可以表示你对自己的素质能符合公司要求的信心，主动提供更多的材料，或表示希望能有机会为公司的发展壮大作出贡献。在面试后表示感谢是十分重要的，因为这不仅是礼貌之举，也会使主考官在作决定之时对你有印象。据调查，十个求职者往往有九个人不回感谢信，你如果没有忽略这个环节，则显得“鹤立鸡群”，格外突出，说不定会使对方改变初衷。

（二）不要放弃别的机会

在面试回来后，你已经完成一次面试，但这只是完成了一个阶段。如果你同时向几家公司求职，则必须收拾心情，全身心投入应付第二家的面试，因为，在没有收到聘书之前，仍未算成功，你不应放弃其他机会。

（三）结果查询

在一般情况下，考官组每天面试结束后，都要进行讨论和投票，然后送人事部门汇总，最后确定录用人选，可能要等3～5天。求职者在这段时间内一定要耐心等候消息，不要过早打听面试结果。如果在面试两周后或在主考官许诺的通知时间到了，还没有收到对方的答复时，你就应该写信或打电话给招聘单位或主考官，询问是否已作出了决定。应聘中不可能个个都是成功者，万一你在竞争中失败了，也不要气馁。这一次失败了，还有下一次，就业机会不止一个，关键是必须总结经验教训，找出失败的原因，并针对这些不足重新作准备，“吃一堑，长一智”，谋求“东山再起”。

第四节　求职与面试基本礼仪

一、礼仪概述

（一）中国礼仪的起源

按荀子的说法，中国礼仪有“三本”，即“天地生之本”，“先祖者类之本”，“君师者治之本”。在礼仪中，丧礼的产生最早。丧礼于死者是安抚其鬼魂，于生者则成为分长幼尊卑、尽孝正人伦的礼仪。在礼仪的建立与实施过程中，孕育出了中国的宗法制（见中国宗法）。礼仪的本质是治人之道，是鬼神信仰的派生物，人们认为一切事物都有看不见的鬼神在操纵，履行礼仪即是向鬼神讨好求福。因此，礼仪源于鬼神信仰，也是鬼神信仰的一种特殊体现形式。“三礼”（《仪礼》、《礼记》、《周礼》）的出现标志着礼仪发展进入了成熟阶段。宋代时，礼仪与封建伦理道德说教相融合，即礼仪与礼教相杂，成为实施礼教的得力工具之一。行礼为劝德服务，繁文缛节极尽其能。直到现代，礼仪才得到真正的改革。无论是国家政治生活的礼仪还是人民生活礼仪，都被改变成无鬼神论的新内容，从而成为现代文明礼仪。中国古代有“五礼”之说，祭祀之事为吉礼，冠婚之事为喜礼，宾客之事为宾礼，军旅之事为军礼，丧葬之事为凶礼。 民俗界认为，礼仪包括生、冠、婚、丧四种人生礼仪。实际上礼仪可分为政治与生活两大部类，政治类包括祭天、祭地、宗庙之祭，祭先师先圣、尊师乡饮酒礼、相见礼、军礼等；生活类包括五祀、高禖之祀、傩仪、诞生礼、冠礼、饮食礼仪、馈赠礼仪等。

（二）礼仪的概念

礼仪是在一定范围、一定时期和一定的场合中，在人际交往时以一定的、约定俗成的程序、方式来表现的律己、敬人的过程和行为准则，涉及穿着、交往、沟通等内容。从个人修养的角度来看，礼仪可以说是一个人内在修养和素质的外在表现；从交际的角度来看，礼仪可以说是人际交往中适用的一种艺术、一种交际方式或交际方法，是人际交往中约定俗成的示人以尊重、友好的习惯做法；从传播的角度来看，礼仪可以说是在人际交往中进行相互沟通的技巧。正确了解和掌握求职与面试的基本礼仪，将大大增加求职面试的成功率，提高毕业生自身的素质和修养。礼仪的一个重要特点就是礼仪的对象化，也就是说，在不同的场合和不同的对象中，对礼仪都有不同的要求，但大都有一个共同的规律。求职与面试的基本礼仪是在求职与面试过程中，求职者对面试主考官表现律己、敬人的行为方式和过程，主要包括仪表礼仪、行为礼仪、语言礼仪等。

二、礼仪在求职与面试中的重要作用与意义

求职面试往往是一次性的，要使这第一次见面不至于成为最后一次见面，求职者除了要精心策划一段介绍自己的经历、学历、特长及优势的文字，将其烂熟于心，还必须通过各种礼仪的恰当运用，在面试时收到理想的效果，展示出自己良好的个人形象。

在越来越激烈的求职竞争中，面试已成为用人单位招聘人员所采用的一种普遍形式，同时也是应聘人员要闯的最后一关。怎样在面试时充分展示自己，赢得用人单位的录用，已成为大学毕业生的焦点话题。美国职业学家罗尔斯说：“求职成功是一门高深的学问。”心理学家奥里·欧文说：“大多数人录用的是有礼节的人，而不是最能干的人。”求职者在面试中表现出的礼仪水平，不仅反映出求职者的人品和修养，而且直接影响面试官的最终决定。在面试中，一个仪表出众、懂得礼仪的人，更能得心应手，也较别人有更大的成功机会。因此，越来越多的有识之士重视面试礼仪。

案例：面试“无间道”

这是一次航空公司面试空中乘务员的现场。在宽敞的大厅内，人头攒动，漂亮的女孩子如蝴蝶般在人群中穿梭，一个个按捺不住心中的兴奋，仿佛很快就将冲向云霄。

已经过了通知面试的时间，但仍然没有人安排面试，也无人告知有关事项。有

些人焦急了，有些人愤怒了，有些人安静地看着手中的英文书默念着，还有些人拥挤在门口保安的身边大声地询问。殊不知，此时面试早已经开始，进门时每个应试者的身上都已经贴着序号牌，混迹在人群中的考官，就是按照号码为她们的行为打分的。毕竟空中乘务员是一个对综合素质要求较高的职业，文化知识和英文交流能力固然重要，而一个人起码的行为规范、道德规范显然更为重要。大厅里提供了三台饮水机给应试者，考试题目也就由此开始。第一，考察你能否排队。区区三台饮水机肯定不能同时满足那么多人的需求，所以，排队当然是快捷而文明的方式。第二，考察在接热水时，你会使用几个一次性纸杯。事实上，真的有人会用三个纸杯来接一杯热水，唯恐烫着自己，而最为普遍的是使用两个纸杯。其实，尽管纸杯导热较快，但只要水盛得不是过满，一个纸杯是不会烫到手的，在考试之前就已对此做过试验。第三，考察你能否节约用水。你在按下出水开关后，能否在接完水后及时将其关闭；你能否将杯子里的水全部喝掉，有的人接满一杯水，但喝完半杯后便将其扔掉。第四，考察你在喝完水后将杯子放在了哪里。在面试人群进来一个小时后，大厅已经颇为凌乱，很多不引人注意的角落里都有被丢弃的用过的杯子，尽管两个大垃圾箱就赫然立在大厅两侧。第五，考察你在洗手池旁的表现。洗手池旁有一个擦手纸箱，有的人一次拽出五六张来擦手，而擦手纸的设计足以确保一张纸即可擦干净整个手掌，在擦完手后将纸变成一小团扔进垃圾桶就可以了，而往往五六张纸用过后仍然大部分是干燥的，造成了一定程度的浪费。

在面试中，类似的对素质和礼仪考察还有很多，只是不像我们常规所想的在考试之前都会预先告知，更多的考察是来自企业私下里的细致观察。一个综合素质较高的人，才是企业所需求的。一个人的业务素质和文化水平在应聘前很难得到大幅度提高，即便进行填鸭式的突击学习也很难奏效，因此使自己的面试得体、有效，给招聘方留下一个深刻印象，还是非常实用的。丰富的知识储备、对礼仪知识的较强的理解力，良好的学习习惯，都会帮助你尽快掌握求职的礼仪知识。很多企业都努力为员工营造一种宽松愉快的工作氛围，而在这种氛围中起主导作用的自然是人，人们都喜欢和自信、乐观和开朗的人在一起工作，喜欢彼此彬彬有礼的交往，而这正是一个人礼仪素质的体现。因此，求职与面试礼仪是帮助我们步入职场的一个法宝。

三、求职与面试中的基本礼仪

案例：大学生别让“细节”挡住求职路

“哎！我想问一下，你们要计算机专业的学生吗？”一家招聘单位正在面试一名应聘者，一名大学生挤进来问道。招聘单位负责人看了他一眼，笑着说：“计算机专业的我们要很多，可是不敢要你，对不起。”各方面素质都很好，可是礼仪上的失分却导致其失去工作机会。如今，这样的遗憾经常在招聘会上发生。“不懂礼仪的学

生，条件再好我们也不会要。”参加这次招聘会的杭州某高校人事处负责人直摇头。他说，尤其是高校，在招聘时更会注重礼仪方面的“细节”。绍兴市一家上市公司介绍，每次招聘会他们都会去两个人，一个人负责接待应聘者，另一个人在场地里“转悠”，主要是在自己公司的招聘广告前听听应聘者在说什么，有时候还有意无意地上去跟他们聊聊天，通过这种“暗访”的形式侧面了解应聘者的素质和真实想法。“有的学生在坐下来应聘时显得很有礼貌，可是一走开就不是那么回事了，有的甚至满口脏话。好几次他们都挑中了看上去很优秀的人，可是一‘聊天’，马上就改变主意了。”近年来，由于应聘的毕业生越来越多，招聘单位挑选的余地大了，“讲究”的地方也更多了。现在越来越多的企业认识到，员工的礼仪对企业文化的影响很直接，还可能会进一步影响公司业务的拓展。因此，像可口可乐、IBM 等一些大公司，都会聘请形象顾问对员工的礼仪进行专门的辅导。从近几年招聘会的情况来看，现在大学生的成绩都不会相差太大，用人单位很难直接作一个比较决定取舍。既然很难从简历或者成绩单上判断一个人是否优秀，所以很多单位就从面对面的交流中给对方直接“打分”，这个时候，礼仪就显得很重要了，尤其是一些外企和主要与人打交道的岗位更是如此。很多企业的面试，都是从应聘者抵达企业的那一瞬间就开始了。所以，应聘者也应该从到达的那一刹那就开始调节自己的情绪、表情，并要注意自己的行为。当然对一些礼仪上的细节，应该在平时就养成好的习惯，比如，排队、节约物品、询问的礼貌、等待时的姿态等。

（一）求职与面试礼仪的基本要求

1. 不能迟到

迟到会影响自身的形象，而且大公司的面试往往一次要安排很多人，迟到了几分钟，就很可能永远与这家公司失之交臂了，最好提前 5 ～ 10 分钟到达面试地点，以表示求职者的诚意，给对方以信任感，同时也可调整自己的心态，做一些简单的仪表准备，以免仓促上阵，手忙脚乱。为了做到这一点，一定要牢记面试的时间、地点，有条件的同学最好能提前去一趟。这样，一来可以观察和熟悉环境，二来便于掌握路途往返时间，以免因一时找不到地方或途中延误而迟到。如果迟到了，肯定会给招聘者留下不好的印象，甚至会丧失面试的机会。但招聘人员是允许迟到的，这一点一定要清楚，否则，招聘人员一迟到，你的不满情绪就流于言表，这样招聘人员对你的第一印象就大打折扣了。请注意前面的“前三分钟决策原则”，因此你一旦稍露愠色，就满盘皆输了。况且招聘人员的确有其迟到的理由：一是业务人员在招聘时，公司业务自然优先于招聘事宜，因此可能会因业务而延误了时间；二是前一个面试可能会长于预定的时间；三是人事部或秘书没协调好，这种情况经常发生。还有的主管人员由于整天与高级客户打交道，在招聘时难免会有一种高高在上的感觉，因此对很多面试细节都会看得比较马虎，这样也就难免搞错。也有人故意要晚，这也是一种拿派的方式，因此对招聘人员迟到千万不要太介意。记住，现在是你在求职，而不是别人在求你上岗。同时，你也不要太介意面试人员的礼仪、素养。如果他们有不妥之处，如迟到等，你应尽量表现得大度和开朗一些，这样往往能使坏事变好事。前面提到，面试是一种对人际磨合能力的考察，你得体周到的表现自是有百利而无一害的。

案例：卡耐基的故事

有位卡耐基总部的副总裁到香港给培训老师讲课。培训中心地处铜锣湾，这位副总裁下榻的饭店也在铜锣湾，不过五分钟的路程，他却整整提前了半个小时。有人就问他，为什么提前这么早到。这位副总裁说“我早到，心里就踏实，就能镇定一下，就更有自信了。如果一旦迟到，就很容易心怀愧疚，在课堂上的发挥以及在逻辑思维、语言表达方面都会大打折扣了。”求职面试同样如此，迟到不仅会让面试官对自己的印象大打折扣，还会影响自己的发挥。如果路程较远，宁可早到30分钟，甚至一个小时。遇到交通状况不好时，路上堵车的情形很普遍，对于不熟悉的地方也难免迷路。但早到后不宜提早进入办公室，最好不要提前10分钟以上出现在面谈地点，否则聘用者很可能因为手头的事情没处理完而觉得很不方便。外企的老板往往是说几点就是几点，一般绝不提前。当然，如果事先通知了许多人来面试，早到者可提早面试或是在空闲的会议室等候，那就另当别论。

2. 把握进屋时机

在进屋后，若发现招聘人员正在填写上一个人的评估表，不要打扰，要表现出理解与合作。但也不要自作聪明，在招聘人员不知晓的情况下等在门外不进去，这是不对的。对招聘人员来说，什么时候填写评估表，写多长时间，都是他自己的工作安排；对你来说，如果面试的时间到了，你就应该按点敲门。不过如果招聘人员请你在门外等一下，那就另当别论，此时你就应按他的要求做。其实有的时候，招聘人员已填完了表格，并已开始看自己的文件了，这时，如果你仍自作主张地在外面等，就会落得“哑巴吃黄连，有苦说不出”的后果。有的人会让你进来在屋内等一下，你就按他的安排做，不要东张西望、动手动脚、闭目养神或中间插话。这段时间虽然会比较难熬，但忍一忍也就过去了。如果实在无所事事，边上又有可以看的杂志，那么在经过允许之后，可以翻阅。一般填这种评估表的时间都不会太长，不必一定要趁这个时间看点什么或干点什么。有经验的招聘人员会妥善处理这种尴尬的局面，比如，如果他觉得你等的时间长了，就会建议你先看一下桌面上的杂志。这时即使你不想看，也别拒绝，你看不看是另外一回事，但礼貌上要友善地接受。

3. 彬彬有礼

对面试人员与秘书，都应礼貌对待，许多人对秘书很不礼貌，觉得秘书级别低，不重要，尤其是那些自己有一官半职的人见到比自己级别低的人就想摆出一副官架子。殊不知在外企文化中，级别只代表工作分工的不同，平时大家都是平等的。当然这也不是叫你对秘书要阿谀奉承，只是想强调一下外企文化中平等性的原则。有的人虽与招聘人员很谈得来，但秘书对他却很反感。如果负面的评语传到招聘人员的耳朵里，也会对面试结果产生不利影响。不仅对招聘人员和秘书要有礼貌，对别的人也应以礼相待。这主要是一个人的修养问题，要有礼有节。在面试开始时，你要先问候负责招聘的人员，不要等待对方的问候，一个愉快的问候会给对方留下一个好印象。

4. 大方得体

在进了房间之后，所有的行动都要按招聘人员的指示来做，不要过于拘谨或过于谦让。如果他让你坐，你不要客套地说您先坐，我再坐，这是不对的。大方得体是很重要的，过分热情的常是东北人，东北的男同胞尤其如此，你让他坐，他偏不坐，非要让你先坐，他才坐。在出门送客时，一般都觉得应该女士先走。有时面试你的还真是一位女经理，这时你千万别执意让她先行，如果一定要让最多简单地让一下就行了。因为有的时候虽是别人送你，但她并不走，这样你把她送出去之后，人家还是得回来，多麻烦！所以应客随主便，恭敬不如从命。如要约定下一次见面时间，有两种极端要避免：一是太随和，说什么时间都行，这样会显得自己很无所事事；二是很快就说出一个时间，不加考虑。较得体的做法是：稍微想一下，然后建议一到两个变通的时间，不要定死，而是供人选择，这样相互留有余地。即使手头有五个可行的时间，也别统统说出来，而且别人一旦觉得你空闲的时间太多，就会随其所愿随便约定，这样就会给你带来不便。打个比方，如果你去电影院看电影，若整个影院都是空的，那么你也许会为了找一个合适的位子花上三分钟的时间，把每个座位都试着坐一坐，招聘人员也可能有这样的心理。你先给他一两个时间，如他觉得不合适，他自然马上会说他可行的时间，只要他所提的时间与你的某个空闲时间相吻合，问题就解决了。但他提的时间万一还不行，你不妨抛出下一套方案。

（二）仪表礼仪

人们在彼此接触的前两分钟就已经对对方形成了一个大致印象，这个初次谋面的印象，在很大程度取决于仪表。仪表是对一个人内心的说明，它对招聘方的影响和冲击有时甚至超过彼此的交流，因为语言具有转瞬即逝的特点，即便哪句话不够妥当，还可以很快弥补或是巧妙带过，唯独仪表是贯穿招聘面试始终的。让人感觉赏心悦目、端庄大方，是进行仪表修饰的主要目的。对于求职面试，要设计好自己的形象。求职者的形象给面试官的印象好坏，常常关系到求职的成败。作为第一次见面，主考官往往以自己的经验和阅历，凭着求职者的外在形象来判断求职者的身份、地位、学识、个性等，并形成一种特殊的心理定势，这种心理定势和情绪定势就被称为“第一印象”。它往往比一个人的简历、介绍信、证明、文凭等的作用更直接，更能产生直觉的效果。据哈佛大学有关专家研究表明，与陌生人交往一般在7～30秒就会将外表不合格的人淘汰掉了。因此，学生在应聘面试时，要特别注意自己的外在形象。良好的形象设计，既要符合个人的气质特点，又要符合招聘单位的特点。

1. 着装

服饰打扮不仅是一门艺术，也是求职者展示出自己最佳形象的有效途径。服饰打扮具有明显的信息暗示功能，从服饰的颜色、式样、档次和搭配上，均可以显示出一个人的性格爱好、文化修养、生活和风俗习惯。

（1）着装“TPO”原则。在着装上，应服从国际公认的“TPO”原则。T（time）代表时间，指服饰打扮必须根据时间来决定，这里的时间是个广义的概念，既指时令、季节，又指具体月日或星期几，也可具体到一日内的白天、黑夜、钟点、时辰，试想一个在汗流浃背的伏天还身着深色长袖制服的人，给人的第一印象是不会太好的。P（place）指地点、场所、位置、职位，即服饰打扮应与所处的场合相协调。O（object）代表目的、目标、对象，试图通过穿着打扮来达到给对方留下一个什么样的印象的目的，有目标地来选择服饰。

（2）着装的基本要求。根据“TPO”原则，应聘者在前去求职面试时，务必使自己所选择的服饰传达出这样的信息：谨慎大方、精明能干、办事认真可靠。服饰的选择无一定之规，应根据自己的身高、体形、气质全面考虑。应聘者应根据所应聘的工作性质和类型，确定自己的穿着。如应聘出版社、广告设计、室内装潢或化妆品公司等与艺术有关的行业，在面试时应尽量穿得时尚而富有创意，凸显个性；而应聘金融、保险、国际贸易、教育、卫生、法律等企业文化比较传统保守的行业时，应穿着能传递权威和能力的传统而保守的服装。对于在校学生来说，应聘一般的职位不一定要穿什么时装、名牌衣服，大方、得体就好。一般说来，男生应选择中、高档次的西装，并配以与其色调相协调的衬衣、领带，注意把衬衫下摆扎进裤子里，不要穿袖口或裤脚折边已破损或开线的衣服。西装要平整、清洁，口袋不放物品，西裤有裤线；女同学着装要得体大方，避免无袖、露背、吊带、露脐等性感装束，以深色制服、套裙、套装、连衣裙较为合适，其中尤以西式套裙、套装为佳。另外，全身服装应保持在三种颜色以内。

2. 妆容

男生不用化妆，但需保持面部清洁，每天刮胡须，饭后洁牙；女生化淡妆，面带微笑。

3. 发型

发型宜清洁简单。在面试前要精心梳理好头发，不要蓬头垢面。男生以简单、利索、庄重的发型为好，最好是前不过眉，后不及领，两侧不遮耳朵，忌长发、卷发、光头、中分，不要太新潮；女生尽量不要烫发、染发，越自然越好，发型文雅、庄重，梳理整齐，长发要用发夹夹好。

4. 鞋袜

男生应穿深色袜子，皮鞋擦拭光亮；女生应穿肤色丝袜，无破洞，鞋子光亮、清洁。

5. 指甲

男女生都应留短指甲，并保持清洁，指甲不宜过长，女生若涂指甲油须是自然色。

（三）仪态礼仪

1. 站

站姿是仪态美的起点，又是发展不同动态美的基础，良好的站姿能衬托出求职者良好的气质和风度。对站姿的基本要求是挺直、舒展，站得直，立得正，线条优美，精神焕发。其具体要求是：头要正，头顶要平，双目平视，微收下颏，面带微笑，动作要平和自然；脖颈挺拔，双肩舒展，保持水平并稍微下沉；两臂自然下垂，手指自然弯曲；身躯直立，身体重心在两脚之间；挺胸、收腹、直腰，臂部肌肉收紧，重心有向上升的感觉；双脚直立，女士双膝和双脚要靠紧，男士两脚间可稍分开点距离，但不宜超过肩膀。

2. 走

走姿是站姿的延续动作，是在站姿的基础上展示人的动态美，无论是在日常生活中还是在社会场合，走路往往都是最吸引人注意的体态语言，最能表现一个人的风度和魅力。求职者走姿的具体要求是：行走时，头部要抬起，目光平视对方，双臂自然下垂，手掌心向内，并以身体为中心前后摆动；上身挺拔，腿部伸直，腰部放松，腿幅适度，脚步宜轻且富有弹性和节奏感。男士应抬头挺胸，收腹直腰，上体平稳，双肩平齐，目光直视前方，步履稳健大方，显示出男性刚强雄健的阳刚之美。女士应头部端正，目光柔和，平视前方，上体自然挺直，收腹挺腰，两脚靠拢而行，步履匀称自如，轻盈，端庄文雅，含蓄恬静，显示出女性庄重而文雅的温柔之美。

3. 坐

坐姿是仪态的重要内容。良好的坐姿能够传递出求职者自信练达、积极热情的信息，同时也能够展示出求职者高雅庄重、尊重他人的良好风范。面试时的坐姿，有两种极端不可取：一是全身瘫倒在椅背上，二是战战兢兢地只坐椅边。正如花有花语一样，坐也有坐意：仰坐表明轻视、无关紧要；少坐意味着紧张、如坐针毡；端坐，意味着重视、聚精会神。对求职者坐姿的基本要求是端庄、文雅、得体、大方。具体要求如下：在没有听到“请坐”之前，不可以坐下，在面试官还没有开口时，就顺势把自己挂在椅子上的人，其已经被扣掉一半分数了，从门口走进来的时候，要挺起胸膛堂堂正正地走。入座时要稳要轻，不可猛起猛坐使椅子发出声响。女士在入座时，若着裙装，应用手将裙子稍向前拢一下。在坐定后，身体重心垂直向下，腰部挺直，上体保持正直，两眼平视，目光柔和，男士双手掌心向下，自然放在膝盖上，两膝距离以一拳左右为宜。女士可将右手搭在左手上，轻放在腿面上。一般以坐满椅子的三分之二为宜，坐下后身体要略向前倾。一来表明你坐得很稳，自信满满，不会因为稍向前倾就失去重心，一头栽下去；二来证明你没有过于放松地全身靠到椅背上，没把办公室当成茶楼酒馆。

坐时不要将双手夹在腿之间或放在臀下，不要将双臂端在胸前或放在脑后，也不要将双脚分开或将脚放伸得过远。如果坐在桌前，应该将手放在桌子上，或十指交叉后以肘支在桌面上。入座后，尽可能保持正确的坐姿，如果坐的时间长，可适当调整姿态，以不影响坐姿的优美为宜。

4. 蹲

女士：并膝下腰。一脚在前，一脚在后，两腿向下蹲，前脚全着地，小腿基本垂直于地面，后脚脚跟提起，脚掌着地，臀部向下。男士：屈膝。

（四）形体礼仪

1. 肢体语言

要检查自己的一言一行，因为这些都可能引起别人的注意。而对方的一举一动，虽然无言，却也可能有意。要善于察言观色，明察秋毫，比如，如果自己说得太多了，就要注意一下是不是自己太啰唆了，有没有掌握好时间。

2. 眼神的交流

你的目光要注视着对方。国外的礼仪书上往往精确到要看到对方鼻梁上某个位置或眼镜下多少毫米，但我们觉得只要笼统地说看着对方的眼部就行了。但要注意不要目光呆滞地死盯着别人看，这样会使人感到很不舒服。如果有不止一个人在场，那么你说话的时候要适当用目光扫视一下其他人，以示尊重。

3. 积极聆听

在听对方说话时，要不时点头，表示自己听明白了，或正在注意听。同时也要不时面带微笑，当然也不宜笑得太僵硬。总之，一切都要顺其自然。

4. 手势

手势不要太多，太多会过多分散别人的注意力。中国人的手势往往特别多，而且几乎都是一个模子。尤其是在讲英文的时候，习惯两个手不停地上下晃，或者单手比画，这一点一定要注意。平时要留意外国人的手势，了解中外手势的不同。另外，注意不要用手比画一二三，这样往往会滔滔不绝，令人生厌。而且中西方比画一二三的方式也迥然不同，用错了反而会造成误解。

5. 注意举手投足

手不要出声响，不要玩纸、笔，有人觉得自己的动作挺麻利的，但在正式场合却不能这样，这会显得很不严肃。手不要乱摸头发、胡子、耳朵，这样显得紧张，没有专心交谈。不要用手捂嘴说话，这是一种紧张的表现，很多中国人都有这一习惯。

（五）行为礼仪

在面试时，行为举止要得体。得体是要求应试者的举止动作要符合身份，适合场合，并能恰如其分地借以传达出个人的意思。有的专家认为，在人际交往中，约有80%的信息是借助于举止这种无声的“第二语言”来传达的。在面试时，举止要自然、大方、文明、优雅。立要直，坐要正，走的姿势要端庄文雅。

1. 见面礼仪

（1）遵时守约。在面试时一定要遵时守约，迟到和违约都是不尊重主考官的一种表现，也是一种不礼貌的行为。如果你有客观原因须改期面试或不能如约按时到场，应事先打个电话通知主考官，以免让对方久等，如果已经迟到，那不妨主动陈述原因，这是必备的礼仪。

（2）入室敲门。进入主考官的办公室，一定要先敲门再进入，即使门是开着或虚掩着，也应先敲门。千万别冒冒失失地直推而入，给人以鲁莽、无礼的印象。

2. 应答礼仪

求职面试的核心内容就是应答，求职者必须对自己的谈吐加以认真地把握。在应答过程中，要注意相应的原则和礼节规范，务必要使自己的谈吐表现得文明礼貌，言辞标准，语言连贯，内容简洁。此外，还要特别注意以下四点。

（1）自我介绍忌拖沓。在面试时，一般要作简单的自我介绍。介绍要有分寸，切忌以背诵朗读的口吻把求职材料上写得清清楚楚的内容再说一遍，那样只会令主考官觉得乏味。而应用两分钟左右的时间，根据你所应聘的岗位重点地介绍与之相关的学历、经历、能力及个性特征等，且要言之有物。一位公共关系学教授说过这样一句话，“每个人都要像孔雀学习，两分钟就让整个世界记住自己的美。”自我介绍也是一样，要尽量在较短的时间内让考官了解自己的能力、特长、能干什么，千万别干“画蛇添足”的蠢事。

（2）遇事冷静，机智作答。与日常交往不同，求职应聘是一种检测性的被动交谈，尽管事前有充分准备，但主考官仍可能会提出各种各样难以回答的，甚至刁钻的问题来了解你的品德修养、思维水平和协调应变能力。应届毕业生因平时很少与领导、专家接触，在遇到这种情况时有的人就心发慌、头发涨、手出汗，出现面试恐惧症。

这就需要应聘者临阵不慌，用特有的细致的心理、冷静的心态、理智的语言和正确的思维予以恰当的回答。有些问题不宜正面回答，可用委婉的或带有伸缩性的语言来机智回答。如在谈自己的缺点时，既要讲出一两点，又不能贬低自己，最好通过谈缺点来显示自己的与众不同。

（3）诚实坦率。任何人都不可能是万能的。在面试中，如果遇到实在不会答或不懂的问题，就应坦诚相告。著名的交际大师戴尔·卡耐基年轻时曾到一家公司谋求推销员的工作，总经理看着这个不起眼的年轻人，出了一道试题，好让他知难而退。“嗨，假如我让你把一台打印机推销给本地的农场主，你行吗？”“对不起，先生。我没办法做到，因为农场主不需要它，我的一切努力将是徒劳。”卡耐基不假思索地回答。“恭喜你，小伙子，从今天开始你就是我们公司的推销员了。”卡耐基就是因为说了一句大实话而获得了一份宝贵的工作，他的成功之处，就在于他不同于其他的求职者。一般求职者会千方百计去干一件不可能的事情，而他大胆地说出自己真实的想法。卡耐基的成功告诉我们，有时候，你头脑中真实的想法，就是你成功的法宝。

（4）薪金问题。薪金问题是个敏感而又实际的问题，在面试应答中常被提及。对于面试者来说，要掌握好三个环节。首先，摸清情况。求职者在和招聘者面谈之前，可先了解行业的一般待遇及前任工资收入。其次，选择时机。求职者不宜在刚与雇主见面就谈待遇问题，而应掌握“火候”，最好等到雇主表示出合作意向时，再谈论薪水问题。再次，留有余地。当雇主有意聘你时，他可能会突然问道：“你希望的月薪是多少？”此时，你不要惊慌，而可以根据你掌握的有关情况，说出自己能够接受的最低待遇和希望获得的最高月薪。但不要把话说死，要给对方和自己留下回旋的余地。

3. 握手礼仪

握手礼节源于古代欧洲人向对方表明手中未带武器，表明亲切友好之意，其后成为风尚，通行于欧美，辛亥革命后我国也习以为礼。面试时，握手是很重要的一种身体语言。外企把握手作为衡量一个人是否专业、自信、有见识的重要依据。坚定自信的握手能给招聘经理带来好感，让他认同你是懂得行规、礼仪的圈内的一分子。

（1）握手的方式。双方各自伸出右手，彼此间保持一米左右的距离，手掌略向前下方伸直，右手四指并拢，拇指向上，掌心向左，手的高度大致与腰部平齐，在手握住对方时，应面带微笑地注视对方，彼此应寒暄几句。握手时，不要三心二意，双眼要注视对方，握手时间不宜过长（一般为 3 ～ 5 秒），也不可用力过度。

（2）握手时应遵循的原则：尊者居前。上下级之间，应上级先伸手；长晚辈之间，应长辈先伸手；男女之间，应女士先伸手；同级同辈之间，不分谁先伸手。当握手双方符合以上两个或两个以上的顺序时，一般应先考虑职位，再考虑年龄，然后再考虑性别。在客人和主人握手时，伸手顺序也有所不同。迎接客人时，主人先伸手；送走客人时，客人先伸手。客人到来时，一般主人先伸手，以表示欢迎；客人离开的时候，一般是客人先伸手，以表示让主人留步。在求职面试中，应聘者进入面试房间时应在主试官伸手后再伸手，而在面试结束后一般应主动握手表示感谢。

4. 名片礼仪

名片是现代交往中一种经济实用的交际工具，是一种自我的“介绍信”和“联络卡”，求职者应对递接名片的礼仪等有所了解。校园中有越来越多的同学为自己印制了精美的名片，在招聘会上和面试现场，与招聘人员互换名片显得格外专业，能够给自己的求职带来不少方便。这种现象很正常，但也不必为了求职而硬往招聘人员手里推销名片。有一张方便联系自己的名片固然好，但不必因为没有名片就认为自己在求职中会不利。对于你的名片，可能大家都会欣然接受，但是“回报率”通常不会超过50%。

（1）名片的放置。一般人们都将名片放在衬衫的左侧口袋或西装的内侧口袋，最好不要将其放在裤子口袋。另外，要养成检查名片夹内是否还有名片的习惯，以免在需要换名片的时候，找不到名片而倍感尴尬。有上司在场时不要先递交名片，要等上司递上名片后才能递上自己的名片。名片的递交方法：将各个手指并拢，大拇指轻夹着名片的右下方，使对方好接拿。名片的拿取方法：在拿取名片时要用双手去拿，拿到名片时可轻声念出对方的名字，以让对方确认无误；如果念错了，要记住说“对不起”。在拿到名片后，可将其放置于自己名片夹的上端夹内。

（2）递送名片的时机。外国商人一见面就会立即互赠名片，而中国人之间有时要到最后或聊到火候时才交换。学生在刚刚有了名片时，通常都会见人就发，没有任何的寒暄和铺垫，这样非常不自然、不得体。但是在招聘经理面前，递名片的时机必须把握得当。有的学生明明看到招聘经理两手都拿着东西，连接受你的名片都要使出浑身解数才能勉强办到，你又怎么能奢望他在分身乏术时回赠你一张名片呢？显然，你的名片递得太早了，表明你不够老练。

（3）递接名片的姿势。递名片时务必用双手，但如果有的外国人单手递给你，你用单双手回赠都可以。递名片时还要考虑对方阅读的方便，让对方不必再调转180度来看。如果对方是外国人，你不妨直接把英文面朝上，但切记不要用英文面来“直面”中国经理，这会招来反感。如果你不打算求职外企，可只印单面中文，但中英文双面名片更能让一些企业看到你对于国际化、专业化的认同和追求。应面带微笑，将名片的正面朝向对方，用双手递给对方，递接名片时，如果是单方递、接，应用双手；如果是双方同时交换名片，应用右手递，左手接。不要用手指夹着名片将其递给人，在递送名片时，如果是坐着，应起身或欠身。接过名片后应致谢，且应认真地看一遍，表示对对方的重视，看完后要妥善收好名片，不可在手中摆弄或随意放在桌上，如果暂放在桌面上，切忌在名片上放其他物品，更不要在离开时漏带名片。

（4）名片递接的顺序。一般由职位低者先向职位高者、晚辈先向长辈、男士先向女士递上名片，然后再由后者予以回赠；在向多人递送名片时，应由尊而卑、由近而远，（圆桌）按顺时针依次进行。

（5）名片的索取。主要的方式有以下几种。

①主动递上自己的名片（例如：你好！这是我的名片，以后多保持联系或请多关照！）。

②向对方提议交换名片（例如：我们可互赠名片吗？或很高兴认识你，不知能不能跟您交换一下名片？）。

③向地位高者、长辈索取名片（例如：久仰大名，不知以后怎么向您请教？或很高兴认识您！以后向您讨教，不知如何联系？）。

④向平辈或晚辈索取名片　（例如：以后怎么和你联系？）。

5. 面试时的饮水礼仪

案例：托福新题

面试开始前被问及喝点什么时

A. 看公司有什么，挑一个自己喜欢的　　B. 什么都不要

C. 要茶水　　D. 要茶水，但根本不喝

一般在面试时，别人会给你用塑料杯或纸杯倒一杯水。这些杯子比较轻，而且给你倒的水也不会太多，加上你面试时往往会比较紧张，不小心碰倒杯子的情况难免发生。如果你的水杯放的位置不好，就很容易把水弄洒。一旦洒了水，心里一慌，不是语无伦次就是手忙脚乱，很长一段时间都调整不过来。虽然对方通常会表现得很大度，但也会留下你慌慌张张、局促不安的印象，所以要非常小心。杯子放得远一点，水喝不喝都没有关系。有些人临走了，看到满满一杯水没动，觉得不好意思，就咕咚咕咚喝上几大口，这也没有必要。喝水忌讳出声，这是国际礼仪常识。由于东西文化的差异，中国人对这个问题一直没有太重视。有些人遇到口渴的时候，端起杯子就咕咚咕咚地一通狂饮，全不在意周围人的眼光。其实，吃喝东西出声都是极失礼的举动，也是对他人的不尊重，特别是在正式场合，往往会引起别人的反感。因此不妨从现在起就练习“默默无闻”地吃饭、喝水，别临近面试才抱佛脚，一紧张原形毕露，弄巧成拙。如果招聘人员问你喝什么或要你提出选择时，一定要明确地回答，这样会显得有主见。最忌讳的说法是：“随便，您决定吧。”更有甚者还自作聪明，认为这样回答十分有礼貌。“随便”是一种非常不好的回答方法，有些企业，一听到这两个字就要皱眉头。

第十一章　签约与就业协议书

第一节　职业选择

一、职业选择理论

职业选择实际上是劳动者依照自己的职业期望和兴趣，参照自身能力挑选职业，使个人特点与职业需求特征相符合的过程。职业选择正确与否，直接关系到人生事业的成功与失败。据统计，在选错职业的人当中，有80％的人在事业上是失败者。而相关就业调查也显示，47％的大学生是专业不对口就业，而目前在职、工作年限在三年以下的“职场新人”高达60％想跳槽。如何选择一个称心如意的职业？美国“职业指导之父”帕森斯提出了职业选择的“三步范式”。

“三步范式”强调在职业选择过程中应该做到：必须对你自身的天赋、能力、兴趣、志向、资源、限制条件等诸多因素有清楚的认知；要对不同行业工作的要求、成功要素、优缺点、薪酬水平、发展前景以及机会有较为明确的把握；在这两组要素之间进行最佳搭配。

此后，一些专家、学者也纷纷提出一些职业选择理论。比较有代表性的是我们在第三章中提到的霍兰德的人格类型理论。霍兰德的人格类型理论将所有人划分为六类：现实型、研究型、艺术型、社会型、企业家型和传统型。每种人格类型都对应不同的职业类型，最为理想的职业选择就是个体能够找到与其人格类型重合的职业环境。霍兰德的人格类型理论框架完整、逻辑结构严谨，充分体现了人格和环境交互作用的观点，其所开发的测量工具可以对个体的人格类型作出评估，操作方便，实用性强。

此外，麻省理工大学的施恩教授提出的“职业锚”理论对于职业选择同样有着广泛的影响。职业锚，实际就是人们在选择和发展自己的职业时所围绕的中心，它是个人能力、动机和价值观三方面的相互作用与整合，是自我意向的一个习得部分。1978年，美国E. H. 施恩教授提出了职业锚理论，它包括五种类型：自主型职业锚、创业型职业锚、管理能力型职业锚、技术职能型职业锚、安全型职业锚。职业锚理论特别强调其不是简单通过测验了解到个人特点的，而是通过工作实践，依据自省和事实证明具有稳定性的职业倾向和定位的。因此，要求大学生“先就业、再择业”是有理论根据的。

二、你的决策风格是什么

在决策之前，首先了解一下自己的决策风格是什么以及自己的决策风格可能造成的负面影响，使自我职业选择的过程更科学和有效。

你是哪种决策风格？

（一）计分方法（选择符合得1分，不符合不得分）

（1）我常仓促作草率的判断。
（2）我常凭一时冲动行事。
（3）我经常改变我所作的决定。
（4）作决定之前，我从未做任何准备，也未分析可能的结果。
（5）我常不经慎重思考就作决定。
（6）我喜欢凭直觉做事。
（7）我做事时不喜欢自己出主意。
（8）做事时我喜欢有人在旁边，以随时商量。
（9）发现别人的看法与我不同，我便不知该怎么办。
（10）我很容易受别人意见的影响。
（11）在父母、师长或亲友催促我作决定之前，我并不打算作任何决定。
（12）我常让父母、师长或亲友来为我作决定。
（13）碰到难作决定的事情时，我就把它摆在一边。
（14）遇到需要作决定时，我就紧张不安。
（15）我做事总是东想西想，下不了决心。
（16）我觉得作决定是一件很痛苦的事情。
（17）为了避免作决定的痛苦，我现在并不想作决定。
（18）我处理事情经常会犹豫不决。
（19）我会多方搜集作决定所必需的一些个人及环境的数据。
（20）我会将搜集到的资料加以比较分析，列出选择的方案。
（21）我会衡量各项可行方案的利益得失，判断出此时此地最好的选择。
（22）我会参考其他人的意见，再斟酌自己的情况来作出最适合自己的决定。
（23）经过深思熟虑之后，我会明确选择一项最佳的方案。
（24）当已经决定了所选择的方案时，我会展开必要的准备行动并全力以赴做好它。

（二）计分方式

1～6分：第一类，冲动直觉型；

7～12分：第二类，依赖被动型；

13～18分：第三类，逃避犹豫型；

19～24分：第四类，理性逻辑型。

（三）决策风格类型分析及建议

（1）冲动直觉型。作决定时全凭感觉，较为冲动，较少系统地搜集其他相关信息，但能够为自己的抉择负责。建议戒急用忍，系统思考。

（2）依赖被动型。常常需要等待或依赖他人替自己作决定，较为被动与顺从，很少能有系统地搜集相关信息。有的甚至到处求神问卦，找算命先生。建议负起责任，自强自立。

（3）逃避犹豫型。虽然会搜集很多的信息，但却常常处于挣扎、难以下决定的状态中。建议抓大放小，拒绝拖延。

（4）理性逻辑型。能系统地搜集充分的相关信息，且有逻辑地检视各个选项的利弊得失，以作出最满意的决定。

第二节　签约程序与注意事项

就业协议书是毕业生与用人单位在毕业生就业工作中为了确定录用或就业关系，由双方协商约定的明确权利和义务的书面协议，是学校编制、上报就业方案的凭据，由学校毕业生就业指导中心统一印制。协议书一式四份，由毕业生、用人单位、学校、毕业生所在学院各执一份，复印无效。

“就业协议书”作为专供用人单位与毕业生之间签订的一种就业协议，普遍存在于毕业生毕业之前、用人单位招用毕业生的过程中。就业协议是大学生和用人单位在签订劳动合同前，双方确定就业意向和权益的依据，是明确毕业生、用人单位和学校在毕业生就业工作中权利和义务的书面表现形式。就业协议一般由教育部或各省、市、自治区就业主管部门统一制表，就业协议具有民事合同的性质。订立就业协议应当遵循如下两个原则：一是主体合法原则。即签订就业协议的当事人必须具备合法的主体资格。对毕业生而言，就是必须要取得毕业资格，如果学生在派遣时未取得毕业资格，则用人单位可以不予接收且无须承担法律责任。对用人单位而言，用人单位必须具有从事各项经营或管理活动的能力，单位应有录用毕业生的计划和录用自主权，否则毕业生可解除协议而无须承担违约责任。对高校而言，高校根据用人单位的要求如实介绍毕业生的在校表现，也应如实将所掌握的用人单位的信息发布给毕业生。高校是毕业生就业协议的一个重要组成部分。二是平等协商原则。即就业协议的三方在签订就业协议时的法律地位是平等的，一方不得将自己的意志强加给另一方。学校也不得采用行政手段要求毕业生到指定单位就业（不包括有特殊情况的毕业生），用人单位亦不应在签订就业协议时要求毕业生交纳过高数额的风险金、保证金。三方当事人的权利和义务应是一致的，除协议书规定的内容外，三方如有其他约定事项，可在协议书“备注”内容中加以补充确定。

何为劳动合同？劳动合同是劳动者与用人单位确立劳动关系、明确双方权利和义务的协议，这是由《劳动法》第十六条规定的。劳动合同具有如下四个法律特征：①劳动合同的形式是一种协议。即当事人的合意，这种合意可以以各种外在形式出现，比如承诺书、意向书、契约、合同、协议等。②劳动合同的内容是有关劳动的权利和义务。根据劳动合同，劳动者须在一定期间内为用人单位工作，用人单位负责为其提供劳动条件和工作报酬。劳动者通过劳动获得的收益来维持自己的生存和履行法定的赡养、抚养和扶助义务。用人单位通过支付报酬来换取职工的劳动力以取得利润。这样在劳动合同中以劳动付出和劳动报酬互为条件，实现了主体双方权利和义务的统一。③劳动合同的主体是劳动者和用人单位。劳动者包括：与在中国境内的企业、个体经济组织建立劳动合同关系的职工和与国家机关、事业组织、社会团体建立劳动合同关系的职工，而不包括与国家机关、事业组织、社会团体没有建立劳动合同关系的公务员和其他工作人员。用人单位包括：在中国境内的企业单位，如国有企业、集体企业、私营企业、联营企业、外商投资企业、外国公司在我国的分支机构、股份制企业等；国家机关、事业单位、社会团体等与劳动者订立了劳动合同的单位；个体工商户、个体承包经营户等个体经济组织。劳动合同具有法律约束力。劳动合同是约束用人单位和劳动者之间权利和义务的契约或协议，其在实践中的叫法或形式有多种，如劳动协议、就业协议、聘用合同等，它们之间并无本质上的不同，效力是一样的。实践中许多人认为“协议”的效力低于“合同”，其实不然，此属一种误解。依法签订的劳动合同是有法律效力的，此类合同属于当事人之间的“法律”，必须严格履行和遵守，否则将承担相应的法律责任。

劳动合同可根据不同标准划分为不同的种类，常见的种类是：①聘用合同。聘用合同是录用合同的一种，是指以职工雇用为目的，用人单位在从社会上招收新职工时与被录用者依法签订的，缔结劳动关系并确定权利和义务关系的合同。聘用合同主要适用于用人单位招聘的在职和非在职劳动者中有特定技术业务专长者为专职或兼职的技术专业人员或管理人员。例如，有的单位或企业高薪聘请外地或本地的技术专家、法律工作者、高级管理人员等用以改善本地区或企业的经营状况，或为本企业提供特定服务。②录用合同。录用合同是指用人单位以长期雇用劳动者为目的而订立的劳动合同，如大学生就业协议。它是由用人单位在社会上招收新职工时或续签合同时使用的合同类型。其内容约定的是一般性的劳动权利和义务，是劳动合同中的基本类型。③借调合同。借调合同是指借调单位、被借调单位与借调人员之间所签订的，约定将某用人单位职工调到另一方单位从事短期性工作，并确定三方权利和义务关系的合同。借调合同一般适用于借调单位急需而又是临时性的情况。在这种合同中，一般由借调单位支付借调人员劳动报酬和福利待遇。④停薪留职合同。停薪留职合同是指职工为了在一定期限内脱离原岗位而与用人单位签订的合同。在停薪留职合同中，劳动者继续保留原用人单位劳动者的身份，但不在原用人单位工作，原用人单位停止对劳动者工资的发放。

就业协议与劳动合同是用人单位在录用毕业生时所订立的书面协议，但两者分处两个相互联系的不同阶段，两者的关系主要表现在以下方面。

第一，毕业生就业协议是毕业生在校时，由学校参与见证，与用人单位协商签订的，是编制毕业生就业计划方案和毕业生派遣的依据。劳动合同是毕业生与用人单位明确劳动关系中权利和义务关系的协议，学校不是劳动合同的主体，也不是劳动合同的见证方，劳动合同是上岗毕业生从事何种岗位、享受何种待遇等权利和义务的依据。

第二，毕业生就业协议的内容主要是毕业生如实介绍自身情况，并表示愿意到用人单位就业、用人单位表示愿意接收毕业生，学校同意推荐毕业生并列入就业计划进行派遣。劳动合同的内容涉及劳动报酬、劳动保护、工作内容、劳动纪律等方面，更为具体，劳动权利和义务更为明确。

第三，一般来说，就业协议签订在前，劳动合同订立在后，如果毕业生与用人单位就工资待遇、住房等有事先约定，亦可在就业协议备注条款中予以注明，日后订立劳动合同时对此内容应予认可。

第四，就业协议是毕业生和用人单位关于将来就业意向的初步约定，对双方的基本条件以及即将签订劳动合同的部分基本内容大体认可，并经用人单位的上级主管部门和高校就业部门同意和见证，一经毕业生、用人单位、高校、用人单位主管部门签字盖章，即具有一定的法律效力，是编制毕业生就业计划和将来可能发生违约情况时的判断依据。

第五，处理由"毕业生就业协议书"引发的争议不能适用劳动法律法规，应引用民法通则和合同法，而处理由劳动合同引发的争议则应当适用劳动法律法规。"毕业生就业协议书"应当是在毕业生正式毕业之前，与用人单位之间签订的毕业生正式毕业后在招用单位工作的一种协议，其要解决的核心问题是毕业生正式毕业后要到单位报到上班，单位在毕业生报到上班时无条件的录用。同时，单位应当提供"毕业生就业协议书”中约定的劳动报酬、工作岗位等内容。“毕业生就业协议书”是一种将要建立劳动关系，以及对建立劳动关系后双方劳动权利和义务的先行约定，其约定的内容为建立劳动关系后双方必须履行的权利和义务。在签订“毕业生就业协议书”后，双方并没有建立真正的劳动关系，双方劳动过程中的权利和义务还没有开始履行，双方的行为不受劳动法律法规的约束。当毕业生毕业后，从正式到单位报到上班开始，双方即建立起了劳动关系，完成了从将要建立劳动关系的约定到实现劳动关系的过程，可以说此时“毕业生就业协议书”中重要、核心的问题已基本完成。而双方的权利和义务应当严格按照劳动法律法规的规定执行，一切行为应当符合劳动法律法规的规定，这时最为关键和重要的程序，就是用人单位应当依据《劳动法》的规定与毕业生签订书面的劳动合同。因为建立劳动关系必须依法签订劳动合同，双方应当以劳动合同的形式约定权利和义务。这里包括双方在“毕业生就业协议书”中约定的工作岗位、劳动报酬、服务期、试用期（见习期）的约定。如果双方就以上事项达成了新的协议，则可以改变，以新的约定为准，如果任何一方不愿变更，则应将“毕业生就业协议书”中的内容原原本本地写进劳动合同中。完成了以上程序，才真正实现了《劳动法》中规定的建立劳动关系的过程，否则为违法的行为。

虽然法律明确规定建立劳动关系应当签订劳动合同，但目前还存在着在毕业生到单位上班后，单位不及时与其签订劳动合同的现象。根据劳动部印发的《关于贯彻执行〈中华人民共和国劳动法〉若干问题的意见》第 17 条，用人单位与劳动者之间形成了事实劳动关系，而用人单位故意拖延不订立劳动合同，劳动行政部门应予以纠正。用人单位因此给劳动者造成损害的，应按劳动部《违反〈劳动法〉有关劳动合同规定的赔偿办法》（劳部发［1995］223 号）的规定进行赔偿。有的单位认为“毕业生就业协议书”就是劳动合同，但此时，虽然双方形成了劳动关系，但这种劳动关系只能是事实劳动关系，而非劳动合同法律关系。在这种状况下，双方就劳动权利和义务虽然有“毕业生就业协议书”的先行约定，但如果发生劳动争议，在处理时，根据《关于贯彻执行〈中华人民共和国劳动法〉若干问题的意见》第 82 条（规定用人单位与劳动者发生劳动争议不论是否订立劳动合同，只要存在事实劳动关系，并符合劳动法的适用范围和《中华人民共和国企业劳动争议处理条例》的受案范围，劳动争议仲裁委员会均应受理），只能以事实劳动关系而非劳动合同法律关系处理，毕业生或用人单位很难以“毕业生就业协议书”中的约定作为强有力的证据维护自己的合法权益。

在此，特别提醒毕业生注意，在签订就业协议书时，一定要认真谨慎，因为就业协议书具有法律约束力，而且是就业后签订劳动合同的依据，所以一定要仔细斟酌后再签，切不可草率。毕业生一旦签订就业协议，就不能轻易违约，否则就要承担相应的法律责任。

第三节　毕业生权益

毕业生在求职择业及上岗成为新职业者的过程中，依法享有不容侵犯的就业权益。但是在现实中，毕业生的就业权益经常受到有意或无意的侵犯，这既损害了毕业生的利益，挫伤了毕业生服务社会的积极性，也影响了毕业生的职业发展前程。权益的保障是影响大学生就业的重要因素。目前，国内尚没有专门的就业法律法规来保障大学生在就业过程中的权益，也没有特定的维权机构或保障部门专门来维护大学生的权益。因此，全面了解毕业生权益并掌握维权的方法，对毕业生来说就显得尤为重要。

一、毕业生权益的概念

毕业生权益，顾名思义就是毕业生在择业过程中和入职后依法享有的相关权益。毕业生的就业权益保护主要分两个阶段：一个是求职择业过程中的权益保护；另一个是就业上岗后的权益保护。不同阶段的权益保护有着不同的侧重内容，前者主要集中在就业协议的签订、试用期的纠纷方面，后者主要集中在劳动合同的履行方面。

二、毕业生权益的范围及主要内容

毕业生作为就业的一个重要主体，在就业过程中享有多方面的权益，根据目前就业规范的有关规定，毕业生主要享有以下几方面的权益。

（一）择业过程中享有的权益

1. 获取信息权

就业信息是毕业生择业成功的前提和关键，只有在充分获取信息的基础上，毕业生才能结合自身情况选择适合自身发展的用人单位。毕业生获取信息权，包括三方面含义。

（1）信息公开，即所有用人信息向全体毕业生公开。

（2）信息及时，也就是毕业生获取的信息必须是及时、有效的，而不能将过时、无利用价值的信息传递给毕业生。

（3）信息全面，毕业生有权获得准确、全面的就业信息，以便对用人单位有全面的了解，从而作出符合自身要求的选择，而不是盲目的选择。

2. 接受就业指导权

学生有权从学校接受就业指导，学校应成立专门机构，安排专门人员对毕业生进行就业指导，包括向毕业生宣传国家关于毕业生就业的方针、政策；对毕业生进行择业技巧的指导；引导毕业生根据国家、社会需要，结合个人实际情况进行择业，使毕业生通过接受就业指导，准确定位、合理择业。当然，随着毕业生就业的真正市场化，毕业生也将由从学校接受就业指导转为主动到市场接受就业指导，这种市场指导可以是有偿的。

3. 被推荐权

高等学校在就业工作中的一个重要职责就是向用人单位推荐毕业生。历年工作经验证明，学校的推荐往往在较大程度上影响到用人单位对毕业生的取舍。毕业生享有被推荐权包含以下几方面内容：

（1）如实推荐，即高校在对毕业生进行推荐时，应实事求是，根据毕业生本人的实际情况向用人单位进行介绍、推荐。

（2）公正推荐，学校对毕业生进行推荐应做到公平、公正，应给每一位毕业生以就业推荐的机会，不能厚此薄彼。公正推荐是学校的基本责任，也是毕业生享有的最基本的权益。

（3）择优推荐，学校根据毕业生的在校表现，在公正、公开的基础上，还应择优推荐，用人单位在录用毕业生时也应坚持择优标准，这样才能调动广大毕业生和在校生学习的积极性，毕业生在就业过程中只能凭自身综合素质的提高来取胜。

4. 选择权

根据国家有关规定，实行招生并轨改革的高校毕业生，在国家就业方针、政策的指导下自主择业。毕业生只要符合国家的就业方针、政策，可以自主地选择用人单位，学校、其他单位和个人均不得干涉。任何将个人意志强加给毕业生，强令毕业生到某单位的行为都是侵犯毕业生选择权的行为。毕业生可结合自身情况自主与用人单位协商，要求学校予以推荐，直至签订就业协议。

5. 平等就业权

所谓“平等就业权”，是公民享有的一项宪法权利，即每个公民都应该平等地享有工作机会。各种歧视性规定成为毕业生求职就业的拦路虎，社会公众对此反应强烈，认为法律对反就业歧视的内容规定过于原则，不够全面，难以真正起到保护劳动者平等就业权的作用。而2007年通过的《就业促进法》则对就业歧视明确说“不”，法案规定各级人民政府应创造公平就业的环境，消除就业歧视，制定政策并采取措施对就业困难人员给予扶持和援助；用人单位招用人员、职业中介机构从事职业中介活动，应当向劳动者提供平等的就业机会和公平的就业条件，不得有就业歧视现象。

6. 违约及求偿权

毕业生、用人单位、学校三方在签订协议后，任何一方都不得擅自毁约。如用人单位无故要求解约，毕业生有权要求对方严格履行就业协议，否则用人单位应对毕业生承担违约责任、支付违约金，毕业生有权利要求用人单位进行补偿。

（二）毕业生入职后享有的权益

1. 劳动报酬权

劳动报酬是指劳动者因为用人单位提供劳务而获得的各种报酬。用人单位在生产过程中支付给劳动者的全部报酬包括三部分：一是货币工资，即用人单位以货币形式直接支付给劳动者的各种工资、奖金、津贴、补贴等；二是实物报酬，即用人单位以免费或低于成本价提供给劳动者的各种物品和服务等；三是社会保险，指用人单位为劳动者直接向政府和保险部门支付的失业、养老、人身、医疗、家庭财产等保险金。劳动报酬权是指劳动者依照劳动法律关系，履行劳动义务，由用人单位根据按劳分配原则及劳动力价值支付报酬的权利。一般情况下，劳动者一方只要在用人单位的安排下按照约定完成一定的工作量，劳动者就有权要求按劳动取得报酬。劳动者通过自己的劳动获得劳动报酬，再用其所获得的劳动报酬来购买自己和家人所需要的消费品，从而维持和发展自己的劳动力和供养自己的家人，实现劳动力的再生产。劳动报酬权是劳动权利的核心，它不仅是劳动者及其家属有力的生活保障，也是社会对其劳动的承认和评价。

阅读：什么是“五险一金”？

《中华人民共和国劳动法》第九章第七十三条规定“劳动者在下列情形下，依法享受社会保险待遇：（1）退休；（2）患病、负伤；（3）因工伤残或者患职业病；（4）失业；（5）生育。”因此“五险”包括养老保险、医疗保险、工伤保险、失业保险和生育保险，其中养老保险、医疗保险和失业保险这三种险是由用人单位和个人共同缴纳保费，工伤保险和生育保险完全是由用人单位承担的，个人不需要缴纳。“一金”指住房公积金。《国务院关于修改〈住房公积金管理条例〉的决定》第一条中将住房公积金定义为“国家机关、国有企业、城镇集体企业、外商投资企业、城镇私营企业及其他城镇企业、事业单位、民办非企业单位、社会团体及其在职职工缴存的长期住房储金”，住房公积金由用人单位和个人共同缴纳。“四险一金”和“三险一金”的说法是不全面的。

2. 休息休假权

休息权是我国宪法规定的公民权利，劳动者应当平等享有。为了平等保护各类职工的休息休假权利，充分调动广大职工的工作积极性，《职工带薪年休假条例》对各类用人单位实行广覆盖，规定：机关、团体、企业、事业单位、民办非企业单位、有雇工的个体工商户等单位的职工连续工作1年以上的，享受带薪年休假。单位应当保证职工享受年休假。《职工带薪年休假条例》已于2008年1月1日起施行。职工累计工作已满1年不满10年的，年休假5天；已满10年不满20年的，年休假10天；已满20年的，年休假15天。国家法定休假日、休息日不计入年休假假期。单位确因工作需要不能安排职工休年休假的，经职工本人同意，可以不安排职工休年休假。对职工应休未休的年休假天数，单位应当按照该职工日工资收入的300%支付年休假工资报酬。

3. 劳动保护权

劳动保护权是指劳动者在安全卫生的条件下进行工作的权利，用人单位有义务提供符合安全卫生标准的劳动条件。按照《中华人民共和国劳动法》（以下简称《劳动法》）和《中华人民共和国劳动合同法》（以下简称《劳动合同法》）的规定，我国劳动者享有的劳动保护权主要包括以下内容。

（1）获得安全卫生环境条件的权利。即劳动者有权在安全和卫生的生产环境中从事劳动的权利。依据这项权利，用人单位必须建立、健全安全卫生制度，严格执行国家安全卫生标准，安装安全卫生设施，使劳动工具、劳动场所和劳动环境保持安全和卫生的状态。

（2）取得劳动保护用品的权利。有些劳动场所和岗位，即使按照国家规定符合安全卫生标准，但实际上也难以完全实现对劳动者的保护，因此，法律规定，对特定场合、岗位、职业的劳动者，用人单位应当提供必要的劳动保护用品。

（3）获得法律规定的休息时间的权利。为了使劳动者能够恢复体力和脑力，《劳动法》规定了严格的工作时间和休息时间，并通过严格限制加班和延长劳动时间的规定，保证该项权利的实现。

（4）定期健康检查权。为了切实保护劳动者的身体健康，《劳动法》规定，对从事有职业性危害作业的劳动者和未成年劳动者，用人单位应当定期为其进行健康检查。因此，定期健康检查是劳动保护权的具体内容之一。

（5）依法获得特殊保护的权利。《劳动法》规定，国家对女职工和未成年劳动者实行特殊劳动保护。因此，取得法律规定的特殊保护的各项待遇和条件，是女职工和未成年劳动者劳动保护权的重要内容。

（6）拒绝权。为了保护劳动者的生命安全和身体健康不受人为因素的侵害。《劳动法》还确立了以保障劳动者的劳动保护权切实实现的拒绝权。如劳动者对用人单位管理指挥人员违章指挥，强令冒险作业，有权拒绝执行；用人单位安排女职工和未成年劳动者从事国家规定禁忌范围内的劳动时，女职工和未成年劳动者有权拒绝接受等，这些都是劳动者拒绝权的具体表现。

4. 劳动争议处理权

劳动争议处理权是指毕业生（劳动者）在与用人单位发生劳动争议时，毕业生（劳动者）有依法向本单位劳动争议调解委员会申请调解、仲裁或向人民法院提起诉讼的权利。

5. 法律规定的其他劳动权利

劳动者有权依法参加和组织工会。工会代表应维护劳动者的合法权益，依法独立自主地开展活动。劳动者依照法律规定，通过职工大会、职工代表大会或其他形式，参与民主管理或者就保护劳动者的合法权益与用人单位进行平等协商。

三、毕业生权益的维护

（一）毕业生权益维护的政策法律依据

为切实保障毕业生就业工作的顺利进行，保障毕业生就业活动的有序开展，近年来我国政府和有关部门制定了一系列的就业政策和法规。这些政策和法规主要可以分为以下几类：一是教育部及有关部委关于毕业生就业的规范，如《普通高等学校毕业生就业暂行规定》；二是各地方就业主管部门根据本地方实际情况出台的有关毕业生就业的规范性文件，用于规范指导本地方的毕业生就业；三是高等学校结合学校实际，根据国家的就业方针、政策和规定以及主管部门工作意见制定的本校工作实施办法、细则。与毕业生就业相关的法律、法规主要有《中华人民共和国高等教育法》、《中华人民共和国合同法》、《中华人民共和国劳动法》、《国家公务员暂行条例》等。

（二）毕业生就业求职中个人权益保护的重要环节

高校毕业生求职择业程序一般由以下主要环节组成：了解有关就业政策，收集处理就业信息，做好个人求职资料准备和心理准备，参加“供需见面，双向选择”活动，签订就业协议书，以及毕业离校报到等。在上述环节中，毕业生与用人单位见面“双选”、签订就业协议、就业报到等阶段在客观上对毕业生合法权益保护来说相对比较重要。

（三）毕业生权益的维护途径

在对毕业生进行就业指导过程中，亦经常有毕业生担心自己在就业中的合法权益能否得到维护，担忧自己因权益受到侵害而在就业竞争中处于不利地位，以下将就毕业生权益及其保护作些介绍。虽然毕业生享有上述权益，但在就业过程中往往会出现一些侵害毕业生权益的行为，毕业生可通过以下途径对自身权益实施保护。

1. 高校

学校对毕业生权益的保护最为直接，当毕业生权益受到侵害时，学校是毕业生的第一求助对象。学校一般会通过制定各项措施来规范毕业生就业指导和就业推荐，对于用人单位在录用毕业生过程中的不公平、不公正行为，学校有权予以抵制以维护毕业生的公平受录用权。对于用人单位与毕业生签订不符合有关规定的就业协议的，学校有权不予同意，未经学校同意的就业协议将不发生法律效力，不能作为编制就业计划的依据。

2. 毕业生就业行政主管部门

当毕业生权益受到侵害且不能通过学校解决时，可向所在地高校毕业生就业指导中心、劳动部门等就业行政主管部门寻求支持和帮助，行政主管部门可通过制定相应的规则来确定毕业生的权益，并对侵犯毕业生权益的行为和单位予以抵制或处理。

3. 毕业生自我保护

毕业生权益保护的一个重要方面就是毕业生自我保护，毕业生自我保护体现在四个方面。

（1）毕业生应了解目前国家关于毕业生就业的有关方针、政策和规定以及它们之间的关系，熟悉毕业生在就业过程中的权利和义务，这是毕业生权益自我保护的前提。如果在就业过程中因为所谓的公司规定或部门规定与国家政策法规有抵触，侵犯了自己的权益，则可以依据法规办事，维护自己的合法权益。

（2）毕业生应自觉遵循有关就业规定，接受其制约，保证自己的就业行为不违反就业规定，不侵犯其他毕业生的合法权益。

（3）在用人单位接收毕业生的过程当中，毕业生也应对自身权益进行自我保护。按照国家规定毕业生在报到后应享受正常的福利待遇如养老金、公积金等；对某些工作岗位的特殊体质要求，用人单位应在与毕业生双向选择时就明确，否则不得以单位体检不合格为由，比如仅仅因肝功能表面抗原呈阳性等将学生退回学校；另外，正常的人才流动也应根据国家和当地的有关人才流动规定，不应受到限制；报到后毕业生因疾病不能坚持正常工作的，则按单位在职人员有关规定处理，不能将学生退回学校，毕业生应对自己的权利有正确的认识。

（4）毕业生应学会运用法律手段维护自身的合法权益。针对侵犯自身就业权益的行为，毕业生有权向用人单位上级主管部门和学校进行申诉并听取他们的处理意见，同时也可提交给当地的劳动争议仲裁机构进行调解和仲裁，也可以直接向人民法院提起诉讼。

第十二章　社会劳动保障

第一节　劳动用工形式及相关问题

劳动保障制度，包括劳动就业制度和社会保障制度，是国家和社会为了保障国民的劳动就业和基本生活需要，提高国民生活水平而建立的一种保障制度。从广义上讲，其内容涵盖劳动合同、工作时间、劳动安全与卫生、工资、社会保险与福利等涉及劳动者切身利益的事项。 在大学生择业的过程中，劳动保障制度是求职者择业时考虑的重要因素。本章将主要介绍劳动保障制度的内容及相关规定，以帮助大学生们熟悉国家政策，在择业时依法维护自身的劳动保障权益。

一、劳动用工形式

根据现行的法律法规，我国用人单位主要有以下几种用工形式。

（一）全日制用工

全日制用工方式就是最常见的规定了劳动时间（每天工作时间）、劳动期限（劳动合同期限）的工作方式，在法律上表现为用人单位与劳动者依法签订劳动合同。这种用工形式是一种标准的用工形式，建立的是劳动关系，具有稳定性和持久性，对企业培养人才、长远发展、调动员工积极性、形成企业凝聚力有利，对劳动者而言则具有保障性和稳定性，对发挥和提升个人能力有益。

（二）非全日制用工

非全日制用工是指以小时工资计酬为主，劳动者在同一用人单位一般平均每日工作时间不超过四小时、每周工作时间累计不超过二十四小时的用工形式。与全日制用工不同的是，非全日制用工双方可以签订书面用工协议，也可以签订口头协议，并不能约定试用期；在非全日制用工情况下，劳动合同双方当事人中的任何一方可以随时通知对方终止用工，并且在用工终止时，用人单位不需要向劳动者支付经济补偿；同时，非全日制用工的劳动者可以签订多份劳动合同，即可以兼职。在这种用工形式下，用人单位和劳动者之间仍然是一种劳动关系。用人单位在支付非全日制劳动者劳动报酬时，不得低于用人单位所在地规定的最低小时工资标准，而且结算支付周期最长不得超过十五天。此外，法律规定非全日制用工不得约定试用期。

（三）劳务派遣用工

劳务派遣是指根据用人单位的需要，由劳务派遣公司根据企事业单位岗位需求派遣符合条件的员工到用人单位工作的全新的用工形式。劳务派遣关系实际是一种三角关系，包括派遣机构、用人单位和被派遣劳务人员。派遣机构和用人单位相互签订劳务派遣合作合同，派遣机构向用人单位派遣劳务人员，用人单位向派遣机构支付劳务人员的派遣服务费用；派遣机构与被派遣人员签订劳动合同，并向被派遣人员支付工资，代缴社会保险、住房公积金，代扣个人所得税等。劳动关系只存在于派遣机构和被派遣人员之间。尽管被派遣人员不为派遣机构工作，而是为用人单位工作，但用人单位与被派遣人员之间没有劳动关系，两者实质上属于劳务关系。随着企业社会职能剥离和机关事业单位后勤社会化改革步伐的加快以及现代企业人力资源专业化管理的需求，劳务派遣用工已经成为新形势下我国现代企业在劳务用工方面的一个方向。

不少大型企业，尤其是外企都采用这种用工形式，在运作中也比较规范。对于劳动者来说，劳务派遣不仅可以为低就业能力人群提供有序的就业渠道，而且可以满足高就业能力人群的一些特殊需求，如希望不断丰富自身的阅历而不满足于固定在一个单位工作，或者偏好于弹性工作和零散工作等。因此，也有不少大学生是通过劳务派遣的形式获得满意的工作，并在工作岗位上茁壮成长，成为企业的骨干。

但是我们应该注意到，由于劳务派遣涉及的法律关系复杂，国家规范有待加强，其在实际运行中还存在一些亟待解决的问题。

（1）劳务派遣在我国尚处于起步阶段，劳务派遣公司、劳动者和用人单位三方的权责还不明确，常常引起纠纷和争议。如同工不同酬；严重的加班加点，不支付加班工资；不为派遣工上或少上各种国家规定的保险；派遣工基本上享受不到企业的福利待遇，企业住房公积金和企业年金等均与其无缘；一旦发生劳动争议，派遣单位与用人单位相互推诿，职工难以得到权益保障和法律救济。

（2）在劳务派遣模式下，用人单位在制定工资和选择用人上具有很大的自主权，对于不能接受企业提出的工资水平的被派遣人员，用人单位可以随时解约，不用承担任何赔偿责任。

（3）由于劳务派遣大多属于短期行为，用人单位往往将这类员工视为外人，很少为他们提供培训机会，他们个人职务升迁的机会更少。

因此，大学毕业生在寻求工作时，一定要弄清自己和谁签订用工合同，如果是劳务派遣形式，一定要注意认真把握。

为解决用人单位滥用劳务派遣用工形式，《劳动合同法》对此进行了规范，了解相关规定，有利于我们保护自身的合法权益。

（1）劳务派遣机构应当有合法的资质。按照《劳动合同法》，劳务派遣单位应当依照公司法的有关规定设立，注册资本不得少于五十万元。劳务派遣单位应当在工商管理部门取得营业执照，其经营范围中应当有劳务派遣这一项。如果劳动者与非法从事劳务派遣的机构签订劳动合同，则合同无效，可认定劳动者直接向实际用工单位提供劳动服务，并由该机构承担民事责任。

（2）劳动者与派遣机构之间是劳动合同关系，被派遣劳动者根据《劳动合同法》享有和其他劳动者一样的权益。派遣机构应当履行用人单位对劳动者的义务。协商解除劳动合同、被迫解除劳动合同同样适用于被派遣劳动者，该支付经济补偿的，派遣机构同样须依法支付。《劳动合同法》强调了派遣机构的以下义务：①派遣机构应当与被派遣劳动者订立两年以上的固定期限劳动合同，按月支付劳动报酬；②被派遣劳动者在无工作期间，派遣机构应当按照所在地人民政府规定的最低工资标准，向其按月支付报酬；③派遣机构不得克扣用工单位按照劳务派遣协议支付给被派遣劳动者的劳动报酬；④派遣机构和用工单位不得向被派遣劳动者收取费用。

（3）劳动者的工资由派遣机构支付，社会保险金及工伤事故责任由派遣机构承担，但劳务派遣协议可以对这些事项进行约定。一般情况下，劳务派遣合同及劳动合同对工资支付的标准、方式、社会保险金及工伤保险责任的承担均作了约定。劳务派遣合同可以约定由用工单位直接向劳动者支付工资，社会保险金及工伤事故责任由用工单位承担。如果劳务派遣协议没有约定，则这些义务均由派遣机构承担。

（4）用人单位应履行相应义务：①执行国家劳动标准，提供相应的劳动条件和劳动保护；②告知被派遣劳动者的工作要求和劳动报酬；③支付加班费、绩效奖金，提供与工作岗位相关的福利待遇；④对在岗被派遣劳动者进行工作岗位所必需的培训；⑤对于连续用工的，实行正常的工资调整机制；⑥用工单位不得将被派遣劳动者再派遣到其他单位；⑦被派遣劳动者享有与用工单位的劳动者同工同酬的权利。

（5）为了避免用人单位滥用劳务派遣用工形式，规避劳动合同法律义务，侵害劳动者的合法权益，《中华人民共和国劳动合同法实施条例》规定：派遣机构不得以非全日制用工形式招用被派遣劳动者；派遣机构或者被派遣劳动者依法解除或者终止劳动合同的，派遣机构也应当向该劳动者支付经济补偿。

二、试用期、实习期和见习期

（一）试用期

试用期是用人单位和劳动者在建立劳动关系后为相互了解而约定的考察期，适用于初次就业或再次就业时改变劳动岗位或工种的劳动者。试用期的目的是让用人单位和劳动者在签订劳动合同后，有时间进一步相互了解，以最终确认是否需要继续劳动关系。试用期无论对于应届毕业生还是对于社会人员与用人单位新建立的劳动关系都适用。试用期是伴随劳动合同而产生的一个概念，先有劳动合同，后有试用期。当然在劳动合同中既可约定试用期，也可不约定。在试用期内，劳动者可以随时通知用人单位解除劳动合同，用人单位在证明劳动者不符合录用条件的情况下，也可以随时解除劳动合同。在实际中，由于有的企业未能正确理解有关劳动法规对劳动合同试用期的规定和要求，导致经常发生这方面的劳动争议。因此有必要加深对该问题的认识，以进一步规范劳动合同的管理。一般来讲，在试用期间，应当注意以下几方面的问题。

（1）试用期条款是劳动合同中的约定条款，并非劳动合同的必备条款。劳动合同当事人有权决定是否规定试用期，双方既可以在合同中约定一定期限的试用期，也可以不规定试用期。例如，对某些再次就业的劳动者，如果合同双方认为不必通过试用期而可以直接录用，则可在合同中不规定试用期。

（2）劳动合同的试用期最长不得超过六个月。《劳动合同法》规定：劳动合同期限三个月以上不满一年的，试用期不得超过一个月；劳动合同期限在一年以上不满三年的，试用期不得超过两个月；对于三年以上固定期限和无固定期限的劳动合同，试用期不得超过六个月。同一用人单位与同一劳动者只能约定一次试用期。因此，续订劳动合同不得约定试用期。以完成一定工作任务为期限的劳动合同或者劳动合同期限不满三个月的，不得约定试用期。

另外，要注意试用期包含在劳动合同期限内。劳动合同仅约定试用期的，试用期不成立，该期限为劳动合同期限。一些用人单位在招用新员工时，特别是当单位认为还不能确定新员工是否真正符合录用条件，需要对其进行一段时间的考察时，就与新进劳动者签订了一份“试用期合同”，待劳动者考察合格后再与之订立劳动合同，这是不符合规定的。

（二）实习期

实习期是指学生在校期间，到单位的具体岗位上参与实践工作的过程，其目的是为达到理论联系实际和更好地学习理解科学文化知识，只涉及在校学生。实习属于教学过程的一部分，实习的大学生与学校有着教育的关系，大学生的档案等个人履历文件也放在学校，接受实习生的单位不与实习大学生建立劳动关系。对于实习期，则没有期限和工资方面的规定，所以实习期时间的长短由双方自由约定，对实习期内的工资也没有规定，低于当地最低工资不违反法律规定。而试用期包括在劳动合同期限内，法律规定最长不超过半年，试用期的工资不得低于本单位相同岗位最低档工资或者劳动合同约定工资的百分之八十，并不得低于用人单位所在地的最低工资标准。劳动合同的试用期超过规定期限的，劳动者可以要求变更相应的劳动合同期限，或者要求用人单位对超过的期限按照非试用期工资标准支付工资。可见，实习期和试用期是有比较大的区别的。在实际中，有些用人单位故意混淆二者的概念，逃避相关责任，这点要引起大学生足够的重视。实际上，从性质上看，实习期也是一种试用期，只不过它并不是劳动法意义上的在企业与员工之间的“试用期”。比较宽容的单位将未毕业应聘者的实习期算进试用期，这样学生一旦毕业就可以直接转正，从某种方面来说这能够令新进员工产生对公司的信任。现在一些用人单位会和毕业生签订实习协议，对实习期间双方的权利和义务进行规定。若需要学校签署意见的，也可以到学校毕业生就业办公室签章确认。实习协议具有法律效力。

（三）见习期

见习期是在计划经济时期，由人事和教育部门专门针对刚刚毕业的大中专毕业生在转为国家干部编制之前，制定的考核时间，它不是劳动合同制度下的概念，而是人事制度下的一种做法。见习期对毕业生有约束力，是应届毕业生就业所独有的问题。见习期一般不超过一年，见习期满并合格则可转正。按照见习制度的规定，对入学前已从事 1 年以上有关专业实际工作的，经所在单位批准，可免去见习期。见习期满如果合格，则对该职工办理转正手续，为其评定专业职称，聘任相应职务，确定工作岗位。如果见习期满，达不到见习要求的，可延长见习期半年到一年，或者降低工资标准；对于表现特别不好的，可予以辞退，由学校重新分配。因此从性质上看，见习期也是一种试用期。见习期是教育部门在计划经济年代的规定，与原劳动部 1995 年颁布的《劳动法》之间存在一定的重合和矛盾，如见习期与试用期就存在时间上的重合。但鉴于国家机关、事业单位和国有企业的特殊性，1996 年 1 月 16 日原劳动部明确表示见习期不废止，可以与试用期共同使用。见习期不是劳动合同制度下的概念，而是人事制度下的做法。在实行劳动合同制度后，见习期制并没有被废除，而是与试用期共同存在。因为有关部门没有及时修订相关规定，见习期制度至今仍然在一些单位沿用，有的程序，如见习期满转正定级确认干部身份等，仍然在实行。有些用人单位要求毕业生有一年的见习期，有些单位则直接与毕业生约定试用期，试用期过后即作为正式员工。还有一些单位，既规定了见习期，又规定了试用期，并且把试用期作为见习期的一部分。由于试用期不能超过6个月，因此一般试用期都要短于见习期，在不超过试用期期限的见习期内随时可以解除劳动合同，但在已经超出了试用期的见习期剩余期限内，由于试用期结束，任何一方单方面解除劳动合同都要承担违约责任。

三、就业协议与劳动合同

在毕业生报到上岗以后，有很多用人单位并没有马上与之签订劳动合同，而是以就业协议书及其补充协议代为履行劳动合同的职能。虽然就业协议书与劳动合同均为用人单位在录用毕业生时所订立的书面协议，但两者分处两个相互联系的不同阶段，不能互为替代。劳动合同与就业协议书的区别和关联具体表现在以下方面。

（一）性质不同

就业协议一般由教育部或各省、市、自治区就业主管部门统一制表，是明确毕业生、用人单位、学校三方在毕业生就业工作中权利和义务的书面表现形式，是毕业生在校时与用人单位协商签订的就业意向协议，也是学校编制毕业生就业派遣方案的依据；劳动合同是毕业生与用人单位依法确立劳动关系、明确双方权利和义务的协议，是明确毕业生就业后从事何种岗位、享受何种待遇等权利和义务的依据。

（二）内容不同

就业协议书的内容主要是用人单位和毕业生就同意录用和接受聘用达成一致意见，并初步约定将来就业的基础条款，如服务期限、试用期限及试用期待遇等；劳动合同的内容涉及劳动报酬、劳动保护、工作内容、劳动纪律等方方面面，对劳动权利与义务的规定更为明确和具体。

（三）时效性不同

就业协议书在毕业生到用人单位报到时自动终止效力；劳动合同的终止条件有两种：一是劳动合同期限届满；二是劳动合同约定的终止条件出现。

（四）争议解决的主要方式不同

就业协议书发生争议，主要是按照现有的毕业生就业政策，由学校或上级就业主管部门出面协调解决；而劳动合同发生争议，主要是依据《劳动法》和《劳动争议处理条例》的有关规定，采取调解、仲裁及诉讼的方式，通过严格的法律程序予以解决。

（五）互有关联

一般来说，就业协议书签订在前，劳动合同订立在后。在某种意义上，劳动合同可以被视为就业协议书的延伸。例如，毕业生与用人单位可以在就业协议书中约定试用期和试用期待遇，上岗后签订劳动合同时试用期条款按此约定执行；如果毕业生与用人单位就试用期满后的工资待遇、住房等有事先约定，亦可在就业协议书的补充协议中注明，日后订立劳动合同对此内容应予以认可和确定。毕业生在签订就业协议书时，其身份多为学生，并非完全意义上的劳动者，尚不具备签订劳动合同的资格。所以，毕业生应先与用人单位签订就业协议书，待取得毕业资格去单位报到后，再尽快与单位签订劳动合同。为避免在日后订立劳动合同时产生纠纷，毕业生在签订就业协议书时还要注意与劳动合同的衔接，尽可能将劳动合同的主要内容体现在就业协议书及其补充协议中，并注明在今后订立劳动合同时应予以确认。

四、毕业生人事代理及流程

（一）人事代理的内涵

人事代理是指各级政府人事行政部门所属的人才流动服务机构依据国家有关人事政策法规，接受用人单位或个人委托，对其人事业务实行集中、规范、统一的社会化管理和系列服务的一种人事管理方式。人事代理的当事人分为代理方和委托方，代理方一般是县级以上政府人事行政部门所属的人才流动服务机构，委托方为需要人事代理服务的各类企业、事业单位和个人。人事代理的服务业务很广泛，其中的“大中专毕业生的人事档案代理”是毕业生普遍关心的问题。什么是毕业生人事档案代理呢？简而言之就是在学生毕业后，由于种种原因，其“人事档案”不能转入用人单位或找不到接收单位的，其档案可由政府人事部门所属的人才交流机构代管；在代管期间，人才交流机构负责及时补充档案材料，接续工龄。需要注意的是，是否需要人事代理还要看用人单位的情况。如果高校应届毕业生找到的用人单位是无人事主管单位，或暂无编制单位的，都可以到政府人事部门所属的人才服务机构办理人事代理手续。不少应届毕业生毕业后没有立即参加工作，也没有到当地人事部门或人才中心报到，没有及时办理人事代理关系；有的应届毕业生虽然已参加工作，但由于单位没有及时到人事部门为其办理人事代理相关手续，通过办理人事代理手续，开具就业介绍信，就可以视同参加工作，计算连续工龄。否则，不仅丢了个人身份，无法办理养老、医疗及社会保险等暂且不说，以至将来计算工龄、出国留学及年老退休都要受到影响，给工作、生活带来诸多的不便和麻烦。

（二）毕业生人事代理的具体内容

毕业生人事代理的具体内容包括：毕业生人事档案管理、户口挂靠、转正定级、职称资格的相关申报、工龄计算、档案工资调整、年度考核以及与档案有关证明的出具等。

（三）毕业生人事代理程序

1. 落实就业单位的大中专毕业生办理人事代理的程序

（1）申请。毕业生持单位接收证明、毕业证、报到证（或就业推荐书）和户口迁移证，向人才服务中心提出申请，并填写《申请委托人事代理审批表》。

（2）审批。中心根据有关规定和程序办理审批手续。

（3）签订合同。委托和代理双方签订人事代理合同，并按有关规定交费。

2. 未落实就业单位的大中专毕业生办理人事代理的程序

（1）申请。毕业生持毕业证、报到证（或就业推荐书）和户口迁移证，向人才服务中心提出申请，并填写《申请委托人事代理审批表》。

（2）审批。中心根据有关规定和程序办理审批手续。

（3）签订合同。委托和代理双方签订人事代理合同，并按有关规定交费。

（四）人事代理和劳务派遣的区别

我国目前就业市场上存在的两项新的制度—人事代理和劳务派遣。由于立法上的滞后性，现行法律体系对实践中大量存在的这两项制度却没有明确的规定。由于“人事代理”和“劳务派遣”对人才中介公司的要求不一样，其所承担的责任也不同，所以在实践中，有些人才中介公司故意打着“人事代理”的旗帜从事“劳务派遣”业务，故意混淆二者的界限，侵害劳动者的利益。虽然从表面上来看劳务派遣与人事代理都涉及劳动者、用人单位及这两者之外的第三方，而且劳务派遣机构和人事代理机构都需要给劳动者代缴社会保险费等，二者在很多方面具有一定的相似性，但实质上这是两种完全不同的制度，其具体的区别如下。

（1）劳动者与人事代理中介机构或者劳务派遣单位的关系不同。在劳务派遣关系中，劳动者与派遣单位之间是劳动关系，他们订立劳动合同，受劳动法的调整和规范。而在人事代理关系中，对劳动者与人事代理中介机构之间的关系则要具体分析，在劳动者委托进行人事代理的情况下，二者是委托关系，受合同法以及民事法律规范的调整；在单位委托进行人事代理的情况下，则劳动者与人事代理中介机构之间并不存在法律关系。

（2）劳动者与实际用人单位的关系不同。在人事代理关系中，劳动者与实际用人单位之间是劳动法上规定的劳动关系，用人单位负有劳动法规定的义务；而在劳务派遣中，劳动者与实际用人单位之间则没有合同关系，并不存在劳动法意义上的劳动关系，实际用人单位对劳动者的管理和使用是基于其与劳务派遣单位的劳务合同。

（3）调整二者的法律规范不同。劳务派遣受劳动法以及相关劳动法律规范的调整；而人事代理则是受民法以及民事法律规范的调整，二者分受不同的法律部门调整。

（4）人事代理的内容同劳务派遣完全不同。劳务派遣是以派遣单位与劳动者之间的劳动合同为基础，其内容是劳动法上规定的权利和义务；人事代理的内容则是委托方与受托方在相关规章和规定下由双方协商确定，一些地方的政府规章对人事代理的项目作了明确的规定，如代理人事政策咨询与人事规划、人才招聘、人才素质测评、人才培训；代理人事档案管理；代办社会保险；代办住房公积金；代办聘用合同鉴证等等。

（5）在这两种关系下，实际用人单位所承担的义务和责任不完全相同。在人事代理关系下，用人单位是劳动关系的主体之一，不仅负有对劳动者的管理使用权，而且负有劳动法上规定的义务；而在劳务派遣关系下，劳动法上规定的用人单位的义务是由派遣单位来承担的，实际用工单位所承担的义务是基于其与派遣单位之间的劳务合同来确定的，并不承担劳动法上的义务，只是对劳动者实际管理使用。

根据以上分析可以看出，人事代理与劳务派遣是两种完全不同的制度，我们不能因为其具有一定的相似性而否认二者的区别，如果把劳务派遣当做人事代理而进行调整，则势必对劳动者的合法权益造成损害，对社会的稳定构成威胁。

第二节　劳动合同制度

一、劳动合同概述

（一）劳动合同的概念

劳动合同是劳动者与用人单位确立劳动关系、明确双方权利和义务的书面协议。建立劳动关系应当订立劳动合同，劳动合同的主体，一方是劳动者，一方是用人单位。签订劳动合同的目的是为了确定合同双方之间的劳动关系，劳动合同的内容在于明确双方在劳动关系中的权利和义务以及违反合同的责任，劳动合同是保障劳动者实现劳动权的法律形式。劳动者订立劳动合同，则意味着劳动权的实现，劳动者在合同期限内获得有保障的工作，用人单位不得无故解除劳动合同。

（二）劳动合同的种类

劳动合同分为固定期限劳动合同、无固定期限劳动合同和以完成一定工作任务为期限的劳动合同。固定期限劳动合同，是指用人单位与劳动者约定合同终止时间的劳动合同，比如1年、2年、3年，期限是明确的。以完成一定工作任务为期限的劳动合同，是指用人单位与劳动者约定以某项工作的完成为合同期限的劳动合同。这种合同在工程建设方面比较多，工程结束合同也就结束了。无固定期限劳动合同，是指用人单位与劳动者约定无确定终止时间的劳动合同。这里需要说明，“无固定期限劳动合同”并不是“铁饭碗”、“终身制”。有些用人单位不愿意签订无固定期限劳动合同，认为一旦签了，就要对劳动者长期、终身负责，如果劳动者偷懒，用人单位也毫无办法。有的劳动者也认为无固定期限劳动合同就意味着被终身捆绑在企业中，丧失了选择的机会，实际上这是一种误解。只要出现《劳动合同法》规定的情形，不论用人单位还是劳动者，都有权依法解除劳动合同。

（三）劳动合同的内容

1. 劳动合同的必备条款

（1）用人单位的名称、住所和法定代表人或者主要负责人。

（2）劳动者的姓名、住址和居民身份证或者其他有效证件号码。

（3）劳动合同期限。

（4）工作内容和工作地点。

（5）工作时间和休息休假。

（6）劳动报酬。

（7）社会保险。

（8）劳动保护、劳动条件和职业危害防护。

（9）法律、法规规定应当纳入劳动合同的其他事项。

2. 劳动合同的约定条款

（1）试用期。用人单位与劳动者可以在劳动合同中就试用期的期限和试用期期间的工资等事项作出约定，但不得违反相关法律对试用期的有关规定。

（2）培训。企业应建立健全职工培训的规章制度，根据本单位的实际对职工进行在岗、转岗、晋升、转业培训，对新录用人员进行上岗前的培训，并保证培训经费和其他培训条件。职工应按照国家规定和企业安排参加培训，自觉遵守培训的各项规章制度，并履行培训合同规定的各项义务，服从单位工作安排，搞好本职工作。

（3）商业秘密。用人单位可以在合同中就保守商业秘密的具体内容、方式、时间等，与劳动者约定，防止自己的商业秘密被侵占或泄露。

（4）补充保险。补充保险是指除了国家基本保险以外，用人单位根据自己的实际情况为劳动者建立的一种保险，它是用来满足劳动者高于基本保险需求的愿望，包括补充医疗保险、补充养老保险等。补充保险的建立依用人单位的经济承受能力而定，由用人单位自愿实行，国家不作强制的统一规定，只要求用人单位内部统一。

用人单位必须在参加基本保险并按时足额缴纳基本保险费的前提下，才能实行补充保险。

（5）福利待遇。福利待遇包括住房补贴、通信补贴、交通补贴、子女教育等。不同的用人单位其福利待遇也有所不同，福利待遇已成为劳动者就业选择的一个重要因素。

二、劳动合同的订立及鉴证

（一）劳动合同订立的原则

劳动合同是劳动者与用人单位确立劳动关系，明确各自权利和义务的协议，也是劳动争议发生后处理争议的重要依据。因此，签订劳动合同必须符合法律法规的规定。订立和变更劳动合同，应当遵循平等自愿、协商一致的原则，违反法律、行政法规以及采取欺诈、威胁等手段订立的劳动合同无效。对于无效的劳动合同，法律不予保护，但劳动者权益因此受到侵害的，劳动者可以依法要求赔偿。根据法律规定，建立劳动关系，应当订立书面劳动合同。对于已经建立劳动关系，但没有同时订立书面劳动合同的情况，要求用人单位与劳动者应当自用工之日起一个月内订立书面劳动合同。用人单位自用工之日起满1年不与劳动者订立书面劳动合同的，视为用人单位与劳动者已订立无固定期限劳动合同。用人单位未在用工的同时订立书面劳动合同，与劳动者约定的劳动报酬不明确的，新招用的劳动者的劳动报酬应当按照企业或者行业的集体合同规定的标准执行；没有集体合同或者集体合同未作规定的，用人单位应当对劳动者实行同工同酬。用人单位自用工之日起超过一个月但不满1年未与劳动者订立书面劳动合同的，应当向劳动者支付两倍的月工资。

（二）劳资双方的告知义务

在签订合同前，劳动者有权了解用人单位相关的规章制度、劳动条件和劳动报酬等情况；用人单位也有权了解劳动者的健康状况、知识技能和工作经历等情况。这里需要注意的是，《劳动合同法》虽然更加倾向于保护劳动者的权益，但并非意味着劳动者可以为所欲为。该法虽然对资方的用工行为进行了严格约束，但同样也约束了劳动者在职场中的不诚信行为。例如，根据《劳动合同法》有关规定，用人单位一旦发现员工在求职简历中含有虚假、夸大的内容，可不需支付任何赔偿将其辞退；而求职简历造假的求职者一旦被招聘企业发现并被列“黑名单”，将难有机会进入知名大公司工作。因此，毕业生在提供给用人单位的简历或者用人单位要求的求职表格中，都应该填写真实的信息，包括学历、在学校期间所担任职务、自己的实习和课外实践经历等。

（三）劳动合同订立中应注意的事项

部分用人单位为了实现自己利益的最大化，千方百计在劳动合同中设立种种陷阱，侵害大学毕业生的合法权益。而劳动合同只有主体合法、内容合法、形式合法、程序合法，才能产生法律效力。不合法的劳动合同和无效的劳动合同，难以真正得到法律的承认和保护。那么，大学毕业生在应聘和签订劳动合同时应该注意哪些问题，如何维护自己的权益？

（1）用人单位的合法性。按照劳动法律，用人单位应当是经过合法登记或备案的单位。非法用人单位是指无营业执照或者未经依法登记、备案的单位以及被依法吊销营业执照或者撤销登记、备案的单位。大学毕业生在求职应聘时对此应加以注意，查证招用人员的单位是否是合法的，以免被类似“黑砖窑”的非法单位欺骗。在签订劳动合同时，应仔细查看用人单位是否经过法定部门登记、备案以及注册登记、备案的有效期限。否则，所签订的劳动合同是一份无效合同。

（2）合同内容的合法性。用人单位应当与大学毕业生订立劳动合同，劳动合同首先必须是合法的，否则是无效的。劳动部门制定了劳动合同范本，企业可以根据实际情况对劳动合同的内容进行适当增减。合同条款应明确细化。有些用人单位，为了在人才市场上招到自己需要的人才，在劳动合同中将工资定的似乎很高，应聘者上班后才发现，劳动合同中的工资不是标准工资，是总的收入，这样一来，大学毕业生的加班费、奖金等都没有了。劳动合同中约定的应该是标准工资，指在正常工作时间内的正常劳动应得的报酬，而不包括加班工资、效益工资和奖金等内容。为了更好地保护自己的权益，大学毕业生在订立劳动合同时，约定的劳动报酬要明确、具体。

（3）违约责任要合法公平。为维护自身权益，在涉及违约责任的条款时，大学毕业生要注意自己可能承担的违约责任是否过大。《劳动合同法》规定：“用人单位为大学毕业生提供专项培训费用，对其进行专业技术培训的，可以与该大学毕业生订立协议，约定服务期。大学毕业生违反服务期约定的，应当按照约定向用人单位支付违约金。违约金的数额不得超过用人单位提供的培训费用。用人单位要求大学毕业生支付的违约金不得超过服务期尚未履行部分所应分摊的培训费用。用人单位与大学毕业生约定服务期的，不影响按照正常的工资调整机制提高大学毕业生在服务期期间的劳动报酬。”但是《劳动合同法》第二十三条规定：“用人单位与大学毕业生可以在劳动合同中约定保守用人单位的商业秘密和与知识产权相关的保密事项。对负有保密义务的大学毕业生，用人单位可以在劳动合同或者保密协议中与大学毕业生约定竞业限制条款，并约定在解除或者终止劳动合同后，在竞业限制期限内按月给予大学毕业生经济补偿。大学毕业生违反竞业限制约定的，应当按照约定向用人单位支付违约金。”这一条文对违约金的具体数额没有作出限制性规定，大学毕业生在与用人单位签订此类违约金时应当注意不能约定负担过高的不公平的违约金，导致在将来解除或终止劳动合同时处于不利地位。

总之，大学毕业生需要慎重对待劳动合同，在签合同前应认真研究用人单位提供的劳动合同文本，以便对劳动合同内容有充分的了解，对于双方协商约定的条款，尤其要给予高度重视。在签订劳动合同时，应该让企业负责人同自己一起当面签字盖章，并仔细鉴定单位所盖公章，看其是否与自己即将进入的单位一致。在所签订的劳动合同涉及数字时，一定要用大写汉字。劳动合同至少一式两份，双方各执一份，求职者应妥善保管自己的劳动合同。另外，还要注意劳动合同生效的条件和时间。

（四）劳动合同鉴证

劳动合同鉴证，是指劳动行政机关对劳动合同的签订、变更程序及其内容合法性、真实性、完备性、可行性进行全面审查、核实、确认的法律行为。在我国，鉴证是对劳动合同确立的劳动关系的合法性的证明，是国家对劳动合同实施有效管理的一种办法。目前，我国除了对私营企业签订劳动合同规定必须鉴证外，对其他劳动关系尚未作出必须鉴证的规定，一般采取自愿原则。但是，为了保证劳动合同的合法有效，在劳动合同签订后，应当到当地劳动行政机关办理鉴证劳动合同的手续。

三、合同的履行及变更

劳动合同的履行，指的是劳动合同双方当事人按照劳动合同的约定，履行各自的义务，享有各自的权利。劳动合同的变更，指的是在劳动合同履行期间，劳动合同双方当事人经协商一致后改变劳动合同的内容。劳动合同是否得到依法履行、劳动合同的变更是否以平等自愿、协商一致为前提，直接关系到劳动合同双方当事人尤其是劳动者的权益能否得到保护。如果劳动合同双方当事人一方不按照劳动合同的约定履行自己的义务，或者没有能享有应有的权利，那么权益受损的一方就应依靠《劳动合同法》等法律武器保护自己。就劳动者而言，《劳动合同法》着重强调了三个方面：一是规定用人单位应及时足额支付劳动报酬，遭拖欠劳动报酬的劳动者可向当地人民法院申请支付令；二是规定用人单位应严格执行劳动定额标准，用人单位安排加班的，应按规定支付加班费；三是规定劳动者对用人单位管理人员违章指挥、强令冒险作业有权拒绝，并不能被视为违反劳动合同。劳动合同的签订应在双方平等自愿、协商一致的基础上，劳动合同的变更也应如此。除法定情形外，任何一方都不能单方面变更劳动合同的内容。但是，现实生活是复杂的，人们无法预测将来可能发生的情况。所以，为适应变化无常的客观情况，法律规定劳动合同可以有条件地变更，即必须经当事人协商一致。同时，为加强用人单位对劳动过程的组织管理自主权，法律规定在特定情况下，用人单位单方可以变更劳动合同，这些情况通常包括：第一，劳动者患病或者非因工负伤，在规定的医疗期满后不能从事原工作，也不能从事用人单位另行安排的其他工作的；第二，劳动者不能胜任工作，经过培训或调整工作岗位，仍然不能胜任工作的；第三，劳动合同订立时所依据的客观情况发生重大变化，致使劳动合同无法履行，经用人单位与劳动者协商，未能就变更劳动合同内容达成协议的。

四、合同的解除与终止

（一）协商解除

用人单位与劳动者协商一致，可以解除劳动合同。

（二）劳动者提出解除

(1)劳动者提前通知解除劳动合同。劳动者提前 30 日以书面形式通知用人单位，可以解除劳动合同。劳动者在试用期内提前 3 日通知用人单位，可以解除劳动合同。为防止劳动者任意提出提前解除劳动合同而可能损害用人单位的利益，《劳动法》规定："劳动者违反本法规定的条件解除劳动合同……对用人单位造成经济损失的，应当依法承担赔偿责任。"

（2）劳动者随时通知用人单位解除劳动合同。用人单位有下列情形之一的，劳动者可以解除劳动合同：未按照劳动合同约定提供劳动保护或者劳动条件的；未及时足额支付劳动报酬的；未依法为劳动者缴纳社会保险费的；用人单位的规章制度违反法律、法规的规定，损害劳动者权益的；因《劳动法》第二十六条第一款规定的情形致使劳动合同无效的；法律、行政法规规定劳动者可以解除劳动合同的其他情形。

（三）用人单位提出解除

（1）用人单位单方解除劳动合同。劳动者有下列情形之一的，用人单位可以解除劳动合同：在试用期间被证明不符合录用条件的；严重违反用人单位的规章制度的；严重失职，营私舞弊，给用人单位造成重大损害的；劳动者同时与其他用人单位建立劳动关系，对完成本单位的工作任务造成严重影响，或者经用人单位提出，拒不改正的；以欺诈、胁迫的手段或者乘人之危，使对方在违背真实意思的情况下订立劳动合同，致使劳动合同无效的；被依法追究刑事责任的。

（2）用人单位提前通知解除劳动合同。有下列情形之一的，用人单位提前 30 日以书面形式通知劳动者本人或者额外支付劳动者一个月工资后，可以解除劳动合同：劳动者患病或者非因工负伤，在规定的医疗期满后不能从事原工作，也不能从事由用人单位另行安排的其他工作的；劳动者不能胜任工作，经过培训或者调整工作岗位，仍不能胜任工作的；劳动合同订立时所依据的客观情况发生重大变化，致使劳动合同无法履行，经用人单位与劳动者协商，未能就变更劳动合同内容达成协议的。

有下列情形之一，需要裁减人员20人以上或者裁减不足20人但占企业职工总数10%以上的，用人单位应当提前30日向工会或者全体职工说明情况，听取工会或者职工的意见后，裁减人员方案经向劳动行政部门报告，可以裁减人员：依照企业破产法规定进行重整的；生产经营发生严重困难的；企业转产、重大技术革新或者经营方式调整，经变更劳动合同后，仍需裁减人员的；其他因劳动合同订立时所依据的客观经济情况发生重大变化，致使劳动合同无法履行的。用人单位在6个月内重新招用人员的，应当通知被裁减的人员，并在同等条件下优先招用被裁减的人员。

（3）解除行为的限制。劳动者有下列情形之一的，用人单位不得解除劳动合同：从事接触职业病危害作业的劳动者未进行离岗前职业健康检查，或者疑似职业病病人在诊断或者医学观察期间的；在本单位患职业病或者因工负伤并被确认丧失或者部分丧失劳动能力的；患病或者非因工负伤，在规定的医疗期内的；女职工在孕期、产期、哺乳期的；在本单位连续工作满15年，且距法定退休年龄不足5年的；法律、行政法规规定的其他情形。

（四）劳动合同的终止

有下列情形之一的，劳动合同终止：劳动合同期满的；劳动者开始依法享受基本养老保险待遇的；劳动者死亡，或者被人民法院宣告死亡或者宣告失踪的；用人单位被依法宣告破产的；用人单位被吊销营业执照、责令关闭、撤销或者用人单位决定提前解散的；法律、行政法规规定的其他情形。

五、企业无效劳动合同

无效劳动合同，是指劳动合同虽经过当事人双方同意订立，但因劳动合同条款违反法律、行政法规的要求，因而不具有法律效力。无效劳动合同分为全部无效和部分无效两种，根据《劳动合同法》，下列劳动合同无效或者部分无效：以欺诈、胁迫的手段或者乘人之危，使对方在违背真实意思的情况下订立或者变更劳动合同的；用人单位免除自己的法定责任、排除劳动者权利的；违反法律、行政法规强制性规定的。

部分无效劳动合同是指部分条款无效的合同。根据《劳动法》第十八条的规定：“确认劳动合同部分无效，如果不影响其余部分的效力，其余部分仍然有效。”另外，根据规定，劳动合同的无效，由劳动争议仲裁委员会或者人民法院确认。也就是说，劳动合同的无效不能由合同双方当事人决定。因此，毕业生在选择用人单位签订劳动合同时，要注意辨别哪些是无效劳动合同，下面举几个常见的无效劳动合同。

（1）口头约定合同。个别企业出于自身需要，在招聘时故意不与求职者订立劳动合同，仅做一些简单的口头约定。由于求职者大多很珍惜就业岗位，一般不敢对此提出异议。因此，一旦出现纠纷，求职者的权益就将受到损害。

（2）一边倒合同。部分用人单位与劳动者订立的劳动合同，其约定条款倾向于用人单位一方，此种情形目前相当普遍，应引起求职者的重视。求职者在订立劳动合同时，一定要逐条审查，对一些不合理、显失公平的内容应坚决予以拒绝。因为从法律的角度说，只要在合同上签了字，就表示对这份合同认可了，并愿意遵守和履行合同。如果以后出现问题和矛盾，只要拿不出你在签合同时单位用了胁迫或欺诈行为的证据，那么就可以认定这就是你真实意愿的反映，而不能认为这是一份无效的劳动合同了。

（3）胁迫合同。一些用人单位在招工时，强迫劳动者交纳巨额集资款、风险金，并胁迫劳动者与其订立所谓的自愿交纳协议书，企图以书面协议掩盖其行为的违法性。

（4）无保障合同。一些用人单位与劳动者订立的劳动合同中，不具备病、伤、残、死亡补助和抚恤等内容，或虽有某些条款但不符合国家法律规定。劳动者一旦发生病、伤、残、死亡等情况时，企业或者置之不理，不管不问，或者以较低的金额给予一次性补助，其额度远低于实际医疗费和国家有关的法定标准，使劳动者的权益无法得到保障。

(5)附带保证合同。部分企业为约束劳动者的行为，在与劳动者订立劳动合同时，硬性规定其另签一份“保证书”，其内容是强迫劳动者接受一些不合理的规则和条件，并把该保证书作为劳动合同的附件来约束劳动者。

（6）真假合同。某些企业为应付劳动仲裁部门的监督管理，与劳动者签订真假两份合同。以符合有关规定的“假合同”应付劳动管理部门的检查，实际上却用按自己意愿与劳动者订立的不规范甚至违法的劳动合同来约束劳动者。

（7）抵制性质合同。部分用人单位为防止劳动者“跳槽”，在订立劳动合同时，要求劳动者将其身份证、档案、现金作抵押物，甚至扣留劳动者应得的福利或工资，一旦劳动者“跳槽”，用人单位便将抵押物扣留。《劳动合同法》第九条：“用人单位招用劳动者，不得扣押劳动者的居民身份证和其他证件，不得要求劳动者提供担保或者以其他名义向劳动者收取财物”；“用人单位违反本法规定，以担保或者其他名义向劳动者收取财物的，由劳动行政部门责令限期退还劳动者本人，并以每人 500 元以上 2000 元以下的标准处以罚款；给劳动者造成损害的，应当承担赔偿责任。”

六、企业事实劳动关系

事实劳动关系，指的是用人单位在招用劳动者后不按规定订立劳动合同，或者用人单位与劳动者以前签订过劳动合同，但是劳动合同到期后，用人单位同意劳动者继续在本单位工作却没有与其及时续订劳动合同。事实劳动关系与劳动关系相比，只是欠缺了书面合同这一形式要件，但并不影响劳动关系的成立。目前，立法认定用人单位故意拖延不订立劳动合同但形成事实劳动关系的，劳动者享有劳动保障法律法规所规定的一切权利，并应履行劳动保障法律法规所规定的一切义务。尽管如此，对于事实劳动关系的认定仍然存在很多困难和麻烦，所以求职者在就业时一定要尽快签订劳动合同，以防止不必要的麻烦。

第三节 工时制度

一、标准工时工作制

标准工时制，是由立法确定一昼夜中工作时间长度、一周中工作日天数，并要求各用人单位和一般职工普遍实行的基本工时制度。我国目前实行的是每日工作8小时、每周工作40小时的标准工时制。因此，如果用人单位安排劳动者在8小时之外工作的，就属于加点；超过8小时部分的时间，就是加点的时间。在休息日、节假日安排劳动者工作的，就属于加班。加班是指职工根据用人单位的要求，在标准工作日以外继续从事生产或工作。

二、缩短工时制

缩短工时制，也称为缩短工作制，它是规定劳动者每个工作日的工作时间少于标准工作日长度或每周工作天数少于标准工作天数的工作时间制度。适用这种制度的主要是从事特别艰苦、繁重、有毒有害、过度紧张的劳动者以及在哺乳期的女员工。我国法律规定，有不满1周岁婴儿的女职工，每日可在工作时间内有1小时哺乳时间。

三、综合计算工时工作制

综合计算工时工作制是针对因工作性质特殊，需连续作业或受季节及自然条件限制的企业部分职工，采用的以周、月、季、年等为周期的综合计算工作时间的一种工时制度。按规定，可以实行综合计算工时工作制的职工有三种。

（1）交通、铁路、邮电、水运、航空、渔业等行业中因工作性质特殊，需连续作业的职工。

（2）地质及资源勘探、建筑、制盐、旅游等受季节和自然条件限制的行业的部分职工。

（3）其他适合实行综合计算工时工作制的职工。

企业因生产特点不能实行标准工时制的，可以实行综合计算工时工作制，即分别以周、月、季、年等为周期，综合计算工作时间。在综合计算工作时间的周期内，具体某一天、某一周的工作时间可以超过8小时或40小时。实行这一工时形式的企业，无论是选用周、月为周期，还是以季、年为周期综合计算工作时间，职工的平均周工作时间、月工作时间、季度工作时间、年工作时间都应与法定标准工作时间相同，超过法定标准工作时间的部分，应视为延长工作时间，应按规定支付职工延长工作时间的工资。

四、不定时工作制

不定时工作制是指因工作性质和工作职责的限制，劳动者的工作时间不能受固定时数限制的工时制度。通俗地讲，不定时工作制就是每一工作日没有固定的上下班时间限制的工作时间制度。适用不定时工作制的职工主要有以下三种。

（1）企业中的高级管理人员、外勤人员、推销人员、部分值班人员和其他因工作无法按标准工作时间衡量的职工。

（2）企业中的长途运输人员、出租汽车司机和铁路、港口、仓库的部分装卸人员以及因工作性质特殊，需机动作业的职工。

（3）其他因生产特点、工作特殊需要或职责范围的关系适合实行不定时工作制的职工。经批准实行不定时工作制的职工，不受日延长工作时间标准和月延长工作时间标准的限制，但用人单位应采用弹性工作时间等适当的工作和休息方式，确保职工的休息休假权利和生产、工作任务的完成。实行不定时工作制的职工，其工作日长度超过标准工作日的，不算做延长工作时间，也不给予延长工作时间的工资报酬。

五、计件工作制

计件工作制，是以工人完成一定数量的合格产品或一定的作业量来确定劳动报酬的一种劳动形式。从某种意义上说，计件工作的劳动者实行的是一种特殊类型的不定时工作制。《中华人民共和国劳动法》第三十七条规定：对实行计件工作的劳动者，用人单位应当根据标准工时的规定，合理确定劳动定额和计件报酬标准。

六、延长劳动时间

延长劳动时间，也称加班加点，是指用人单位经过一定程序，要求劳动者超过法律、法规规定的最高限制的日工作时数和周工作天数而工作。一般分为正常情况下延长工作时间和非正常情况下延长工作时间两种形式。正常情况下延长工作时间，按照《劳动法》的规定，需具备以下三个条件。

（1）由于生产经营需要。生产经营需要主要是指紧急生产任务，如不按期完成，就要影响用人单位的经济效益和职工的收入，在这种情况下，才可以延长职工的工作时间。

（2）必须与工会协商。用人单位决定延长工作时间的，应把延长工作时间的理由、人数、时间长短等情况向工会说明，在征得工会同意后，方可延长职工工作时间。

（3）必须与劳动者协商。用人单位决定延长工作时间，应进一步与劳动者协商，因为延长工作时间要占用劳动者的休息时间，所以只有在劳动者自愿的情况下才可以延长工作时间。除要符合以上条件外，延长工作时间的长度也必须符合《劳动法》的规定，即一般每日不得超过 1 小时，因特殊原因需要延长工作时间的，在保障劳动者身体健康的条件下延长工作时间每日不得超过 3 小时，但是每月不得超过 36 小时。

在遇到下列情况时，用人单位延长工作时间可以不受正常情况下延长工作时间的限制。

（1）发生自然灾害、事故或者因其他原因，威胁劳动者生命健康和财产安全，需要紧急处理的；

（2）生产设备、交通运输线路、公共设施发生故障，影响生产和公众利益，必须及时抢修的；

（3）法律、行政法规规定的其他情形。

以上几种情况，属于非正常情况，只要具备上述情形之一，用人单位就可以无条件的加班加点，既不需要审批，也不需要与工会和劳动者协商。劳动者不仅要自觉服从单位安排，而且应当积极参加。特别需要说明的是，《劳动法》特别作出规定，禁止对怀孕 7 个月以上和在哺乳未满 1 周岁的婴儿期间的女职工安排其延长工作时间和夜班劳动。不管在哪一种情况下延长工作时间，用人单位都应当按照有关规定支付劳动者高于正常工作时间工资的工资报酬。

第四节　工资制度

一、工资及工资形式

工资是指用人单位依据国家有关规定或劳动合同的约定，以货币形式直接支付给本单位劳动者的劳动报酬，一般包括计时工资、计件工资、奖金、津贴以及补贴、加班加点工资以及特殊情况下支付的工资。

（1）计时工资：是指按计时工资标准和工作时间支付给劳动者个人的劳动

报酬。

(2) 计件工资：是指对已完成的工作按计件单价支付的劳动报酬。

(3) 奖金：是指支付给职工的超额劳动报酬和增收节支的劳动报酬等。

(4) 津贴和补贴：是指为了补偿职工特殊或额外的劳动消耗和因其他特殊原因支付给职工的津贴，以及为了保证职工工资水平不受物价影响支付给职工的物价补贴。

(5) 加班、加点工资：是指对法定节假日和休假日工作的职工以及在正常工作日以外延长工作时间的职工按规定支付的工资（实行不定时工作制的劳动者除外）。

(6) 特殊情况下支付的工资：是指根据国家法律、法规和政策规定，对劳动者因病、婚、丧、产假、工伤及定期休假等原因支付的工资及附加工资、保留工资等。但劳动者的以下劳动收入不属于工资范围：①单位支付给劳动者个人的社会保险福利费用，如丧葬抚恤救济费、生活困难补助费、计划生育补贴等；②劳动保护方面的费用，如用人单位支付给劳动者的工作服、解毒剂、清凉饮料费用等；③按规定未列入工资总额的各种劳动报酬及其他劳动收入，如根据国家规定发放的创造发明奖、国家星火奖、自然科学奖、科学技术进步奖、合理化建议和技术改进奖、中华技能大奖等，以及稿费、讲课费和翻译费等。

二、工资支付的时间和要求

我国有关工资支付的法律规章明确规定，工资应当以货币形式按月支付给劳动者本人，用人单位不得克扣或者无故拖欠劳动者工资。劳动者在法定休假日和婚丧假期间以及依法参加社会活动期间，用人单位应当依法向其支付工资。工资应当按月支付，是指按照用人单位与劳动者约定的日期支付工资。如遇节假日或休息日，则应提前在最近的工作日支付。工资至少每月支付一次，对于实行小时工资制和周工资制的人员，工资也可以按日或周发放。对完成一次性临时劳动或某项具体工作的劳动者，用人单位应按有关协议或合同规定在其完成劳动任务后即支付工资。

用人单位不得克扣或者无故拖欠劳动者工资。但有下列情况之一的，用人单位可以代扣劳动者工资：用人单位代扣代缴的个人所得税；用人单位代扣代缴的应由劳动者个人负担的各项社会保险费用;法院判决、裁定中要求代扣的抚养费、赡养费;法律、法规规定可以从劳动者工资中扣除的其他费用。

另外，以下减发工资的情况也不属于“克扣”:国家法律、法规中有明确规定的;依法签订的劳动合同中有明确规定的；由用人单位依法制定并经职代会批准的厂规、厂纪中有明确规定的；企业工资总额与经济效益相联系，经济效益下浮时，工资必须下浮的（但支付给提供正常劳动职工的工资不得低于当地的最低工资标准）；因劳动者请事假等相应减发工资等。

“无故拖欠”不包括：用人单位遇到非人力所能抗拒的自然灾害、战争等原因，无法按时支付工资；用人单位确因生产经营困难资金周转受到影响，在征得本单位工会同意后，可暂时延期支付劳动者工资，延期时间的最长限制可由各省、自治区、直辖市劳动行政部门根据各地情况确定。除上述情况外，拖欠工资均属无故拖欠。

三、加班工资

劳动法规定，有下列情形之一的，用人单位应当按照下列标准支付高于劳动者正常工作时间工资的工资报酬：①安排劳动者延长工作时间的，支付不低于工资的150%的工资报酬；②休息日安排劳动者工作又不能安排补休的，支付不低于工资的200%的工资报酬；③法定休假日安排劳动者工作的，支付不低于工资的300%的工资报酬。

四、病假工资

（1）病假工资可以按最低工资标准支付。所谓最低工资，是指在劳动者提供了正常劳动义务的情况下，企业应支付给劳动者的最低报酬。用人单位支付最低工资的前提是，劳动者履行了正常的劳动义务，反之，则不受最低工资法律的保护。员工如果没有向单位提供正常劳动，请事假或休病假，单位按其实际提供劳动情况支付工资，工资额是可以低于当地最低工资标准的。

（2）病假工资应按不低于最低工资标准的80%支付。对于患病住院治疗，未能在法定工作时间内履行正常劳动义务的员工，可以不受最低工资标准的保护，但用人单位至少应以最低工资标准的80%支付其工资。

（3）员工患病或非因工负伤，应给予医疗期。医疗期根据员工工龄及在本企业工作的年限长短而有不同，最长的医疗期为2年。员工如果在医疗期痊愈，能从事原工作的，可以继续履行劳动合同。如果不能从事原工作及单位另行安排的工作的，由劳动鉴定委员会参照工伤与职业病致残程度签订标准进行劳动能力鉴定。被鉴定为一至四级的，应当退出劳动岗位，解除劳动关系，办理因病或非因工负伤退休退职手续，享受相应的退休退职待遇；被鉴定为五至十级的，用人单位可以解除劳动合同，并按规定支付经济补偿金和医疗补助费。用人单位解除劳动合同应按劳动法的规定提前30天书面通知。劳动者患病或者非因工负伤，合同期满终止劳动合同的，用人单位也应当支付医疗补助费。

（4）医疗补助费按国家规定应当不低于员工6个月的工资，对患重病和绝症的还应增加医疗补助费。患重病的增加部分不低于医疗补助费的50%，患绝症的增加部分不低于医疗补助费的100%。同时，用人单位还应按照员工在本单位的工作年限，每满1年发给其相当于1个月工资的经济补偿金。

（5）对于医院开出的病假证明，企业可以指定员工去几家定点医院看病，企业只接受由定点医院开出的证明。

第五节 社会保险及住房公积金制度

一、社会保险基本特征

社会保险及住房公积金制度，即我们通常所称的“五险一金”。所谓社会保险，是指政府在劳动者年老、患病、生育、伤残、失业及残废等情况下，暂时或永久丧失劳动能力或中断劳动而不能获得劳动报酬，本人及供养亲属失去生活收入时，向其提供物质帮助的一种社会福利制度。所谓住房公积金，即在职职工个人及其所在单位各按职工工资总额的规定比例缴存的住房长期储金。“五险一金”关系到每一位劳动者的切实利益，是求职者在择业时考虑的重要因素。刚刚毕业的大学生往往关心工资待遇，而容易忽视此类福利待遇。

社会保险与我们一般所说的商业保险是有很大区别的。所谓商业保险，是指通过订立保险合同运营，以赢利为目的的保险形式，由专门的保险企业经营。商业保险关系是由当事人自愿缔结的合同关系，投保人根据合同约定，向保险公司支付保险费，保险公司根据合同约定的可能发生的事故所造成的财产损失承担赔偿保险金责任，或者当被保险人死亡、伤残、疾病或达到约定的年龄、期限时承担给付保险金责任。很明显，社会保险的保险对象是人，商业保险的保险对象既有人，又有物，这是社会保险同商业保险的一个重要区别，除此之外，社会保险同商业保险的主要区别有以下八个方面。

（一）社会保险是强制性的，商业保险是自愿性的

社会保险都是强制实施的，特别是基本保险一定要通过国家或地方立法来强制推行，是法定保险。在未立法之前，一般由政府通过行政或经济手段强制推行。参加商业保险是自愿性的，不能强制，通过同保险公司签订合同来实施，是约定保险。

（二）社会保险具有垄断性

社会保险是政府行为，具有垄断性；商业保险是企业行为，具有竞争性；社会保险只能由政府来办，政府可以指定一个部门或委托一个机构来经办，而且，只能由一个部门或一个机构统一办理一种或所有险种的社会保险，但不允许有几个部门或几个机构同时办理同一个险种。商业保险公司可以开设任何一个险种，多家保险

公司可以经办同一个险种，也可以自行设计和经办任何保险险种，完全按照市场规则在平等的基础上开展竞争。

（三）实施社会保险无选择性，实施商业保险有选择性或限制性

社会保险的目标是覆盖全社会，参加社会保险的是全体劳动者或社会成员，不受年龄、健康状况、生活习惯等限制。而商业保险则有较强的选择性，特别是某些险种，愿意选择年轻、体健、有高收入生活保障、无不良生活习惯、无家族遗传病者投保，而不愿承保老、弱、病、残者，以及低收入者。

（四）社会保险有统一规范性，商业保险则有自主性

社会保险基本上是在一国范围内统一规范保险的险种（我国规定现阶段的社会保险包括养老、医疗、失业、工伤和生育五个险种），每个险种的缴费比例都是统一的。商业保险则不同，每个保险公司都可以开设任何一个险种，也可以随时增设险种，不同的保险公司在开设同一险种时，投保人的缴费和待遇都可以不同。

（五）社会保险机构是非营利性的，商业保险公司则具有营利性

社会保险机构不能从社会保险基金中赢利，保险基金的本金、利息和增值都归参保人所有。国务院明确规定，社会保险机构的工作人员的经费全部由财政负担，不再提取管理费。商业保险公司则要用投保人缴纳的保险费进行投资运营，其赢利所得一部分归被保险人，一部分在保险公司中进行分配。

（六）社会保险具有公平性，商业保险则突出效率

社会保险的参保人按照统一的规定交纳保险费，而且大部分保险费是由用人单位缴交的，并按统一标准享受待遇，以同样的条件，收费相同，享受的待遇也相同，不存在差别，较好地体现了社会公平性。社会保险虽然也要考虑效率，但首先要考虑公平，特别是基本保险，主要是体现公平。商业保险在公平与效率这对矛盾中，主要体现效率，有钱投保，无钱则不投保；钱多可以投高额保险，钱少保障就低。

（七）社会保险具有公益性，商业保险则是非公益性的

社会保险是为全体劳动者或全体社会成员的利益服务的，是一项公益性事业。商业保险只为自愿投保的那一部分人提供合同规定的保障，而不是为社会公众的利益服务。

（八）社会保险具有安全性，商业保险则有一定的风险性

社会保险基金要保证绝对安全。多年来，国务院多次强调，社会保险基金只能

用于购买国债或国家发行的特种定向债券，不能进行任何直接或间接投资，一部分存入财政专户，并要进行严格的管理、审计和监督，有各级财政作社会保险基金的后盾。商业保险在投资运营中要进行高回报、高风险的投资，回报高，风险也必然高，风险和回报是成正比的。

二、社会保险的主要种类

社会保险即具体的“五险”包括：养老保险、医疗保险、失业保险、工伤保险以及生育保险。

（一）养老保险制度

养老保险是指国家和社会根据一定的法律和法规，为解决劳动者在达到国家规定的解除劳动义务的劳动年龄界限，或因年老丧失劳动能力退出劳动岗位后的基本生活而建立的一种社会保险制度。我国的养老保险由三个部分组成：第一部分是基本养老保险，第二部分是企业年金，第三部分是个人储蓄性养老保险。我国基本养老保险实行的是社会统筹与个人账户相结合的方式，国家强制企业和劳动者参加，资金由国家、企业与个人三方共同负担，对于不足部分，由国家承担最后支付责任。对于基本养老保险的缴纳比例，各地规定不同，一般企业缴纳的基本养老保险费比例不得超过企业工资总额的20%，具体比例由省、自治区、直辖市人民政府确定。企业缴纳的基本养老保险费不计入个人账户，形成社会统筹基金。个人缴纳基本养老保险费的比例为本人缴费工资的8%，全部计入个人账户。工资口径按国家统计局规定列入工资总额统计的项目计算，其中包括工资、奖金、津贴、补贴等收入。本人月平均工资低于当地职工月平均工资60%的，按当地职工月平均工资的 60%作为缴费基数。本人月平均工资高于当地职工月平均工资300%的，按当地职工月平均工资的300%作为缴费基数。个人缴费不计征个人所得税，即在计算个人工资所得税时，应该将个人缴纳的养老保险费扣除。已离退休的人员不缴纳养老保险费。职工个人缴纳的基本养老保险费一般由用人单位在发放工资时代为扣缴。对于缴费年限（含视同缴费年限）累计满15年的人员，用人单位在其退休后按月发给其基本养老金。基本养老金由基础养老金和个人账户养老金组成。退休时的基础养老金月标准以当地上年度在岗职工月平均工资和本人指数化月平均缴费工资的平均值为基数，缴费每满一年发给1%。个人账户养老金月标准为个人账户储存额除以计发月数，计发月数根据职工退休时城镇人口平均预期寿命、本人退休年龄、利息等因素确定。企业年金，是指企业及其职工在依法参加基本养老保险的基础上，自愿建立的补充养老保险制度。这部分不是国家强制建立的，企业可根据自身经济条件决定是否建立。企业年金采用自愿原则，国家给予税收政策支持，实行个人账户管理和市场化运作方式。企业年金的缴纳分两部分：一部分是个人缴纳的，全部进入职工个人账户；一部分是企业缴费的，这部分费用进入个人账户的分配比例，各个企业的方案各不相同，基本上都是综合考虑职工的岗位、贡献、在本企业的工作年限、年龄等因素来确定的。职工在达到国家规定的退休年龄时，可以从本人企业年金个人账户中一次或定期领取企业年金。职工变动工作单位的，企业年金个人账户资金可以随同转移。

（二）医疗保险制度

医疗保险是当人们生病或受到伤害后，由国家或社会给予的一种物质帮助，即提供医疗服务或经济补偿的一种社会保障制度。在具体缴纳比例上，各地的规定不一样。一般用人单位按在职职工工资收入总额的8%左右缴纳；在职职工按本人工资总额的2%缴纳，由用人单位按月从职工工资中代扣代缴。基本医疗保险仍然实行社会统筹和个人账户相结合的模式，职工个人缴纳的基本医疗保险费，全部计入个人账户。用人单位缴纳的基本医疗保险费分为两部分，一部分用于建立统筹基金，一部分划入个人账户。用人单位缴费按30%左右划入个人账户，具体比例由统筹地区根据个人账户的支付范围和职工年龄等因素确定。参保人员就医时，首先，要在基本医疗保险定点医疗机构就医、购药，也可持处方到定点零售药店外购药品。对于在非定点医疗机构就医和非定点药店购药发生的医疗费用，除符合急症、转诊等规定条件外，基本医疗保险基金不予支付。其次，所发生的医疗费用必须符合基本医疗保险药品目录、诊疗项目、医疗服务设施标准的范围和给付标准，才能由基本医疗保险基金按规定予以支付。对于超出部分，基本医疗保险基金不予支付。最后，对符合基本医疗保险基金支付范围的医疗费用，要区分是属于统筹基金支付范围还是属于个人账户支付范围。统筹基金主要支付住院（大额）医疗费用，个人账户主要支付门诊（小额）医疗费用。统筹基金要有严格的起付标准和最高支付限额。统筹基金的起付标准是指在统筹基金支付前按规定必须由个人负担的医疗费用额度，也就是通常所说的进入统筹基金支付的“门槛”。最高支付限额是指统筹基金所能支付的医疗费用上限，也就是统筹基金支付范围的“封顶线”。统筹基金的起付标准和最高支付限额由各地人民政府确定，起付标准按当地职工年平均工资的10%左右确定，最高支付限额按当地职工年平均工资的4倍左右确定。对于属于统筹基金支付范围的医疗费用，个人也要负担部分医疗费用，“封顶线”以上费用则全部由个人支付或通过参加补充医疗保险、商业医疗保险等途径解决。

（三）失业保险制度

失业保险是指国家通过立法强制实行的，由社会集中建立基金，对因失业而暂时中断生活来源的劳动者提供物质帮助的制度。城镇企业事业单位按照本单位工资总额的2%缴纳失业保险费，职工按照本人工资的1%缴纳失业保险费。享受失业保险待遇必须同时具备下列三个条件：第一，按照规定参加失业保险，所在单位和本人已按规定履行缴费义务满1年的；第二，非因本人意愿中断就业的；第三，已办理失业登记并有求职要求的。具备上述条件的失业人员可以领取失业保险金，并享受其他失业保险待遇。失业保险待遇主要包括：失业保险金；医疗补助金；失业人员在领取失业保险金期间死亡的，对其家属一次性发给丧葬补助金和抚恤金；免费提供一次职业培训。

（四）工伤保险制度

工伤保险是社会保险制度中的重要组成部分，是指国家和社会为在生产、工作中遭受事故伤害和患职业性疾病的劳动者及亲属提供医疗救治、生活保障、经济补偿、医疗和职业康复等物质帮助的一种社会保障制度。国家根据不同行业的工伤风险程度确定行业的差别费率，并根据工伤保险费使用、工伤发生率等情况在每个行业内确定若干费率档次。职工本人不需要缴费。发生工伤后，职工要及时申请工伤认定。根据国家规定，职工有下列情形之一的，应当被认定为工伤：

（1）在工作时间和工作场所内，因工作原因受到事故伤害的；

（2）工作时间前后在工作场所内，从事与工作有关的预备性或者收尾性工作受到事故伤害的；

（3）在工作时间和工作场所内，因履行工作职责受到暴力等意外伤害的；

（4）患职业病的；

（5）因工外出期间，由于工作原因受到伤害或者发生事故下落不明的；

（6）在上下班途中，受到机动车事故伤害的；

（7）法律、行政法规规定应当认定为工伤的其他情形。

职工有下列情形之一的，视同工伤：

（1）在工作时间和工作岗位，突发疾病死亡或者在48小时之内经抢救无效死亡的；

（2）在抢险救灾等维护国家利益、公共利益活动中受到伤害的；

（3）职工原在军队服役，因战、因公负伤致残，已取得革命伤残军人证，到用人单位后旧伤复发的。

下列情形不得被认定为工伤或者视同工伤：

（1）因犯罪或者违反治安管理伤亡的；

（2）醉酒导致伤亡的；

（3）自残或者自杀的。

《工伤保险条例》规定，职工发生工伤，经治疗伤情相对稳定后存在残疾、影响劳动能力的，应当进行劳动能力鉴定。劳动能力鉴定，是指由劳动能力鉴定机构根据当事人的申请，组织医学专家，依据国家有关标准，对劳动者伤、病情况和供养直系亲属丧失劳动能力情况进行劳动功能障碍程度和生活自理障碍程度鉴定并作出技术性结论的活动。鉴定申请应向社区的市级劳动能力鉴定委员会提出，并提交工伤认定决定和职工工伤医疗的有关资料。劳动功能障碍分为10个伤残等级：1级至4级为全部丧失劳动能力，5级至6级为大部分丧失劳动能力，7级至10级为部分丧失劳动能力。生活自理障碍分为三个等级：生活完全不能自理、生活大部分不能自理、生活部分不能自理。职工因工致残被鉴定为1级至4级伤残的，保留劳动关系，退出工作岗位，享受以下待遇：

（1）从工伤保险基金按伤残等级支付一次性伤残补助金，标准为：1级伤残为24个月本人工资，2级伤残为22个月本人工资，3级伤残为20个月本人工资，4级伤残为18个月本人工资；

（2）从工伤保险基金按月支付伤残津贴，标准为：1级伤残为本人工资的90%，2级伤残为本人工资的85%，3级伤残为本人工资的80%，4级伤残为本人工资的75%。伤残津贴实际金额低于当地最低工资标准的，由工伤保险基金补足差额；

（3）工伤职工达到退休年龄并办理退休手续后，停发伤残津贴，享受基本养老保险待遇。基本养老保险待遇低于伤残津贴的，由工伤保险基金补足差额。

职工因工致残被鉴定为5级、6级伤残的，享受以下待遇：

（1）从工伤保险基金按伤残等级支付一次性伤残补助金，标准为：5级伤残为16个月本人工资，6级伤残为14个月本人工资。

（2）保留与用人单位劳动关系，由用人单位安排适当工作。难以安排工作的，由用人单位按月发给伤残津贴，标准为：5级伤残为本人工资的70%，6级伤残为本人工资的60%，并由用人单位按照规定为其缴纳应缴纳的各项社会保险费。伤残津贴实际金额低于当地最低工资标准的，由用人单位补足差额。经工伤职工本人提出，该职工可与用人单位解除或终止劳动关系，由用人单位支付一次性工伤医疗补助金和伤残就业补助金，终止工伤保险关系。一次性工伤医疗补助金标准为：5级为24个月本人工资，6级为18个月本人工资。一次性伤残就业补助金标准为：5级为36个月本人工资，6级为30个月本人工资。

职工因工致残被鉴定为7级至10级伤残的，享受以下待遇：

（1）从工伤保险基金按伤残等级支付一次性伤残补助金，标准为：7级伤残为12个月本人工资，8级伤残为10个月本人工资，9级伤残为8个月本人工资，10级伤残为6个月本人工资；

（2）劳动合同期满终止，或者职工本人提出解除劳动合同的，由用人单位支付一次性工伤医疗补助金和伤残就业补助金，终止工伤保险关系。一次性工伤医疗补助金标准为：7 级为 15 个月本人工资，8 级为 10 个月本人工资，9 级为 8 个月本人工资，10 级为 6 个月本人工资。一次性伤残就业补助金标准为：7 级为 15 个月本人工资，8 级为 10 个月本人工资，9 级为 8 个月本人工资，10 级为 6 个月本人工资。

（五）生育保险制度

生育保险是通过国家立法规定，在劳动者因生育子女而导致劳动力暂时中断时，由国家和社会及时给予物质帮助的一项社会保险制度。我国生育保险待遇基本由三部分组成：一是产假，指职工女性在分娩前、后所享受的有薪假期。国家劳动法明确规定产假不少于九十天。二是生育津贴，指职工妇女因生育后离开工作岗位，不再从事有报酬工作以致收入中断，由国家及时给予定期的现金补助，以维护和保障妇女及婴儿的正常生活。三是生育医疗待遇，包括：女职工计划内生育在妊娠期、分娩期内，因妊娠和生育发生的诊断费、检查费、治疗费、检验费、手术费、住院费和药费等；因实施计划生育手术放置（取出）宫内节育器、流产术、引产术、绝育及绝育术后复通手术等发生的医疗费；职工患妊娠期并发症、分娩并发症、产后产褥症及计划生育手术并发症住院治疗发生的诊疗费。生育保险费的提取比例由当地人民政府根据计划内生育人数和生育津贴、生育医疗费等项费用确定，并可根据费用支出情况适时调整，但最高不得超过工资总额的 1%。职工个人不缴纳生育保险费。

（六）住房公积金

住房公积金是指国家机关、国有企业、城镇集体企业、外商投资企业、城镇私营企业及其他城镇企业、事业单位及其在职职工按规定缴存的专项用于住房消费支出的个人长期住房储金。住房公积金由两部分组成，一部分由职工所在单位缴存，另一部分由职工个人缴存，职工个人缴存部分由单位代扣后，连同单位缴存部分一并缴存到住房公积金个人账户内。职工和单位住房公积金的缴存比例均不得低于职工上一年度月平均工资的 5%；有条件的城市，可以适当提高缴存比例。

住房公积金对职工来讲有很多好处，如免缴个人所得税、利息税；用于住房消费；申请住房公积金政策性低息贷款，减轻利息负担等。职工有下列情形之一的，可以提取职工住房公积金账户内的存储余额：

（1）购买、建造、翻建、大修自住住房的；

（2）离休、退休的；

（3）完全丧失劳动能力，并与单位终止劳动关系的；

（4）出境定居的；

(5) 偿还购房贷款本息的；

(6) 房租超出家庭工资收入的规定比例的。

综上，养老保险、医疗保险和失业保险这三种险是由企业和个人共同缴纳的保费，工伤保险和生育保险完全是由用人单位承担的，个人不需要缴纳。这里要注意的是，“五险”是法定的，也就是说缴纳“五险”不以劳动者或者用人单位的意愿为准。用人单位不能以劳动者同意不缴纳“五险”而不为该劳动者缴纳保险金。而“一金”不是法定的，很多单位不给职工缴纳住房公积金。“五险一金”与大学生就业后的实际收入、福利状况等密切联系。因此，大学生们在择业的时候也要充分考虑这一因素，不要盲目地相信一些用人单位月薪数千的许诺，要弄清楚该单位所指的月薪是否包含保险费和住房公积金。然后根据相关的政策，在对自己实际拿到手的收入有个清楚的了解后再作出判断。另外，部分企业可能由于自身条件限制或者其他原因，没有参加社会保险，或者只参加了两项或三项，对于这点毕业生要做到心中有数，在择业时认真比较，合理选择。

参考文献

曹光荣．2004. 关于当代大学生认识自我与做人成才的现实思考．湖南社会科学

曹广辉．2005. 职业生涯规划与择业．北京：高等教育出版社

曹广辉，王云彪．2007. 大学生职业生涯指导．天津：天津大学出版社

曹鸣岐．2009. 职业生涯规划．北京：高等教育出版社

程宏伟，周斌．2008. 大学生职业素养开发与职业生涯规划．成都：西南财经大学出版社

德鲁克 P. 1999. 管理实践．毛忠明译．上海：上海译文出版社

德鲁克 P. 2001. 管理思想全书．韦福祥译．北京：九州出版社

杜映梅．2005. 职业生涯规划．北京：对外经济贸易大学出版社

冯函秋．2008. 大学生职业发展与就业指导．北京：科学出版社

格林豪斯．JH. 2003. 职业生涯管理（影印版）．北京：清华大学出版社

郭建锋．2009. 大学生职业生涯规划．北京：科学出版社

韩平，韩晓琼，徐媛．2008. 试论大学生职业生涯规划与就业．天府新论

黄振宇．当代大学生就业心理问题及调适．哈尔滨工程大学硕士学位论文

金延平．2009. 大学生职业生涯规划．大连：东北财经大学出版社

瞿立新．2007. 职业生涯规划．上海：上海交通大学出版社

孔茨 H，韦里奇 H. 1998. 管理学．张晓君等译．北京：经济科学出版社

林学军，2008. 当代大学生职业生涯规划与管理．广州：暨南大学出版社

罗明晖，龙健飞．2005. 大学毕业生就业指南．武汉：华中师范大学出版社

马建平．2009. 大学生职业生涯规划与就业指导．西安：西北大学出版社

马于军．2007. 大学生就业问题研究．长沙：湖南人民出版社

彭澎．2008. 生涯规划实务．北京：清华大学出版社

彭奇林．2009. 职业生涯规划．北京：北京理工大学出版社

乔刚．2008. 大学生就业生涯规划与管理．上海：复旦大学出版社

曲振国．2008. 大学生就业指导与职业生涯规划．北京：清华大学出版社

宋建军，费小平．2005. 大学生学业与职业生涯规划教程．苏州：苏州大学出版社

宋荣，谷向东，宇长春．2008. 人才测评技术．北京：中国发展出版社

宋专茂．2008. 大学生就业心理辅导．北京：高等教育出版社

孙玉贤，王文．2008. 大学生职业生涯发展规划．兰州：甘肃人民出版社

汤耀平，罗明忠，穆林．2008. 大学生职业生涯规划理论与实务．广州：暨南大学出版社

唐晓林．2008. 大学生职业生涯规划与就业指导．北京：中国言实出版社

王革，刘伟．2008. 大学生职业生涯规划．杨凌：西北农林科技大学出版社

王垒，施俊琦，童佳瑾．2008．实用心理与人事测量．北京：北京大学出版社
徐觅，陶建国．2009．大学生职业生涯规划．北京：北京航空航天大学出版社
杨小琼．2007．当代大学毕业生就业心理研究．广西民族大学硕士学位论文
张惠丽，汪达．2009．职业生涯规划与大学生素质发展．北京：科学出版社
张秋山，工宪明．2008．大学生职业生涯规划实用教程．北京：人民出版社
张武华，周琳．2007．大学生职业规划与就业指导．广州：华南理工大学出版社
赵北平．2008．大学生职业生涯规划教程．武汉：武汉理工大学出版社
郑春晔，吴剑．2009．大学生涯与职业规划．北京：经济科学出版社
周文霞．2006．职业成功：从概念到实践．上海：复旦大学出版社

附录一　国务院办公厅关于加强普通高等学校毕业生就业工作的通知（国办发［2009］3号）

各省、自治区、直辖市人民政府，国务院各部委、各直属机构：

普通高等学校毕业生（以下简称高校毕业生）是我国宝贵的人力资源。当前，受国际金融危机影响，我国就业形势十分严峻，高校毕业生就业压力加大。各地区、各有关部门要把高校毕业生就业摆在当前就业工作的首位，采取切实有效措施，拓宽就业门路，鼓励高校毕业生到城乡基层、中西部地区和中小企业就业，鼓励自主创业，鼓励骨干企业和科研项目单位吸纳和稳定高校毕业生就业。

为进一步加强高校毕业生就业工作，经国务院同意，现就有关问题通知如下：

一、鼓励和引导高校毕业生到城乡基层就业。鼓励高校毕业生积极参加社会主义新农村建设、城市社区建设和应征入伍。围绕基层面向群众的社会管理、公共服务、生产服务、生活服务、救助服务等领域，大力开发适合高校毕业生就业的基层社会管理和公共服务岗位，引导高校毕业生到基层就业。对到农村基层和城市社区从事社会管理和公共服务工作的高校毕业生，符合公益性岗位就业条件并在公益性岗位就业的，按照国家现行促进就业政策的规定，给予社会保险补贴和公益性岗位补贴，所需资金从就业专项资金列支；对到农村基层和城市社区其他社会管理和公共服务岗位就业的，给予薪酬或生活补贴，所需资金按现行渠道解决，同时按规定参加有关社会保险。对到中西部地区和艰苦边远地区县以下农村基层单位就业、并履行一定服务期限的高校毕业生，以及应征入伍服义务兵役的高校毕业生，按规定实施相应的学费和助学贷款代偿。对具有基层工作经历的高校毕业生，在研究生招录和事业单位选聘时实行优先，在地市级以上党政机关考录公务员时也要进一步扩大招考录用的比例。继续实施和完善面向基层就业的专门项目，扩大项目范围。相关项目由各有关部门继续加强组织领导，省级人民政府负责做好各类基层就业项目之间的政策衔接。2009年，中央有关部门继续组织实施“选聘高校毕业生到村任职”、“三支一扶”（支教、支农、支医和扶贫）、“大学生志愿服务西部计划”、“农村义务教育阶段学校教师特设岗位计划”等项目，各地也要因地制宜开展地方项目，鼓励和引导更多的高校毕业生报名参加。鼓励高校毕业生在项目结束后留在当地就业，今后相对应的自然减员空岗全部聘用服务期满的高校毕业生。对参加项目的高校毕业生给予生活补贴，所需资金按现行资金渠道解决，同时按规定参加有关社会保险。各专门项目相关待遇政策的衔接办法，由人力资源社会保障部、财政部、教育部、中央组织部、共青团中央等有关部门另行研究制定。

二、鼓励高校毕业生到中小企业和非公有制企业就业。各类中小企业和非公有制企业是高校毕业生就业的主要渠道。要进一步清理影响高校毕业生就业的制度性障碍和限制，为他们提供档案管理、人事代理、社会保险办理和接续、职称评定以及权益保障等方面的服务，形成有利于高校毕业生到企业就业的社会环境。对企业招用非本地户籍的普通高校专科以上毕业生，各地城市应取消落户限制（直辖市按有关规定执行）。企业招用符合条件的高校毕业生，可按规定享受相关就业扶持政策。劳动密集型小企业招用登记失业高校毕业生等城镇登记失业人员达到规定比例的，可按规定享受最高为200万元的小额担保贷款扶持。

三、鼓励骨干企业和科研项目单位积极吸纳和稳定高校毕业生就业。鼓励国有大中型企业特别是创新型企业创造条件，更多地吸纳有技术专长的高校毕业生就业。充分发挥高新技术开发区、经济技术开发区和高科技企业集中吸纳高校毕业生就业的作用，加强人才培养使用和储备。各地在实施支持困难企业稳定员工队伍的工作中，要引导企业不裁员或少裁员，更多地保留高校毕业生技术骨干，对符合条件的困难企业可按规定在2009年内给予6个月以内的社会保险补贴或岗位补贴，由失业保险基金支付；困难企业开展在岗培训的，按规定给予资金补助。承担国家和地方重大科研项目的单位要积极聘用优秀高校毕业生参与研究，其劳务性费用和有关社会保险费补助按规定从项目经费中列支，具体办法由科技、教育、财政等部门研究制定。高校毕业生参与项目研究期间，其户口、档案可存放在项目单位所在地或入学前家庭所在地人才交流中心。聘用期满，根据工作需要可以续聘或到其他岗位就业，就业后工龄与参与项目研究期间的工作时间合并计算，社会保险缴费年限连续计算。

四、鼓励和支持高校毕业生自主创业。鼓励高校积极开展创业教育和实践活动。对高校毕业生从事个体经营符合条件的，免收行政事业性收费，落实鼓励残疾人就业、下岗失业人员再就业以及中小企业、高新技术企业发展等现行税收优惠政策和创业经营场所安排等扶持政策。在当地公共就业服务机构登记失业的自主创业高校毕业生，自筹资金不足的，可申请不超过5万元的小额担保贷款；对合伙经营和组织起来就业的，可按规定适当扩大贷款规模；从事当地政府规定微利项目的，可按规定享受贴息扶持。有创业意愿的高校毕业生参加创业培训的，按规定给予职业培训补贴。强化高校毕业生创业指导服务，提供政策咨询、项目开发、创业培训、创业孵化、小额贷款、开业指导、跟踪辅导“一条龙”服务。各地要建设完善一批投资小、见效快的大学生创业园和创业孵化基地，并给予相关政策扶持。鼓励支持高校毕业生通过多种形式灵活就业，并保障其合法权益，符合规定的，可享受社会保险补贴政策。

五、强化高校毕业生就业服务和就业指导。充分发挥人力资源市场配置资源的作用，强化公共就业服务的功能。人力资源社会保障、教育等部门及高校要加强协作，采取网络招聘、专场招聘、供求洽谈会和用人单位进校园等多种方式，大力开展面向高校毕业生的就业服务系列活动，为应届高校毕业生提供更多、更快、更好的免费就业信息和各类就业服务。高校要强化对大学生的就业指导，开设就业指导课并作为必修课程，重点帮助毕业生了解就业政策，提高求职技巧，调整就业预期。加强高校就业指导服务机构建设，落实人员、场地和经费。加强人力资源市场管理，严厉打击违法违规行为，加强招聘活动安全保障，维护高校毕业生

就业权益。

六、提升高校毕业生就业能力。大力组织以促进就业为目的的实习实践，确保高校毕业生在离校前都能参加实习实践活动。完善离校未就业高校毕业生见习制度，鼓励见习单位优先录用见习高校毕业生。见习期间由见习单位和地方政府提供基本生活补助。拓展一批社会责任感强、管理规范的用人单位作为高校毕业生实习见习基地。从2009年起，用3年时间组织100万未就业的高校毕业生参加见习。加强高等职业院校学生的技能培训，实施毕业证书和职业资格证书“双证书”制度，努力使相关专业符合条件的应届毕业生通过职业技能鉴定获得相应职业资格证书。人力资源社会保障部门根据高校毕业生需要，提供专场或其他形式的职业技能鉴定服务，教育部门及高校要给予积极配合。对符合就业困难人员条件的高校毕业生，按规定给予鉴定补贴。

七、强化对困难高校毕业生的就业援助。对困难家庭的高校毕业生，高校可根据实际情况给予适当的求职补贴。各级机关考录公务员、事业单位招聘工作人员时，免收困难家庭高校毕业生的报名费和体检费。对离校后未就业回到原籍的高校毕业生，各地公共就业服务机构要摸清底数，免费提供政策咨询、职业指导、职业介绍和人事档案托管等服务，并组织他们参加就业见习、职业技能培训等促进就业的活动。对登记失业的高校毕业生，各地要将他们纳入当地失业人员扶持政策体系。对就业困难的高校毕业生和零就业家庭的高校毕业生，实施一对一职业指导、向用人单位重点推荐、公益性岗位安置等帮扶措施，按规定落实社会保险补贴、公益性岗位补贴等就业援助政策。

八、加强领导，明确责任。各地要加强对高校毕业生就业工作的组织领导，将高校毕业生就业纳入当地就业总体规划，统筹安排，确定目标任务，实行目标责任制，加强工作考核和督查。各有关部门要切实发挥职能，落实工作责任。各级人力资源社会保障部门要牵头制定和实施高校毕业生就业政策，并做好高校毕业生离校后的就业指导和就业服务工作。教育部门要指导高校大力加强在校生的就业指导和服务工作，并继续深化高等教育改革。财政部门要根据高校毕业生就业形势和实际需要，统筹安排资金用于促进高校毕业生就业。其他有关部门要认真履行职责，加强协调配合，共同推动工作。要大力开展高校毕业生就业工作的宣传，引导高校毕业生树立正确的就业观和成才观，形成全社会共同促进高校毕业生多渠道就业的良好舆论环境。各地要按照本通知要求，结合本地实际，制定切实有效的政策措施，创造性地开展工作，千方百计促进高校毕业生就业。

国务院办公厅

二〇〇九年一月十九日

附录二　大学生职业生涯规划书模板

姓名：　　　　　　　　　　　班　　级：

性别：　　　　　　　　　　　出生日期：

学校：　　　　　　　　　　　院　　系：

电话：　　　　　　　　　　　电子邮件：

手机：　　　　　　　　　　　撰写时间：

目录

1. 前言

2. 自我认知（对职业生涯规划的认识及进行职业生涯规划的目的）

2.1　我的成长经历

2.2　360度全面解析

2.3　我的职业性格

2.4　我的职业兴趣

2.5　我的职业价值观

3. 职业认知

3.1　行业简析

3.2　对所需人才的要求

3.3　学校及家庭环境分析

3.4　行业目前发展状况及未来前景

4. 职业规划设计

4.1　SWOT分析

4.2　职业行动计划

5. 评估调整

5.1　评估的内容

5.2　评估的时间

5.3　规划调整的原则

6. 结束语

附录三　国家促进普通高校毕业生就业政策百问

鼓励和引导高校毕业生到城乡基层就业

1. 什么是基层就业？

基层就业就是到城乡基层工作。国家近几年出台了一系列优惠政策鼓励高校毕业生积极参加社会主义新农村建设、城市社区建设和应征入伍。一般来讲，基层既包括广大农村，也包括城市街道社区；既涵盖县级以下党政机关、企事业单位，也包括社会团体、非公有制组织和中小企业；既包含自主创业、自谋职业，也包括艰苦行业和艰苦岗位。

2. 国家鼓励毕业生到基层就业的主要优惠政策包括哪些？

（1）对到农村基层和城市社区从事社会管理和公共服务工作的高校毕业生，符合公益性岗位就业条件并在公益性岗位就业的，按照国家现行促进就业政策的规定，给予社会保险补贴和公益性岗位补贴。

（2）对到农村基层和城市社区其他社会管理和公共服务岗位就业的，给予薪酬或生活补贴，同时按规定参加有关社会保险。

（3）对到中西部地区和艰苦边远地区县以下农村基层单位就业、并履行一定服务期限的高校毕业生，以及应征入伍服义务兵役的高校毕业生，按规定实施相应的学费补偿和国家助学贷款代偿。

（4）对具有基层工作经历的高校毕业生，在研究生招录和事业单位选聘时实行优先，在地市级以上党政机关考录公务员时也要进一步扩大招考录用的比例。

3. 什么是基层社会管理和公共服务岗位？

所谓基层社会管理和公共服务岗位，包括村官、支教、支农、支医、乡村扶贫，以及城市社区的法律援助、就业援助、社会保障协理、文化科技服务、养老服务、残疾人居家服务、廉租房配套服务等岗位。

4. 什么是其他基层社会管理和公共服务岗位？

在街道社区、乡镇等基层开发或设立的相应的社会管理和公共服务岗位。部分由政府出资，或由相关组织和单位出资。所安排使用的人员按规定享受相关补贴。

5. 什么是公益性岗位？

由政府出资开发，以满足社区及居民公共利益为目的的管理和服务岗位。公益性岗位优先安排困难人员或特殊群体，并从就业专项资金中给予社会保险补贴和岗位补贴。

6. 什么是公益性岗位社会保险补贴？

符合公益性岗位条件的用人单位招用就业困难和零就业家庭的高校毕业生并按规定为其缴纳社会保险费后，政府从当地财政再就业资金中给予用人单位的资金补助。

7. 什么是公益性岗位补贴?

街道(社区)或其他经批准的劳务派遣组织安排就业困难和零就业家庭的高校毕业生从事公益性岗位工作,并对聘用人员实行统一管理、统一发放工资、统一缴纳社会保险费、签订半年以上劳动合同,由当地财政对用人单位给予补贴。

8. 学费补偿和助学贷款代偿的政策内容主要是什么?

中央部门高校应届毕业生(全日制本专科、高职生、研究生、第二学士学位毕业生)到中西部地区和艰苦边远地区基层单位就业、服务期在3年以上(含3年)的,其学费由国家实行补偿。在校学习期间获得国家助学贷款(含高校国家助学贷款和生源地信用助学贷款,下同)的,补偿的学费优先用于偿还国家助学贷款本金及其全部偿还之前产生的利息。定向、委培以及在校期间已享受免除全部学费政策的学生除外。

9. 国家实施补偿学费和代偿助学贷款的就业地域范围包括哪些?

国家对到中西部地区和艰苦边远地区基层单位就业、并履行一定服务期限的中央部门所属高校毕业生,按规定实施相应的学费补偿和助学贷款代偿。这里涉及的地域范围主要包括:

(1)西部地区:西藏、内蒙古、广西、重庆、四川、贵州、云南、陕西、甘肃、青海、宁夏、新疆等12个省(自治区、直辖市);(2)中部地区:河北、山西、吉林、黑龙江、安徽、江西、河南、湖北、湖南、海南等10个省;(3)艰苦边远地区:由国务院确定的经济水平和条件较差的一些州、县和少数民族地区;(4)基层单位:①中西部地区和艰苦边远地区县以下机关、企事业单位,包括乡(镇)政府机关、农村中小学、国有农(牧、林)场、农业技术推广站、畜牧兽医站、乡镇卫生院、计划生育服务站、乡镇文化站、乡镇劳动就业服务站等;②工作现场地处以上地区县以下的气象、地震、地质、水电施工、煤炭、石油、航海、核工业等中央单位艰苦行业生产第一线。

10. 学费补偿和助学贷款代偿的标准和年限是多少?

每生每学年补偿学费和代偿国家助学贷款的金额最高不超过6000元。在校学习期间每年实际缴纳的学费或获得的国家助学贷款低于6000元的,按照实际缴纳的学费或获得的国家助学贷款金额实行补偿或代偿。每年实际缴纳的学费高于6000元的,按照每年6000元的金额实行补偿或者代偿。

本科、专科(高职)、研究生和第二学士学位毕业生补偿学费或代偿国家助学贷款的年限,分别按照国家规定的相应学制计算。在校学习的时间低于相应学制规定年限的,按照实际学习时间计算补偿学费或代偿助学贷款年限。在校学习时间高于相应学制年限的,按照学制规定年限计算。

每年代偿学费或国家助学贷款总额的三分之一,3年代偿完毕。

11. 中央部门所属高校毕业生如何申请学费补偿和助学贷款代偿?

(1)在办理离校手续时向学校递交《学费和国家助学贷款代偿申请表》和毕业生本人、就业单位与学校三方签署的到中西部地区和艰苦边远地区基层单位服务3年以上的就业协议;

（2）在校学习期间获得国家助学贷款的，在与国家助学贷款经办银行签订毕业后还款计划时，注明已申请国家助学贷款代偿，如获得国家助学贷款代偿资格，不需自行向银行还款；

（3）高校负责审查申请资格并上报全国学生资助管理中心。

12. 地方所属高校毕业生到基层就业如何获得学费补偿和助学贷款代偿？

财政部、教育部印发的《高等学校毕业生学费和国家助学贷款代偿暂行办法》要求，各地要抓紧研究制定本地所属高校毕业生面向本辖区艰苦边远地区基层单位就业的学费补偿和助学贷款代偿办法。地方所属高校毕业生到基层就业是否可以获得学费补偿或国家助学贷款代偿，以及如何申请办理补偿或代偿等，请向学校所在地政府有关部门查询。

13. 到基层就业如何办理户口、档案、党团关系等手续？

对到西部县以下基层单位和艰苦边远地区就业的高校毕业生，实行来去自由的政策，户口可留在原籍或根据本人意愿迁往就业地区；人事档案原则上统一转至服务单位所在地的县级政府人事部门，由政府主管部门所属的人才交流机构提供免费人事代理服务；党团组织关系转至服务单位，对服务期间积极要求入党的，由乡镇一级党组织按规定程序办理。

14. 中央有关部门实施了哪些基层就业项目？

近年来，中央各有关部门主要组织实施了4个引导高校毕业生到基层就业的专门项目，包括：团中央、教育部等四部门从2003年起组织实施的“大学生志愿服务西部计划”；中组部、原人事部、教育部等八部门从2006年开始组织实施的“三支一扶”（支教、支农、支医和扶贫）计划；教育部等四部门从2006年开始组织实施的“农村义务教育阶段学校教师特设岗位计划”；中组部、教育部等四部门从2008年起组织实施的“选聘高校毕业生到村任职工作”计划。

15. 什么是农村义务教育阶段学校教师特设岗位计划？

2006年，教育部、财政部、原人事部、中央编办下发《关于实施农村义务教育阶段学校教师特设岗位计划的通知》，联合启动实施“特岗计划”，公开招聘高校毕业生到“两基”攻坚县农村义务教育阶段学校任教。特岗教师聘期3年。

16. 农村教师特岗计划实施的地区范围包括哪些？

2006～2008年“特岗计划”的实施范围以国家西部地区“两基”攻坚县为主（含新疆生产建设兵团的部分团场），包括纳入国家西部开发计划的部分中部省份的少数民族自治州，适当兼顾西部地区一些有特殊困难的边境县、少数民族自治县和少小民族县。2009年，实施范围扩大到中西部地区国家扶贫开发工作重点县。

17. 农村教师特岗计划招聘对象和条件是什么？

（1）以高等师范院校和其他全日制普通高校应届本科毕业生为主，可招少量应届师范类专业专科毕业生。

（2）取得教师资格，具有一定教育教学实践经验，年龄在30岁以下的全日制普通高校往届本科毕业生。

（3）参加过“大学生志愿服务西部计划”、有从教经历的志愿者和参加过半年以上实习支教的师范院校毕业生同等条件下优先。

（4）报名者应同时符合教师资格条件要求和招聘岗位要求。

18. 农村教师特岗计划的招聘程序有哪些？

特岗教师实行公开招聘，合同管理。合同规定用人单位和应聘人员双方的权利和义务。

招聘工作由省级教育、人力资源和社会保障、财政、编办等相关部门共同负责，遵循“公开、公平、自愿、择优”和“三定”（定县、定校、定岗）原则，按下列程序进行：①公布需求，②自愿报名，③资格审查，④考试考核，⑤集中培训，⑥资格认定，⑦签订合同，⑧上岗任教。

19. 什么是选聘高校毕业生到村任职？

2008 年，中组部、教育部、财政部、人力资源和社会保障部出台了《关于印发 <关于选聘高校毕业生到村任职工作的意见（试行）> 的通知》，用 5 年时间选聘 10 万名高校毕业生到农村担任村委会主任助理、村党支部书记助理或团支部书记、副书记等职务。选聘的高校毕业生在村工作期限一般为 2 ~ 3 年。

20. 选聘到村任职的对象是什么？要满足哪些条件？

选聘对象为 30 岁以下应届和往届毕业的全日制普通高校专科以上学历的毕业生，重点是应届毕业和毕业 1 至 2 年的本科生、研究生，原则上为中共党员（含预备党员），非中共党员的优秀团干部、优秀学生干部也可以选聘。

基本条件是：①思想政治素质好，作风踏实，吃苦耐劳，组织纪律观念强。②学习成绩良好，具备一定的组织协调能力。③自愿到农村基层工作。④身体健康。此外，参加人力资源和社会保障部、团中央等部门组织的到农村基层服务的“三支一扶”、“志愿服务西部计划”等活动期满的高校毕业生，本人自愿且具备选聘条件的，经组织推荐可作为选聘对象。

21. 选聘到村任职的程序是什么？

选聘工作一般通过个人报名、资格审查、组织考察、体检、公示、决定聘用、培训上岗等程序进行。

22. 什么是“三支一扶”计划？

“三支一扶”是支教、支医、支农和扶贫的简称。2006 年，中组部、人事部等八部门下发《关于组织开展高校毕业生到农村基层从事支教、支农、支医和扶贫工作的通知》，以公开招募、自愿报名、组织选拔、统一派遣的方式，从 2006 年开始连续 5 年，每年招募 2 万名高校毕业生，主要安排到乡镇从事支教、支农、支医和扶贫工作。服务期限一般为 2 ~ 3 年。招募对象主要为全国普通高校应届毕业生。

23. 什么是大学生志愿服务西部计划？

大学生志愿服务西部计划由共青团中央牵头，教育部、财政部、人力资源和社会保障部共同组织实施。从 2003 年开始，每年招募一定数量的普通高等学校应届毕业生，到西部贫困县的乡镇从事为期 1 ~ 3 年的教育、卫生、农技、扶贫以及青年中心建设和管理等方面的志愿服务工作。

24. 参加中央部门组织实施的基层就业项目，服务期满后享受哪些优惠政策？

参加“选聘高校毕业生到村任职”、“三支一扶”、“大学生志愿服务西部计划”、“农村义务教育阶段学校教师特设岗位计划”项目、服务期满的毕业生，享受以下优惠政策：

（1）公务员招录优惠：地（市）级以上党政机关录用公务员，要明确录用具有2年以上基层工作经历的人员比例；县及乡镇机关要拿出一定职位，专门招考到村任职等基层就业项目的大学生。

（2）事业单位招聘优惠：鼓励在项目结束后留在当地就业，参加各基层就业项目相对应的自然减员空岗，全部聘用服务期满的高校毕业生。从2009年起，到乡镇事业单位服务的高校毕业生服务满1年后，在现岗位空缺情况下，经考核合格，即可与所在单位签订不少于3年的聘用合同。同时，各省（区、市）县及县以上相关的事业单位公开招聘工作人员，应拿出不低于40%的比例，聘用各基层就业项目服务期满考核合格的毕业生。

（3）考学升学优惠：服务期满后3年内报考硕士研究生初试总分加10分；同等条件下优先录取；高职（高专）学生可免试入读成人本科。

（4）国家补偿学费和代偿助学贷款政策：参加各基层就业项目的毕业生，符合规定条件的，可享受相应的学费补偿和助学贷款代偿政策。

（5）服务期满自主创业的，可享受行政事业性收费减免、小额贷款担保和贴息等有关政策。

（6）其他：各基层就业项目服务年限计算工龄。服务期满到企业就业的，按照规定转接社会保险关系。

鼓励高校毕业生应征入伍报效祖国。

25. 国家鼓励高校毕业生入伍，这里的“高校毕业生”如何界定？

指中央部门和地方所属全日制公办普通高等学校、民办普通高等学校和独立学院的全日制普通本专科（含高职）、研究生、第二学士学位应届毕业生。不包括往届毕业生及成人高等教育、高等教育自学考试类学生、各类非学历教育的学生。

26. 征兵工作由哪个部门负责？

《兵役法》规定，全国的兵役工作，在国务院、中央军委领导下，由国防部负责。

各军区按照国防部赋予的任务，负责办理本区域的兵役工作。

省军区（卫戍区、警备区）、军分区（警备区）和县、自治县、市、市辖区的人民武装部，兼各该级人民政府的兵役机关，在上级军事机关和同级人民政府领导下，负责办理本区域的兵役工作。

27. 公民应征入伍需要满足哪些政治条件？

征兵政治审查的内容包括：应征公民的年龄、户籍、职业、政治面貌、宗教信仰、文化程度、现实表现以及家庭主要成员和主要社会关系成员的政治情况等。征集服现役的公民必须热爱中国共产党，热爱社会主义祖国，热爱人民军队，遵纪守法，品德优良，决心为抵抗侵略、保卫祖国、保卫人民的和平劳动而英勇奋斗。

28. 公民应征入伍要满足哪些基本身体条件？

应征入伍的公民要身心健康、体魄强健。其中，有几项基本条件：

身高：男性 162cm 以上，女性 160cm 以上

体重：男性不超过标准体重的 +20%、-10%，女性不超过标准体重的 ±15%

标准体重 =（身高 -110）kg

个别体格条件较为优秀的应征男青年，体重可放宽至不超过标准体重的 25%，不低于标准体重的 15%。

视力:路勤岗位视力标准，大学专科以上文化程度的青年入伍，右眼裸眼视力放宽至 4.6，左眼裸眼视力放宽至 4.5。

内科：乙型肝炎表面抗原呈阴性等等。

29. 应征入伍高校毕业生的年龄条件是多少？

高职（专科）毕业生当年为 18 ~ 23 岁，本科以上学历的可以放宽到当年 24 岁。

30. 面向 2009 届高校毕业生的征兵预征工作何时开始？

全国征兵工作在每年冬季进行。从 2009 年起，对普通高等学校应届高校毕业生实行预征制度，5 至 6 月份，高校所在地兵役机关会同有关部门进入高校，开展预征工作。

31. 高校毕业生应征入伍要经过哪些程序？

（1）参加兵役登记和预征报名：高校所在地县级兵役机关会同有关部门到学校开展兵役登记，进行征兵普查工作，高校毕业生本人可向所在高校有关部门报名。

（2）在高校参加预征:5 至 6 月份,高校所在地县级兵役机关会同教育、公安、卫生等部门，到高校组织身体初检和政治初审，符合基本征集条件的确定为预征对象，并填写《应届高校毕业生预征对象登记表》。身体初检时对视力、肝功能等项目进行重点检查。

（3）到户籍所在地报名应征：11 至 12 月份，确定为预征对象的高校毕业生，冬季征兵开始前持《应届高校毕业生预征对象登记表》到入学前户籍所在地县（市、区）征兵办公室报名应征。通过体格检查、政治审查并符合其他征集条件的，由县（市、区）人民政府征兵办公室优先批准入伍。

32. 毕业生预征工作在高校由哪个部门负责？

高校设有武装部的由武装部牵头负责，没有设立武装部的由学生管理部门负责。有意向参军入伍的毕业生可向所在学校武装部或学生处咨询。

33. 毕业生应征入伍服义务兵役享受哪些优惠政策？

高校毕业生应征入伍服义务兵役，除享有优先报名应征、优先体检政审、优先审批定兵及其他优待安置政策外，还享受优先选拔使用、考学升学优惠、补偿学费或代偿国家助学贷款等优惠政策。

34. 如何理解毕业生“优先报名应征”？

征兵报名前，县级兵役机关通知预征对象报名时间、地点、注意事项等。高校毕业生本

人持《应届高校毕业生预征对象登记表》到户籍所在地县级兵役机关报名应征。

35. 如何理解毕业生预征对象“优先体检、政审”？

高校毕业生预征对象体检由县级兵役机关直接办理。征兵前，县级兵役机关要通知预征对象体检时间、地点、注意事项，并全部安排其上站体检。除器质性或传染性疾病外，一般不得单科淘汰。

组织高校毕业生政审时，严格按照《征兵政治审查工作规定》进行。《应征公民政治审查表》中的“就读学校鉴定意见”栏的鉴定意见以《应届高校毕业生预征对象登记表》意见为准，不再填写鉴定意见。入伍前，《应届高校毕业生预征对象登记表》作为政审表的附件装入新兵档案。

36. 如何理解对高校毕业生预征对象“优先审批定兵”？

县级兵役机关召开定兵会议审批定兵时，优先批准体检、政审合格的应届高校毕业生入伍。

37. 如何理解对应征入伍的高校毕业生“优先选拔使用”？

同等条件下，高校毕业生士兵在选取士官、考军校、安排到技术岗位等方面优先；具有普通高等学校本科以上学历并取得相应学位的士兵，表现优秀、符合总政治部有关规定的，可以直接选拔为军官。

38. 什么是士官？与义务兵有什么区别？

我军现役士兵按兵役性质分为义务兵役制士兵和志愿兵役制士兵。义务兵役制士兵称为义务兵，志愿兵役制士兵称为士官。士官属于士兵军衔序列，但不同于义务兵役制士兵，是士兵中的骨干。义务兵实行供给制，发给津贴，士官实行工资制和定期增资制度。

39. 具有高等教育学历的士兵退役后，享受哪些升学考学优惠政策？

（1）参加政法院校为基层公检法定向岗位招生时，优先录取；

（2）退役后三年内参加硕士研究生考试初试总分加10分；

（3）立二等功及以上的，退役后免试推荐入读硕士研究生；

（4）具有高职（高专）学历的，退役后免试入读成人本科或经过一定考核入读普通本科。

40. 什么是政法院校为基层公检法定向岗位招生？

2008年，政法院校开展招录培养体制改革试点工作，重点从军队退役士兵和普通高校毕业生中选拔人才，为西部和经济欠发达地区的基层公、检、法、司机关定向招录培养专科以上层次的各类人才。

41. 应征入伍给予学费补偿和助学贷款代偿的内容是什么？

从2009年起，国家对应征入伍服义务兵役的高校毕业生在校期间缴纳的学费实行补偿。在校期间获得国家助学贷款的，学费补偿款首先用于偿还助学贷款本金及其全部偿还之前产生的利息。

42. 高校毕业生应征入伍都可以享受学费补偿或助学贷款代偿政策吗？

在校期间已享受免除全部学费政策的学生、定向生、委培生、国防生、按部队生长干部条件招收的大学毕业生、从高校毕业生中直招的士官，不享受学费补偿和助学贷款代偿。

43. 学费补偿和助学贷款代偿的标准是多少？

国家对服义务兵役的毕业生每学年补偿学费或代偿国家助学贷款本息的金额，最高不超过6000元；毕业生在校期间每学年实际缴纳的学费或获得的国家助学贷款本息高于6000元的，按照每年6000元的金额实行补偿或者代偿；高校毕业生在校学习期间每年实际缴纳的学费或获得的国家助学贷款本息低于6000元的，按照学费和国家助学贷款本息两者就高的原则，实行补偿或代偿。

44. 实行学费补偿和助学贷款代偿的年限如何计算？

对本科、专科（高职）、研究生和第二学士学位毕业生补偿学费或代偿国家助学贷款本息的年限，不论服役时间长短，分别按照国家规定的相应学制计算，一次性给予补偿。在校学习时间低于相应学制规定年限的，按照实际学习时间计算。在校学习时间高于相应学制规定年限的，按照学制规定年限计算。专升本、本硕连读、中职高职连读、第二学士学位毕业生补偿学费或代偿国家助学贷款本息的年限，分别按照完成本科、硕士、高职和第二学士学位阶段学习任务的实际时间计算（即按完成最终学历学习任务的实际时间计算）。

45. 申请学费补偿或助学贷款代偿的程序是什么？

（1）填写有关表格：预征工作开始后至6月15日前，被确定为预征对象的高校毕业生填写《应届毕业生预征对象登记表》，并向就读高校递交《应征入伍高校毕业生补偿学费代偿国家助学贷款申请表》。在校学习期间获得国家助学贷款的，还需提供与经办银行签订的还款计划书复印件。其中，应注明已申请国家助学贷款代偿。

（2）高校初审盖章：6月30日前，高校对被确定为预征对象的毕业生补偿学费和代偿国家助学贷款本息的条件资格、具体金额及相关信息资料进行初审，确认无误后，在《补偿学费代偿国家助学贷款申请表》上加盖公章，连同《预征对象登记表》一起交给学生本人。

（3）表格递交县征兵办：10月31日前，高校毕业生到入学前户籍所在地报名应征时将《预征对象登记表》及《补偿学费代偿国家助学贷款登记表》交县（市、区）人民政府征兵办公室。

（4）县征兵办审批入伍、复核材料并盖章：12月31日前，县（市、区）人民政府征兵办公室批准高校毕业生应征入伍后，向其发放《应征入伍通知书》，并会同同级教育行政部门对应征入伍的高校毕业生申请补偿学费和代偿国家助学贷款本息等情况进行复核。确认无误后，分别在《补偿学费代偿国家助学贷款申请表》上加盖公章。

（5）学生资助中心审核并确定最终名单：次年1月15日前，县（市、区）教育行政部门将户籍为本县（市、区）的应征高校毕业生的《应征入伍通知书》复印件及《补偿学费代偿国家助学贷款申请表》原件，寄送至应征入伍毕业生原就读高校学生资助管理机构。各高校按隶属关系，分别报各省（区、市）学生资助管理中心和全国学生资助管理中心审核。最终，汇总至全国学生资助管理中心复核、备案后，确定当年享受补偿学费和代偿国家助学贷款本

息政策的最终名单及具体金额。

46. 补偿、代偿的经费如何发放到符合条件的毕业生手中？

各中央部门高校和地方高校在收到国家拨付的补偿学费和代偿国家助学贷款本息资金的15个工作日内，向毕业生补偿学费，汇至毕业生指定的地址或账户；对于申请助学贷款代偿的毕业生，由学校代替毕业生按照还款协议，向银行偿还其在本校办理的国家助学贷款本息，并将银行开具的偿还国家助学贷款本息的凭据交寄毕业生本人或家长，将余下的资金汇至毕业生指定的地址或账户。

入学前在户籍所在县（市、区）办理了生源地信用助学贷款的毕业生，到户籍所在县（市、区）学生资助中心领取代偿资金，并于领取代偿资金1个月内，根据与银行签订的还款协议，由学生本人或家长（或其他法定监护人）一次性向银行偿还贷款本息。

47. 因个人原因被部队退回，毕业生已获补偿、代偿的经费要被收回吗？

高校毕业生因本人思想原因、故意隐瞒病史或违法犯罪等行为被部队退回的，取消其补偿学费和代偿国家助学贷款的资格。已获补偿或代偿资金由毕业生户籍所在地县（市、区）教育行政部门会同同级征兵办公室收回，并逐级汇总上缴至全国学生资助管理中心。

48. 高校毕业生应征入伍服义务兵役，其户口档案存放在哪里，如何迁转？

高校毕业生在5～6月份参加预征，身体初检和政治初审合格，填写《应届毕业生预征对象登记表》，将户口迁回入学前户籍所在地，档案可转到入学前户籍所在地人才交流中心存放。

49. 没有参加预征的高校毕业生是否还可以应征入伍并享受有关优惠政策？

应届毕业生所在高校没有开展预征工作或没有参加预征、仍有参军意愿的，可在离校后户籍所在地县（市、区）级兵役机关报名应征，并与毕业学校联系，补办《预征对象登记表》、《补偿学费代偿国家助学贷款申请表》及相关手续后，按第45条程序办理，仍可享受第33条所列之优惠政策。

50. 国家和地方重大科研项目包括哪些？

由高校、科研机构和企业所承担的民口科技重大专项、“973计划”、“863计划”、科技支撑计划项目以及国家自然科学基金会的重大重点项目等。这些项目可以聘用高校毕业生作为研究助理或辅助人员参与研究工作，此外的其他项目，承担研究的单位也可聘用。

51. 哪些毕业生可以被聘为研究助理或辅助人员？

聘用对象主要以优秀的应届毕业生为主，包括高校以及有学位授予权的科研机构培养的博士研究生、硕士研究生和本科生。

52. 科研项目聘用的毕业生是否为在编职工？

不是项目承担单位的正式在编职工，被聘毕业生须与项目承担单位签订服务协议，明确双方的权利、责任和义务。

53. 科研项目承担单位与被聘毕业生签订的服务协议应包含哪些内容？

（1）项目承担单位的名称和地址；

（2）研究助理的姓名、居民身份证号码和住址；

（3）服务协议期限；

（4）工作内容；

（5）劳务性费用数额及支付方式；

（6）社会保险；

（7）双方协商约定的其他内容。

服务协议不得约定由毕业生承担违约金。

54. 服务协议的期限如何约定？

服务协议期限最多可签订3年，3年以下的服务协议期限已满而项目执行期未满的，根据工作需要可以协商续签至3年。3年期满后，毕业生有意继续在项目单位工作、项目承担单位同意接收的，则须按正式聘用手续办理。

55. 服务协议履行期间可以解除协议吗？

服务协议履行期间，毕业生可以提出解除服务协议，但应提前15天书面通知项目承担单位。

项目承担单位提出解除服务协议的，应当提前30日书面通知毕业生本人。研究助理被解除服务协议或协议期满终止后，符合条件的毕业生可按规定享受失业保险待遇。

56. 被聘毕业生如何获取报酬？

由项目承担单位向毕业生支付劳务性费用，具体数额由双方协商确定。被聘为研究助理时间计算为工龄。

57. 项目承担单位是否给被聘用的毕业生上保险？

项目承担单位应当为毕业生办理社会保险，具体包括基本养老保险、基本医疗保险、失业保险、工伤保险、生育保险，并按时足额缴费。参保、缴费、待遇支付等具体办法参照各项社会保险有关规定执行。

58. 被聘用的毕业生户档如何迁转？

毕业生参与项目研究期间，根据当地情况，其户口、档案可存放在项目承担单位所在地或入学前家庭所在地人才交流中心。项目承担单位所在地人才交流中心或入学前家庭所在地人才交流中心应当免费为其提供户口、档案托管服务。

59. 服务协议期满后如何就业？

协议期满，如果项目承担单位无意续聘，则毕业生到其他岗位就业。同时，国家鼓励项目承担单位正式聘用（招用）人员时，优先聘用担任过研究助理的人员。项目承担单位或其他用人单位正式聘用（招用）担任过研究助理的人员，应当分别依据《劳动合同法》、《国务院办公厅转发人事部关于在事业单位试行人员聘用制度意见的通知》（国办发[2002]35号）

等规定执行。

60. 毕业生服务协议期满被用人单位正式录（聘）用后，如何办理落户手续？工龄如何接续？

担任过研究助理的人员被正式聘用（招用）后，按照《国务院办公厅转发教育部等部门关于进一步深化普通高等学校毕业生就业制度改革有关问题意见的通知》（国办发 [2002]19号）有关规定，凭用人单位录（聘）用手续、劳动合同和《普通高等学校毕业证书》办理落户手续；工龄与参与项目研究期间的工作时间合并计算，社会保险缴费年限合并计算。

61. 鼓励高校毕业生到中小企业就业有哪些政策措施？

各级政府要进一步清理影响高校毕业生就业的制度性障碍和限制，为到中小企业就业的高校毕业生提供户籍与档案管理、人事代理、社会保险办理和接续、职称评定以及权益保障等方面的服务。

62. 到中小企业就业可否在当地落户？

对各类企业招用非本地户籍的普通高校专科以上毕业生，各地城市应取消落户限制（直辖市按各自有关规定执行）。

63. 到中小企业就业档案如何管理？

目前我国对档案的管理主要有单位管理和社会管理两类：有档案管理权限的企事业单位可直接接收、管理档案；无档案管理权限的企事业单位，主要包括公有制和非公有制（个体、私营、外资）在内的中小企业，可以由各地的人才交流中心、政府批准的人才服务机构为高校毕业生提供档案管理、人事代理、社会保险办理和接续等方面的服务。档案不允许个人保存。

64. 什么是人事代理？

人事代理是指由政府批准的人事档案管理机构（各类人才服务机构），按照国家有关人事、劳动等政策法规要求，接受单位或个人委托，为多种所有制经济尤其是非公有制经济单位及各类人才办理：①人事档案管理；②因私出国政审；③在规定的范围内申报或组织评审专业技术职务任职资格；④转正定级和工龄核定；⑤大中专毕业生接收手续；⑥其他需经授权的人事代理事项。

65. 高校毕业生怎样办理人事代理？

人事代理方式可由单位集体委托代理，也可由个人委托代理；可多项委托代理，也可单项委托代理；可单位全员委托代理，也可部分人员委托代理。

对于离校时已落实工作单位的高校毕业生，其人事代理由毕业生的接收单位统一负责委托管理；对于离校时未就业、自主创业和灵活就业的高校毕业生，可以个人委托政府批准的人事代理机构办理委托管理。

66. 什么是社会保险？包括哪些险种？

社会保险是指国家通过立法强制实行的，对劳动者因年老、工伤、疾病、生育、残废、失业、死亡等原因丧失劳动能力或暂时失去工作时，给予劳动者本人或供养直系亲属物质帮助的一种社会保障制度。

社会保险包括：养老保险、失业保险、医疗保险、工伤保险和生育保险。

67. 高校毕业生怎样办理社会保险？

高校毕业生一定要关心自己社会保险关系的建立、转移和接续。大学生毕业后就业，有用人单位的，其所在用人单位应按规定为其办理参保缴费手续，建立社会保险关系；灵活就业的，本人应到当地社会保险经办机构办理参保缴费手续。用人单位和个人应按规定按时足额缴纳社会保险费。与单位解除劳动合同关系后，要按当地政府的规定，到社会保险经办机构办理社会保险关系的中断或转出等事宜。毕业生在与新单位重新确立劳动合同关系后，社会保险经办机构应为毕业生办理社会保险关系的转移和接续手续。

68. 什么是服务外包和服务外包企业？

服务外包是指企业将其非核心的业务外包出去，利用外部最优秀的专业化团队来承接该业务，从而使其专注核心业务，达到降低成本、提高效率、增强企业核心竞争力和对环境应变能力的一种管理模式。

服务外包企业系指其与服务外包发包商签订中长期服务合同，承接服务外包业务的企业。

69. 目前服务外包产业主要涉及哪些领域及地区？

服务外包产业主要涉及软件研发、产品技术研发、工业设计、信息技术研发、信息技术外包服务、技术性业务流程外包等领域。

我国目前有服务外包示范城市 20 个，分别是北京、天津、上海、重庆、大连、深圳、广州、武汉、哈尔滨、成都、南京、西安、济南、杭州、合肥、南昌、长沙、大庆、苏州、无锡。

70. 服务外包企业吸纳高校毕业生有哪些财政支持？

为了鼓励服务外包企业吸纳高校毕业生，对符合条件的技术先进型服务外包企业，每新录用 1 名大专以上毕业生从事服务外包工作并签订 1 年以上劳动合同的，中央财政给予企业每人 4500 元的经费支持。

71. 高校毕业生怎样提升自主创业的能力？

有意愿自主创业的大学生，可以参加创业培训和实践，接受普遍的创业教育，以系统学习创办企业的知识、完善创业计划、提高企业盈利能力、降低风险、促进创业成功。

目前，许多高校已经开设了创业培训方面的课程和创业实践活动，在校大学生可以选择参加；另外，各地人力资源社会保障部门也开办了创业培训班，离校未就业的高校毕业生可向当地人力资源社会保障部门申请，参加有补贴的培训。如“GYB”（产生你的企业想法）、“SYB”（创办你的企业）、“IYB”（改善你的企业）。

72. 高校毕业生自主创业，可以享受哪些优惠政策？

（1）小额担保贷款和贴息支持

①登记失业的高校毕业生自主创业，自筹资金不足的，可向当地指定银行申请不超过 5 万元的小额担保贷款；对从事微利项目的，还可获得贴息支持。

②自愿到西部地区及县以下的基层创业的高校毕业生，自筹资金不足时，也可向当地经办银行申请小额担保贷款；对从事微利项目的，可获得 50% 的贴息支持。

（2）免收有关行政事业性收费

高校毕业生从事个体经营，且在工商部门注册登记日期在其毕业后 2 年内的，自其在工商部门首次注册登记之日起 3 年内免收管理类、登记类和证照类行政事业性收费。

（3）享受培训补贴

离校后登记失业的毕业生，参加人力资源社会保障部门举办的创业培训，可享受职业培训补贴。

（4）免费创业服务

有创业意愿的高校毕业生，可免费获得公共就业服务部门提供的创业指导服务，包括项目开发、方案设计、风险评估、开业指导、融资服务、跟踪扶持等内容。

73. 什么是小额担保贷款？小额担保贷款的用途是什么？

小额担保贷款是指通过政府出资设立担保基金，委托担保机构提供贷款担保，由经办商业银行发放，以解决符合一定条件的待就业人员从事个体经营自筹资金不足的一项贷款业务。

小额担保贷款主要用做自谋职业、自主创业或合伙经营和组织起来创业的开办经费和流动资金。

74. 申请小额担保贷款额度是多少？贷款期限有多长？

国家规定个人申请额度最高不超过 5 万元，各地区对申请小额担保贷款额度有不同规定，许多地区额度还高于 5 万元。合伙经营贷款额度更大。

小额担保贷款的期限一般不超过 2 年，可展期 1 年。

75. 怎样申请小额担保贷款？在哪些银行可以申请小额担保贷款？

小额担保贷款按照自愿申请、社区推荐、人力资源社会保障部门审查、贷款担保机构审核并承诺担保、商业银行核贷的程序，办理贷款手续。

各国有商业银行、股份制商业银行、城市商业银行和城乡信用社都可以开办小额担保贷款业务，各地区根据实际情况确定具体经办银行。在指定的具体经办银行可以办理小额担保贷款。

76. 哪些项目属于微利项目？

中国人民银行、财政部、原劳动和社会保障部等联合下发了《关于改进和完善小额担保贷款政策的通知》（银发 [2006] 5 号），明确由各省、自治区、直辖市、计划单列市人民政府结合实际确定微利项目的范围。主要包括：家庭手工业、修理修配、图书借阅、旅店服务、餐饮服务、洗染缝补、复印打字、理发、小饭桌、小卖部、搬家、钟点服务、家庭清洁卫生服务、初级卫生保健服务、婴幼儿看护和教育服务、残疾儿童教育训练和寄托服务、养老服务、病人看护、幼儿和学生接送服务等。

对于从事微利项目的，贷款利息由财政承担 50%（中央财政和地方财政各承担 25%，展期不贴息）。

77. 在校期间高校毕业生可以获得哪些就业指导和服务？

高校毕业生在校期间，可以到学校就业指导中心等部门获得就业咨询、用人单位招聘及实习实训信息、求职技巧及实用技能培训、职业生涯辅导、毕业生推荐、实习实践能力培训和就业手续办理等多项就业指导和服务。目前，高校已普遍建立了毕业生就业指导机构。

78. 从哪些机构可获取就业信息？

（1）学校就业主管部门

作为学校毕业生就业工作的核心部门，是毕业生获取就业信息、顺利实现就业的主渠道。

（2）公共就业服务机构

包括省（区、市）毕业生就业指导中心、市（区、县、镇、街道）人才交流服务中心、职业介绍服务中心或人力资源市场、街道社区劳动服务站所等。

（3）市场经营性服务机构

主要包括从事人力资源服务的经营性企业或机构，如国有企业、民营企业、中外合资企业和原人事、劳动系统所属服务机构自办或以股份形式合办的企业等。

79. 获取就业信息的主要渠道有哪些？

（1）浏览各类就业信息网站，包括中央有关部门主办的全国性就业信息网站、地方主管部门主办的就业信息网站、各高校就业信息网站及校内bbs求职版面、其他专业性就业网站等；

（2）参加各类招聘和双向选择活动，包括国家有关部门、各地、学校、用人单位等相关机构组织的各类现场或网络招聘活动；

（3）参与校企合作实习，包括社会实践、毕业实习等活动；

（4）查阅媒体广告，如报纸、刊物、电台、电视台、视频媒体等；

（5）他人推荐，如导师、校友、亲友等；

（6）主动到单位求职自荐等。

80. 在校期间高校毕业生可以通过哪些途径提升就业能力？

在学好专业知识技能的同时，根据学校要求或安排，毕业生可以通过选修或必修就业指导课程、参与学校组织的就业实习、技巧辅导、模拟招聘等活动，学习和了解职业资料和信息，充分借助社会实践平台，全面提升就业能力。

高职院校毕业生还可通过学校实施的毕业证与职业资格证书“双证书”制度、组织到企业顶岗实习等工作，切实增强自身的岗位适应能力与就业竞争力，促进职业素养的养成。

81. 困难家庭高校毕业生包括哪些？

困难家庭高校毕业生是指：来自城镇低保家庭、低保边缘户家庭、农村贫困家庭和残疾人家庭的普通高校毕业生。

82. 就业困难高校毕业生包括哪些？

一般认为，就业困难高校毕业生是指在心理、身体、学业、经济、综合素质等方面处于

弱势的毕业生。

83. 机关、事业单位对招录（聘）困难家庭毕业生有何优惠？

各级机关考录公务员、事业单位招聘工作人员时，免收困难家庭高校毕业生的报名费和体检费。

84. 困难家庭高校毕业生如何向学校申请求职补贴？

为帮助困难家庭的高校毕业生求职就业，高校一般都会安排经费作为困难家庭毕业生的求职补助，或对已成功就业的困难家庭毕业生给予奖励。困难家庭的毕业生可向所在院系书面申请。学校也应根据平时掌握的情况，对困难家庭的毕业生给予主动帮助。

85. 面对求职困难，毕业生该如何应对？

（1）主动了解国家促进就业的相关政策，努力争取各方支持；

（2）主动联系学校就业指导老师和专业教师，并保持经常沟通；

（3）通过网络等各种渠道，广泛搜集社会需求信息；

（4）参加校园招聘会和各类人才洽谈会；

（5）充分利用亲友、校友、学校社团等资源，积极获取就业信息；

（6）了解社会动态，合理调整求职预期。

86. 离校后未就业高校毕业生如何获得相应的就业指导和服务？

回到原户籍所在地报到的未就业高校毕业生，能够享受当地政府部门所属的公共就业服务机构、人才交流服务机构和高校毕业生就业指导服务机构提供的就业指导和服务。

就业指导与服务内容包括：就业政策法规咨询、职业岗位供求信息、市场工资指导价位信息、职业培训信息、职业指导和职业介绍、办理求职登记、失业登记等。

87. 离校未就业高校毕业生在哪里可以办理求职登记和失业登记？

未就业的高校毕业生可以在户籍所在地县及县以上公共就业服务机构办理求职登记和失业登记，具体办理办法可咨询当地公共就业服务机构。

88. 离校未就业高校毕业生登记失业后，可以享受哪些服务和政策？

在就业服务方面，可免费享受职业介绍、职业指导、就业政策法规咨询；参加职业培训的，可以按规定申请职业培训补贴；通过职业技能鉴定的还可以按规定申请职业鉴定补贴。

在创业扶持方面，可以享受获得小额担保贷款和贴息支持、免收有关行政事业性收费、培训补贴和免费的创业服务。（具体见第72问）

符合条件的还可以享受社会保险补贴政策和公益性岗位补贴政策。

89. 什么是社会保险补贴政策？

社会保险补贴政策是指，为鼓励就业困难人员灵活就业，减轻其以个人身份缴纳社会保险费用的压力，或为降低企业的用人成本，鼓励其吸纳就业困难人员就业，对上述个人或单位在缴纳社会保险费用后实行先缴后补，给予一定费用补贴。属于就业困难人员的高校毕业生，在灵活就业后申报就业并以个人身份缴纳社会保险费的，可以享受一定数额的社会保险补贴，补贴数额原则上不超过其实际缴费的2/3。具体补贴标准由省级财政、人力资源社会保障部门确定。

就业困难人员实现灵活就业后，要向街道（社区）申报就业。灵活就业人员应按规定按时足额缴纳社会保险费。每季度终了后，按规定向当地人力资源社会保障部门申请对上季度已缴纳的社会保险费给予补贴。

社会保险补贴资金申请材料应附：由本人签字、人力资源社会保障部门盖章确认的、注明具体从事灵活就业的单位、岗位、地址等内容的相关证明材料，本人居民身份证复印件、登记证复印件、社会保险征缴机构出具的上季度社会保险费缴费单据等凭证材料，经人力资源社会保障部门审核、财政部门复核后，按规定将资金支付给申请者本人。

90. 什么是公益性岗位补贴政策？

公益性岗位补贴政策是指，由政府或其他用人单位开发的符合社会公共利益需要的服务性岗位或协助管理岗位，安置就业困难人员和属于就业困难人员的高校毕业生就业的，给予一定期限、一定额度的工资性补贴。该补贴拨付给在公益性岗位安排就业困难人员就业的单位，目的在于降低用人单位的成本，帮助就业困难人员尽快实现就业和稳定就业。

91. 什么是职业技能鉴定补贴政策？

职业技能鉴定补贴政策是指，对就业困难人员、务工劳动者通过初次技能鉴定（限国家规定实行就业准入制度的指定工种）、取得职业资格证书的，给予一定费用补贴。属于就业困难人员的高校毕业生参加职业技能鉴定可按此规定向职业技能鉴定所在地人力资源社会保障部门申请一次性补贴。

职业技能鉴定补贴资金申请材料应附：本人居民身份证复印件、登记证复印件、职业资格证书复印件、职业技能鉴定机构开具的行政事业性收费票据（或税务发票）等凭证材料，经人力资源社会保障部门审核、财政部门复核后，按规定将资金支付给申请者本人。

职业技能鉴定补贴的具体标准由省级财政、人力资源社会保障部门确定。

92. 什么是职业培训补贴政策？如何申请职业培训补贴？

职业培训补贴政策是指，对登记失业人员参加职业培训的，据其参加培训情况给予一定费用的补贴。登记失业的高校毕业生按此规定，可凭借职业培训补贴申请材料，向职业培训所在地人力资源社会保障部门申请补贴。

职业培训补贴资金申请材料应附：本人居民身份证、登记证等复印件、职业培训合格证书（职业技能资格证书）或劳动合同复印件等培训或就业证明等材料、职业培训机构开具的行政事业性收费票据（或税务发票）等。

对登记失业人员参加职业培训后，取得职业培训合格证书（职业技能资格证书），6个月内没有实现就业的，按最高不超过职业培训补贴标准的60%给予补贴；对6个月内实现就业的，按职业培训补贴标准的100%给予补贴。职业培训补贴具体办法和标准由省级财政、人力资源社会保障部门确定。

93. 离校后未就业高校毕业生如何申请参加职业培训？

职业培训由各地政府公共就业服务机构组织。离校后未就业回原籍的高校毕业生可到当地人力资源社会保障或相关部门咨询了解职业培训开展情况，选择适宜的培训项目参加。

培训工作主要由各类职业培训机构承担（职业培训由就业训练中心、技工学校、职业中等专业学校、职业技术学院、企业职工培训中心实施）。

94. 离校后未就业高校毕业生如何获取职业资格证书？

高校毕业生个人可向职业技能鉴定所（站）自主申请职业技能鉴定。职业技能鉴定要参加知识考试和操作技能考核。经鉴定合格者，由人力资源社会保障部门核发相应的职业资格证书。

95. 什么是就业见习？

就业见习是指由各级政府有关部门组织对离校后未就业毕业生到企事业单位实践训练的就业扶持措施。

为促进高校毕业生就业，人力资源和社会保障部、教育部、工业和信息化部、国资委、工商总局、全国工商联和共青团中央联合下发《关于印发三年百万高校毕业生就业见习计划的通知》（人社部发 [2009] 38 号），决定自 2009 年至 2011 年，拓展和规范一批用人单位作为高校毕业生见习基地，用 3 年时间组织 100 万离校未就业高校毕业生参加就业见习。2009 年，全国将组织 30 万离校未就业高校毕业生参加就业见习。

未就业高校毕业生如参加就业见习可向当地人力资源和社会保障部门咨询，当地人力资源和社会保障部门是就业见习的组织单位。

96. 离校后未就业高校毕业生如何参加就业见习？

人力资源社会保障部门通过媒体以及公共就业服务机构、人才服务机构以及电视、网络、报纸等多种渠道，发布就业见习信息，公布见习单位名单、岗位数量、期限、人员要求等有关内容，或者组织开展见习单位和高校毕业生的双向选择活动，帮助离校未就业高校毕业生和见习单位对接。离校后未就业回到原籍的高校毕业生可与原籍所在地人力资源社会保障部门联系，参加就业见习。

97. 就业见习期限有多长？

高校毕业生就业见习期限一般为 6 个月，最长不超过 1 年。

高校毕业生就业见习活动结束后，见习单位对高校毕业生进行考核鉴定，出具见习证明，作为用人单位招聘和选用见习高校毕业生的依据之一。在见习期间被见习单位正式录（聘）用的，在该单位的见习期可以作为工龄计算。

98. 就业见习单位给毕业生上保险吗？

见习期间所在见习单位为毕业生办理人身意外伤害保险。

99. 离校未就业高校毕业生参加就业见习享受哪些政策和服务？

（1）获得基本生活补助；

（2）免费办理人事代理；

（3）办理人身意外伤害保险；

（4）见习期满未被录用可继续享受就业指导与服务。

100. 公共就业服务免费提供哪些服务内容？

公共就业服务机构为离校后未就业回到原籍的毕业生免费提供下列服务：

（1）就业政策法规咨询；

（2）职业岗位供求信息；

（3）市场工资指导价位信息；

（4）职业培训信息；

（5）职业指导和职业介绍；

（6）对就业困难人员实施就业援助；

（7）办理就业登记、失业登记；

（8）其他公共就业服务。

后　记

夏日炎炎，我们根据教育部《大学生职业发展与就业指导课程教学要求》的指示精神，针对当代大学生职业规划和实现就业的现实需求编写的大学生综合素质教育类课程教材《大学生职业发展与就业指导》，同时本书也是甘肃民族师范学院院长科研基金项目“高校学生素质拓展与民族学生行为疏导研究”（项目编号：10～16）的研究成果。本书体系完整、内容科学，既有对我国高校学生职业发展与实现就业的最新政策和法律法规的科学解读，又包含国内外相关领域、前沿研究成果的合理综述，旨在帮助高校学生正确、科学地规划职业生涯发展，在激烈的就业竞争中转变观念，顺利择业，实现从学业到就业到职业再到事业的顺利转移。本书既可以作为在校大学生、研究生的职业生涯规划和就业指导教材，也可以作为就业指导人员的参考书和从业者职业规划的学习材料，是高校学生培养基本的职业素养，顺利求职择业、适应社会、走向成功必备的指导性教材。

本书是在甘肃民族师范学院穆文龙副院长的亲自编写和组织下进行的。作品的字里行间无不凝聚着他的心血，他为了学院的发展作出了令人肃然起敬的贡献，他那锐意创新的精神、宽广精深的学识、严谨求实的治学、朴实无华的作风，使我们的作品能够顺利完成，在此特向穆文龙副院长表示深深的感谢和由衷的敬意。

我还要感谢甘肃民族师范学院教务处李锦煜处长，外语系乔令先主任、杨华堂副主任，政法与经济管理系王克文主任，历史文化系孟虎军主任和招生就业处罗信军处长对本书的悉心指导。

我很感激甘肃民族师范学院所有的老师，朝夕相处中，他们也给了我很多有益的启示与帮助，彼此也结下了深厚的友谊。他们睿智的思想、精心的授课、严谨的教学令我受益匪浅。感谢甘肃民族师范学院一次次搭建一流学术讲座平台，开阔了我和学生的眼界，时时鼓舞着我，令我接触到许多学科的前沿问题。感谢甘肃民族师范学院外语系的所有老师。感谢为了出版这部作品作出了重要工作的科学出版社的所有老师。

感谢与我一同参与完成甘肃民族师范学院院长科研基金项目“高校学生素质拓

展与民族学生行为疏导研究"（项目编号：10～16）的课题组成员蒲莉妮和白洁老师，正是她们的辛勤工作和对我的精神支持，使我们顺利完成了该项课题。

感谢甘肃民族师范学院所有学生，正是他们能够精于自身管理、善于认真学习和阳光灿烂的品质，使我们才有机会出版这部作品。

最后，感谢我的夫人李亚莉和我的儿子刘一平，多年来他们给了我无私的支持、理解和关爱，是他们给我勇气和信心，使我顺利及时完成了这部作品。

感恩的心是我幸福的源泉，在这里谨以此文献给他们，祝愿热爱生活的人一生平安，吉祥如意，扎西德勒！

刘俊睢

2011 年 6 月 30 日于甘肃合作